TOMMASO LANDOLFI

NACHTSCHATTEN

Erzählungen · Band 1

Ausgewählt
von Italo Calvino
Deutsch
von Heinz Riedt

ROWOHLT

1. Auflage April 1987

Gesamtherstellung Clausen & Bosse, Leck
Printed in Germany
ISBN 3 498 00874 9

NACHTSCHATTEN

Genauigkeit und Geratewohl

Was sich diese Auswahl vornimmt, ist eine neue Begegnung zwischen Landolfi und dem Publikum. Die Gabe, des Lesers Aufmerksamkeit und Verwunderung zu wecken, besaß Landolfi in höchstem Maße (von seinen Lehrern der «schwarzen» Romantik stammt die Vorliebe für eine effektvolle Erzählung; und er selbst besaß hinreichend Gewandtheit, Brio und Ausdrucksreichtum, die ihm einen besonders mitteilsamen Stil garantierten); der Ruf seiner Unnahbarkeit und Absonderlichkeit bekräftigte freilich die – bis heute niemals widerlegte – Meinung, sein Werk sei nur «an wenige» gerichtet. Eine Möglichkeit, dies zu überprüfen, mag durch die vorliegende Auswahl gegeben sein, die als «Aufforderung» zur Lektüre Landolfis die verschiedenen Seiten einer ungewöhnlichen Schriftstellerpersönlichkeit aufzeigen will.

In einem Werk wie dem Tommaso Landolfis ist erste Regel des sich zwischen Autor und Leser ergebenden Spiels, daß man sich früher oder später auf eine Überraschung gefaßt machen muß; und diese Überraschung nie gefällig oder befriedigend, sondern bestenfalls wie ein Fingernagel ist, der über eine Glasscheibe fährt, oder eine Liebkosung gegen den Strich oder auch eine Ideenassoziation, die man gleich aus seinem Sinn verscheuchen möchte. Es hatte schon seinen Grund, daß die vorletzten Sprößlinge jenes literarischen Stammbaums, zu dem Landolfi gehört, nämlich Barbey d'Aurevilly und Villiers de L'Isle-Adam, ihre Erzählungsbände *Die Teuflischen* und *Grausame Erzählungen* nannten.

Doch Landolfis Spiel ist komplizierter. Um eine Idee herum – fast immer eine heimtückische oder beklemmende oder entsetzliche Erfindung – fügt sich eine sorgfältig konstruierte Erzählung, und diese ist fast stets einer Stimme anvertraut, die offenbar eine andere Stimme imitiert (freilich wie bei einem großen Schauspieler, der zur Wiedergabe einer Rolle sich gerade nur ein weniges von seiner gewohnten Sprechweise zu distanzieren braucht) – oder sagen wir, sie ist einer Schreibweise anheimgegeben, die sich zwar nur als Parodie einer anderen Schreibweise ausgibt (nicht eines bestimmten Autors, aber eines sozusagen imaginären Autors, den jeder schon einmal gelesen zu haben meint), es aber dabei fertigbringt, unmittelbar und spontan und sich selber treu zu sein. Auf dieser Basis entfaltet sich ein

Wortschauspiel, das nicht nur seine Theatercoups präzise zu setzen weiß, sondern sich auch den launigsten Einfällen hingeben kann.

Solcherart ist Landolfis Erzählungsweise immer dann, wenn er sich vornimmt, seinen Erfindungsreichtum und seine beharrlich wiederkehrenden fixen Ideen in die Konstruktion eines präzisen Gefüges, in eine absolut kalkulierte Strategie einzubinden. Andere Male, viele andere Male nämlich überkommt es ihn, sein Schreiben von jedem Anspruch auf ein wohlgefügtes, wohlakzeptierbares und beständiges Werk zu entkleiden und es statt dessen zu einer unbekümmerten Geste, einem Achselzucken, einer Grimasse werden zu lassen, wie sie einer haben kann, der schon immer gewußt hat, daß alles Tun nur Vergeudung, eitel Rauch und Bedeutungslosigkeit ist.

Wie wichtig diese Einstellung für Landolfi ist, erweist sich etwa aus folgender Erklärung (in *La bière du pécheur*): «Kann ich denn wirklich nie aufs Geratewohl und ohne festen Plan schreiben und so durch Tumult und Unordnung hindurch zumindest einen flüchtigen Blick auf mein Inneres werfen?»

«Aufs Geratewohl». Der Begriff wird in der Erzählung *Mano rubata* zum existentiellen Programm: «aufs Geratewohl leben»; dann erscheint er als Titel einer Erzählung (und des Bandes, der sie enthält: *A caso*, 1975). Doch dieses Insistieren, das man als Trachten nach einer Art «automatischen Schreibens» in der Literatur und als Apologie des ‹acte gratuit›, der ‹zweckfreien Handlung› im Leben ansehen könnte (das demnach auch die «surrealistische» Etikette rechtfertigen würde, die ihm so oft auf die eine oder die andere Weise angehängt wurde), ist ja eben in der zuvor erwähnten Erzählung in die richtige Dimension gerückt, wo im Gegenteil die Unmöglichkeit sowohl eines unmotivierten Verbrechens wie einer erzählerischen Entwicklung außerhalb aller Logik aufgezeigt wird.

Tatsächlich war der Zufall für Landolfi eine Gottheit, der er sich mit Inbrunst verschrieben hatte, aber deren Existenz und Macht anzuzweifeln er sich in einem fort veranlaßt sah. Beherrscht ein absoluter Determinismus die Welt, kann es keinen Zufall geben, und unser Schicksal ist eine Verurteilung, aus der es kein Entrinnen gibt. Der Hypothese eines nicht existenten Zufalls ist die Seite des 24. Juni 1958 im Tagebuch *Rien va* gewidmet:

«. . . Es ist schwierig, ernsthaft zu glauben, daß ein Zufall (der ja stets eine Begebenheit ist) zufällig geschieht, das heißt, ernsthaft an den Zufall zu glauben. Die einfache Tatsache, daß sich etwas ereignet, kann schon nicht zufällig sein, so scheint man mit aller Sicherheit behaupten zu können, obwohl der Beweis für eine solche Behauptung alles andere als leicht und vielleicht unmöglich ist. Doch irgend jemand hat den Zufall erfunden, und alle Denker haben ihn akzeptiert: auch diejenigen, die ihn angeblich als Ordnungs- und Unordnungsfaktor des Universums ablehnen, akzeptieren ihn jedoch stillschweigend in jedem Augenblick ihres Tages.»

Und der Passus endet: «Wahr ist allein, daß der Geist ewig in Ketten liegt, wobei es wenig zu sagen hat, von wem diese geschmiedet wurden.»

Daß diese problematische Beziehung zum Zufall für ihn eine solche Rolle spielte, kann nicht verwundern, wenn man weiß, welche Bedeutung in seinem Leben die Spielleidenschaft hatte. Ich habe ihn verschiedene Male beim Roulett beobachtet (einen guten Teil seiner letzten Lebensjahre verbrachte er in San Remo, und wenn ich ihn treffen wollte, wußte ich, daß ich ins Spielkasino gehen mußte) und hatte den Eindruck, daß er in dem Sinn kein guter Spieler war, als er wirklich (oder es schien nur mir so) «auf den Zufall setzte», keine Strategie, keinen Plan, kein obligates Vorgehen oder «System» anwandte, womit angeblich erfahrene Spieler die gestaltlose Flüchtigkeit des Zufalls in feste Bahnen locken und fassen wollen.

Es ist anzunehmen, daß nur ich nichts begriff. Was konnte ich schon von den Imperativen und Erleuchtungen eines Menschen wissen, der zum Spieler berufen (oder verurteilt) ist, ich, der ich nur der Regel des kleinsten Risikos folgen würde, sollte ich überhaupt jemals spielen? In seinem leidenschaftlichen Verhältnis zum Zufall – hofieren und herausfordern – wechselten womöglich die ausgeklügeltsten, von niemandem erkennbaren Strategien mit zersetzender Wut in einem Strudel, in dem alle Verluste zum Verlust seiner selbst als einzig möglichem Gewinn führen. Vielleicht war der Zufall für ihn der Weg, die Zufallslosigkeit festzustellen; so wie die Zufallslosigkeit schlechthin, das einzig absolut Sichere, nämlich der Tod ist, sind Zufall und Zufallslosigkeit nur zwei Bezeichnungen für den Tod, die einzig bleibende Bedeutung auf der Welt.

Als ich jedenfalls ihn mit den Spielmarken auf dem grünen Tuch hantieren sah (und über jenes wie ein Motto wiederkehrende *Geratewohl* nachdachte), verglich ich den Spieler mit dem Schriftsteller in ihm: bei beiden gab es auf der einen Seite die Identifikation mit einer genau vorgegebenen Form oder Formel, die sich dem Zufall entgegenstellen und ihn einschließen könnte, auf der anderen Seite die Geste souveräner Nonchalance, die jedes Werk und jeden Wert verachtet, da einzige Grundlage jedes Tuns und Redens die Konstellation Zufall-Chaos-Nichts-Tod ist, der gegenüber das einzig mögliche Verhalten nur ironisch-verzweifelte Kontemplation ist.

Aber auch eine mögliche Beziehung zwischen Glücksspiel und Literatur – welchen Anteil in beiden die Notwendigkeit und welchen die Unwägbarkeit hat – war schon von ihm erforscht worden: in der Erzählung *La Dea cieca e veggente*

(Die blinde, sehende Göttin) schreibt ein Dichter, der aufs Geratewohl seine Wörter aus einer Lostrommel zieht, schließlich das Wort *L'infinito* (Das Unendliche) und fragt am Ende (ähnlich wie jene Figur bei Borges, die sich für den Autor des *Quijote* hält), ob dies Werk nicht vielmehr von ihm, statt von Leopardi sei. Angesichts seines Glücks, in eine so ganz und gar unwahrscheinliche Erbfolge geraten zu sein, will er sein Glück auch im Roulett versuchen; eine Katastrophe; am Ende verliert er alles. Das Glücksspiel widersetzt sich jener Ordnung, die die Poesie wegen ihrer inneren Mechanismen oder der Kombinationswahrscheinlichkeit, als unpersönliches System oder weil sie die geheime Einmaligkeit des Individuums wahrt, erreichen kann.

Ob das menschliche Tun nun von der Notwendigkeit oder vom Zufall bestimmt wird, es widerspricht allemal dem Anspruch, das Geschehen dem eigenen Willen unterwerfen zu können. Darum ist Landolfis Beziehung zur Literatur wie zum Leben stets eine zweifache: zum einen setzt er sich bei dem, was er tut, ganz ein, zum andern wirft er aber gleichzeitig weg. Daraus erklärt sich auch der innere Widerspruch zwischen seiner Hingabe an die formale Präzision und der Gleichgültigkeit, mit der er das einmal vollbrachte Werk seinem Schicksal überließ. Wenn er zunächst seinen ganzen Ehrgeiz und seine ganze Freude in das Schreiben investiert hatte, kümmerte er sich gar nicht mehr um das Buch und hatte auch keine Lust mehr, die Fahnen zu korrigieren. So erzählte er seinen Freunden, daß er in einem eben herausgekommenen Buch einen Fehler entdeckt habe, der den ganzen Dialog unverständlich mache («Francesismo!», Französismus war zu «Franceschino!», zu Fränzchen geworden; in *A caso*, «Aufs Geratewohl»); über Dinge, die mich wahnsinnig gemacht hätten, lachte er wie über etwas, das ihn gar nichts anging.

Bei der Zusammenstellung einer Anthologie, das heißt bei der Auswahl aus den gesammelten Schriften, die Landolfi in einem Zeitraum von mehr als vierzig Jahren veröffentlicht hat – etwa zehn Bände mit Werken von verschiedener Art und Qualität –, ist es nur natürlich, daß man die eigentlichen Erzählungen, die besten Kompositionen, die von der Absicht nach Vollkommenheit getragenen Beispiele größten Könnens jenen anderen Schriften vorzieht, die mehr aus einer Laune, aus einem Augenblicksimpuls heraus, wenn nicht gar in der überwiegenden Absicht geschrieben wurden, einen provozierenden oder enttäuschenden Eindruck hervorzurufen. Doch wird man bald gewahr, daß eine wirklich repräsentative Auswahl der einen wie der anderen Neigung Rechnung tragen muß. Und schließt man die Texte aus, deren Form am meisten zu wünschen übrigläßt, muß man auch jene ausschließen, die «zu gut» gemacht und allzu ausgefeilt sind. So habe ich denn auch eine der von der Kritik meistgelobten Erzählungen nicht aufgenommen, nämlich *La muta* (Die Stumme); dies gilt sogar für alle drei Arbeiten in dem Band *Tre racconti* (Drei Erzählungen), weil ich sie in die Arbeiten größeren Umfangs einordne («lange Erzählungen» oder «Kurzromane», unter denen ich *Racconto d'autunno* [Herbsterzählung] den Vorzug gebe); diese passen nicht in eine Anthologie, denn sie sind in sich abgeschlossene Bücher, die man lesen mag oder auch nicht.

Der «wahre Landolfi», den dieser Band vorstellen möchte, ist derjenige, dem daran gelegen ist, in einem Werk etwas offenzulassen, einen Spielraum für den Schatten oder das Risiko: ein Landolfi, der seine Einsätze alle auf einmal verausgabt und sie dann plötzlich mit der Entrücktheit eines Spielers wieder vom Tisch nimmt.

Der Spieler – fast immer in erster, manchmal auch in dritter Person – ist der häufigste Protagonist in seinen Erzählungen und Meditationen, deren Hintergrund in zunehmendem Maße die Städte sind, die ein Spielkasino besitzen, allen voran aber die Stadt, die sich für mich mit meiner eigenen Herkunft und meinen Kindheits- und Jugenderinnerungen verbindet und für ihn nicht nur mit der verzehrenden Leidenschaft seines ganzen Lebens, sondern auch mit dem Erreichen der Reife in seiner neuen Rolle als Familienvater. Erinnerungen verschiedenster Art verbanden uns mit denselben Straßen, denselben Farben der Jahreszeiten, denselben Landschaften. Der Bericht seiner ersten jugendlichen Ausflüge nach San Remo (den ich in seinen Niederschriften nicht finde; aber ich bewahre ihn aus seinen mündlichen Erzählungen in aller Deutlichkeit, in Zuschnitt und Stil wie eine geschriebene Seite) sprach von der Ankunft im Zug, den Koffern, die eiligst im Hotel abgestellt wurden, dem Hasten in die Spielsäle, sprach von den Nachmittags-, Abend- und Nachtstunden, die ohne Atempause beim Roulett oder Chemin-de-fer verbracht wurden, bis – ich glaube, um fünf Uhr morgens – die Croupiers das Spiel beendeten und auch die letzten Unermüdlichen das Gebäude verlassen mußten. Dann kehrte er in sein Hotel zurück (das «Europa e Pace», wie ich meine), das dem Spielkasino genau gegenüberliegt; konnte nicht schlafen und blickte zum Fenster hinaus; erkannte im Licht des Morgengrauens die Fenster des Saals, den er kurz zuvor verlassen hatte; sie waren geöffnet, um die verräucherte Luft hinauszulassen; und sah die Reinemachefrau mit Staubsauger und Bohnermaschine zwischen den Spieltischen; trieb sie in Gedanken zur Eile an, denn er mußte doch so rasch wie möglich seinen Platz wiedereinnehmen; konnte seine Augen nicht von dort lösen und zählte die Stunden, die ihn von der Wiedereröffnung des Spiels trennten.

Nicht an ihm selbst habe ich freilich die andere

Maske kennengelernt, die Landolfi im Wechsel mit der vorgenannten dem erzählenden Ich seiner Erzählungen verleiht (häufiger in den frühen als in den späten, obwohl ihm der altererbte Palazzo von Pico, mitten in den Olivenbäumen der Ciociaria, bis an sein Lebensende ein Ruhepol blieb): die Figur des Landadeligen, der als Junggeselle und «Sohn» in einer Umgebung alt wird, in der sich alle seine Zwangsvorstellungen eines Sonderlings versammeln. Aber hier geraten wir in ein Gebiet, in dem die Autobiographie von der karikaturistischen Verformung beherrscht wird, einer Grimasse der Grausamkeit und des Schmerzes, wenn nicht gar des Sadismus und der Impotenz. (Diese Maske ist bis ins Detail schon in seiner ersten Erzählung *Maria Giuseppa* von 1929 festgelegt, durch die er in seiner Jugend bekannt wurde; man lese dazu auch die Stelle in der «Wahren Geschichte», einem Geständnis, mit dem er fünfundzwanzig Jahre später einen Akt der Wiedergutmachung oder Barmherzigkeit dem «cœur simple» der wirklichen Maria Giuseppa gegenüber vollführte.

Dann gibt es noch einen anderen Landolfi, den überaus arbeitsamen und kompetenten Literaten wie den ebenso präzisen und genialen Übersetzer; ihm sind Tausende von Seiten zu verdanken, die das Zeichen der Grazie als einziges Herkunftmerkmal tragen (und nicht das der Jagd nach den erbärmlichen Honoraren, die, wie er sagt, all sein

Denken und Tun bestimmte). Dieser Gestalt begegnet man seltener in den Erzählungen (man erkennt sie gelegentlich in Reiseschilderungen, als sei die Bewegung die wahre Notwendigkeit in diesem seßhaften Leben); doch ist sie in den Erinnerungen der Freunde, besonders an die entscheidende Vorkriegsperiode in Florenz, noch lebendig.

Landolfis Beziehungen zu sich selbst zeigen, wenn man sie in seinen Schriften verfolgt, einen ungewöhnlich komplexen und widersprüchlichen Egotismus. Von der Ebene der Erzählungen, in denen er am erbittertsten gegen sich selber und die Welt angeht, gelangt man bis zur unmittelbaren und freien autobiographischen Sequenz, bei der (mehr noch als in den erfundenen Erzählungen) gerade Maß und Abstand den Schmerz aufzeigen. Diese kontinuierliche psychologische Linie können wir von den Internatserinnerungen in Prato bis zu einem seiner letzten Feuilletonbeiträge im «Corriere», bis zum *Porcellino di terra* (Die Kellerassel) verfolgen, der hier erstmals in einer Buchausgabe erscheint.

Ich würde jetzt nicht untersuchen, was von diesen inneren Qualen Wahrheit und was Dichtung ist: allein der Umstand, daß er durch die Zurschaustellung seines schmerzenden Ichs sich selber und andere vor allem unterhalten wollte, läßt einen Verdacht auf Egozentrismus oder ein nur aufs Äußerliche abgestimmtes Spiel gar nicht erst aufkommen. Ebenso wie es von geringer Bedeutung wäre festzustellen, ob die Bedrängnisse und Gespenster sexueller Imagination, die in seinen Erzählungen zur Schau gestellt werden, pure Fiktion sind oder aus einem unbewußten Drang hervorgehen: mit der Zurschaustellung scheint er sich der psychoanalytischen Interpretation auszuliefern (und so kann Sanguineti, ausgehend von *Un petto di donna* [Eine Frauenbrust] im ganzen Verlauf seines Werkes eine konstante Sexualfeindlichkeit oder, besser gesagt, eine Angst vor dem weiblichen Geschlecht nachweisen), entwaffnet sie aber gleichzeitig, weil das Fehlen jeder inneren Zensur doch bedeuten müßte, daß das eigentlich Unbewußte anderswo zu suchen ist.

Das Gespräch darüber, was Landolfi wirklich *sagt*, muß erst noch begonnen werden, folgt er doch nur um so mehr seinem eigenen Gesprächsfaden, wenn er erklärt, daß er «nichts zu sagen hat». Es wird nicht lange auf sich warten lassen, bis man aus diesem Kokon von unbeantworteten Fragen, Widersprüchen, Deklamationen und Provokationen seine Philosophie herausgeschält haben wird. Wenn wir uns jetzt nur vornehmen, das Vergnügen zu vermitteln, Landolfi an der Oberfläche zu lesen, dann darum, weil dies der erforderliche erste Schritt ist. Und ebenso nur an der Oberfläche dokumentieren wir seine Vorliebe für fingierte «Traktate», fingierte «Vorträge» und fingierte «moralische Kleinwerke»; doch wird man wohl eines Tages feststellen, daß sie nur bis zu einem bestimmten Punkt fingiert sind und daß es da einen Faden gibt, der Landolfi mit Leopardi verbindet: die beiden primitiven Dörfer, die beiden Vaterhäuser und die jeweiligen Jugendjahre mit dem im Schweiße des Angesichts Geschriebenen und mit den Schmähungen gegen die menschlichen Schicksale beim Auftauchen der Wahrheit. (Was die Dialoge angeht, die Landolfi besonders in letzter Zeit sehr häufig verfaßte, muß ich eigentlich sagen, daß sie mir am wenigsten gefallen; sofern ich mich auf meine Oberflächenlektüre verlassen kann, würde ich meinen, daß sie zu seiner weniger anspruchsvollen Schreibweise gehören). Eben bei den Tagebüchern (*Rien va* und *Des mois*, die ich nicht in die Anthologie glaubte aufnehmen zu können, denn auch sie sind als Ganzes zu betrachten) wird diese Untersuchung ansetzen müssen (oder hat schon angesetzt: ich verweise auf G. Marchetti in «Paragone», Nr. 365).

Es gibt den hübschen Satz, daß das, was Landolfi schreibt, immer nur Maske der Leere, des Nichts und des Todes sei. Aber man darf dabei nicht übersehen, daß diese Maske doch immer eine volle und konkrete, dicht mit Bedeutungen angefüllte Welt ist. Eine Welt aus Worten natürlich. Aber aus Worten, die wegen ihres Reichtums, ihrer Präzision und ihrer Kongruenz Gewicht haben.

Man sehe sich nur einen emblematischen Text

an wie *La passeggiata* (Der Spaziergang). Die Sätze sind auf unverständliche Substantive und Verben gegründet, wie eines jener Experimente mit vorgetäuschten Bedeutungen aus einem erfundenen Lexikon in der Art des *Jabberwocky* von Lewis Carroll. Doch träfe dies wirklich zu, so wäre es ja keine neue Unterhaltung, der es noch dazu an Substanz mangelte. In Wahrheit braucht sich der Leser nur die Mühe machen, ein gutes altes Wörterbuch der italienischen Sprache zu konsultieren (Landolfi benutzte den Zingarelli), und er wird entdecken, daß dort alle Wörter enthalten sind. *La passeggiata* hat ihren abgerundeten Inhalt: nur hatte sich eben der Autor vorgenommen, möglichst viele Vokabeln zu verwenden, die außer Gebrauch gekommen sind. (Er selbst konnte der Versuchung nicht widerstehen, in einem folgenden Buch das Geheimnis zu lüften, um sich über diejenigen lustig zu machen, die nicht dahintergekommen waren). Woran zu erkennen ist, daß der «Gaukler» Landolfi eben genau das Gegenteil ist: gibt er doch den Ausdrücken eine Bedeutung (*die* Bedeutung) wieder, die sie verloren hatten (und beläßt die breite Leserschaft nicht in ihrem Irrtum, sondern macht sich die Mühe, geduldig zu erklären, was er da getan hat).

Immerhin hatten Landolfis Überlegungen zur Sprache schon viel früher begonnen. Die Erzählung, die auch seinem ersten Buch den Titel gibt (*Dialogo dei massimi sistemi* [Dialog über die höchsten Systeme], 1937), ist eigentlich eine Diskussion über den ästhetischen Wert von Gedichten, die in einer erfundenen Sprache geschrieben sind und die nur der Autor (aber nicht einmal er) verstehen kann. Ich meine, Erzählung und Buch erhielten nicht allein aus einer ironischen Übertreibung heraus diesen erhabenen Titel: ist es doch, als wolle uns Landolfi damit bedeuten, daß es ihm über den paradoxalen Humor des Textes (und über die doch recht deutlich erkennbare Satire auf die damals alles beherrschende akademische Croce-Manier) hinaus eben auf das Problem der *Sprache* als kollektive Konvention und geschichtliches Erbe sowie auf das individuell veränderbare *Wort* ankommt. Es ist das erste Zeugnis für eine Überlegung, die durch das ganze Werk von Landolfi geht – und stets im gleichen Tonfall eines Balanceaktes, doch darum nicht minder seriös und rigoros – bis hin zu den *Parole in agitazione* (Wörter in Aufruhr), eine deutliche kleine Fabel über die «Bedeutsamkeit» und die «Bedeutung», die in seinem letzten Buch enthalten ist (*Un paniere di chiocciole* [Ein Korb Schnecken], 1968).

Ich weiß nicht, auf welche Quellen seine Kompetenz zurückzuführen ist. Jedenfalls kann man nicht behaupten, daß in der Zeit seiner Ausbildung die Linguistik (und schon gar nicht die strukturelle eines de Saussure) in der europäischen literarischen Kultur (und schon gar nicht in der italienischen) aktuell gewesen sei. Und auch für später, als die Linguistik schon die Rolle einer «Leitdisziplin» übernommen hatte, würde ich ausschließen, daß er sich um sie gekümmert hätte. Trotzdem meine ich, daß alles, was er diesbezüglich sagt, von so «wissenschaftlicher» Exaktheit (in der Terminologie und in den Konzepten) ist, daß es als Material selbst für das zeitgemäßeste Universitätsseminar dienen könnte.

Ich glaube, daß man Landolfis Erzählungen und Tagebüchern eine linguistische Theoretisierung entnehmen kann, die sich auf die angeborenen Denkstrukturen (dazu in *Des mois* die Gedanken über sein Kind, das zu sprechen beginnt), die Willkürlichkeit des Sprachzeichens (ebenda), vor allem jedoch auf die Nichtwillkürlichkeit der Sprache als System, historische Schöpfung und kulturelle Stratifikation gründet (ebenda; daraus das folgende Zitat).

«Treffliche Versuche für denjenigen, der nach neuen Ausdrucksweisen sucht! und zwangsläufig in irgendein uraltes Beziehungssystem gerät, aus dem es kein Entrinnen gibt. Uralt und angeboren, würde ich sagen. Ich fordere wen auch immer heraus, ein wirklich neues (von der Substanz, nicht von der Art her) Spiel oder, anders, eine neue Beziehung zur Realität (oder Irrealität) zu erfinden: die erreichbaren Resultate fügen sich allem Anschein nach unweigerlich und *ab aeterno* und in endlicher Zahl in die eine oder die andere der geordneten Kategorien.»

Die individuelle und unvorhersehbare Schöpfung eines Dichters ist nur möglich, weil er eine Sprache mit ihren festgelegten Regeln und Gebräuchen zu seiner Verfügung hat, die unabhängig von ihm funktioniert: Landolfis Überlegungen kreisen stets um diesen Angelpunkt. (Auch im persönlichen Gespräch: ich weiß noch, daß wir bei unserer ersten Begegnung vor fünfundzwanzig Jahren irgendwie auf Sprache und Dialekte gekommen waren und er meinen Ausführungen widersprach, es könne auch ein literarisches Italienisch geben, das nicht im Toskanischen verwurzelt sei).

Landolfis Akrobatik entsteht also nicht aus einem avantgardistischen Impuls der Erneuerung: im Gegenteil, er ist ein Konservativer und dies auf jene besondere (und sogar metaphysische) Art, in der ein Spieler gar nicht anders als konservativ sein kann, gibt ihm doch die Unveränderbarkeit der Regeln die Garantie dafür, daß das Risiko nicht bei jedem Niederfallen des Würfels aufgehoben wird.

Sein Kritiker und (seit den Florentiner Jahren) treuester und vorbehaltloser Verfechter Carlo Bo hat mehrmals geschrieben, Landolfi sei nach D'Annunzio der erste italienische Schriftsteller, der mit seiner Feder machen könne, was auch immer er wolle. Anfangs verblüffte mich die Nebeneinanderfügung dieser beiden Namen: selbst wenn beide vom *Dandy*-Modell des neunzehnten Jahrhunderts (Typ eines Des Esseintes von Huysmans) kamen, so hatte sich doch D'Annunzio in eine heroisch-euphorische und Landolfi in eine selbstironische und depressive Richtung begeben; kurz und gut, die Personen, die literarische Präsenz, die Beziehungen zur Welt sind grundverschieden. Aber nach erneutem Überdenken verstand ich, was den beiden wirklich gemeinsam ist: vom einen wie vom anderen (und allein von diesen beiden) kann man sagen, daß sie in der ganzen italienischen Sprache schrieben, der vergangenen und der gegenwärtigen, und mit Kompetenz und sicherer Hand über sie verfügten wie über ein unerschöpfliches Vermögen, aus dem man stets überreichlich und mit Freude schöpfen kann.

Freilich muß man Landolfis Übersetzertätigkeit noch einen besonderen Platz einräumen. Und er übersetzte nicht aus den Sprachen, «die jeder kann», sondern aus dem Russischen (das in der italienischen literarischen Kultur eine Sprache bleibt, die Spezialisten vorbehalten ist; was gewiß nicht nur für Italien gilt; soweit ich weiß, ist Mérimée, der die Erzählungen Puschkins übersetzte, sein einziger berühmter Vorgänger). Man muß also noch jene besondere Befriedigung erwähnen, ferne und komplexe Akzente in einer ganz und gar italienischen Tonalität lebendig werden zu lassen, und das bei der Klarheit und den Schattierungen seines Gogol, der Leidenschaftlichkeit seines Leskow und bei dem Falsett preziöser Kolorierung seines Hofmannsthal (*Der Rosenkavalier*, um noch eine andere seiner Sprachen zu erwähnen).

Doch seine Identifikation mit einer Dimension der europäischen Literatur, ohne die Landolfi nicht Landolfi wäre, darf seine dominierende Leidenschaft für die italienische Literatur nicht vergessen lassen. Dieser Aspekt ist zwar in seinen Schriften wenig dokumentiert (und in seinen regelmäßigen Literaturkritiken für Pannunzios «Il Mondo» beschäftigte er sich stets mit Ausländern), ging aber aus seinen Diskussionen hervor, die sich dann entzündeten, wenn er von Manzoni oder Foscolo redete oder auch Sprachgepflogenheiten und Vokabeln der Klassiker zitierte; und sogar wenn seine Rede auf die Zeitgenossen kam, widmete er sich, der doch offensichtlich der Aktualität so wenig zugetan war, mit ganzer Aufmerksamkeit ihrer Sprache. (Wenn mir in seinen Augen überhaupt ein Verdienst zukam, dann, weil ich einmal in einer Erzählung das Wort «Pesceduovo», also das italienische Wort für «Omelett», benutzt hatte.)

Doch seine Liebe zum Wortschatz wurde, wohlgemerkt, nicht etwa zur Künstelei oder zur lauten Verherrlichung. An dieser Stelle ist es angebracht, Giacomo Debenedetti zu zitieren: «Wenn man Landolfi liest, kann es geschehen, daß man Wörtern begegnet, die sogar zu schön und zu richtig sind, um wahr zu sein; und doch stammen sie aus dem echten Wortschatz, wo sie nur darauf warteten, daß jemand sie finden möge. Er aber fügt sie aneinander, ohne mit der Wimper zu zucken: und der Satz jubiliert darum nicht, hebt sie nicht hervor, es scheinen Worte aus dem normalen Gedächtnis zu sein, dem wir unsere tagtäglichen Worte entnehmen. Auch die Verfechter des barocken oder dekadenten Stils hätten sie herausholen können, doch um sie ganz oben auf einer Vokalise erblühen zu lassen; Landolfi aber nivelliert sie auf sein schönes Timbre einer mittleren Baßstimme.»

Das Problem der nicht gleich verständlichen, doch bedeutsamen Wörter wird nun von Giorgio Agamben in einem Essay über die «Glossolalie» (was hier bedeuten soll, «in Glossa sprechen», also in Worten «außerhalb des jetzigen Gebrauchs») erneut aufgegriffen; er geht dabei von Pascoli aus (der Essay bildet die Einleitung zu einer Ausgabe von Giovanni Pascolis *Il fanciullino*, Feltrinelli, 1982). Kann auch für Landolfi Agambens Theorisierung der «toten Worte» als Erfahrung des «Sprachtods im Wortausdruck» gelten? Mir scheint, daß für Landolfi die Sprache, die «toten Worte» inbegriffen, ganz auf der Seite des Lebens steht; und gerade aus dem Grund, weil ringsum in unmittelbarer Nähe der Tod ist. Was vielleicht letztlich aufs gleiche hinauskommt, doch mit einer Dramatik, die aus dem Bewußtsein des Lebenden herrührt. Liegt nicht die Moral der Tagebücher (*Rien va* und insbesondere *Des mois*) gerade darin, daß alle negative Überlegung angesichts des Lebens erfolgt, das, verkörpert durch Minor und Minimus*, seine Anwesenheit aufdrängt, das heißt in der – trotz allem – Akzeptierung einer lebendigen Kontinuität?

Die Körperlichkeit der Existenz ist in seiner Imagination wie in seiner Argumentation stets zugegen. Und die Schwingungen des Todes – ob aus Angst ob Anziehungskraft – lastet zwar immerfort über seinen Gedanken, wird aber durch körperliche Emotion zum Ausdruck gebracht. Die körperlose Abstraktion eines Philosophenverstandes ist nichts für ihn. Sein Problem ist die determinierte, körperliche und faßbare Präsenz sowohl seiner selbst wie der anderen, die bei ihm die heftigsten Reaktionen auslöst: Entsetzen und mörderische Grausamkeit; doch sind dies nur die extremen Punkte einer Skala, die alle Gefühlsregungen enthält.

Daraus erklärt sich, daß die Zeit seiner wahren Überlegung – und der Notwendigkeit, ein Tagebuch zu führen – dann einsetzt, als er fühlt, daß er sich einer neuen «biologischen» Tatsache stellen muß, nämlich seiner Vaterschaft in reifem Alter, die in keine der Daseinsweisen seiner Person, in

* Kosenamen seiner Tochter und seines Sohnes (Anm. d. Ü.)

keine der in seinem Repertoire vorgesehenen Rollen paßt. Und auch hier läßt er die ganze Skala möglicher Verhaltensweisen zur Entfaltung kommen, ohne auch nur eine auszulassen: von der wehrlosesten Zärtlichkeit bis zu den Anfällen kindesmörderischen Sadismus (letztere, in Wahrheit, allerdings immer seltener). Und auf der Erfahrungsgrundlage der Beziehung zwischen Existenzen – der Mitmensch als körperliche Nähe empfunden – bestimmt er die Richtung seiner Gedanken, und nicht umgekehrt.

(Daraus erklärt sich auch der Sinn seiner früheren und späteren «erotischen» Phantasien: Wiedergabe von Attraktionen und Zurückweisungen – es sei an die Ziegenfrau in *Pietra lunare* [Mondstein] erinnert –, von Faszinationen und Lustlosigkeiten; hier liegt der Wert eben in der Veränderbarkeit und Ziellosigkeit.)

Und der Tod schließlich? Kann man ihn als wahrnehmbares Bild und als Erlebnis wiedergeben? Hauptthema bei den romantischen und symbolistischen Schriftstellern waren die Gespenster, die lebenden Toten, die ungewissen Grenzen zwischen dem Jenseits und unserer Welt. Landolfi erkundete dieses Repertoire von Anfang bis Ende, und es fehlt auch nicht in seinen beiden größeren Romanen *La pietra lunare* (Der Mondstein) und *Racconto d'autunno* (Herbsterzählung) an Erscheinungen aus dem Jenseits. Doch in den kürzeren Erzählungen, aus denen ich meine Auswahl zu treffen hatte, möchte ich doch meinen, daß die Welt der Toten niemals in den Vordergrund gestellt wird; seine Obsession ist, mehr noch als der Tod, die Pathologie des Lebenden. Das dominierende Thema eines Poe, in dessen Nähe er oft gerückt wird, nämlich die Nekrophilie, existiert nicht bei Landolfi; wir finden nur das komplementäre Thema, die Angst vor dem Scheintod und einem vorzeitigen Begräbnis, doch als subtiler *Pastiche* und ironische Huldigung an den Meister in der Erzählung *Le labrene* (Die Labrenas).

Der Tod und das Nichts, oft genannt und nur selten dargestellt, gehören also zu den wenigen abstrakten Konzepten bei dem stets konkreten Landolfi. Sie bedeuten die zwangsläufige Begrenzung, das Aufatmen, die Ruhe für diese Welt, die so dichtgefüllt an Dasein, so beladen, so gedrängt ist ... Denn das ist Landolfis wahrer Angsttraum: daß das Nichts nicht existiere. Auch in den beiden Gedichtbänden (*Viola di morte* [Todesveilchen] und vor allem in *Il tradimento* [Der Verrat]) kehrt dieses in *Rien va* bereits angekündigte Thema mehrmals wieder:

«Das Dasein ist eine Verurteilung ohne Berufung und Erlösung; man kann gegen sie nichts unternehmen; und vielleicht ist es nur unsere Hoffnung, unser Bedürfnis, wieder Atem zu holen wie bei einem akuten Schmerz, einer Verwundung, das sich einen vom Dasein unterschiedenen Zustand ausgedacht hat, ein Nichts. Mein Gott, vielleicht existiert alles, hat existiert und wird in Ewigkeit existieren. Gegen das Leben kann man nichts tun als leben, wie man etwa in einem geschlossenen Raum, in dem man vor Tabaksqualm erstickt, nichts Besseres tun kann als rauchen . . .»

Italo Calvino

Die leider selten direkten Begegnungen sowie das indirekte Wissen, die mich ermutigten, über den Menschen Landolfi zu sprechen, verdanke ich Filiberto Lodi, unserem gemeinsamen guten Freund (wie auch Soldatis und Bassanis gutem Freund, der uns alle mit seinem an die Riviera verschlagenen Landsmann aus Ferrara bekannt gemacht hatte). In der Folge erkrankte dann Landolfi, Lodi starb plötzlich, und auch bei mir zerrissen viele Fäden. Dem Andenken Filibertos, der mich immer noch mit seinem ruhigen und beruhigenden Schritt, mit seinem Interesse für den Mitmenschen und seiner Gelöstheit begleitet, widme ich diese Arbeit.

I

Phantastische Erzählungen

Die Erzählung vom Werwolf

Mein Freund und ich, wir können den Mond nicht ertragen: bei seinem Schein kommen entstellte Tote aus ihren Gräbern, insbesondere in weiße Schweißtücher gehüllte Frauen, die Luft ist von grünlichen Schatten erfüllt, bisweilen von unheilvollen gelben Schwaden durchzogen, jedes Gräschen, jeder Zweig, jedes Tier, alles muß man in einer Mondnacht fürchten. Und, schlimmer noch, wir werden gezwungen, uns winselnd und heulend in der Nässe, im Pfuhl hinter den Strohschobern zu wälzen; wehe, es käme uns da einer unseresgleichen vor die Augen! Wir würden ihn blindwütig zerfleischen, oder er stäche uns, behender noch als wir, mit einer Nadel. Doch auch in solchem Falle bleiben wir die ganze Nacht und darauf noch den ganzen Tag benommen und tumb, als kämen wir aus einem schändlichen Alptraum. Jedenfalls können mein Freund und ich den Mond nicht ertragen.

Nun begab es sich, daß ich während einer

Mondnacht in der Küche, dem gesichertsten Raum des Hauses, am Feuer saß; ich hatte Türen und Fenster, Läden und Klappen geschlossen, auf daß auch nicht einer der Strahlen eindringe, die draußen die Luft erfüllten und unsicher machten. Trotzdem erhoben sich in mir gar düstere Regungen, als unvermutet mein Freund eintrat und ein pralles, rundes Ding, ähnlich einer Schweinsblase, doch um ein weniges glänzender, in der Hand hielt. Beim Hinsehen erkannte man, daß es ziemlich pulsierte, wie dies auch manche elektrische Lampen tun, schien es doch unter seiner Oberfläche von schwachen Strömen durchlaufen zu werden, die perlmutterne Reflexe gleich denen bei changierenden Medusen hervorbrachten.

«Was ist das?» schrie ich und wurde gegen meinen eigenen Willen von etwas Magnetischem im Aussehen, ja, im Verhalten der Blase gefesselt.

«Siehst du denn nicht? Ich hab ihn gekriegt . . .» erwiderte mein Freund und sah mich mit einem unsicheren Lächeln an.

«Den Mond!» rief ich da. Und der Freund nickte stumm.

Wir wurden von Ekel gepackt: schwitzte doch der Mond auch eine glasige Flüssigkeit aus, die dem Freund durch die Finger tropfte. Aber der entschloß sich nicht, ihn abzulegen.

«Oh, leg ihn doch da in die Ecke», schrie ich, «wir finden schon eine Art, ihm den Garaus zu machen!»

«Nein!» sagte der Freund mit plötzlicher Entschiedenheit und sprach jetzt ganz schnell. «Hör zu, ich weiß, daß dieses unflätige Ding, wenn es erst mal sich selbst überlassen ist, alles nur Mögliche tun wird, um (zu unserem und vieler anderer Leid) wieder an seinen Himmel zurückzukommen; es kann ja nicht anders, geradeso wie ein Kinderluftballon. Und dazu wird es nicht den leichtesten Fluchtweg nehmen, nein, immer geradeaus und stur nach oben: in diesem Biest, das uns beherrscht, ist auch eine unwiderstehliche Kraft, von der es selbst beherrscht wird. Also meine Idee: wir lassen ihn hier unter der Kaminhaube los, und können wir auch von ihm selber nicht freikommen, dann können wir doch wenigstens von seinem üblen Schein freikommen, denn der Ruß wird ihn schwarz wie einen Schornsteinfeger machen. Alles andere ist sinnlos, wir können ihn nicht umbringen, das ist ja, als wolle man einen Quecksilbertropfen zerquetschen.»

Also ließen wir den Mond unter der Kaminkappe los; und er schoß gleich wie eine Rakete nach oben und verschwand im Schacht.

«Ha!» meinte der Freund. «Jetzt ist mir leichter! Mit welcher Mühe hab ich ihn nach unten gedrückt, glitschig und schmierig wie er war! Wollen wir das Beste hoffen!» Und besah angewidert seine verschmierten Hände.

Wir hörten von oben ein kurzes Rumpeln, ein dumpfes Fauchen, fast ein Puffen wie von einem angestochenen Staubpilz und schließlich ein Schnauben: vielleicht hatte der Mond Schwierigkeiten mit der Verengung des Kamins. Man hätte sagen können, daß er prustete. Vielleicht preßte und verformte er seinen qualligen Körper, um durchzukommen; schmierige Tropfen fielen ins Feuer und verschmorten, und die Küche füllte sich mit Rauch, weil der Mond den Durchzug verstopft hielt. Dann nichts mehr; und der Rauch zog wieder durch den Schacht.

Wir stürzten ins Freie hinaus. Ein eisiger Wind fegte über den klaren Himmel, und alle Sterne erstrahlten in hellem Glanz; und vom Mond keine Spur. Wir riefen Hurra! und Hoch! wie besessen, wir haben es geschafft! Und fielen uns in die Arme. Aber dann kamen mir doch Zweifel: Konnte es nicht sein, daß der Mond noch zusammengepreßt im Schacht meines Kamins hing? Doch mein Freund beruhigte mich, das könne nicht sein, das könne ganz und gar nicht sein; im übrigen kam mir zu Bewußtsein, daß weder er noch ich den Mut aufbringen würden, dort nachzuschauen. Und so überließen wir uns im Freien unserer Freude. Als ich dann wieder allein war, verbrannte ich mit viel Umsicht giftige Substanzen auf dem Feuer, und dieses Ausräuchern beruhigte mich völlig. Aber noch in derselben Nacht wälzten wir uns aus Freude ein bißchen auf einem nassen Fleck in meinem Garten, einfach so, ganz harmlos und fast spöttisch und nicht etwa, weil wir gemußt hätten.

Ein paar Monate lang erschien der Mond nicht mehr am Himmel, und wir waren frei und fühlten uns gelöst. Frei nicht, zwar froh und auch frei von der traurigen Wut, doch nicht eigentlich frei. Denn es war ja nicht so, daß er nicht am Himmel gestanden hätte, fühlten wir doch genau, daß er da war und uns ansah; nur dunkel war er, schwarz und zu verrußt, um gesehen zu werden und uns quälen zu können. Er war wie die schwarze Nachtsonne, die in Urzeiten, zwischen Untergang und Morgengrauen, den Himmel rückwärts durchlief.

Tatsächlich war diese unsere erbärmliche Freude auch bald zu Ende. Eines Nachts zeigte sich der Mond wieder. Zerfranst und verräuchert, denn düster ist gar kein Ausdruck, sah man ihn kaum, vielleicht konnten nur mein Freund und ich ihn sehen, weil wir wußten, daß es ihn gab; und er blickte finster, mit einem Ausdruck der Rache auf uns herab. Wir erkannten, wie sehr ihn der erzwungene Durchgang durch den Rauchfang ramponiert hatte; doch die Winde des Alls und sein eigener Lauf reinigten ihn allmählich vom Ruß, und seine fortwährende Drehung verlieh seinem weichen Körper wieder die ursprüngliche Form. Über eine lange Zeit hinweg zeigte er sich so, als käme er aus einer Mondfinsternis, freilich jeden Tag ein wenig heller; bis er wieder so wurde, wie ihn ein jeder sehen kann, und dann haben wir uns wieder im Schlamm gesuhlt.

Aber er hat sich nicht gerächt, wie er doch anscheinend wollte, im Grunde ist er gutmütiger, als man meint, was weiß ich, nicht so bösartig, eher dumm. Meinerseits neige ich ja zur Ansicht, daß er letztlich keine Schuld hat, daß er nichts dafür kann, daß er genauso gezwungen ist wie wir, ja, so meine ich das wirklich. Nicht so mein Freund, für ihn gibt es keine echte Entschuldigung.

Und so muß ich euch jedenfalls sagen: gegen den Mond kommt man nicht an.

Die Klinge

Als Renato di Pescogianturco-Longino eines Nachts die Hinterlassenschaft seiner Ahnen durchstöberte . . . Doch muß erst kurz gesagt werden, worin überhaupt das Erbe bestand. Die Pescogianturco-Longino waren, ausgenommen die Kreuzritterahnen, alle, wie man so zu· sagen pflegt, mehr oder minder solide Menschen gewesen, die sich um die Verwaltung ihrer Güter und überhaupt um das Wohlergehen ihrer Familie gekümmert hatten; dies hin bis zu Renatos Vater selig, der so etwas wie ein Verbindungsglied zwischen dieser erbaulichen aristokratischen Ahnenreihe und seinem Sohn darstellte. Nie hatte er, kurz gesagt, auch nur irgend etwas Rechtes zuwege gebracht, war ein Träumer, launisch, übersensibel und vor allem über jedes Maß hinaus faul gewesen: ein trübsinniger Verschwender. Sein gar edles Geschlecht schien also durch ihn der völligen Verderbnis und letztlich dem Untergang geweiht zu sein; verurteilt doch das Erscheinen eines Sobeschaffenen selbst älteste Familien zu sicherem Tod. Erstaunlich im übrigen, innerhalb welch kurzer Zeit die von uns erwähnte Prosperität sich in Eingeschränktheit und endlich in tristes Elend verwandelt hatte: innerhalb von nur zwei Generationen. Und doch war dem so. Renato jedenfalls konnte den in den Burgspeichern verstreuten vielfältigen und ehrwürdigen alten Kram als einzige oder so gut wie einzige Hinterlassenschaft betrachten. Dies abgesehen von der Burg selbst, darin er, um es kurz zu machen, nunmehr mangels Substanz zu leben gezwungen war.

In jener Nacht, so sagt man, zog er schließlich aus einem Haufen verstaubter Waffen und Schabracken, lauter Zeug vergangener Zeiten, eine Klinge mitsamt ihrem Futteral hervor, die er bis dahin noch nie gesehen zu haben glaubte. Im Schein seiner Kerzenleuchte besah er sich erst das Futteral und erkannte, daß es aus edlen Stoffen, nämlich Samt und Byssus bestand, verfestigt durch Riemen aus kostbarem, verschiedenfarbig bemaltem Leder und Beschläge und Spangen wohl aus Gold und Silber, obwohl das Filigran mit der Zeit nachgedunkelt war. Aber es schien dies endlich ein wirklich kostbares Stück zu sein, und das eben erregte Renatos besondere Aufmerksamkeit. Vielleicht konnte man Geld damit machen? So entschloß er sich, die Klinge mit in seine Gemächer zu nehmen und dort in aller Ruhe zu prüfen.

Seit geraumer Zeit war Renato von einer sonderbaren Unruhe, von einer Vorahnung ergriffen, die sich zwar als bezuglos herausstellte, ihn jedoch nicht wenig ängstigte. Konfus sagte er sich, daß es an der Zeit sei, irgend etwas zu unternehmen, und daß er aus dieser Situation herauskommen müsse; daneben hatte er auch ein vages Reuegefühl, und oft überkam ihn eine sonderbare Erregung wie etwa bei einem Schatzsucher, der voraussieht, bald fündig zu werden. Es kam ihm wirklich so vor, als stünde ihm ein großer Reichtum zur Verfügung, ohne daß er freilich wußte, von welcher Art dieser sei und wie er sich seiner bedienen könne. Und nun, da er sich mit dieser kostbaren Klinge vor dem Kaminfeuer befand, hatte er stärker denn je diese Empfindung.

Kaum hatte Renato das Futteral ein wenig entstaubt, bestätigte es ihm seinen vorherigen Eindruck auf dem Speicher. Dies war wirklich eine kostbare, von einem hervorragenden Meister gefertigte Waffe! Jetzt konnte kein Zweifel mehr darüber bestehen, daß die Beschläge aus feinstem Gold und die Steine am Knauf, obwohl durch die lange Abgeschiedenheit fast völlig stumpf geworden, Topase und Smaragde waren. Immerhin konnte Renato sich nicht recht entschließen, die Waffe herauszuziehen; als ob ihn eine unerklärliche Angst davor zurückhalte. Doch tat er es endlich mit einem Ruck.

Die Strahlen der Herbstsonne durch die halbgeschlossenen Läden in ein dunkles Zimmer, Spitzlichter, die sie bis in die entlegensten Winkel schickt, oder die leuchtenden Zungen, die sich bisweilen aus dem Feuer recken, sie alle waren ein Nichts im Vergleich zu dieser strahlenden Klinge! Erschrocken mußte Renato seine Augenlider schließen, um von diesem hellen Glanz nicht geblendet zu werden. Nicht daß es in dem alten Saal besonders hell gewesen wäre. Die Klinge schien ihr eigenes Licht zu verbreiten. Blank und noch unversehrt seit alten Zeiten, hätte man sie für ein Goldblatt halten können, wäre da nicht so etwas wie ein düsteres Leuchten aus ihrem Inneren gewesen (das jedoch die gleißende Durchsichtigkeit in keiner Weise beeinträchtigte), und dies ließ bei dem geheimnisvollen Material eher an Topas oder vielleicht an einen ungewöhnlichen Stein aus dem Orient denken. Denn sie war durchsichtig: Renato erkannte durch sie, nur um ein weniges verzerrt, die Feuerzungen im Kamin. Und sie war so dünn, daß sie überhaupt keine Dichte zu besitzen schien und noch weniger eine Schneide und einen Rücken oder zwei Schneiden und eine Rippe wie die anderen Schwerter alle; so dünn, daß sie sich eigentlich verbiegen und verkanten hätte müssen, wäre ihr nicht durch eine geheimnisvolle Herstellungsweise Härte und Flexibilität verliehen worden, wie sie jede andere Stahlklinge besitzt.

«Sieh einer an!» sagte Renato mit lauter

Stimme; und führte seinen Daumen an die Klinge, wie man es tut, um die Schneide zu probieren. Hätte er es nicht getan! Ein Schnipsel vom Nagel und ein winziges Stück von der Fingerkuppe sprangen ab, noch bevor er, wie er meinte, auch nur irgendeinen Druck ausgeübt hatte. Das heißt, um es ganz deutlich zu sagen, die Schneide war wohl durch Fingernagel und Fingerkuppe gefahren, wie ohne zu schneiden, jedenfalls ohne einen Schmerz zu verursachen; erst einen Augenblick danach, als Renato sich bewegte, fiel der Schnipsel vom Finger, und er spürte ein Brennen. «Sieh einer an!» wiederholte er und tupfte das bißchen Blut ab; «da haben wir ja wirklich eine scharfe Waffe!»

Renato nahm die Klinge wieder zur Hand, um sie an einem härteren Material zu versuchen. Er streckte sie nach einem runden Holzstück im Kamin aus, das am einen Ende brannte und am anderen durch einen Feuerbock gestützt wurde; kaum hatte er sie nur gerade darangelegt, ohne auch nur den mindesten Druck auszuüben, da spaltete sich das Holz ganz leicht und mit einem ungewöhnlich präzisen Schnitt: das gar nicht wahrnehmbare Gewicht des Schwertes hatte dazu ausgereicht. Als er es flach vor der Flamme schwang, leuchtete es auf wie ein heller Kupferspiegel, und es war ihm, als erschienen darauf, ob eingraviert oder mit eingehämmert, kaum sichtbare Wörter in der Seele der Klinge, man wußte nicht, wo angebracht, Wörter, wie sie der Sonnenstaub in einen Windhauch schreiben mag. Renato las: «Ich, Ritter Castaldo Di Pescogianturco-Longino Schmiedete diese Klinge Schärfer noch als das Rolandsschwert, Fortan wirst du keinen Feind mehr haben.» Es schienen ihm Verse zu sein, und die Schriftzüge waren sehr alt.

Da wurde Renato von großer Erregung gepackt und führte einen Streich gegen den Aufsatz eines Feuerbocks, schier als Herausforderung an den Spruch seines Urahnen; und der erlesene Messingknauf, eine feine Handwerksarbeit, rollte augenblicks in die Flammen. Also konnte das Schwert ebenso leicht Eisen durchschneiden! Renato verließ den Kamin mit seinem geköpften Feuerbock und durchwanderte den alten Saal, wirbelte das Schwert und schwang es gegen jeden Gegenstand, der in Reichweite kam, und rief dazu, ohne jeden Zusammenhang, Worte des Frohlockens und der Schwermut, wie: «O weh, jetzt steht mir alles Glück bevor! Ich Elender, mir gehört die Welt, wer kann mir jetzt noch widerstehen?» Gegen was auch immer diese strahlende Klinge geschwungen wurde, sie schien kein Hindernis zu kennen und öffnete sich ihren Weg; sie durchdrang alles und jedes, als sei sie das Gespenst einer Klinge. Und der getroffene Gegenstand ließ auch keinerlei Schnitt erkennen, es sei denn, zwischen den beiden Hälften bestand kein Gleichgewicht, dann verschoben sie sich in Richtung des geführten Streichs und fielen auf dem Boden auseinander; doch wenn man auch gar nichts sah, hatte das Schwert alles durchschnitten, und man konnte ahnen, daß ein einziger Lufthauch, die geringste Bewegung genügen würden, ihn in seiner Gänze auseinanderfallen zu lassen.

Renato lief also schreiend durch den Saal, und bei seinem Herumfuchteln fiel alles zu Boden, was sich nicht im Gleichgewicht halten konnte. Dergestalt stürzten die Köpfe der beiden steinernen Büsten zwischen den drei Türen zu Boden, erlauchte Vorfahren, und es fielen mit Gepolter die Rückenlehnen einiger Sessel sowie die vier Rüstungen hüftaufwärts mit eisernem Geklirr; aus einer Nische streckte sich eine marmorne Frauenhand, sie wurde durchtrennt; und die alten Portieren, blitzartig zerschnitten, sanken zur Erde. Herbeigerufen durch das Getöse, erschien auf einer Türschwelle ein betagter Mann, der nunmehr alle Dienste in der Burg verrichtete; Renato rief ihm irgend etwas zu, und der Alte zog sich prompt zurück, als er sah, daß sein Herr nicht innehielt, dies flammende Schwert zu schwingen.

Diese Nacht schlief Renato, die blanke Klinge an seiner Seite, im alten Bett mit dem Baldachin. Dies ist das Glück, das ich erahnte, dachte er, dies ist der Schatz, nach dem ich suchte, ohne ihn zu kennen, dies der große Reichtum und das Glück, die ich erwartete. Die Klinge kann bis in die innersten Teilchen eines jeden Körpers eindringen und sie ungesehen zerschneiden, sie kann alles und jedes durchdringen. Mit diesem Schwert werde ich große Taten vollbringen; welche, weiß ich noch nicht, doch allemal große. Darüber wollte er einschlafen, konnte es aber lange nicht: eine düstere Angst ging von dem rührigen Schwert auf ihn aus, das da neben ihm auch in der Finsternis leuchtete.

Doch Tag um Tag verging, ohne daß Renato eine gebührende Verwendung für dieses sein wundertätiges Schwert eingefallen wäre. Wie nur, werdet ihr jetzt sagen, kann es denn sein, daß man mit einer solchen Waffe nichts anzufangen weiß? Und doch ist das manchmal so. Schließlich ist allgemein bekannt, daß eine Waffe, je vortrefflicher sie ist, einer desto erhabeneren Verwendung zu dienen hat: es war dies kein gewöhnliches Schwert und hätte zu keinem gewöhnlichen Unterfangen eingesetzt werden können. Und wenn man derart von Stunde zu Stunde auf das größere Unterfangen wartet und die kleineren verwirft, verpaßt man endlich auch die letzteren und hat das Nachsehen. Jedenfalls mußte sich Renato zu seinem Bedauern eingestehen, daß er keine Feinde besaß, die umzubringen und deren Anhängerschaft zu zerstreuen gewesen wären; Ungeheuer zu bezwingen gab es keine mehr; wozu konnte ihm diese Klinge also von Nutzen sein? Jedermann, ich wiederhole es, wird dies gewiß sonderbar erscheinen; doch versucht selbst einmal, euch einen angemessenen Gebrauch dieses Schwerts auszudenken, und ihr werdet schon sehen. Statt Renato vor seinen Feinden zu beschützen, war es, ganz im Gegenteil, nun irgendwie zu seinem Feind geworden (und sollte es in der Folge noch viel mehr sein!). Daß er sich seiner nicht zu bedienen vermochte oder wußte, enthob ihn schließlich nicht der Verantwortung, es zu besitzen; ein wahrhaft bedrückendes Gefühl! Da habe ich nun, sagte er sich, eine Wunderwaffe in meiner Hand und kann sie nicht nutzen; allein dieser Gedanke nahm ihm das bißchen Ruhe, das ihm noch beschieden war. Heute, sagte er sich zuweilen, wenn er sich an einem hellen Morgen aus dem Bett erhob, heute werde ich . . . etwas Herrliches vollbringen! Doch bei diesem vergeblichen Vorsatz machte der Vormittag dem Nachmittag und der Nachmittag dem Abend Platz. Zwar trug er das Schwert bei seinen Gängen über die Felder mit sich und köpfte bei jedem Schritt die reinen wilden Lilien, die sich in der Brise des Sonnenuntergangs wiegten (getreues Abbild der kommenden Tragödie!); zwar hatte er als neuerliche Probe zwei Kühe seines Eigentums in zwei Hälften gespalten; zwar gab es in der Burg keinen Kopf, keinen Arm, keine Schulter einer Statue und auch keine Kopfhaube mehr, die noch ihren Platz einnahmen; aber darüber hinaus hatte er sich nichts anderes ausdenken können. Ja, dies Schwert war fast zu seinem Feind geworden; und fast wäre es ihm schon lieber gewesen, er hätte es nie aus dem Nachlaß geholt.

Und eines Abends kam das weiße Mädchen. Blond war sie, von auserlesener Schönheit, biegsam wie ein Schilfrohr und schlank wie eine Silberpappel. Bis zu den Füßen hinab in schwere weiße Seide gewandet, die schmale Taille von einem breiten Gürtel umschlossen. Schüchtern und sanft ihr Blick.

«Was willst du?» fragte Renato finster, als er sie erscheinen sah. Und sie, ängstlich: «Ich weiß wohl, daß du mich nicht sehen willst; doch wüßte ich nun auch nicht, wie ich noch ohne dich leben sollte, das fühlte ich mit Sicherheit in diesen Tagen. Und dachte, daß ich lieber tausend Toden entgegentreten würde.» Renato, der fast nie ohne sein rühriges Schwert war, nahm es, ohne zu überlegen, vom großen Eichentisch, auf dem es lag; und es hob sich zwischen ihm und dem Mädchen die flammende Klinge. «Geh fort!» wiederholte er. «Geh fort und verlasse mich! Hörst du nicht?» Und das Mädchen wiederum, ohne zu weichen: «Ich gehe nicht», und sie war nur etwas geblendet vom Erstrahlen der Klinge. Durch sie hindurch konnte Renato ihre Gestalt sehen, ein wenig getrübt und verzerrt wie in einem leicht bewegten Wasser. «Um nichts in der Welt werde ich jetzt gehen.» Und Renato wieder: «Ich will aber nicht! Ich will nicht geliebt werden», wobei er mit den Füßen stampfte und sein Schwert schwang. Zugleich dachte er: ‹Ob dies wohl die große Tat ist?› Und fuhr mit ruhigerer Stimme fort: «Höre, Mädchen: kleidet die Sonne nicht die Felder in ihre goldenen Strahlen, singen die Vögel nicht im Wald, rauschen nicht die Blätter und die Bäche, weht der Wind nicht ungehemmt über die Berggipfel? Was hast du schon mit mir in diesem Eulennest zu schaffen?» – «Aber die Sonne ist Ruß», erwiderte das Mädchen, «und die Felder sind Asche, die ganze Natur ist trist und stumm, du siehst es nur nicht, Renato!, weit weg, wie du bist.» – «Sieh auf dich selber!» rief Renato in einem eigenartigen Rausch und dachte: ‹Das ist die große Tat.› – «Nichts habe ich zu fürchten», sagte das Mädchen noch in Sanftheit.

Es waren ihre letzten Worte: Renato riß plötzlich die Waffe hoch und ließ einen mächtigen Streich auf das Mädchen niederfahren. Die Klinge drang widerstandslos durch den ranken Körper; aber das Mädchen stürzte nicht, es blickte unbewegt mit sanften Augen auf seinen Mörder, ein leichtes Lächeln auf den Lippen. Ihre weiße Stirn schien wie ein Morgengrauen gegen dunkle Fensterscheiben, darüber ferne Sterne der Nacht; und kein Anzeichen von der grauenhaften Wunde. Das Schwert jedoch, das Renato noch in der Hand hielt, schien in jenem Lilienkörper allen Glanz gelassen zu haben: im Nu war die vortreffliche Waffe aschfahl und düster wie ein verloschenes

Holzscheit, fürwahr zu einer trübseligen und tristen Waffe geworden! Renato, dem der Rausch schlagartig vergangen war, sah verstört auf das regungslose Mädchen und hatte Angst, an sein eigenes Tun zu glauben. «Gott!» rief er. «Was habe ich getan!» und schleuderte die untaugliche Waffe weit fort.

Da wollte das Mädchen, obwohl in seinem Innersten ganz und gar durchschnitten, dem Geliebten zulächeln und ihn trösten. Das genügte. Ihr Gesicht begann sich zu spalten und ging langsam auseinander. Ein feiner, erst kaum wahrnehmbarer roter Strich zeigte sich zunächst oben im goldenen Haar bis zum Halse und dann weiter, immer weiter hinab über die Brust und die weiße Seide; und der Schnitt öffnete sich, und das Blut quoll heraus, nur ein wenig sprudelnd, insbesondere zwischen dem Haar. Das Lächeln war inzwischen zur grauenhaften Fratze, zu einem zweideutigen erschreckenden Grinsen geworden; der Schnitt durch den ranken Körper öffnete sich rasch; gespalten von der erbarmungslosen Klinge, wankte das Mädchen. Durch den Spalt lachten bereits die fernen nächtlichen Sterne; schneller als man sich's versah, fiel das zarte Mädchen, was für ein ungewohnter Anblick, vor seinem Mörder auf dem Boden auseinander. Und die zerteilten Gliedmaßen verband nur noch das stille Blut.

So war die edle Wunderwaffe, die Renato zum Schutze des Guten oder zumindest seines Glücks hätte gebrauchen können, nur dazu nutze gewesen, ihm das Liebste auf Erden zu zerstören.

Wer hätte sie denn auch so erloschen, und wenn auch so scharf wie zuvor, noch haben wollen? Der Mann, der sie hervorgeholt, warf sie in den tiefsten Abgrund der Erde, denn er wollte die Welt vor ihrer unheilvollen Macht bewahren. Doch andere Männer oder Götter holten sie wieder und gaben sie wieder anderen unverschuldet zum Schicksal. Und diese schleppten sie auf ihrem Erdenweg wie ein Kreuz mit sich, und also wird es auch fortan zum Unglück aller sein.

Die Nacht in der Provinz

«Sie müßten sich (sagte da der Freund) in irgendeinem entfernten Winkel der Provinz erholen. Und nicht in einem melancholischen Kleinstädtchen, wo es immerhin einen Zirkel oder, wie sie sagen, eine *Casina* gibt; denken Sie lieber an ein winziges Dorf, an einen verlorenen Flecken mitten in den Bergen. Als sich meine Geschichte abspielte, lebte ich dort oben, und schließlich (fügte er lächelnd hinzu) bin ich ja auch da geboren.

Können Sie sich denn vorstellen, was ein Abend in solch einem Ort überhaupt ist? Ich meine, wenn die Honoratioren, Gemeindesekretär und Gemeindearzt womöglich inbegriffen, in einem jener armseligen Häuser zusammenkommen, um so gut es geht die Zeit totzuschlagen und sich die Langeweile zu vertreiben? Ich meine, wenn Sie keine Ahnung haben, kann ich Ihnen vielleicht durch meine Erzählung einen ungefähren Eindruck vermitteln. Um mich nachher nicht mehr damit aufhalten zu müssen, füge ich noch hinzu, daß die Nacht, von der die Rede sein wird, eine Sturmnacht war. Schon seit drei Tagen wehte pausenlos ein kalter Nordwind und ließ dieses Haus, wie man wohl sagen kann, von Grund auf erzittern; und Sie wissen, daß es bei uns auch keinen Fensterladen gibt, der richtig schließt. Das Haus war Wind und Wetter ausgesetzt, und durch die zahllosen Spalten und Ritzen, durch die weiten Kaminschächte und von überallher drang heulend und pfeifend der Wind ein. Und da gab es noch, wie ich mich entsinne, wer weiß wo einen Laden oder eine Türklappe, die bei jedem Windstoß dumpf anschlug: kein Mensch im Hause hatte herausfinden können, wo sich diese Klappe befand, und hatte sie also auch nicht festmachen können.

Wir waren verschiedene junge Leute, abgesehen von den Alten. Es fehlte auch nicht an Mädchen, schmachtend und anzüglich, wie es dort ihre Art ist. Unter ihnen war mir schon längst ein junges Ding aufgefallen, schlank und biegsam wie ein Rohr. Das Haar war kastanienbraun, eigentlich grünlich, die Augen abgründig und dunkel, wie erstaunt und doch lebhaft; wenn sie sprach oder wenn sie lachte, stand sie stets vor irgendeinem Licht (so habe ich sie jedenfalls in Erinnerung), wobei ihre glänzenden Lippen immer ein wenig von dem Gold zu bewahren schienen, das die Sonne während ihres Tageslaufs verloren hatte. Aus ihrem Mund strömte ein heißer und doch leichter Atem, voll der wildesten und zartesten Düfte. Ich muß sagen, daß dieses Mädchen ganz allgemein den Eindruck machte, als sei es schier von seinem eigenen Feuer versengt; häufig war die reine Stirn wie von einem unangenehmen Gedanken überschattet; bisweilen bewahrte es ein langes Schweigen, wie von einem unbekannten Weh erfaßt; und es hatte die Angewohnheit, seine Hand an die kleine Brust zu legen, als wolle es das allzu stürmische Herzklopfen beruhigen (im übrigen geriet es leicht in Atemnot). Es war ja noch ein Kind und mochte vierzehn Jahre alt gewesen sein. Ich selbst war damals nicht älter als achtzehn. Wenn Sie jetzt meinen, ich hätte mich zu lange und mit zuviel Wärme bei dieser Beschreibung aufgehalten, dann will ich Ihnen klipp und klar sagen, daß mir dieses Mädchen sehr lieb gewesen ist.

Wir probierten erst alle gängigen Spiele durch, nämlich «Die Sprichwörter», «Das Telegramm», «Die Post» und andere mehr. Ich weiß noch, daß sich unter meiner «Post» ein Zettelchen von ihr befand, das von einem Zeitungsrand abgerissen war. Ich kann es noch auswendig, entschuldigen Sie: «Schönheit und Sommerliebe verfliegen, doch ein kluges Mädchen vertraut lieber nicht solch vergänglichem Gut» (es war Herbstanfang).

Gängige Spiele sagte ich, aber sie waren auch abgenutzt; in der Tat fanden sie wenig Anklang, und bald hatte uns die Langeweile ergriffen. In unserer Jugend sind wir ja immer ungeduldig. Nach diesen Spielen trat eine kurze Pause ein, und wir horchten alle auf den unvermindert heftigen Wind. Da schlug einer der alten Leute das Mörderspiel vor, das schon lange aus der Mode war und deshalb schon wieder als neu gelten konnte. Begeistert gingen wir auf den Vorschlag ein, und gleich herrschten wieder Trubel und Heiterkeit.

Ich will das Spiel kurz erklären. Vorher gibt es eine geheime Auslosung: in irgendeinem Behälter werden so viele Zettel gut vermischt, wie es Teilnehmer gibt, und dann zieht sich jeder sein Los und betrachtet es, ohne etwas zu sagen. Alle Zettel sind weiß, bis auf zwei, die jeweils mit «Mörder» und «Polizist» oder, wenn man so will, auch mit «Kommissar» beschriftet sind. Das heißt, diese beiden Hauptakteure übernehmen ihre Rolle, ohne daß die übrigen Spieler und auch sie selbst das voneinander wissen. Dann wird das Licht ausgedreht und das eigentliche Spiel kann beginnen: Die Beteiligten schleichen lautlos hierhin und dorthin im dunklen Haus, bis einer von ihnen einen Schrei ausstößt und sich zu Boden oder auch auf ein Sofa fallen läßt, wenn es sich um eine ältere Person handelt. Dies ist das Opfer, dem der Mörder zum Schein Gewalt angetan und bedeutet hat, daß es sich als tot betrachten solle. Das Licht wird wieder angemacht, und nun muß der Polizist den Mörder herausfinden, wobei er sich auf Indizien oder Aussagen stützt, die er von den anderen bekommen kann (das Opfer natürlich ausgenommen), oder auch auf das, was er selbst in der Dunkelheit bemerkt hat, da ihn ja keiner kannte. Das Ende ist wie üblich: wird der Mörder entdeckt, muß er ein Pfand bezahlen, andernfalls der Polizist.

Ich denke, Sie stimmen mit mir überein, daß ein solches Spiel die verschiedensten Kombinationen zuläßt. Grundsätzlich aber hat es einen schwachen Punkt: es bedingt ein ständiges Mißtrauen unter den Beteiligten, ein recht ungerechtfertigtes sogar, wie Sie am Schluß sehen werden. Allemal lohnender ist das Spiel für diejenigen, die in der Dunkelheit flüchtige Küsse tauschen wollen.

Doch an diesem Punkt angelangt, muß ich nun gestehen, daß ich mich als Erzähler der besten Wirkungen beraubt habe; ich verlor mich in Vorreden und bin bereits am Ende der Geschichte, noch ehe ich sie richtig begann. Folglich bleibt mir nicht mehr viel zu sagen. Ich bewegte mich auf Zehenspitzen (um dem unbekannten Polizisten keinen Hinweis zu liefern) und tastend durch den großen Raum, auf der Suche nach irgendeinem Opfer; denn ausgerechnet ich hatte das Mörderlos gezogen. Plötzlich fühlte ich mich von zwei erregten Armen umfaßt, die ich sofort erkannte; zwei weiche, brennende Lippen berührten die meinen. Ich wollte das Mädchen festhalten, doch sie entwand sich mir gleich und verschwand in der Dunkelheit, nicht ohne mir vorher noch etwas Liebes zugeflüstert zu haben, was ich freilich nicht verstand. Sie tat dies zum erstenmal. Mir kam gar nicht der Gedanke, sie zu ermorden; ganz benommen und glücklich erging ich mich ziellos hierhin und dorthin; und da ich nicht eingriff, zog sich das Spiel übermäßig in die Länge. Undeutlich vernahm ich ringsum unterdrücktes Mädchenlachen und die unterschiedlichsten Geräusche: denn um die Aufmerksamkeit des unbekannten Mörders auf sich zu lenken und ihn endlich tätlich werden zu lassen, schlugen die jungen Leute an Möbel und husteten und räusperten sich lautstark.

Dann näherte ich mich wohl unbeabsichtigt denjenigen, die diesen Krach machten, und da sie mich hörten (gab ich mir doch gar keine Mühe mehr, leise zu sein) und nicht wußten, was für eine Rolle ich hatte, verstummten sie; auch das Scharren und Klopfen hörte auf. Eine völlige, spannungsgeladene Stille trat ein. Da war nur noch der Wind, der draußen heulte, und die Klappe oder Tür, die wer weiß wo in einem fort schlug. Auf einmal überfiel mich eine schreckliche Angst, ganz im Gegensatz zu meiner vorangegangenen Stimmung. Und da hörte ich einen schrillen Schrei am anderen Saalende; ich erkannte die Stimme, obwohl sie von offenbar echtem Schmerz ganz entstellt klang; und fast im gleichen Augenblick ging das Licht wieder an.

Es kam manchmal vor, daß jemand sich das Recht des Mörders anmaßte, ohne durch das Los dazu bestimmt zu sein; eben nur so, um Verwirrung zu stiften. Ich nahm an, daß es auch diesmal so sei, und eilte laut protestierend zu der Stelle, wo ihr Körper am Boden lag. Doch schon bevor ich dort war, erkannte ich auf den Gesichtern derjenigen, die vor mir eingetroffen waren, größte Niedergeschlagenheit oder, besser, größte Verblüffung. Alle diese jungen Menschen hatten den Ausdruck tiefster Betroffenheit von Unschuldigen, Gedemütigten, Erschütterten, waren wie Geschöpfe, die man hintergangen hatte. Alle schwiegen sie und wagten kaum zu atmen; erst einen Augenblick später erhoben sich Schreie.

Das Mädchen lag auf dem Rücken, kreidebleich, die Augen geschlossen; ihre Hand lag kraftlos auf der Brust, es war die gewohnte Geste. In der Schlüsselbeinvertiefung, gleich links neben dem Halsgrübchen, steckte bis zum Schaft ein Dolch oder ein Stoßmesser, jedenfalls eine bemerkenswert große Waffe, deren Griff einen schwachen Schatten auf die blaugewordenen Lider des Opfers warf. Als man dieses Messer herauszog, quoll das Blut in Strömen aus der Wunde.

Nun ist die Geschichte wirklich zu Ende. Unnötig hinzuzufügen, daß der Mörder nie gefunden wurde; nicht der Ortspolizist und nicht später die anderen Polizisten wußten hier Rat und Tat. Wer von uns und welcher Mensch überhaupt hätte schließlich irgendein Interesse daran haben können, ein solches Mädchen zu ermorden? Für den wirklichen Mörder gab es keinerlei Spur oder Indiz.

Ich habe jene Waffe noch in meinem Besitz (sagte der Freund zum Schluß, tupfte sich etwas Schweiß ab und blickte uns endlich in die Augen). Die lange scharfe Klinge ist fein damasziert, ihren Griff könnte man für Horn ansehen mit fast perlmutternen grünen und roten, recht düsteren Reflexen. Und doch . . . Nun (der Freund lächelte schüchtern), man könnte auch sagen, der Griff ist aus einem unbekannten Material. Und die Klinge? Sicher, sie glänzt wie polierter Stahl, aber woher kommt es, daß nach so vielen Jahren die leichten Blutspuren darauf immer noch so lebhaft rot sind?»

Gogols Frau

«Kriegslärm ringsum»

... Da ich nun dabei bin, mich dem komplizierten Problem um Nikolai Wassiljewitschs Frau zuzuwenden, kommen mir doch einige Bedenken. Habe ich überhaupt das Recht, bekannt zu machen, was allen unbekannt ist, was selbst mein unvergeßlicher Freund vor der Welt verheimlichte (und dafür seine guten Gründe hatte) und was, so sage ich, zweifellos den boshaftesten und unsinnigsten Auslegungen Nahrung geben wird; um erst gar nicht davon zu reden, daß dies womöglich den Sinn gar vieler schmutziger und pfäffischer Heuchler und, warum denn nicht, auch einige echte Unschuldsgemüter, so es die noch geben sollte, beleidigen wird? Letztendlich das Recht zu offenbaren, wovon sogar mein eigenes Urteil Abstand nimmt, damit es nicht zu einem mehr oder minder eingestandenen Tadel neige? Doch habe ich als Biograph schließlich festumrissene Pflichten; einerseits halte ich nicht dafür, daß jegliche Kenntnis über einen so bedeutenden

Mann für uns und die kommenden Generationen nutzbringend sei, andererseits möchte ich aber auch nicht einem ungewissen Urteil überlassen, das heißt verbergen, was allein, wenn überhaupt, am Ende der Zeiten unvoreingenommen beurteilt werden kann. Wie sollten wir uns also anmaßen, hier zu verurteilen? Ist uns denn das Wissen darüber gegeben, nicht nur welch innerer Notwendigkeit, sondern auch welch höherem und allgemeinem Nutzen so bedeutender Männer Handlungen entsprechen, die uns nun gerade als niedrig erscheinen? Wahrlich nicht, verstehen wir doch von solchen privilegierten Naturen im Grunde genommen gar nichts. «Es ist wahr», hat einmal ein Großer gesagt, «daß auch ich Pipi mache, aber aus ganz anderen Gründen!»

Doch nun das, was mir in unzweideutiger Weise bekannt ist, was ich mit vollkommener Sicherheit weiß und allemal beweisen kann, und kein Wort über eine Strittigkeit – die es, wie ich zu hoffen wage, von nun an nicht mehr geben wird. Ich sehe davon ab, weil es beim jetzigen Stand der Gogolforschung nicht mehr vorausgeschickt werden muß.

Nikolai Wassiljewitschs Frau, das ist rasch gesagt, war gar keine Frau, nicht einmal ein menschliches Wesen und überhaupt kein Lebewesen, sei es Tier oder Pflanze (gewissen Leuten zufolge wollte sie es aber glauben machen); sie war einfach eine Puppe. Jawohl, eine Puppe; und das mag die

Verwirrung oder, schlimmer, die Entrüstung einiger Biographen erklären, die gleichfalls mit unserem Autor befreundet waren. Diese beschweren sich darüber, sie nie zu Gesicht bekommen zu haben, obwohl sie doch ihren berühmten Ehemann recht häufig besuchten; ebenso beschweren sie sich, «nicht einmal ihre Stimme» auch nur irgendwann gehört zu haben. Weshalb sie auf ich weiß nicht was für obskure, schändliche oder gar ruchlose Zusammenhänge schließen. Nicht doch, meine Herrschaften, alles ist stets viel einfacher, als man glauben könnte: Sie haben nur deshalb ihre Stimme nicht gehört, weil sie gar nicht sprechen konnte. Oder, um ganz genau zu sein, sie konnte es nur unter bestimmten Bedingungen und, mit Ausnahme eines einzigen Falles, wie wir noch sehen werden, immer nur dann, wenn sie mit Nikolai Wassiljewitsch allein war. Ich verwahre mich gegen diesen sinnlosen und billigen Einspruch; kommen wir lieber zu einer tunlichst genauen und vollständigen Schilderung des betreffenden Wesens oder Dinges.

Gogols sogenannte Frau erwies sich demnach als gewöhnliche Puppe aus dickem Gummi, die zu jeder Jahreszeit nackt und fleischfarben oder, falls man dies bevorzugt, hautfarben war. Da jedoch Frauenhaut nicht stets von gleicher Farbe ist, will ich präzisieren, daß es hier zumeist ein ziemlich heller und glatter Teint war, wie er gewissen Schwarzhaarigen eigen ist. Daß die Puppe weiblich war, braucht nicht erst wiederholt zu werden. Doch sei gleich darauf hingewiesen, daß sie sich äußerlich sehr verändern konnte, wenn auch natürlich nicht bis zu dem Punkt, daß sie ihr Geschlecht änderte. Immerhin brachte sie es fertig, einmal mager, fast busenlos und schmalhüftig, also mehr wie ein Ephebe denn wie eine Frau auszusehen; und ein andermal überfüllig oder, rundheraus gesagt, dick und fett. Zudem veränderte sie häufig die Farbe ihres Haupthaars und der übrigen Körperhaare, ob gleichzeitig oder nicht. Desgleichen konnte sie in anderen Kleinigkeiten verändert erscheinen, wie Stellen der Muttermale, Durchblutung der Schleimhäute, und so fort; ja, gewissermaßen auch in der Tönung der Haut. So würde sich letztendlich die Frage erheben, was sie denn eigentlich gewesen sei und ob man von ihr überhaupt wie von einer einzigen Person sprechen könne; doch ist es nicht ratsam, auf diesem Argument zu bestehen, wie wir noch sehen werden.

Bedingt waren diese Veränderungen, wie meine Leser gewiß schon erkannt haben, einzig und allein durch die Absichten Nikolai Wassiljewitschs. Der blies sie mehr oder weniger auf, tauschte die Perücke oder andere behaarte Stellen und salbte und schminkte sie verschiedentlich, um in etwa den Typ von Frau zu bekommen, der ihm an einem bestimmten Tag und in einem bestimmten Augenblick zupaß kam. Ja, er vergnügte sich bisweilen damit, seiner Phantasie natürlichen Lauf zu lassen und groteske und monströse Formen zu schaffen; denn selbstverständlich verformte sie sich bei Überschreitung einer bestimmten Füllmenge, wie sie auch bei Unterschreitung eines gewissen Volumens an Formen verlor. Doch Gogol wurde dieser Experimente bald überdrüssig, empfand er sie doch seiner Frau gegenüber, die er auf eine für uns unergründliche Weise liebte, als «im Grunde wenig respektvoll». Aber welche dieser Inkarnationen liebte er eigentlich?, so könnte man nun fragen. O weh, nun habe ich bereits angedeutet, daß dieser Bericht im späteren Verlauf vielleicht irgendeine Antwort darauf geben wird. Ach, wie konnte ich nur behaupten, daß die Absichten Nikolai Wassiljewitschs diese Frau beherrschten! In gewisser Hinsicht traf dies wohl zu, doch steht ebenso fest, daß sie, alles andere als seine Sklavin, binnen kurzem zu seiner Tyrannin wurde. Hier öffnet sich der Abgrund, der Schlund zur Unterwelt, wenn ihr so wollt. Aber eines nach dem anderen.

Ich habe auch gesagt, daß Gogol mit seinen Hantierungen *in etwa* den Frauentyp zuwege brachte, der ihm jeweils zupaß kam. Falls jedoch ausnahmsweise die geschaffene Gestalt der Vorstellung vollkommen entsprach, verliebte sich Nikolai Wassiljewitsch «exklusiv» (wie er sich in seiner Sprache ausdrückte) in sie, was dazu beitrug, deren Erscheinungsform solange zu erhalten, bis er sich entliebte. Derlei heftige Verliebtheiten oder Verknalltheiten, wie man sich heute bedauerlicherweise ausdrückt, habe ich immerhin nicht mehr als drei oder vier in dem gesamten sozusagen ehelichen Leben des großen Schriftstellers gezählt. Und fügen wir der Kürze halber gleich hinzu, daß Gogol einige Jahre nach dem, was man als Eheschließung bezeichnen kann, seiner Frau einen Namen gegeben hat. Er lautete «Caracas»; wenn ich mich nicht irre, ist dies die Hauptstadt von Venezuela. Die näheren Gründe für diese Namensgebung konnte ich nie erfahren: Eigenheiten erhabener Geister!

Bezogen auf den Durchschnitt war Caracas das, was man so eine schöne Frau nennt, wohlgeformt und allenthalben gut proportioniert. Wie bereits angedeutet, besaß sie an Ort und Stelle alle, auch die kleinsten Merkmale ihres Geschlechts. Erstaunlich dabei die Geschlechtsorgane (falls diese Bezeichnung hier einen Sinn haben kann), die Gogol mir an einem bemerkenswerten Abend, von dem noch die Rede sein soll, zu betrachten erlaubte. Sie bestanden aus ingeniösen Gummifalten; man hatte nichts vergessen; und verschiedene Vorkehrungen wie auch der Luftdruck von innen ermöglichten einen leichten Gebrauch.

Caracas besaß auch ein Skelett, obzwar rudimentär angelegt und vielleicht nur aus Fischknochen; doch hatte man mit besonderer Sorgfalt den Brustkorb, das Becken und den Schädel ausgearbeitet. Die beiden ersteren waren, wie dies ja recht ist, je nach Dicke der Auflage oder sagen wir der Speckschwarte, mehr oder minder zu erkennen. Es sei mir am Rande noch die Bemerkung erlaubt, wie jammerschade es war, daß Gogol mir nie den Schöpfer dieses schönen Kunstwerks hatte nennen wollen; weshalb er in seiner Ablehnung so kategorisch war, ist mir heute noch nicht klar.

Nikolai Wassiljewitsch blies seine Frau mit einer Handpumpe eigener Erfindung auf, ziemlich ähnlich derjenigen, die man mit den Füßen festhält und heute in allen Mechanikerwerkstätten sieht; und zwar durch den Analschließmuskel, an welcher Stelle sich ein kleines Druckventil befand, oder wie sonst der technische Ausdruck heißen mag, vergleichbar der Mitralklappe des Herzens, wodurch der einmal aufgepumpte Körper wohl noch Luft bekommen, jedoch nicht mehr abgeben konnte. Um Luft abzulassen, mußte man einen kleinen Verschluß aufschrauben, der sich hinter dem Mund in der Kehle befand. Und doch! ... Aber wir wollen hier nicht vorgreifen.

Ich meine, daß ich damit die bemerkenswerten Charakteristiken dieses Wesens erschöpfend geschildert habe. Doch sei mir noch erlaubt, auf die herrliche Reihe von Zähnchen hinzuweisen, die ihren Mund schmückte, ebenso wie auf die dunklen Augen, die ungeachtet ihrer konstanten Unbeweglichkeit ganz und gar lebensnahe waren.

Mein Gott, lebensnahe ist nicht das richtige Wort; richtig ist hingegen, daß alles, was man über Caracas sagen mag, eigentlich nicht richtig gesagt ist. Denn auch die Farbe dieser Augen konnte man mit einem besonderen, recht langen und umständlichen Verfahren verändern, was Gogol freilich nur selten tat. Schließlich müßte ich von ihrer Stimme berichten, die ich nur ein einziges Mal zu hören Gelegenheit hatte. Aber das kann ich nicht, ohne in die Beziehungen der Eheleute einzudringen; und dann ist es mir nicht mehr möglich, irgendeine Ordnung einzuhalten und auch nicht, mich mit der gleichen und absoluten Sicherheit wie bisher für alles zu verbürgen. Es wird mir auf Ehre und Gewissen nicht möglich sein! Ist doch das, was ich mich jetzt zu erzählen anschicke, schon in sich selber und auch in meinem Kopf verwirrt. Im folgenden also einige Erinnerungen, wie sie gerade kommen.

Das erste und auch das letzte Mal, wie gesagt, hörte ich Caracas an einem durch und durch vertraulichen Abend reden, den wir in dem Zimmer verbrachten, wo die Frau, man gewähre mir den Ausdruck, ihr Leben verbrachte; es handelte sich um ein für jedermann verschlossenes, annähernd orientalisch eingerichtetes Zimmer, ohne jedes Fenster, das sich im abgelegensten Teil des Hauses befand. Daß sie sprach, war mir nicht unbekannt, doch Gogol hatte mich nie über die eigentlichen Gelegenheiten aufklären wollen, bei denen sie dies tat. Natürlich waren wir nur zu zweit in dem Zimmer, beziehungsweise zu dritt. Nikolai Wassiljewitsch und ich tranken Wodka und unterhielten uns über den Roman Butkows; ich weiß noch, daß er ziemlich vom Thema abgekommen war und sich dafür einsetzte, das Erbfolgegesetz von Grund auf zu reformieren. Darüber hatten wir sie beinahe vergessen. Da sagte sie auf einmal mit ungewöhnlich rauher und dumpfer Stimme, wie eine im Sternzeichen Stier geborene Venus: «Ich muß Popo machen.» Ich schreckte auf und dachte, nicht recht gehört zu haben, sah sie an: sie saß an die Wand gelehnt auf einem Stapel von Kissen und war an diesem Tag eine zarte und schöne, eher füllige Blondine. Ihr Gesicht schien mir einen Ausdruck halb Häme halb Schläue, halb Kindlichkeit und halb Spott bekommen zu haben. Gogol errötete heftig, stürzte auf sie zu und steckte ihr zwei Finger in den Hals: alsbald magerte sie ab und erblaßte auch, wie man sagen könnte, nahm wieder ihren gewohnt erstaunten und verlorenen Ausdruck an und war am Ende nur noch schlaffe Haut über einem Knochengerüst. Ja, da sie (zur bequemeren Handhabung, verständlicherweise) ein ungewöhnlich biegsames Rückgrat besaß, klappte sie schier völlig zusammen; und sah uns aus dieser ihrer Erniedrigung und vom Boden her, auf den sie gerutscht war, fast den ganzen restlichen Abend an. «So was macht sie aus Jux oder aus Bosheit», lautete Gogols Kommentar, «denn von derartigen Bedürfnissen wird sie nicht heimgesucht.» War jemand anders, in diesem Falle ich, zugegen, pflegte er sie herablassend zu behandeln.

Wir tranken und diskutierten weiter, doch Nikolai Wassiljewitsch schien sehr bedrückt und wie abwesend zu sein. Plötzlich stockte er in seiner Rede, brach in Tränen aus, ergriff meine Hände. «Was nun?» rief er. «Versteh mich doch, Foma Paskalowitsch, ich habe sie geliebt!» Hier ist die Feststellung am Platz, daß jede Erscheinungsform von Caracas zwar kein Wunder war, aber jedenfalls nicht wiederholt werden konnte; war diese doch allemal eine Schöpfung, und vergeblich wäre jeder Versuch gewesen, die jeweiligen Proportionen, die jeweilige Fülligkeit und so fort aus einer zusammengefallenen Caracas genau wiederherzustellen. Die stramme Blondine war folglich für Gogol unwiederbringlich verloren. Und dies bedeutete wahrhaftig das klägliche Ende einer der wenigen Lieben Nikolai Wassiljewitschs, über die ich weiter oben berichtet habe. Er verweigerte mir anschließend jedwede Erklärung, wies bekümmert alle meine Versuche ab, ihn zu trösten, und so gingen wir an jenem Abend ziemlich früh auseinander. Doch daß er sich schon so weit hatte gehen lassen, trug dazu bei, daß er sich mir von nun an öffnete; viele seiner Hemmungen schwanden, und bald hatte er vor mir fast keine Geheimnisse mehr. Worauf ich, nebenbei gesagt, außerordentlich stolz war.

In der ersten Zeit des Zusammenlebens schien alles für das «Paar» gutzugehen. Nikolai Wassiljewitsch schien damals mit Caracas zufrieden zu sein und schlief regelmäßig mit ihr in einem Bett, was er übrigens bis zum Schluß tat. Schüchtern lächelnd versicherte er mir, es gebe keine ruhigere und unaufdringlichere Gefährtin. Doch in Anbetracht des Zustands, in dem ich ihn zuweilen nach seinem Erwachen antraf, hatte ich bald Grund, dies zu bezweifeln. Innerhalb nur weniger Jahre nämlich war ihr Verhältnis auf seltsame Art problematisch geworden.

Dies hier, um es ein für allemal zu sagen, ist lediglich ein schematischer Deutungsversuch. Also, in jener Zeit begann nämlich die Frau, Anwandlungen von Unabhängigkeit, anders ausgedrückt, von Selbständigkeit zu bekommen. Nikolai Wassiljewitsch hatte den sonderbaren Eindruck, daß sie eine eigene, wenn auch rätselhafte Persönlichkeit entwickelte, die sich von der seinen distanzierte und ihm sozusagen aus den Händen glitt. Sicher ist, daß sich eine gewisse Kontinuität trotz ihrer verschiedenen und mannigfachen Erscheinungsformen einstellte: denn bei all diesen schwarzhaarigen, blonden, kastanienbraunen, rothaarigen, dicken, dünnen, sonnengebräunten, blassen oder ambrafarbenen Frauen gab es nun immerhin etwas Gemeinsames. Zu Beginn dieses Kapitels zog ich in Zweifel, ob Caracas als eine einzige Person anzusehen sei; und doch konnte ich mich, jedesmal wenn ich sie sah, des freilich absurden Eindrucks nicht erwehren, daß es sich letztlich um dieselbe Frau handelte. Vielleicht hatte Gogol auch aus diesem Grunde den Drang verspürt, ihr einen Namen zu geben.

Etwas anderes ist es, bestimmen zu wollen, worin die Gemeinsamkeit bei all diesen Erscheinungsformen im eigentlichen bestand. Vielleicht in nicht mehr und nicht weniger als dem Schöpfungsodem Nikolai Wassiljewitschs. Doch wäre es wahrhaftig zu sonderbar gewesen, wenn er sich so in sich gespalten und gegensätzlich gefühlt hätte. Denn, um es gleich zur Gänze zu sagen, wen auch immer Caracas gerade darstellte, sie war allemal eine erregende und, seien wir ehrlich, feindliche Gegenwart. Doch weder Gogol noch ich konnten jemals eine halbwegs plausible Hypothese über ihre Natur zuwege bringen; damit meine ich eine rationale und jedermann verständliche Formulierung. Jedoch darf ich mitnichten einen ungewöhnlichen Vorfall verschweigen, der sich etwa zu jener Zeit begab.

Caracas erkrankte an einem schandbaren Leiden, das heißt, zumindest Gogol erkrankte daran, der weder damals noch jemals Beziehungen zu anderen Frauen hatte. Wie dies geschah und woher das schmutzige Übel kam, darüber will ich nicht einmal nachdenken; was mich betrifft, so weiß ich nur, daß es geschah. Und daß mein unglücklicher und großer Freund mir zuweilen sagte: «Mein lieber Foma Paskalowitsch, jetzt weißt du, was in Caracas steckt: sie ist der Geist der Syphilis!»; während er sich andere Male unsinnigerweise selbst bezichtigte (war er doch zur Selbstbeschuldigung immer bereit). Diese Begebenheit bedeutete, abgesehen von allem anderen, eine wahre Katastrophe bezüglich der schon so undurchsichtigen Beziehungen der Eheleute zueinander und der widersprüchlichen Gefühle Nikolai Wassiljewitschs im einzelnen. Welch letzterer schließlich zu einer (damals) schmerzlichen Dauerbehandlung gezwungen wurde, hatte sich doch die Situation dadurch verschlimmert, daß die Frau sich logischerweise als unheilbar erwies. Ich will hinzufügen, daß Gogol sich eine Zeitlang einredete, er könne die Frau dadurch immun machen, indem er sie aufpumpte oder die Luft aus ihr herausließ, ihr also die verschiedensten Erscheinungsformen verlieh; doch mußte er diese Versuche aufgeben, da sie zu keinerlei Ergebnis führten.

Aber ich will mich kurz fassen, um die Leser nicht zu langweilen; schließlich wurden die Erkenntnisse, zu denen ich gelangte, auch immer verwirrender und unsicherer. So komme ich denn rasch zum tragischen Ende. Und bezüglich dieses betone ich wohlgemerkt noch einmal, meiner Sache absolut sicher zu sein: ich war Augenzeuge, doch wäre ich es nie gewesen!

Die Jahre vergingen. Und immer stärker schien

Nikolai Wassiljewitschs Abscheu vor seiner Frau zu werden, obwohl seine Liebe zu ihr keineswegs geringer wurde. Gegen Ende stritten sich in ihm Abneigung und Zuneigung so heftig, daß er davon ganz niedergeschlagen und geradezu gebrochen ward. Seine unruhigen Augen, die so vielerlei Ausdruck annehmen und bisweilen so sanft zum Herzen sprechen konnten, hatten nun fast immer einen so fiebrigen Glanz, als stünde er unter dem Einfluß einer Droge. Die sonderbarsten Manien zeigten sich bei ihm, begleitet von finsteren Ängsten. Immer häufiger sprach er mit mir über Caracas, beschuldigte sie der unmöglichsten und wunderlichsten Dinge. Auf diesem Wege konnte ich ihm nicht folgen, hatte ich doch nur gelegentlichen Umgang und eine geringe oder gar keine Vertrautheit mit ihr; vor allem aber nicht wegen meiner äußerst beschränkten Sensibilität im Vergleich zu der seinen. Aus diesem Grunde begnüge ich mich mit der Wiedergabe nur einiger seiner Beschuldigungen, ohne dabei meinen eigenen Eindruck auch nur einmal erkennen zu lassen.

«Verstehst du denn nicht, Foma Paskalowitsch», so sagte mir Nikolai Wassiljewitsch des öfteren, «verstehst du denn nicht, daß sie älter wird?» und ergriff, wie dies seine Art war, in unsäglicher Bewegtheit meine Hände. Er beschuldigte Caracas auch, sich einsamen Freuden hinzugeben, obwohl er es ihr ausdrücklich untersagt habe. Und schließlich zieh er sie gar der Untreue.

Doch wurden seine diesbezüglichen Reden am Ende so dunkel, daß ich es unterlasse, mehr darüber zu berichten.

Es scheint festzustehen, daß Caracas in letzter Zeit, ob nun alt oder nicht, zu einer griesgrämigen oder franziskanisch reizbaren, heuchlerischen und dem religiösen Wahn hingegebenen Person geworden war. Und ich will nicht von der Hand weisen, daß sie damit das jedermann bekannte moralische Verhalten Gogols in seiner letzten Lebensperiode beeinflußt haben könnte. Wie dem auch sei, die Tragödie ereignete sich ganz plötzlich eines Nachts, als Nikolai Wassiljewitsch mit mir seine Silberhochzeit feierte, leider eine der letzten Nächte überhaupt, die wir miteinander verbrachten. Was sie hervorgerufen haben mag, kann ich nicht sagen, da er sich doch mittlerweile damit abgefunden zu haben schien, von seiner Gattin alles zu erdulden, und es stünde mir auch nicht zu. Was sich in diesen Tagen an Neuem zugetragen haben mag, ist mir unbekannt. Ich halte mich nur an die Tatsachen; meine Leser können sich selber ihre Meinung bilden.

An jenem Abend war Nikolai Wassiljewitsch besonders erregt. Seine Abneigung gegen Caracas schien so stark zu sein wie nie zuvor. Die berühmte «Verbrennung der eitlen Dinge», also seiner wertvollen Manuskripte, hatte er bereits vollzogen, wobei ich nicht zu behaupten wage, dies sei auf Veranlassung seiner Frau geschehen.

Jedenfalls war sein Gemütszustand auch aus anderen Gründen ein recht bedrückter. Seine körperliche Verfassung ließ immer mehr zu wünschen übrig, was mich in meinem Verdacht auf Rauschgift bestärkte. Immerhin begann er ganz normal über Belinskij zu sprechen, der ihn mit seinen Attacken und seiner Kritik am *Briefwechsel* ärgerte. Doch unterbrach er sich plötzlich und rief mit Tränen in den Augen: «Nein, nein! Das ist zuviel, zuviel . . . es geht nicht mehr! . . .» und noch dergleichen anderes Rätselhaftes und Zusammenhangloses, wofür er keine Erklärung gab. Im übrigen schien er Selbstgespräche zu halten. Er rang die Hände, schüttelte den Kopf, erhob sich unvermittelt, ging einige hastige Schritte hin und her und setzte sich dann gleich wieder. Als Caracas erschien oder, richtiger, als wir uns in später Nacht zu ihr ins orientalische Zimmer begaben, hatte er jede Selbstkontrolle verloren und führte sich auf (der Vergleich sei mir gestattet) wie ein kindischer Alter, der seinen Verrücktheiten nachhängt. So stieß er mich beispielsweise mit dem Ellenbogen an und sagte augenzwinkernd und ganz überflüssigerweise: «Da ist sie, da ist sie, Foma Paskalowitsch . . .»; während sie ihn nur verächtlich fixierte. Doch ungeachtet derartiger «Spinnereien» war bei ihm eine echte Abscheu erkennbar, die vermutlich die Grenzen der Erträglichkeit überschritten hatte. Und in der Tat . . .

Nikolai Wassiljewitsch schien sich nach einer

Weile zu etwas durchgerungen zu haben. Er brach in Weinen aus, doch war dies, möchte ich fast sagen, ein schon eher männliches Weinen. Wiederum rang er die Hände, ergriff die meinen, ging dann im Zimmer hin und her und murmelte: «Nein, Schluß, unmöglich! . . . Ich, und so etwas?! . . . Mir so etwas? Wie kann man *das* aushalten, ja, *das* . . .» Und ähnliches. Sodann stürzte er sich plötzlich auf die von mir bereits erwähnte Pumpe und wie der Blitz auf Caracas. Schob ihr den Schlauch in den After und pumpte . . . Währenddem vergoß er Tränen und schrie wie wahnsinnig: «Ich liebe sie, mein Gott, ich liebe sie, meine Ärmste, meine Liebste! . . . Aber sie muß platzen. Erbärmliche Caracas, unglückseliges Gottesgeschöpf! Aber du mußt sterben», und so fort, in stetiger Wiederholung.

Caracas schwoll. Nikolai Wassiljewitsch schwitzte, weinte und pumpte. Ich wollte ihn zurückhalten, fand aber, ich weiß nicht warum, den Mut nicht dazu. Und sie verformte sich und wurde bald mißgestalt; aber noch gab sie kein Zeichen von Panik, war sie ja an derartige Scherze gewöhnt. Doch als sie sich unausstehlich voll fühlte oder gar Nikolai Wassiljewitschs Absicht ahnte, da bekam sie einen, wie ich sagen würde, blöden und verblüfften, schier flehenden Ausdruck, ohne dabei freilich von ihrem verächtlichen abzulassen: sie hatte Angst, bat fast um Gnade, aber sie glaubte noch nicht, konnte nicht an ihr bevorstehendes Schicksal und so viel Mut ihres Mannes glauben. Der aber sah ihr Gesicht nicht, denn er stand hinter ihr; ich aber sah sie wie gebannt an und vermochte doch keinen Finger zu rühren. Endlich brachte der Überdruck in ihrem Innern die dünnen unteren Schädelknochen zum Bersten, und ihr Gesicht verzerrte sich zu einem unbeschreiblichen Grinsen. Bauch, Schenkel, Taille, Brust und was ich vom Gesäß erkennen konnte, hatten unvorstellbare Ausmaße erreicht. Plötzlich rülpste sie und gab einen langen pfeifenden Seufzer von sich; wenn man so will, ist beides mit dem vorgenannten Luftdruck zu erklären, der sich mit Macht einen Ausgang durch das Ventil am Halse suchte. Als letztes verdrehten sich die Augen und drohten, aus ihren Höhlen zu quellen. Mit den auseinanderklaffenden Rippen, die nicht mehr vom Brustbein gehalten wurden, sah sie nun alles in allem wie ein Python aus, der einen Esel, was sage ich da, einen Ochsen, wenn nicht gar einen Elefanten herunterwürgt. Die Genitalien, rosa, weich und Nikolai Wassiljewitsch so lieb, traten in grauenerregender Weise hervor. In diesem Augenblick hielt ich sie bereits für tot. Nikolai Wassiljewitsch aber schwitzte, weinte und murmelte: O meine Liebste, meine Einzige, meine Beste! Und pumpte weiter.

Sie platzte unvermutet und sozusagen in ihrer Gesamtheit: es war also nicht nur ein Teil ihrer Haut, der nachgegeben hatte, sondern die gesamte Hautoberfläche zugleich. Und sie verteilte sich in der Luft. Die Fetzen sanken mehr oder weniger langsam zu Boden, je nach ihrer Größe; und diese war allemal sehr gering. Ich kann mich noch genau an ein Stück Wange mit etwas Mund erinnern, das an der Kante des Kaminsimses hängenblieb; und andernorts ein Schnipsel Brust mit Spitze. Nikolai Wassiljewitsch sah mich entgeistert an. Dann faßte er sich wieder und sammelte, von neuerlicher Rage ergriffen, ausnahmslos die armseligen Schnipsel auf, die einmal die glatte Haut, nein, überhaupt Caracas gewesen waren: «Adieu, Caracas», glaubte ich ihn flüstern zu hören, «Adieu, du hast mir allzu leid getan . . .» Und gleich darauf mit lauter Stimme: «Ins Feuer, ins Feuer! Auch mit ihr ins Feuer!»; und schlug ein Kreuz, natürlich mit seiner Linken. Als er all die schlaffen Fetzchen aufgelesen, ja, sogar oben auf den Möbeln zusammengesucht hatte, um kein einziges zu vergessen, warf er sie ins Kaminfeuer, woselbst sie allmählich und unsäglich übelriechend verbrannten. Wie alle Russen hatte auch Nikolai Wassiljewitsch die Manie, wichtige Dinge ins Feuer zu werfen.

Rot im Gesicht und mit unsagbarer Verzweiflung, doch auch finsterem Triumph betrachtete er den Scheiterhaufen mit den erbärmlichen Überresten; dabei hielt er sich krampfhaft an meinem Arm fest. Doch kaum hatten diese sterblichen Reste richtig zu brennen begonnen, durchfuhr es ihn wiederum, als erinnerte er sich plötzlich an etwas oder als müsse er einen wichtigen Entschluß fassen; und lief sogleich aus dem Zimmer. Wenige Sekunden danach hörte ich hinter der Tür seine gebrochene und kreischende Stimme: «Foma Paskalowitsch, Foma Paskalowitsch, versprich mir, *Golubtschik*, daß du nicht mitansiehst, was ich jetzt mache!» Ich weiß nicht mehr recht, was ich darauf erwiderte, oder ob ich irgendwie versuchte, ihn zu beruhigen. Wie dem auch gewesen sein mag, er bestand darauf. Wie einem Kind mußte ich ihm versprechen, mich mit dem Gesicht zur Wand zu stellen und erst nach seiner Erlaubnis wieder umzudrehen. Danach flog die Tür mit viel Geräusch auf, und Nikolai Wassiljewitsch stürzte ins Zimmer und dem Kamin entgegen.

An dieser Stelle muß ich meine Schwäche eingestehen, die im übrigen wegen der ungewöhnlichen Situation auch verzeihlich sein mag: Ich drehte mich um, noch bevor mir Nikolai Wassiljewitsch die Erlaubnis dazu gab; ich konnte einfach nicht widerstehen. Und ich tat es gerade noch rechtzeitig, um sehen zu können, wie er irgend etwas auf den Armen trug und es gleich zum übrigen ins Feuer warf, das jetzt lichterloh brannte. Schließlich hatte mich die Neugierde zu *sehen* so unwiderstehlich ergriffen, daß sie jede andere Regung in mir unterdrückte und auch ich zum Kamin stürzte. Doch Nikolai Wassiljewitsch stellte sich mir in den Weg und stieß mich so kräftig vor die Brust, wie ich ihm das niemals zugetraut hätte. Mittlerweile brannte der Gegenstand in einer großen Rauchwolke. Und als der Freund sich in etwa wieder beruhigt hatte, konnte ich nur noch einen Haufen nichtssagender Asche erkennen.

Wenn ich *sehen* wollte, so war das eigentlich nur, weil ich bereits flüchtig *erkannt* hatte. Wie gesagt, flüchtig, und darum dürfte ich jetzt vielleicht keine weiteren Aussagen riskieren und kein ungewisses Element zu diesem wahrheitsgetreuen Bericht hinzufügen. Doch ist ja andererseits ein Zeugnis nicht vollständig, wenn der Zeuge nicht auch das aussagt, was er nicht mit absoluter Sicherheit weiß. Kurzum, dieses Etwas war ein Kind. Nicht eines aus Fleisch und Blut natürlich, aber so ungefähr wie eine kleine Puppe oder ein größeres Puppenkind aus Gummi. Man hätte es nach dem Aussehen für *Caracas' Kind* halten können. Ob ich auch vom Delirium ergriffen war? Darauf wüßte ich keine Antwort; doch solches sah ich, obgleich flüchtig, mit eigenen Augen. Und als ich vorhin von Nikolai Wassiljewitschs Rückkehr ins Zimmer berichtete und dabei verschwieg, daß er vor sich hinmurmelte: «Auch es, auch es!», welchem Gefühl habe ich da nachgegeben?

So habe ich nun alles ausgeschöpft, was ich über Nikolai Wassiljewitschs Frau weiß. Wie es mit ihm selber weiterging, werde ich im nächsten Kapitel berichten, dem letzten über sein Leben. Eine Interpretation seiner Gefühle in der Beziehung zu seiner Frau und überhaupt in allen Beziehungen ist ein anderes und noch gewagteres Unterfangen; doch wurde es in anderem Zusammenhang und an anderer Stelle dieses Buches angegangen; worauf ich den geneigten Leser verweise. Immerhin hoffe ich, hinreichend Licht in eine umstrittene Angelegenheit gebracht und, wenn auch nicht das gogolsche, so doch wenigstens das Geheimnis um seine Frau gelüftet zu haben. Gleichzeitig habe ich damit auch jene unsinnige Behauptung, seine Gefährtin sei von ihm mißhandelt und gar geschlagen worden und dergleichen weitere Absurditäten widerlegt. Welch andere Absicht kann denn im Grunde ein so bescheidener Biograph wie ich verfolgen, wenn nicht diejenige, dem guten Andenken jenes überragenden Mannes zu nutzen, den er zum Gegenstand seiner Forschung gemacht hat?

Nachtschatten

Da jetzt die Diebesmemoiren wieder in Mode sind, sehe ich nicht ein, warum nicht auch ich eine sonderbare Geschichte aus meiner langen und, gottlob!, glücklichen Laufbahn erzählen soll. Die Episode hat zwar mit besagter Karriere denkbar wenig zu tun, war doch meine Beute bei dieser Gelegenheit äußerst mager, doch wenn ich mich nicht sehr irre, ist sie in anderer Hinsicht nicht uninteressant. Zur Sache.

Ich war jung in jener glücklichen Zeit. Das heißt glücklich, weil ich jung war, und nur deswegen: in Wahrheit wußte ich nicht alle Tage, womit ich den Kochtopf übers Feuer hängen sollte, hatte ich doch mit jener stetigen und gewissermaßen gesetzlich geschützten Tätigkeit noch nicht begonnen, die mir späteren Wohlstand und sogar Vermögen sicherte, und auch noch nicht die Gefährtin meines Lebens gefunden, die mir so gut beizustehen wußte. Ich vagabundierte also auf der Suche nach Gelegenheiten und vor allem nach

Ideen planlos umher; so geriet ich eines Nachts, als sich der Hunger besonders deutlich meldete (und in diesem Zustand war ich zu allem bereit), auf eine Nebenstraße und zu einer großen alten Villa, etliche Kilometer vom nächsten Wohngebiet entfernt, das freilich nur ein kleines Dorf in unserer hintersten Provinz war. Und nicht so sehr, weil ich etwas erhofft oder auch nur geplant hätte, sondern aus simpler Neugierde sah ich durch das Tor vor dem Park. Was ich aber dort sah, ließ mir zunächst die Haare zu Berge stehen.

Aus einer Seitentür des Gebäudes war etwas herausgetreten, das eigentlich nur ein Verrückter nicht als Gespenst hätte bezeichnen können; etwas, das in allen Einzelheiten dem entsprach, wie sich die Volksphantasie solche Wesen vorstellt; und das sich vor meinen entsetzten Augen schwankend auf die dunklen Stellen des Parks hinbewegte. Vergebens versuchte ich, diese große weiße Gestalt genau zu erkennen: die Nacht war mondlos und wolkig, die Villa (mitsamt den Nebengebäuden) so dunkel, daß man sie für unbewohnt hätte halten können.

Nun war es ja nicht so, daß ich wirklich geglaubt hätte, ein echtes Gespenst vor mir zu haben, doch kann ich versichern, daß mich dieser Anblick, noch dazu bei leerem Magen, entsetzte. Zum Glück verlieh kurz darauf eine andere, weniger schreckliche Erscheinung der Situation einen freundlicheren Aspekt. Es war dies, um mich so auszudrücken, ein menschlicher Schatten; er kam aus derselben Tür, ging auf das Gespenst zu, und beide flüsterten kurz miteinander. Dann ging dieser zurück, während jenes sich in den Park hineinbewegte. Doch hatte es ihn noch gar nicht erreicht, als mich ein lauter Schuß hinter der Villa zusammenfahren ließ. Als sei das noch nicht genug, folgten gleich darauf ein schriller (männlicher) Aufschrei und noch andere laute Stimmen. Was zum Teufel tat sich in diesem abgelegenen Haus? Mehr als eine Deutung ging mir durch den Kopf, und alle waren sie tragisch. Aber ich fand nicht sofort die richtige Erklärung; sie sollte nicht lange ausbleiben.

Ich hatte mich in den Schutz eines Baumes zurückgezogen, von wo aus ich den Fortgang der Dinge in aller Ruhe verfolgen konnte. So sah ich recht bald eine Gruppe von Personen oder Schatten, die sich zum hinteren Teil des Parkes begaben, und nun hörte ich auch in aller Deutlichkeit eine Frauenstimme, die mir des Rätsels Lösung bot; ziemlich hysterisch, und man wußte nicht recht, ob dem Weinen oder dem Lachen näher: «Nein, nein, das ist zwecklos, zwecklos! Versuche lieber . . . Du mußt zeigen, daß du dich nicht fürchtest, dann lassen sie sich nämlich kommandieren, weißt du. Komm nur, wir gehen alle mit.» Es vergingen vielleicht zwei Minuten, dann hörte ich eine bebende, dieses Mal männliche Stimme in voller Lautstärke rufen: «Im Namen Gottes befehle ich dir . . .» (der Rest war nicht zu verstehen).

Also war die Erklärung für das Ganze ebenso leicht wie erheiternd: diese Leute machten sich einen Scherz mit einem etwas naiven Freund. Wahrscheinlich hatten sie ihm weisgemacht, die Villa sei von Geistern bewohnt, und nun spielten sie eben das Theater. Gleichsam zur Bestätigung sah ich im selben Augenblick ein Geisterpaar, das leise lachend auf eine andere kleine Seitentür zulief und eintrat.

Ich will es kurz machen und gleich sagen, daß diese Entdeckung genügte, mein bisher allgemeines Interesse purer Neugierde in ein ganz und gar persönliches und gezieltes zu verwandeln. Hätte sich mir denn eine bessere Gelegenheit bieten können, meinem Handwerk nachzugehen und mich gleichzeitig auch noch satt zu essen? In Anbetracht des großen Durcheinanders, der geöffneten Türen, der allgemeinen Dunkelheit wie ebenso des Umstandes, daß die Herrschaften eine Menge Grillen im Kopf hatten, müßte es die leichteste Sache der Welt sein, ins Haus hineinzukommen. Ich zweifelte keinen Augenblick, daß ich unbemerkt über das Tor klettern könnte: doch wäre es mir nur möglich, ein Laken zu ergattern! In dem Fall würde mein Tun wirklich unbemerkt bleiben.

Aus dem unüberblickbaren Hintergrund des Parks waren weitere Schüsse zu hören, während einer vom Haus als Antwort kam. Dies schien mir der rechte Augenblick zu sein. Nach einem kurzen Blick auf die einsame Straße erklomm ich das Gitter eines großen Fensters im Mauerwerk, unweit vom Tor. Von da aus war es nur ein kurzes Stück bis ganz auf die Mauer hinauf. Oben stand ich dann wahrscheinlich auf dem Dach eines Treibhauses; es war mir ein leichtes, in den Park hinabzugleiten. Hier verhielt ich wieder, um zu überlegen. Da waren zunächst die Schüsse, die mich etwas beunruhigten: noch verstand ich nicht recht, auf wen oder auf was jene schossen, aber sie schossen und dies mahnte zur Vorsicht. Im übrigen verhielt sich wohl alles so, wie ich es vorhin beobachtet hatte, doch wenn ich mir nichts dir nichts ins Haus ging, konnte ich ja plötzlich auf jemanden stoßen, der mich hätte erkennen oder, genauer, nicht erkennen können. Aber wie mir ein Laken oder ähnliches besorgen, bevor ich mich ins Haus begab? Und doch mangelt es demjenigen nie an Gelegenheiten, wie ihr gleich erfahren sollt, der gut zu beobachten und sich einen kühlen Kopf zu bewahren weiß.

Im Schutz der alten Bäume des Parks ging ich vorsichtig um das Haus herum und konnte mir so ein besseres Bild von der Örtlichkeit machen; inzwischen hatten sich meine Augen an die Dunkelheit gewöhnt, und so erkannte ich, wenn auch unklar, alle Einzelheiten. Ringsum war ein dauerndes Rascheln und Trampeln und dies in allernächster Nähe, so daß ich mich einmal schleunigst hinter der Ecke eines Turms oder eines Pavillons, den es dort gab, zurückziehen mußte. Immerhin konnte ich von da aus die fahle Rückfront der Villa und, ein wenig schräg vor mir, ein regungsloses Gespenst neben einem großen Busch sehen, der fast vor der hinteren Fassade stand. Doch auf einmal zeigte sich an einem der Fenster eine helle Gestalt, die etwas schwenkte, wohl ein Gewehr, und zu der, mit einem Ausruf, gleich eine andere hinzukam, die sie anscheinend zurückhalten wollte. Die erste schrie erregt «Laß mich, laß mich!», und aus der Waffe löste sich ein Schuß in Richtung Gespenst, wie am Feuer zu erkennen war. Doch daraufhin erfolgte nichts von dem, was ich eigentlich erwartet hätte: kein Schrei und auch keinerlei Reaktion des Getroffenen. Die weiße Gestalt blieb, wo sie war, und sackte auch nicht zusammen. Ganz offenbar, was ich gleich feststellen sollte und mir ohnehin schon gedacht hatte, war das Gespenst, als es die Waffe auf sich gerichtet sah, Hals über Kopf durchs Gebüsch geflüchtet, wobei sein Linnen zurückblieb. So kam ich schließlich, mich dabei an die erforderliche Vorsicht haltend, doch noch zu meinem ersehnten Laken; ziemlich durchlöchert, denn es war ja von Kugeln durchbohrt, doch bestens für den Zweck geeignet. Und damit konnte ich, wenn auch nur vorübergehend, in das Haus und in das Leben dieser Menschen eintreten.

Woselbst ich eine Zeitlang die Rolle einer Maus übernahm, also jenes Tierchens, das geräuschlos und geheimnisvoll umherhuscht, das ungesehen alle unsere Reden mithört, das all unser Tun, selbst das verborgenste, beobachtet und dessen Dasein niemand, wenn nicht ob seiner Possen, auch nur vermuten würde.

Ich ging durch die erste beste Tür hinein. Doch an dieser Stelle, weil ich ja letztendlich kein Mann der Feder bin, unterlasse ich es, Abschnitte und Umstände meiner Erkundung im einzelnen zu beschreiben, verschenke jeden diesbezüglich möglichen Effekt und beschränke mich auf die Mitteilung der Ergebnisse. Durch Beobachtung, Lauschen und, so es sich ergab, auch eigene Erkundung war ich bald imstande, mir sowohl die Situation zu erklären wie auch mich im Hause und dessen Umkreis mehr oder weniger zu orientieren. Binnen einer Stunde hatte ich sämtliche Personen bis auf wenige kennengelernt, die stets mit verhülltem Kopf herumliefen, und konnte sie besser unterscheiden, als man im allgemeinen annehmen würde; denn abgesehen davon, daß meine Augen sich mittlerweile ganz angepaßt hatten, darf nicht übersehen werden, daß sämtliche Türen und Fenster weit offen waren, um das bißchen Helligkeit von draußen hereinzulassen. Schließlich sei noch darauf hingewiesen, obwohl vielleicht ganz unnötig, daß ich, der ich zwar allein zum Zwecke des Diebstahls eingedrungen war, doch von so etwas wie einer unbesiegbaren Neugierde länger als nötig dort hingehalten wurde.

Fassen wir zusammen. Wie schon erwähnt, handelte es sich um ein großes altes Gebäude mit einer recht komplizierten Raumaufteilung: Korridore und Durchgänge, Zimmer, die keine Fenster hatten oder ineinander verschachtelt waren oder auch mehrere, nicht immer erkennbare Zugänge besaßen, unterschiedliche Bodenhöhen im selben Stockwerk, ausgedehnte Keller; Einrichtung mit Stilmöbeln, eine verschwenderische Vielfalt an Vorhängen, Portieren und Wandbekleidungen. Mit einem Wort, ein altes ländliches Herrschaftshaus; und die beste Theaterdekoration für die Farce, die man in Szene gesetzt hatte. Das Ganze gehörte einem Grafen, der fast immer von seinem Wirtschafter oder Verwalter oder Vertrauensmann begleitet wurde, und dessen Schwester. Zugegen waren noch ein Freund des Hauses und vielleicht Verwandter, der sich den Possen ausgedacht hatte, ein weiterer Freund oder Verwandter, eine Freundin oder entfernte Verwandte obiger Schwester sowie natürlich der Gefoppte selber, ein kleiner dunkelblonder, etwas untersetzter Baron. Alles in allem fünf Männer und zwei Frauen, freilich ohne die Gespenster, ebenfalls Männer und Frauen, deren Zahl ich begreiflicherweise nicht präzisieren kann und die man aus der Dienerschaft der Villa und anderen Abhängigen wie Beschließern, Vorwerkverwaltern nebst Familie und wem weiß ich (denn zur Villa gehörte noch ein Landgut) zusammengestellt hatte. Auch der Verwalter konnte im Bedarfsfall zum Gespenst werden. Er und die Herrschaften, Frauen inbegriffen, waren mit Jagdgewehren sowie alten und neuzeitlichen Pistolen bis an die Zähne bewaffnet, und alle schossen sie wie verrückt und ohne jeden Anlaß in die Luft, auf Bäume, durch die offenen Fenster und auf die unverletzlichen Gespenster, von denen noch die Rede sein wird; sie schossen aus Spaß und Wichtigtuerei, um den Baron in immer größere Verwirrung zu bringen. Dieser war ebenfalls bewaffnet und schoß ebenfalls, wobei er sich keineswegs um eine Unterscheidung der verschiedenen Arten von Gespenstern bemühte; allerdings wurden seine Patronen stets mit Geschick «kastriert» (was bedeutet, daß man das Blei entfernte), bevor man sie ihm gab, und grundsätzlich bemühte man sich auch, seine Aufmerksamkeit wie sein Feuer auf Dinge zu lenken, die davon keinen Schaden nehmen konnten. Was nicht unbedingt ausschließt, daß man sich mit solchen Vorkehrungen (wie bei obiger Gelegenheit, als ich mir mein Laken besorgte) auch verspäten konnte, und so mußte man eben seine Augen gut aufmachen. Im übrigen war ja das ganze Gaudium alles in allem nicht ohne größte Gefahr für die Beteiligten und vielleicht gerade deswegen um so spannender; ein herrschaftlicher Spaß. Das Haus war aus jenem guten Grunde dunkel, weil sich ja Gespenster verständlicherweise nicht bei Licht zeigen. Nun wird man einwenden, daß man es für den Baron ebensogut hätte brennen lassen oder wieder anmachen können, um sie fernzuhalten, doch eben das wollte er wahrscheinlich selber nicht. Mit anderen Worten, der Reiz des Horrors mußte in ihm, wie dies ja vorkommt, die simple Angst überwunden haben. Vielleicht hatte er um des Provozierens willen die Dunkelheit verlangt, und nun hatte dieser offenbar kleinliche und arrogante Mensch, fasziniert wie er war, ein schier wissenschaftliches Interesse für die Art dieser Erscheinungen. Oder vielleicht gab er sich gar der Illusion hin, den Betrug aufzudecken; eine doch wohl recht eitle Illusion, denn dieser hier war so plump, daß man schon ein solcher Einfaltspinsel wie er sein mußte, um nichts zu merken. Aber schließlich fand ich ja die Dinge, wie sie waren, und brauchte mir gar nicht den Kopf zu zerbrechen, wie und warum man sie arrangiert hatte. Ich will nur noch hinzufügen, daß man die Hauptsicherung vorsorglich hatte verschwinden lassen.

Lärmend, lachend (doch dieses beiseite), schießend, sich auf die verschiedenste Weise erregt gebärdend, währenddem die Gespenster kamen, gingen, huschten, liefen alle diese Leute ungeniert und ganz nach Laune von einem Zimmer ins andere, nach oben und nach unten, hinein und hinaus in einem fortwährenden Kommen und Gehen. Schauplatz ihres Tuns war das gesamte Haus vom Keller bis zum Speicher, dazu noch der Park, und in kein Zimmer und in keine Gartenlaube war der Zugang verwehrt. Ich konnte die Stellung nur halten, wenn ich mich ebenfalls als mehr oder weniger aktives Gespenst betätigte, und so folgte ich teils meinen Artgenossen, und teils isolierte ich mich, um meinen eigenen Angelegenheiten nachzugehen; demnach blieb ich zum einen völlig unbemerkt, während zum andern meine Gegenwart als ganz natürlich betrachtet wurde. Manchmal richtete man auch das Wort an mich, doch erlaubte es mir die Situation, entweder nur mit einer Geste oder überhaupt nicht zu reagieren.

Erst einmal stattete ich der Küche einen Besuch ab, wo ich ohne Schwierigkeiten etwas für meinen knurrenden Magen fand. Da aber auch meine Taschen sozusagen hungrig waren, bemühte ich mich anschließend, auch für sie etwas zu finden. Aber diese Herrschaften mußten, Gott stehe ihnen bei, neben all ihren anderen aristokratischen Launen auch diejenige des schmalen Geldbeutels besitzen, fand ich doch im ganzen Haus nur einen so unerheblichen Betrag, daß ich ihn gar nicht zu nennen wage (zugegeben, ein bißchen mehr entdeckte ich im Haus des Verwalters). Da wollte ich mich an die Pretiosen machen, hatte aber auch nicht mehr Glück: falls sie wirklich etwas von

Wert ihr eigen nannten, trugen sie es gewiß am Leib oder hielten sich an die beklagenswerte Gewohnheit, dieses nutzlos in einer Bank begraben zu halten. Auf den Frisiertoiletten der Frauen entdeckte ich ein Paar Ohrringe, zwei oder drei Anstecknadeln, einen Armreif und einige kleinere Schmuckwaren von mittlerem Wert, und das war es schon mehr oder minder. Im Endergebnis konnte ich davon einen, höchstens zwei Monate leben. Nun, unser Handwerk wäre allzu leicht, wenn man gleich immer alles fände, was man sucht. Man braucht eben auch bei ihm neben der Vorsicht noch Ausdauer, Fleiß, Stärke und was weiß ich für mehr oder weniger kardinale Tugenden.

«Im Namen Gottes (Unseres Erlösers, suggerierte eine Frau) . . . Ja . . . natürlich. Im Namen Gottes, unseres Erlösers, befehle ich dir, dich in deiner vollen Gestalt zu zeigen. Und nun, dich nach rechts zu wenden. Und ebenso nach links. Und nun, wieder in die Hölle zu fahren (nicht doch, du mußt sagen: in den Höllenschlund) . . . wieder in den Höllenschlund zu fahren, aus dem du gekommen bist . . .»

Da hatten wir wieder den Baron. Umgeben von der ganzen Gesellschaft stand er vor der Parkmauer und beschwor einen Lappen oder eine primitive Gliederpuppe, die jemand von hinten mit einer Stange bewegte.

«Hast du gesehen, wie's geht?»

«Ja, aber . . . da ist schon wieder eines. Da drüben auf der Seite . . .»

Dieses aber, vielleicht weil derjenige fortgegangen war, der es hätte betätigen sollen, machte sich nichts aus den Geisterbeschwörungen, und so verschoß der Baron das ganze Magazin seiner großen Pistole.

«Ja, und was gedenkst du jetzt zu tun?»

Der Schwachkopf floh zum Haus, hielt sich den Kopf mit beiden Händen:

«Hör mal, jetzt aber ganz im Ernst», kam es dann gleich stotternd aus ihm heraus, und er faßte ersteren Freund am Jackett, wir meinen denjenigen, der sich wohl alles ausgedacht hatte, und umklammerte ihn mit den Armen. «Gib mir dein Wort als Edelmann, daß dies alles kein Betrug ist, daß ihr mich hier nicht zum Narren haltet, daß . . .»

«Ich schwöre!» kam die laute und feierliche Antwort dessen, der von der Ehre eines Edelmanns nur einen beschränkten Begriff haben mußte oder bei den Jesuiten gelernt hatte, daß man in solchem Falle tunlichst hinterm Rücken die Abwehrgeste eines Horns machte, den rechten Fuß vom Boden hebt und was weiß ich sonst alles noch. Und der Baron brach fast in Tränen aus.

Es war bei dieser Gelegenheit, daß mich zum erstenmal das Benehmen Lorenzos (zweiter Freund) und Martas (Schwester des Grafen) neugierig machte. Die beiden hatten gar kein Ohr für jenes so dramatische Zwiegespräch und sahen einander, wie es schien, intensiv an. Oder, besser gesagt, es war der Mann, der sich der Frau zugewandt hatte und sie ansah, während diese recht gedankenverloren ihre Schuhspitzen fixierte. Er mochte um die Vierzig sein, war groß und gut gebaut; sie war vielleicht zwei oder drei Jahre älter, wie sich dies vor allem an einigen müden Bewegungen erwies, obwohl man eigentlich sagen mußte, daß sie sich, dunkelhaarig, geschmeidig, mit einem schneeweißen und nahezu phosphoreszierenden Teint, so frisch gehalten hatte wie ein junges Mädchen. Doch in dem Augenblick kamen geräuschvoll der Graf und sein getreuer Verwalter zurück, die sich wahrscheinlich wegen irgendwelcher anderer Vorkehrungen zuvor entfernt hatten, und machten der Verträumtheit der beiden wie auch meiner Beobachtung ein Ende.

Weitere gewichtige Gespenster, ob ohne, ob mit Körper, standen oder ergingen sich, ich wiederhole, in sämtlichen Räumen des Hauses; erstere, die körperlosen, mußten jedoch des öfteren umgestellt werden, damit der Baron, mittlerweile vom Mut der Verzweiflung ergriffen, sich nicht allzu nahe an sie heranmachte, um dann schließlich mit einem Laken in der Hand dazustehen. Ich komme auf diese Gespenster zurück, von denen einige wirklich «gelungen» waren, um zu unterstreichen, welch sonderbaren Eindruck sie auf mich und, wie ich aus gutem Grund annehmen kann, auch auf den Grafen und seine Mithelfer machten. Um es geradeheraus zu sagen, dort in der Dunkelheit versetzten sie sogar uns zuweilen in Schrecken. Im übrigen vergaß ich, das ganze Drumherum an diesem Theater zu erwähnen, zu sagen Kettenrasseln, Heulen, Klagen und Schlenkern von Leintüchern; es waren zweifellos düstere und erschreckende Geräusche. Dazu kamen noch zwischendurch herzzerreißende Schreie des Barons, und waren unsere Eindrücke schon dergestalt, so denke man auch an die seinen.

Bei alldem aufgeregten Treiben verging die Zeit. Und wir befanden uns schon in vorgerückter Stunde.

«Du kommst doch, nicht wahr?» In Lorenzos Worten lag ein fieberhaftes Drängen. Zusammen mit Marta kam er in das Zimmer, in dem ich mich befand und das sie für verlassen hielten; mich hatten sie hinter eine Portiere gedrängt, wo ich mich nicht rühren konnte. Mein Gott, natürlich war da hinter der Portiere eine Tür, die wie alle anderen weit offenstand, und so hätte ich auch meiner Wege gehen können; aber ich blieb.

«Du kommst?»

«Nein. Ich kann nicht . . . Ich kann nicht.»

«Wieso denn nicht? Willst du, kannst du mir einmal sagen, warum nicht?»

«Eben darum. Nein, Lorenzo, ich kann wirklich nicht. Ich . . . gehe nie aus dem Haus.»

«Das ist ja nicht wahr! Du verläßt es oft im Auto oder zu Fuß, besuchst deine Tanten, erledigst hundert Dinge im Dorf. Es wäre doch ganz leicht für dich . . . Du brauchst mich ja nur eine halbe Stunde zu besuchen, ich verspreche dir hoch und heilig, daß ich dich nicht länger aufhalte. Bei mir ist kein Mensch, das weißt du, ich lebe mutterseelenallein. Nun? Willst du nicht kommen?»

«Nein . . . Nein. Und wenn dann mein Bruder . . .»

«Dein Bruder! Du redest immer nur von ihm. In deinem Alter kannst du doch machen, was du willst. Und dein Bruder ist schließlich kein Trottel; wenn auch . . . er kann sehr wohl verstehen, daß du . . .»

«Da kennst du ihn nicht.»

«Jetzt fängst du schon wieder an! Als ob das überhaupt so wichtig wäre! Schön, dein Bruder braucht es nicht zu wissen. Aber vielleicht willst du nicht, weil du meinst, daß ich . . . Nein, nicht das will ich, Marta. Ich will mich nur einmal mit dir aussprechen, in aller Ruhe und ohne Furcht . . . Oder, vielleicht . . . Aber jetzt spreche schon wieder ich, wie immer nur ich. Gib mir eine Erklärung, mach dich verständlich, sag doch etwas!»

«Aber ich habe nichts zu sagen. Du weißt Bescheid, ich habe dir schon alles gesagt.»

«Was hast du denn gesagt? Doch immer nur, daß du nicht zu mir kommen kannst, daß du nicht anders kannst. Wenn du wenigstens sagen würdest, daß du nicht willst.»

«Also gut, ich will nicht.»

«Aber das ist ja nicht richtig! Das ist falsch, das ist eine Lüge, eine Gotteslästerung. Warum kannst du dich denn nicht einmal gehenlassen, dich deinen eigenen Gefühlen überlassen, diese obskure Hemmung, dieses Knäuel von Schlangen, diese Kälte in dir überwinden, die dein Herz zu Eis werden läßt, und reden. Worte, ja, Worte finden, die du einem anderen Menschen sagst, auch wenn er so verrückt ist wie ich ...?»

«Quäle mich nicht, Lorenzo!»

«Hör zu, Marta. Ich liebe dich. Aber vielleicht glaubst du es nicht oder kannst es nicht glauben, auch wenn du dich manchmal dazu zwingen willst. Du sagst, du bist mißtrauisch. Aber das ist kein einfaches Mißtrauen, das ist ... ich weiß nicht ... mehr ein übermächtiges Gefühl, ist schon eher ... Du bist nämlich kalt und hochmütig wie ein schneebedeckter Berggipfel und auch egoistisch wie ... Ach, was sage ich da! Das bist du zwar alles, aber dazu noch vieles andere Schöne ... Ich kann dich gar nicht mehr ansehen, ohne das unbezwingbare Verlangen zu haben, dich zu umarmen, dich ... Du bist verwirrend, aber du strahlst auch Wärme aus ... Diese schmalen langen Hände, diese Zähne, diese glänzenden

Wimpern ... Verzeih mir. Das wollte ich alles gar nicht sagen: aber durch dein Schweigen bringst du mich so zum Reden! ... Ich liebe dich. Aber auch du liebst mich, das weiß ich und da kann ich mich gar nicht täuschen, denn ich merke es an deinen Augen, am Zittern deiner Stimme, an allem. Demnach ...»

«Lorenzo! Lorenzo! Sprich nicht so mit mir ... Du kehrst jetzt bald in die Stadt zurück und dann denkst du nicht mehr an mich. Wann fährst du? Warum fährst du nicht gleich?»

«Nein, Marta, nicht so. Damit quälst du dich ja selber zu Tode, willst mit eiskalter Hand dein eigenes Herz zum Stillstand bringen ... Ist es das, was du befürchtest? Daß ich abfahre und dich vergesse? Oder willst du das im Ernst? So sag doch etwas, rede, erkläre dich. Oder fürchtest du, daß ich dich eines Tages nicht mehr lieben könnte, während du mich immer noch liebst, und dein Stolz leidet jetzt schon unter einer Sache, die es nicht gibt und nie geben kann? Oder fürchtest du gar ... Aber ich will dich heiraten, ich kann dich schon morgen heiraten, Marta.»

«O Lorenzo, laß mich in Frieden, oder soll ich dich auf Knien bitten?»

«Komm her, Marta, gib mir deine Hand.»

«Nein. Höre, wenn du gehofft hast ... Wenn du solche Gefühle in mir wecken wolltest, wenn du dazu fähig warst, warum hast du es nicht schon früher getan? Jetzt ist es zu spät.»

«Zu spät? Was sagst du da? Zu spät?»

«Ich bin schon alt.»

«Oh, Marta! Hör auf damit!»

«Aber nein, es ist doch so . . . Wie überhaupt alles, ist auch das für mich schwer zu sagen. Es gab eine Zeit, da konnte ich für einen Mann wirklich etwas bedeuten, für einen Mann, wie du einer bist . . . Jetzt ist es zu spät, sage ich dir; zu spät für alles.»

«Ach, darum geht es! Du bist so wenig großzügig, das nicht geben zu wollen, was du geben kannst, nur weil du vorher mehr geben konntest (angenommen, es stimmt); dich dem Mann, der dich liebt, zu verweigern, weil (immer angenommen, es stimmt) du dich nicht im vollen Glanz der Schönheit und Jugend geben kannst? Das kann doch nicht wahr sein!»

«Aber ich liebe dich nicht, Lorenzo. Vielleicht hätte ich es früher gekonnt. Heute kann ich es nicht mehr; und darf es nicht.»

«Ach, jetzt versündigt sie sich schon wieder! Du glaubst oder du sagst, daß du mich nicht liebst, weil du dich dieser Liebe einfach nicht überlassen willst, weil dein Inneres davor zurückschreckt, sich wem oder was auch immer hinzugeben. Und doch mußt du den Versuch machen, zu . . . Schon wieder beruft sie sich auf eine Verpflichtung, auf Verpflichtungen. Wem oder was gegenüber denn? Verpflichtungen um den Preis des eigenen Blutes, des eigenen Lebens? Solche kenne ich nicht. Ich weiß, daß du mich liebst, auch wenn du es selber nicht weißt. Willst du nicht ein einziges Mal, nur für eine kurze Zeit, nur für einen Augenblick versuchen, einer anderen Macht in dir nachzugeben? Warum willst du es nicht einmal versuchen, nur so als Probe? Wenn du ahnen könntest, welches Gefühl von Süße, von Sicherheit und Frieden man davon bekommt, auch wenn der andere alles falsch macht! Das ist es nicht, was letzten Endes zählt, damit ist es nicht getan, daß man die Dinge in absoluter Vollkommenheit macht, es genügt, wenn man sie einfach macht, und zwar im Einvernehmen; wenn man nur nicht mehr allein ist. Wir sind beide allein. Aber ich will es nicht mehr sein, und du sollst es auch nicht mehr sein. Allein mit unserer unnützen Intelligenz, unseren Kompliziertheiten, unseren Langeweilen; und unseren Verpflichtungen natürlich. Wären wir nämlich zu zweit, dann sähe alles ganz anders aus: es hätte alles einen Sinn. Auch unsere Langeweile und sogar unsere Intelligenz, wie ich dir schon sagte, das Nutzloseste auf der Welt, sie könnte uns zu etwas nutze sein ... Du bist meine Kusine und bist mir auch an Fleisch und Blut so nahe. Wie viele Gemeinsamkeiten verlieh uns doch diese Blutsverwandtschaft! Von dir schien mir schon immer soviel Wärme und Vertrautheit zu kommen und, obwohl bisweilen so fern, hielt ich dich für ein Teil von mir. Als Junge ...»

«He, ihr da! Kommt mit. Jetzt gibt's einen Spaß.»

Es war der Graf, der mit seinem Verwalter durch das Zimmer ging und leise mit ihm redete und lachte. Die beiden hatten gerade noch Zeit gehabt, auseinanderzugehen.

Drüben gab es wieder einen neuen Aberwitz des Barons; er wollte immer noch die Gespenster vertreiben oder auch sich an ihnen satt sehen.

Ihr Gespräch setzten sie kurz darauf in einem anderen Raum fort, wohin ich ihnen eben aus diesem Grunde folgte. Ob der bereits erwähnten, schier phosphoreszierenden Helligkeit ihrer Haut war ich imstande, alle ihre Bewegungen deutlich zu sehen. Und da sie sich diesmal ein wenig gelöster gab, schien ihre volle, vibrierende, hie und da erzitternde Stimme gleichsam die Stimme der düsteren glühenden Provinz mit ihren unbezähmbaren geheimen Leidenschaften zu sein, mit ihrem Stolz, ihren unendlichen Verstrickungen, ihren Hemmungen, ihren Schwierigkeiten des Sichäußerns, ihrem hoffnungslosen Sichgehenlassen, mit der grausamen Macht ihrer Konventionen, die alles verbrennt und der man alles opfern mag, und mit ihren schäbigen Verpflichtungen. Ich meine diese ehrenwerte Provinz, wo es keine «praktischen und vernünftigen» Lösungen für die Rechte eines Mannes oder einer Frau gibt, wo man ebenso unmenschlich wie edel für ein gekränktes Ehrgefühl stirbt und sich wegen eines Wortes selber richten kann; wo alles von Bedeutung und die Sprache gar nur ein Echo aus weniger gemeinen Zeiten ist.

Die verschiedenen und pausenlosen Geräusche im Haus waren wie ein in sich geschlossener Hintergrund, von dem sich das Zwiegespräch abhob.

«Warum willst du denn auf die Dauer dein Leben wegwerfen, Marta?»

«Weil ich es schon einmal weggeworfen habe . . . damals.»

«Nun ja, jetzt sprech ich für dich, ohne dabei an mich zu denken. Und warum hast du es damals weggeworfen?»

«Warum? Ich . . . das weiß ich nicht. Sicher, weil ich eine Törin bin. Vielleicht hast du recht, aus Stolz; weil ich fühlte oder mir vorstellte, daß ich nichts anderes verdiente, weil es niemanden gab, der an mein Herz gerührt hat . . . Und so verging die Zeit, und jetzt ist es zu spät, wie ich dir schon sagte.»

«Wieso denn zu spät und wofür? Du hast dein Leben nicht verausgabt, du hast es während dieser ganzen Jahre nur in dir angesammelt, hast es sogar angereichert, hast es gären lassen; kein bißchen ist verlorengegangen. Du hast es lediglich verwahrt, für den, der . . . Und wenn ich auch nicht derjenige bin . . . All diese ungeheuere konzentrierte Kraft ist jetzt bereit, einem bedürftigen Wesen neues Leben zu geben. Ist das nicht das hehrste aller Anliegen? So viele Jahre hast du schließlich auch nicht mehr vor dir; ich weiß ja, daß dich keiner verdient hat und daß auch ich dich jetzt nicht verdiene, aber ... Und nun willst du einfach auf alles verzichten, auch auf die kleinsten, seichtesten Freuden; auf eine Freude zum Beispiel, die deinem Stolz gar nichts anhaben würde? Willst du deine Jungfräulichkeit sinnlos wie eine Kostbarkeit behüten? Für wen? Willst du auf jedes andere verzichten, nur weil du nicht alles haben kannst?»

«Auf jedes andere. Alles oder nichts. Daß es sinnlos ist, sagst du.»

«Ach, wüßte ich nur, wo der rechte Mann für dich ist, ich würde ihn dir hierhertragen, und müßte ich vorher einen Kampf auf Leben und Tod mit ihm bestehen ...»

Sie faßte sich mit beiden Händen an die Schläfen, versenkte ihre Finger im Haar. Dann sagte sie plötzlich und dumpf:

«Doch, er ist schon da, und in diesem Augenblick. Du bist es, Lorenzo.»

«Marta! O Marta, ich wußte es ja, aber du sagst es zum erstenmal. Sag es noch einmal. Komm näher zu mir, gib mir endlich deine Hand. Sag es noch einmal.»

«Ja ... und vielleicht zum letztenmal. Du bist es. Aber was heißt das schon?»

«Wie, was heißt das schon! Es heißt alles, es heißt, daß alles einfach wird, und das Glück, das uns bis heute nicht beschert war ...»

«Gar nichts wird einfach. Im Gegenteil, es wird alles schwieriger, schrecklicher, unerträglich.»

«Ach, was sind das für Worte! Laß doch jetzt diese Gedanken, Marta, sie passen nicht zu diesem Augenblick. Hör mich an, sieh mich an, ich bin jetzt glücklich. Auch du sollst glücklich sein, du kannst ja nicht anders. Marta, Cousine, Schwester, Braut, Geliebte und . . . gib mir einen Kuß.»

«Laß das, Lorenzo, was tust du da! Nein, laß mich, ich will nicht . . . Ich will nicht!»

«Einen Kuß, nur einen flüchtigen, schwesterlichen Kuß!»

«Nein, laß mich, um Himmels willen! Nein . . . nicht», sagte sie noch und war schon dem Weinen nahe.

Sie hatte sich an ihn geklammert, suchte seinen Mund mit dem ihren, nahm ihn bei der ersten leisen Berührung wieder weg, legte ihm die Hand auf den Mund, stemmte ihm ihren Ellenbogen gegen die Brust, verharrte einen Augenblick, besann sich gleich eines anderen, zog seinen Kopf an sich, um ihn sofort wieder zurückzustoßen, liebkoste seine Schläfen, krümmte sich, wollte sich ihm entziehen und ihn gleichzeitig festhalten. Sie atmete schwer; und wiederholte nun mit einem Hauch von Stimme: «Um Himmels willen! Um Himmels willen!»

Endlich löste sie sich mit einem Ruck völlig von ihm. Und drängte sich doch gleich wieder an ihn, umfaßte sein Gesicht mit ihren Händen, brachte das ihre ganz nahe an das seine und sagte mit plötzlich harter, fast schriller Stimme:

«Aber, höre, Lorenzo. Ich . . .» Die Worte schienen ihr schwerzufallen. «Ich liebe dich. Ich liebe dich mehr als mich selbst. Du wolltest es wissen (und wußtest es bereits) und weißt es. Ich sollte es dir mit meiner eigenen Stimme, mit meinen eigenen Worten sagen, und habe es getan. Aber jetzt . . . Ich liebe dich mehr als mich selbst, doch nicht mehr als . . . Aber schließlich ist dieses Etwas hier in mir unbesiegbar und gebieterisch und will sein Opfer, will seine Opfer. Nein, laß mich, sei still, höre mir gut zu. Ich liebe dich, aber ich werde nie die Deine sein. Und sollte ich mich dir jemals ergeben, sollte ich die Schwäche oder die Stärke aufbringen, du kannst es nennen wie du magst, mich dir zu ergeben, würde ich dich gleich danach umbringen, das schwöre ich dir. Verstehe mich richtig, Lorenzo, du meine Liebe: ich würde dich gleich danach umbringen. Warum das so ist, warum ich nicht will, daß jemand behaupten kann, er habe mich besessen, vermag ich dir nicht zu sagen. Es ist so.»

«Pss! He, du! Komm doch mal!»

«Was denn?»

«Weißt du . . . Vielleicht bin ich übergeschnappt, aber . . . ich muß dir was sagen.»

«Aber was denn?»

«Wie viele Gespenster haben wir denn im ganzen?»

«Aber . . . ich weiß nicht. Warum willst du das wissen? Ach so! du glaubst auch . . .»

«Du verstehst mich also?»

«Ich denke schon. Ich muß zugeben, daß auch ich . . . Aber ich dachte, das sei alles nur eine Einbildung von mir.»

«Vielleicht, ja, sicher ist das alles eine Einbildung, aber . . .»

«Jedenfalls weiß Filippo, wie viele es sind. Warum zum Teufel ist er weggegangen? Aber sei ja vorsichtig: ihm darf man nicht sagen . . . man darf ihm nur sagen, daß wir einen Fremden hier vermuten, was weiß ich, daß sich ein Gauner hier eingeschlichen hat. Das wird er dir zwar nicht abnehmen, aber . . . Und sag bloß den Frauen nichts davon. Ach, da ist er ja. Also, Filippo, wir befürchten . . . hm . . . wir haben Grund zur Befürchtung, daß sich hier jemand eingeschlichen hat und . . . und jetzt ist keine Zeit für eine lange Erklärung. Sie wissen doch sicher, wie viele Gespenster es sind? Nun, man müßte sie abzählen und eines nach dem anderen identifizieren. Haben Sie begriffen?»

«Jawohl, Herr Graf. Es ist zwar unter diesen Gegebenheiten etwas schwierig, aber ich will's versuchen. Übrigens weiß ich auch wahrhaftig nicht, ob jemand von den Hiesigen heute abend vielleicht im Dorf ist. Aber das werden bestimmt die Frauen wissen. Ja, ich gehe sofort.»

. . . .

«Marta, ich fürchte mich.»

«Wovor denn, Dummerchen?»

«Ach, weißt du, alles hier drinnen gibt mir seit einer Weile so ein ungutes Gefühl. Und dann habe ich unbeabsichtigt ein Gespräch zwischen Stefano und Giovanni mitgehört: auch sie fürchten sich.»

«Was du nicht sagst!»

«Ja, doch. Sie haben vereinbart, uns nichts zu sagen. Man hat Filippo gesagt, daß man einen Gauner hier vermutet, aber in Wahrheit fürchten auch sie sich.»

«Ich verstehe nicht, wovon du sprichst.»

«Willst du es wissen? Ich habe auch diesen Eindruck gehabt. Also, ich meine, hier ist einer zuviel, nämlich bei den Gespenstern.»

«Das sind doch nur Einbildungen!»

«Nein, nein, das ist schon so. Ich habe richtig gezählt. Das heißt, ich weiß nicht genau, wie viele es sind, also konnte ich auch nicht genau zählen, aber so dem Gefühl nach meine ich . . . Ich bin sogar ganz sicher. Schließlich könnte doch auch wirklich jemand hereingekommen sein, der uns übelwill, ich weiß nicht, etwa ein Mörder . . .? Gib zu, daß dies sehr gut möglich ist.»

«Mörder, sagst du? . . . Wer sollte schon umgebracht werden? Von uns hat keiner Feinde, man mag jeden und . . . liebt ihn.»

«Stell dir vor, er wäre hier mitten unter uns, und wir hätten keine Ahnung . . . Soll ich dir noch etwas sagen? Diese ganzen Possen haben mich zwar recht amüsiert, aber ... im Grunde genommen mag ich solche Späße nicht. Mit Gespenstern soll man nicht so viele Scherze machen, man kann nie wissen: vielleicht werden sie gerade dadurch angelockt. Mir wäre es schon lieber, man würde das Licht wieder anmachen.»

So waren die Spötter drauf und dran, selber zum Gespött zu werden, und auf welch dunklen Wegen! Immerhin befand ich mich ja unter diesen Spöttern und verspottete sie gewissermaßen meinerseits. Eine vergnügliche Verwicklung (wie ich hoffen möchte) für den Leser; aber nicht für mich in diesem Augenblick. Schließlich mußte ich mich so rasch wie möglich aus dem Staube machen. Und das war wahrhaftig nicht leicht, denn nicht nur der verdammte Filippo, sondern alle, die jetzt Angst hatten, kontrollierten die Gespenster beim Durchgang, was mich doch ziemlich in Verlegenheit brachte. Trotzdem zweifelte ich keinen Augenblick daran, mich aus meiner mißlichen Lage befreien zu können: wenn ich mich ganz ruhig verhielt und diesen Verrückten stets auswich, würde ich schon eine offene Tür finden, und erst einmal draußen ... Da kam mir eine unvorhergesehene und schreckliche Begebenheit zu Hilfe.

Es war schon fast Morgen. Trotz des Unbehagens, das sich unter all den Menschen im Hause breitgemacht hatte, wurden die Geräusche und das Hin und Her ununterbrochen fortgesetzt. Die Schießereien gingen ebenso weiter wie die monotonen Beschwörungsformeln und die Aufschreie des Barons, desgleichen das ausgedehnte Kommen und Gehen der Schatten. Plötzlich drang irgendwoher aus dem tiefsten Innern des Hauses ein Schrei. Ich hatte ja in dieser Nacht schon viele Schreie gehört, doch dieser war ganz anders: er war dringlichst – wie soll ich noch sagen? – er war echt. Ein Schrei des Grauens. Auch den übrigen muß diese Besonderheit aufgefallen sein, denn einige gingen mit aller Vorsicht in jene Richtung, andere rannten hin. Dann kamen laute Stimmen von dort, Rufe und neue Schreie: Licht! Instinktiv lief auch ich hinzu und dachte gar nicht mehr an die große Gefahr, in der ich mich befand.

Man konnte erst die Sicherung nicht finden. Endlich ging das Licht an, blendend nach all der Dunkelheit, traf mich völlig ungeschützt; im Laufen hatte ich sogar das Laken weggeworfen oder verloren. Glücklicherweise waren die anderen alle schon die Treppe hinuntergeströmt, die von der Eingangshalle in den Keller führte. Natürlich war nicht überall das Licht an gewesen, als man die Sicherung herausgeschraubt hatte, wohl aber dieser große Leuchter in der Eingangshalle, vor dem es kein Entrinnen gab. Und wenn ich jetzt trotzdem herbeigelaufen war, hatte ich schon meine Gründe. Ich will damit sagen, daß ich mir fast dachte, daß ich eine grausame Ahnung hatte, was ich vorfinden würde. Also mußte ich *sehen.* Ich entdeckte schließlich einen Beobachtungsplatz: hinter der schweren Kellertür, wo ich durch den Spalt zwischen Tür und Türrahmen die ganze Szene überblicken konnte. Diese Szene lag zu meinen Füßen, weil die Treppe nach dem Absatz an der Tür noch einige Stufen hinunterführte.

Es handelte sich um eines der üblichen Kellergewölbe: geräumig, kalt und wohlgepflegt, was nur um so bedrückender wirkte. Die Lampe an der Decke war von einem dichten Spinnennetz eingehüllt. Und in dieser grausamen, etwas unwirklichen Atmosphäre lag da zu meinen Füßen die Leiche eines Mannes: Lorenzo, wer sonst? Er war bäuchlings gestürzt, das Jackett war hoch über den Rücken gerutscht, das Haar unnatürlich zerzaust. Ein nicht allzu großer, unbeweglicher Blutfleck mitten auf seinem Rücken, allenfalls ein wenig links. Er mußte schon seit mehr als einer Stunde tot sein, und ich weiß gar nicht, woraus ich dies schloß. Falls die Versengungen, die ich an seinem Hemd zu sehen glaubte, keine Einbildung waren, hatte man ihn aus kürzester Entfernung erschossen.

Im Halbkreis um ihn und mir gegenüber standen nun alle Personen dieser Geschichte, hatten irgend etwas Verstaubtes und zugleich Kalkiges auf ihren bestürzten, ratlosen Gesichtern; die Augen waren vor dem Licht zusammengekniffen wie bei Nachttieren. Auch die Gespenster waren alle anwesend, hatten ihre Laken über die Schulter geschlagen oder über den Arm gelegt oder beiseite geworfen.

Zunächst war Schweigen, dann redeten sie und bewegten sich alle auf einmal. Und der Baron verleugnete sich auch bei dieser Gelegenheit nicht. Er zeigte sich mächtig hin- und hergerissen zwischen seiner Entrüstung über den ihm angetanen Spott und seinem Entsetzen wie auch seiner Trauer über das Geschehene; war er schon vorher konfus gewesen, dann jetzt erst recht. «Aber wer hat das getan?» schrie er hysterisch. «He, ihr da, wer hat das denn getan? Ach, unser armer Freund! Und euch werde ich hassen, solange ich lebe. Hier muß etwas getan werden, tun wir doch etwas. Die sind es gewesen, einer von denen ist es gewesen . . .» und anderes mehr.

Auch die unbeugsame Marta stand dort, der einzige Mensch, der sich nicht aufregte. Mit unbewegtem, hartem, versteinertem Gesicht und mit düsteren, starren, tränenlosen Augen blickte sie auf den hingestreckten Körper des geliebten Mannes.

Schließlich fiel ihnen die Polizei ein. Hm! Von der hatte ich, neben allem anderen, allemal eine Mordanklage zu erwarten. Es war höchste Zeit, daß ich mich verdrückte. Außerdem kam schon Bewegung in die Leute, und ich durfte auf keinen Fall bleiben. Und schließlich und endlich würde es gleich Tag werden.

Polizei. Was sollte die Polizei in einem solchen Fall tun? Nur ich wußte, was geschehen war, kein anderer wäre jemals auf den Gedanken gekommen. Jedenfalls blätterte ich in den nächsten Tagen vergebens in den Gazetten. Vielleicht verschwiegen sie das Ganze aus Rücksicht auf den Grafen und die Seinen. Im allgemeinen besteht keine Gefahr, daß diese verflixten Gazetten über einen Unglücksfall oder sonst etwas berichten, bei dem man selbst dabeigewesen war, und dieses Schweigen ist in unserem Handwerk oft unangenehm.

Jedenfalls wußte ich Bescheid, und ihr werdet nun gewiß sagen, daß ich die Sache zur Anzeige hätte bringen können oder sogar müssen. Aber, Herrschaften, wenn ich mich derartigen Pflichten unterzogen hätte, wäre ich doch nie so weit gekommen, wie ich jetzt bin. Mich keinesfalls in die Angelegenheiten anderer zu mischen, war mein einfacher Lebensgrundsatz, und er hat mir diese ruhige und ... nun ja, geachtete Position eingebracht. Kann man vielleicht dieser Geschichte nicht entnehmen, daß es nicht meine Art ist, mich in anderer Angelegenheiten zu mischen? Die Menschen doch wenigstens ihrem eigenen Schicksal zu überlassen, erschien mir schon immer als anständigste und vernünftigste Regel.

Es ist richtig, daß auch ihr jetzt im Bilde seid. Aber es ist schon so viel Zeit darüber vergangen; und im übrigen glaube ich nicht, daß man von euch irgendeine Anwandlung von Bürgertugend zu befürchten hat. Ach so, wer weiß, was aus diesen Leuten geworden ist. Einige sind wohl schon gestorben. Nur von Marta habe ich zufälligerweise gehört, sie sei eine alte Adelsjungfer, die sich um ihren Besitz kümmert. Sie lebt immer noch in diesem Haus, und allein.

Jetzt aber Schluß. Weiter oben habe ich mich gar als Dichter versucht: ich muß wieder an meine Arbeit.

Briefe aus der Provinz

für Alberto Carnevale

I

Liebste Solange,
Du hattest unrecht, und ob Du unrecht hattest. Um ganz sicher zu gehen, habe ich bis heute gewartet, Dir dieses zu sagen, und nun sage ich's aus voller Überzeugung: «Ich kann es Dir wirklich sagen», wie sich die gute Madame de Caulaincourt ausdrückt. Was, ich und nicht imstande, mich länger als eine Woche an dieses Leben anzupassen? Aber hier ist das Paradies auf Erden, Solange! Und, sieh mal: bald bin ich nun schon zwei Monate hier. Wenn Du wüßtest, meine Liebe, wie oft ich die Eingebung segne, die mich in diese Gegend verschlagen hat . . . und die meines Onkels, der, da er ja ohnehin mußte, es immerhin einrichten konnte, rechtzeitig zu sterben. Du kannst Dir vorstellen, daß die Bälle der Kaiserin und meine wiederholten Anwesenheiten im Palais Royal wahrlich nicht dazu angetan waren, mein unstabiles *Budget* zu festigen noch meinem armen Arzt Genugtuung zu verschaffen. Doch

hier . . . Hier, um gleich damit zu beginnen, verbinde ich das Nützliche mit dem Angenehmen. Zum Beispiel habe ich hier den Genuß des Besitzes, das heißt, meines Eigentums, einen Genuß, den man bei den Pariser Bankiers wirklich nicht empfindet, wenn sie sich als Herrscher über unser Geld aufspielen, sobald sie merken, daß du von Finanzen nichts verstehst, und vor allem, wenn die Geldmenge zu gering ist, um ihnen selber fette Geschäfte zu versprechen. Im übrigen weiß ich auch nicht, was geschähe, wenn ich alles dem Verwalter überließe, der, ohne jetzt die Geschäftsführung meines verstorbenen Onkels schlechtmachen zu wollen, sich schon zwei Häuser im Dorf und ein Grundstück in der Nähe gekauft hat. Aber nicht darüber wollte ich reden und nicht darum beglückwünsche ich mich zu meinem Entschluß. Ach, meine arme Solange, wie könntest Du auch die reinen Freuden des Landlebens, dieser neuen und herrlichen Welt kennen oder wie könnte ich sie Dir erklären? Ich kann Dich eigentlich nur an die Zuständigkeit des Monsieur de Maynard oder des Monsieur Parny verweisen, was ich hiermit tue.

So bin ich denn jetzt glückliche Besitzerin eines richtigen Schlosses mit einem ausgedehnten Gute und dessen gewissenhafte Verwalterin. Oft fahre ich mit dem Einspänner durch meine Wälder, die der Herbst schon zu vergolden beginnt, und oft begebe ich mich auch ins Dorf, von dem ich ebenfalls sagen kann, daß es mitsamt allen seinen einfachen Bewohnern mir gehört (ja, ausgenommen dieses sonderbare Geschäft des Verwalters). Mein Gott, der Wagen quietscht recht laut, und Kutscher und Lakai haben weder das nachdenkliche Gesicht noch den gebürsteten Bart ihrer Pariser Kollegen, und überdies versteht man kein Wort, wenn sie reden: dafür ist ihre Livree mit Abstand prächtiger.

Paris! Sicher werde ich ab und zu wieder hinkommen, nach einer gewissen Zeit sogar recht oft. Doch soll ich Dir etwas sagen? Paris und die ganze dortige Welt erscheinen mir jetzt wie ein schlechter Traum . . .

Du darfst aber andererseits auch nicht denken, daß ich hier etwa an Einsamkeit litte. Von all den mehr oder minder adeligen Grundbesitzern im Umkreis, die mich gleich besuchten, sind natürlich die meisten unausstehlich, provinziell, beschränkt und bigott; und doch gibt es welche . . . gibt es einen . . . Ach, was soll's, ich will's gleich geradeheraus sagen. Er ist jung, schön, phantasievoll, romantisch, reitet wie ein Engländer, liest unsere Dichter, deklamiert mit Feuer . . . Nun ja, warum nicht? Schließlich trägt er auch einen der besten Namen hierzulande, ist ebenso frei und ungebunden wie ich. Aber ich höre Dich schon fragen: «Warum nicht was?» Ach, meine Liebe, für den Augenblick kann ich Dir nicht mehr sagen und passe.

Der Brief ist über die Maßen lang geraten: Ich meine, ob Du bei all Deinen Festen und Bällen überhaupt dazu kommst, ihn zu lesen? Darüber nachzudenken hast Du gewiß keine Zeit, wie auch ich mich keineswegs der Hoffnung hingebe, daß Du Dich für ein paar Tage dem Trubel des Pariser Lebens entziehen und mir die Freude bereiten könntest, Dich wieder einmal zu umarmen. Also adieu für heute, ich gebe Dir bald weitere Nachricht.

Anne

2

Da bin ich wieder, geliebte Solange. Wie lange ist es schon her, daß wir uns das letzte Mal gesehen und auch geschrieben haben; aber ich hatte so viel Schönes zu tun.

Also: Willst Du wissen, was die Leute hier tun, um mit Winterbeginn (fast haben wir ihn ja schon) in Lethargie zu verfallen? Das ist rasch gesagt: sie tun gar nichts Besonderes, das heißt, sie bereiten sich in keiner Weise auf das Ereignis vor, will man nicht als Vorbereitung das tüchtige Essen mit dementsprechendem Trinken ansehen, das einen Tag vor dem festgelegten Datum erfolgt. Also keine *lits embaumés*, Salben, Blut- oder Vapeursreinigung, Einspritzungen, Krankenpfleger, hypochondrische Quarantäne oder wie sonst noch die zahlreichen Manipulationen in unseren (jetzt müßte ich sagen Euren) *Maisons de léthargie* heißen. Und ich sage Dir, daß die Dinge auch ohne all dies prächtig funktionieren; versuch doch, es einmal den Pariser Spezialisten zu erzählen. Und weißt du, wo sie in den Winterschlaf fallen? Nicht etwa in «entsprechend eingerichteten Räumen» und auch nicht eingehüllt in jenes «weiche und reagierende Material, das . . .» und so weiter und so fort, sondern ganz einfach wo sie gerade sind oder wo es ihnen paßt, was weiß ich, etwa in der Küche oder auf dem Heuboden; und in irgendeiner Ziegenhaut, wie man sie für Weinschläuche oder Dudelsäcke hernimmt. Genauer gesagt, lassen sie sich dann anscheinend an irgendeinem Balken aufhängen oder hängen sich selber auf . . . und gute Nacht! Jedenfalls habe ich solche Häute oder vielmehr Säcke aus Häuten (eine einzige Haut würde nicht für ein Kind reichen) schon verschiedentlich und zwar an einem Balken hängen sehen, wie vor wenigen Tagen, als ich einer kinderreichen armen Familie meine Unterstützung brachte. Natürlich waren sie noch leer, aber man erklärte mir ihren Gebrauch. Das Fell ist nach innen gewendet, und auf der einen Seite haben sie so etwas wie eine Verlängerung für die Beine. In diesen Säcken pflegen sie zu sitzen oder halbwegs zu sitzen, und da ihre Weichteile nach unten ziehen, kann ich Dir versichern, daß sie nach einer gewissen Zeit eine Form bekommen wie ein aufgehängter Kochtopf. Ich werde Dir noch darüber berichten, denn, wie mir zu Ohren kam, wird der Winterschlaf binnen kurzem beginnen. Etwas anderes: soviel ich weiß, ist in Paris die Zahl derjenigen, die *vont en léthargie*, recht beschränkt und eigentlich völlig unbedeutend: genau gesagt, bei uns, also bei Euch schlafen nur die armen Leute, die im Wortsinn kein Stück Brot zu knabbern haben, oder irgendein alter General im Ruhestand oder irgendeine hysterische Frau, die keine Kälte und so fort verträgt. Hier scheint diese Gepflogenheit gang und gäbe zu sein, sogar bei den jungen Menschen und sogar bei den Kindern.

Nun, wir werden's ja sehen. Wie schon gesagt, ich halte Dich auf dem laufenden. Für heute habe ich sonst nichts Interessantes. Denk an mich. A.

3

Liebe Solange,
der Winter nähert sich mit Riesenschritten, ja, in dieser Gegend ist er schon eingetroffen, und die Leute beginnen auch schon, in den Winterschlaf zu verfallen: bei meinen Wohltätigkeitsgängen zähle ich gar nicht mehr die vollen Säcke, die an

den Balken hängen. Sie, nämlich die Säcke, schwitzen eine übelriechende Feuchtigkeit aus, als seien sie Blasen voller Schweineschmalz, und an ihrer Oberfläche setzt sich bereits der Ruß an, hängen sie doch fast stets in der Küche. Obgleich widerlich, ist dieser Anblick fürs erste verblüffend! Und ich gestehe auch in aller Bescheidenheit, daß ich noch niemals ein menschliches Wesen im Winterschlaf gesehen habe. Ja, ich weiß schon, jetzt mokierst Du Dich über mich; und richtig, nachdem ich mich in meinem letzten Brief als so informiert ausgegeben hatte, fiel mir auch ein, daß dieses Verhalten zu einer bestimmten Zeit in Paris bei den unglücklichen Verliebten große Mode war (die sich sogar bemühten, diese Lethargie ins Grenzenlose auszudehnen) und es daselbst für eine Frau von Welt, oder die es einmal gewesen ist, schier blamierend ist, nicht genauestens darüber informiert zu sein. Trotzdem wiederhole ich in aller Demut: ich habe noch niemals ein menschliches Wesen im Winterschlaf gesehen. Diese hier hängen jedenfalls, kaum sichtbar, wie die Klötze da, und man hört nicht einmal ihren Atem: wahrhaftig ein sonderbarer Menschenschlag, der sich nicht scheut, der Lebenszeit einen vollen Winter zu entziehen. Sonderbar und vielleicht auch weise; aber schenken wir uns die Philosophie.

Doch frage ich mich in meiner zugegebenen Ignoranz: ist diese Gepflogenheit eine echte, nämlich im Sinne einer Gewohnheit, die auf die besondere Natur dieser Menschen und überhaupt all jener zurückzuführen ist, die in Winterschlaf verfallen, oder ist hinwiederum diese Gewohnheit für sie zur zweiten Natur geworden? Ich kann mir weder einen richtigen Begriff davon machen noch, wie Du siehst, eine richtige Frage formulieren. Natürlich, wollte man nach den unglücklich Verliebten von Paris urteilen, müßte man annehmen, daß der Winterschlaf ein Ding sei, das man nach Belieben tun oder lassen kann; doch . . . Wer weiß überhaupt, warum ich mich schon wieder mit solchen Überlegungen belaste, oder sind sie gar nur eine weitere Auswirkung des hiesigen Lebens? Jedenfalls lasse Dir berichten.

Vor einigen Tagen war da in einer dieser Armeleutebehausungen ein süßer Knirps, den ich schon kannte, kurzum ein kleiner Freund von mir. Man bereitete ihn auf den Winterschlaf vor; er gähnte und rieb sich mit den Fäustchen die Augen, schien aber in keiner Weise bekümmert zu sein. Mir tat es leid, daß er auf solche Weise vier oder fünf Monate seines jungen Lebens wegwerfen sollte, und so sprach ich mit seinen Angehörigen und bot mich an, ihn über den Winter zu mir zu nehmen. Ich dachte, sie damit nicht nur von einem hungrigen Mäulchen zu befreien, sondern wollte auch alles tun, um ihn wachzukriegen und, verflixt!, am Leben zu interessieren. Sie verstanden mich nur zum Teil. Sie fragten den Knirps, der brummelte irgend etwas Undeutliches und schien am Ende nicht abgeneigt zu sein. Kurz und gut, ich nahm ihn mit aufs Schloß. Und jetzt will ich Dir gar nicht erst erzählen, was ich alles ausgedacht und getan habe, um ihn bei gutem Aussehen und guter Laune oder doch wenigstens wach zu halten, buchstäblich wach zu halten; was mir nicht gelungen ist. Er schien an nichts Spaß zu finden, sich für nichts zu interessieren, gähnte ununterbrochen und hatte wohl nur den einen Wunsch, zu schlafen; tatsächlich schlief er hier und dort im Hause ein, sogar auf meinen Armen, während ich mit ihm sprach, während er die für ihn ungewohntesten Leckerbissen verzehrte. Dazu muß gesagt werden, daß er alles andere als dumm war, wic ich das seinerzeit schon hatte feststellen können, also bevor ihn diese Mattigkeit überfiel. Um wiederum gleich zum Schluß zu kommen, ich mußte ihn, den tief Eingeschlafenen, wieder zu seinen Leuten bringen, die ihn mit einem Lächeln, als hätten sie's erwartet, einfach in einen Sack steckten und meinten: «und nun können wir im April wieder darüber reden, wenn überhaupt.»

Was sagst Du dazu? Oh, warum schreibst Du mir so selten, warum berichtest Du mir nicht einmal ausführlich über Paris und Euer Leben? Glaubst Du, ich bin wirklich schon verwildert? Adieu, schreib bald.

A.

4

Solange, Du Liebe,
ich fange an, mir Sorgen zu machen, und es hat keinen Sinn, dies vor mir und Dir zu verbergen. Unglaublich, wie viele Menschen hier schon eingeschlafen sind; wohin ich auch komme, überall sehe ich diese schrecklichen stinkenden Säcke an den Balken hängen. Um es kurz zu machen: Du erinnerst Dich gewiß, daß ich Dir in meinem ersten Brief von diesem romantischen jungen Adeligen geschrieben habe, der ... also, der mir den Hof machte. Nun, er ... auch er ... Oh, Solange! Gestern saßen wir in meinem Salon; ich habe ein wenig Musik gemacht, und er hat mir dafür ein Gedicht vorgetragen, denke Dir, ein selbstverfaßtes, dessen ganz augenscheinliche Muse Dir zu nennen mir nur meine Zurückhaltung verbietet; die Stunde war für Herzensgeständnisse wie geschaffen. Und so dachte ich mir, daß ich ihm nun endlich ganz offen einige Hoffnung machen könne und daß dem weder bei mir noch sonstwo etwas entgegenstünde; folglich überließ ich ihm meine Hand, die er mit Leidenschaft ergriff, doch ... Oh, meine Freundin, wie soll ich Dir das jetzt erklären? Mit Schaudern nahm ich auf dem Grunde seiner Augen so etwas wie ein Sehnen wahr, aber nicht von jener Art, wie Du Dir jetzt vorstellen könntest, mitnichten,

es war so etwas wie eine Benommenheit, ja, sogar wie eine Gleichgültigkeit, eben jene letzte Gleichgültigkeit, die einen kurz vor dem Einschlafen überkommt. Verstehst Du, Solange, in dem Augenblick begann er einzuschlafen! Eine Weile noch umschloß er meine Hand mit seinen Händen, ohne irgend etwas zu tun, sah mich immer ausdrucksloser an, schien diesen kostbaren Augenblick und überhaupt alles vergessen zu haben, kam dann wieder halbwegs zu sich, ließ die arme feuchte Hand los, gähnte (obgleich recht gesittet), trat ans Fenster, klopfte mit den Fingern an die Scheibe, klagte über ich weiß nicht was für Kopfweh, murmelte in diesem Zusammenhang irgend etwas Unverständliches und ging, ohne mich auch nur zu fragen (ich hätte vor Entsetzen doch nichts erwidern können) einfach davon. Das war alles. Heute höre ich, daß auch er in den Winterschlaf gesunken ist. Oh, sein Sack ist gewiß aus Zobelfell! Gott! Was soll ich Dir auch sonst sagen als «Gott!»

Und die anderen? Ich weiß nicht, ob ich Dir jemals von gewissen Verwandten, genauer gesagt, von Verwandten meines Onkels gesprochen habe. Gestern abend bin ich bei ihnen gewesen, um mich von meinem Schrecken zu erholen. Ich fand sie alle ernst und schweigend um einen Tisch versammelt. Einer von ihnen sah hie und da auf eine Gazette, die jemand auf besagten Tisch geworfen hatte; aber nicht eigentlich auf das Geschriebene: auf die Annoncen. Ein anderer rauchte eine halbe Zigarre, wobei er seine Fingernägel betrachtete; aber er rauchte gar nicht, sondern beschränkte sich darauf, sie ab und zu wieder anzuzünden. Ein anderer hatte seine Vorderarme auf dem Tisch und tat rein gar nichts.

Alle schwiegen sie oder redeten nur mühsam vom Wetter; und alle hatten sie in der Tiefe ihrer Augen jene Schläfrigkeit, die ich nun sehr wohl erkannte. Unschwer vorauszusehen, daß auch sie bald in völligen Schlaf verfallen werden.

Übrigens ist heute morgen eine richtige Prozession von Bauern (sie wollten mich unbedingt sehen) zu meinem Entsetzen mit Geschenken in Naturalien bei mir erschienen; man erklärte mir ziemlich verworren, daß solche Geschenke, die man traditionell an eben diesem Tag im Jahr macht, die Bezeichnung «für den Winterschlaf» tragen; der aber hat hier einen anderen Namen. Du lieber Himmel, da kommt mir ein schrecklicher Verdacht: ob nicht auch der Onkel stets einschlief? Jetzt glaube ich nämlich, mich daran zu erinnern, daß er, der es doch mit allen Dingen so genau nahm, auf meine Briefe vom Winter immer erst im Frühjahr geantwortet hat . . . Ach, was denke ich da nur! Und doch, als ich kürzlich aus irgendeinem Grund in den Keller hinabstieg, wo ich noch nie gewesen war, entdeckte ich ein ganzes Lager dieser abscheulichen Säcke, und einige von ihnen bereits gefüllt! Hatte mir doch scheinen wollen, daß mir seit Tagen gewisse Leute der Dienerschaft nicht mehr zu Gesicht gekommen waren. Der Verwalter freilich ist so quicklebendig, als geschehe rein gar nichts, und auch der alte Kammerdiener hält sich gut, abgesehen davon, daß er ohnehin ein bißchen vertrottelt ist; was man ebenso von der Mamsell sagen kann. Während die Köchin seit einer gewissen Zeit . . .

Nun sag mal, Solange: meinst Du, man muß tatsächlich befürchten, daß sie bis auf einen alle einschlafen werden? Diejenigen, die noch übrig sind, sagen nein, wer etwas zu tun habe, bliebe wach. Verflixt, aber wie würde ich in einem solchen Fall zurechtkommen?

Es hat reichlich geschneit, und die Felder liegen unter einer dichten Schneedecke, soweit das Auge reicht. Es ist hübsch; es ist auch ein wenig traurig.

Was macht Ihr in Paris? Kannst Du Dich nicht entschließen, mir endlich einmal einen richtigen Brief zu schreiben? In Paris fahren jetzt um diese Stunde schon die ersten Kutschen an der Opéra vor: schmuckbehangene Damen blicken lebhaft nach rechts und nach links, am Eingang stehen ihre Anbeter und starren sie an; alles lebt, bewegt sich, erregt sich. In Paris vibriert sogar die Luft. Ach, jetzt meinst Du, ich vergehe vor solchen Sehnsüchten? Den Gedanken kannst Du Dir aus dem Kopf schlagen: es sind nur die Nerven, die mir manchmal übel mitspielen. Schließlich muß ich durchhalten, das habe ich mir vorgenommen. Adieu für heute. A.

5

Solange,
meine Solange, einzige Freundin, höre, Du mußt mich jetzt retten, gleich: wenn Du diese Zeilen erhältst, mußt Du noch im selben Augenblick Deine Reisekutsche besteigen und herbeieilen, herbeifliegen, um mich zu retten. Solange! Hast Du verstanden? Mein Gott, ich kann gar nicht der Reihe nach schreiben, ich höre, wie unten im Hof sein Pferd scharrt und schnaubt; das Pferd des Husaren, meine ich. Ja, doch, sie sind allesamt eingeschlafen, hier im Schloß, im Dorf, überall, alle, alle! Auch der Verwalter, vor wenigen Stunden auch der alte Diener. Nur er war noch übriggeblieben, aber ich habe ihn mit nichts wach halten können, weder mit *Armagnac* noch mit Geld, man sah richtig, wie er sich alle Mühe gab: am Ende war es doch stärker als er. Ich habe keine Zeit, Dir zu berichten. Ich bin vors Haus gerannt: Schnee, Stille, Öde. Es war, als lebte man in einem Märchen, aber nein, in den Märchen gibt es immer eine Tendenz zum Guten: in einem schrecklichen Alptraum . . . Ich verliere hier kostbare Zeit, und

sein Pferd scharrt immer heftiger . . . Und schließlich erkannte ich, nach unendlich langer Zeit, über dem Schnee in ganz weiter Ferne einen kleinen schwarzen Punkt, der zunehmend größer wurde. Er war es, dieser junge schöne Husar, den mir, wie auch immer, der Herrgott geschickt hat. Er kam in gestrecktem Galopp. Machte nur widerwillig halt. Ich bat ihn, beschwor ihn, mich auf seinem Sattel mitzunehmen. Seine Erwiderung: «Ich bin ein Meldereiter, mein Edelfräulein!» Wenn Du wüßtest, was ich alles sagen und tun mußte, um ihn zumindest zu bewegen, zehn Minuten zu warten, doch nur zehn Minuten (und er zog seine Taschenuhr heraus), wenigstens die erforderliche Zeit, Dir diese verzweifelte Botschaft zu schreiben, die er bei seiner Ehre versprach, Dir allerschnellstens zukommen zu lassen. Jetzt bleiben mir nur noch zwei Minuten. Versteh mich recht, Solange, meine Solange: ich kann nicht kochen, ich kann überhaupt nichts, es ist auch nichts im Hause, ich fürchte mich vor den Pferden und kann auch gar nicht reiten, um darauf zu fliehen, falls nicht auch sie inzwischen eingeschlafen sind, wenn Du mich nicht rettest, sterbe ich hier. Solange, o Solange, so höre doch! Ja, Du hattest schon recht, doch jetzt ist keine Minute mehr zu verlieren . . . Und wenn . . . und wenn ihm unterwegs etwas passiert? . . . Großer Gott, jetzt ruft er nach mir . . . Solange, meine Seele, was soll ich Dir noch sagen? Rette Deine arme A.

Zwei Nachtwachen

I

Du meine Frau, was soll ich dir noch sagen! Du schickst dich an, ins kühle Grab hinabzusteigen, und mit dir wird dort all meine Liebe eingeschlossen sein, all meine Hoffnung, alles, was ich an Reinem, Edlem, Vertrautem besaß, und ebenso alles Gut auf Erden, alle Freude, kurzum alles, was das einsame Leben eines Mannes erfreuen kann. Ich liebe dich, du freundliches Wesen, liebe dich jetzt mehr denn je, ich, der ich dir nach langen Jahren der Schwermut und nach einem langen Weg durch öde Wüste begegnet war; und du wurdest mir genommen. Ich, der ich mit dir alle Vollkommenheiten und Freuden kennenlernte, durch dich jeden Wunsch meines Herzens, jede Aufwallung meines Bluts erfüllt sah; und du wurdest mir so rasch und grausam genommen, daß sich die Hochzeit mit dieser Totenehrung geradezu verbindet. Auch du liebtest mich, und keine andere könnte mich je auf deine Weise lieben; so kann ich wohl sagen, daß in deinem Grab nicht nur meine Liebe verschlossen sein wird, sondern auch das, was mir von ihr kam, mein Paradies. Was wird fortan mein Leben sein, wurde ihm doch das, was es dazu machte, der Lebenshauch, entrissen! Oh, wie gern gäbe ich all mein Blut bis auf einen Tropfen, mich dann an dir zu erfreuen, damit deines wieder flüssig werde; oh, wie gern, da ich anderes nicht vermag, folgte ich dir auf der düsteren Reise, wäre mir nicht angst, damit die zärtliche Geliebte zu betrüben, die mich auch in Hinkunft von deren Licht oder deren Finsternis her beschützen wird! Aber wer wird dich mir wiedergeben, dich selbst? Schön bist du und gut; weh, ich muß sagen, du warst. In dir erstrahlten die Erhabenheit des Geistes und jedweder Liebreiz der Seele, welche eben der Anmut und Güte ihr Licht verleihen, während sie von ihnen die Wärme erhalten. All dieses, ja, all dieses wurde mir genommen ... Und du, Mäuschen, das du mit aller Vorsicht dort am Stuhlbein hinaufkletterst, was willst du in diesem Haus des Schmerzes? Du winzige Kreatur, die ich eigentlich töten oder verjagen sollte, komm nur unbekümmert und leiste mir Gesellschaft! Doch, erschreckt von meiner Stimme, purzelst du weg in kleinem Galopp; und ich kann dich nicht einmal schelten, daß du froh zu deinem Schlupfwinkel eilst, wo dich dein Weibchen erwartet ... Und glücklich auch du, schmetternde Nachtigall, deren Tirilieren die weite Nacht erfüllt, glücklich darob, wie der Dichter sagt, daß deine kleine Braut mit dir im selben Nest lebt. Lebt: welch süßes, einmaliges Wort ... Aber was sehe ich! Ihre Wangen überziehen sich mit leichter Röte ... O nein, das ist nur eine grausame Sinnestäuschung meiner müden Augen ... Und doch ist es keine Sinnestäuschung: du erfreulichstes aller Wunder, sie kehrt ins Leben zurück! O unaussprechliche Freude, die auch mich vom Tode wieder zum Leben führt! Ja, nun murmelt sie etwas ...

2

«Meine schöne Kristallvase auf der wackeligen Bank: bei der geringsten Erschütterung fällt sie zu Boden!»

«Sie spricht ganz deutlich: Oh, sei damit meine Trauer für immer vergangen und gelöscht mein schrecklicher Alptraum!»

«Nimm die Vase sofort weg! Und was sollen die Kerzen, diese Blumen?»

«Sie sollen dein Wiedererwachen erhellen und feiern. Allerliebste, du bist in den Armen deines Geliebten, wirst von der ganzen Natur freudig empfangen, du ...»

«Verdammt, morgen ist doch schon der Fünfzehnte. Da ist nicht nur die Ratenzahlung für den

Staubsauger fällig. Weiß der Herrgott, wie wir bis zum Monatsende durchhalten. Heutzutage fehlt das Geld an allen Ecken und Enden. Kannst du mir vielleicht sagen, wieviel jetzt der Spínat kostet?»

«Der ... ja, eigentlich, wie ich dir schon sagte, ... heißt Spinát und nicht Spínat* Aber ... schau doch mal, wie die Sterne, nur um ein weniges verblaßt vom Mond, der gerade untergeht, durchs offene Fenster in unser Zimmer zu blicken scheinen, darin eben noch düsteres Grauen war ...»

«Die Dienstmädchen sind doch eine Strafe Gottes! Das unsere bestiehlt uns ganz ungeniert, sei's beim Einkaufen, sei's zu Hause, was uns alles andere als eine Hilfe ist. Nein, da kann man tatsächlich manchmal den Mut verlieren.»

«... schier, als wollten sie an unserem Liebesfest teilnehmen!»

«Du müßtest es mal auf frischer Tat erwischen und ihm eine tüchtige Lektion verpassen. Aber ich weiß ja, du kümmerst dich um gar nichts.»

«O meine Geliebte, atme die belebenden Düfte dieser Aprilnacht und ...»

«Wie oft habe ich ihr übrigens schon gesagt, daß Chlor die Wäsche ruiniert; aber sie will alles auf die Schnelle ... Ich weiß: da predige ich nur tauben Ohren.»

* auf italienisch: spinaci und spinacci; letzteres ist eine falsche Schreibung und Aussprache. Anm. d. Übers.

«Aber . . .»

«Und die Ada, was denkt die sich eigentlich, wenn sie angemalt und aufgetakelt wie ein junges Mädchen hier erscheint? Mich in den Schatten zu stellen? Dazu ist ganz anderes nötig. In ihrem Alter macht die sich doch nur lächerlich. Zuallererst sollte sie überhaupt ihre Schneiderin wechseln. Und schließlich: als ob ich nicht wüßte, woher sie ihr Geld nimmt. Die armen Ehemänner! Aber dir kann man ja so etwas nicht sagen, bei deiner Schwäche für sie.»

«Aber nein, ich schwöre dir . . .»

«Für den Sommer brauche ich unbedingt eine hübsche neue Strandkombination: die meine ist ja schon in einem Zustand; und außerdem trägt man sie heute ganz anders.»

3

Oh! So Gott will, bist du diesmal wirklich tot! Viele Jahre sind seit jener ersten Nachtwache vergangen, als du auf einmal wieder zum Leben erwachtest. «Wie gern» hätte ich damals «all mein Blut hergegeben» und anderes mehr. Und «in Anhörung meines sehnsüchtigen Flehens ließ es der Himmel zu, daß du aus deiner Todeslethargie erwachtest» und so weiter und so fort (eine Ausdrucksweise, in der ich seinerzeit zu reden und sogar zu denken pflegte). Was war eigentlich gewesen? Ach, eine Katalepsie oder was weiß ich, wie sie es nannten. Aber nicht darauf kommt es an ... Die langen Jahre: Welch strahlendes Bild wäre mir von dir geblieben, hättest du mich damals wirklich verlassen! Und was soll ich dir jetzt sagen? Wir wollen ja nicht übertreiben: wie alle anderen auch, hast du ja im Grunde keine Schuld; mag deine Seele in Frieden ruhen. So weit, so gut; aber ... was haben mir denn all diese Jahre gebracht? (Oder, wenn wir so wollen, was haben sie uns gebracht; kann man doch letztlich diese Rede stets verkehren.) Ich hielt dich für sanft, schön, gut, intelligent und was sonst noch, mußte mich aber davon überzeugen, daß du auch mürrisch, böse, dumm und ordinär warst, abgesehen von deiner Häßlichkeit; diese zwar nicht besonders, um ehrlich zu sein, doch schließlich in hinreichendem Maße. Statt zu geben, hast du mir also genommen, und zwar (um genau zu sein) das, was du mir vorher hättest geben können, und ein weniges mehr: eine Lappalie, nämlich gerade die Möglichkeit, zu hoffen und glücklich zu sein, denn wer einmal enttäuscht wurde, kann sich ja keine Illusionen mehr machen. Nun, eben das, was du mir nahmst, hätte dich noch lieber machen können und sollen, ich verstehe wohl. Oder, deutlicher gesagt, ich verstehe, daß ich es verstehen müßte, doch in Wahrheit verstehe ich überhaupt nichts: wie denn, vielleicht noch lieber als am ersten Tag, als du zum erstenmal gestorben warst? O nein, von einem solchen Unsinn überzeugt mich keiner: ein trauriges Menschsein und eine traurige Zuneigung, die aus Enttäuschung entstehen und sich nicht ausschließlich von Erfüllung und Glück nähren; krankhafte Zuneigung, Notlösung für unsere Verzweiflung, Eingeständnis unserer Niedrigkeit, die wie so viele andere krankhafte und verwerfliche Dinge, etwa der widerliche Schmerz von uns Menschengeschöpfen und so fort, in Selbstgefälligkeit geadelt werden wollen. «Sie war eine Frau, nicht mehr als eine Frau, und eben als solche habe ich sie geliebt»: solches sprechen eine gewisse Rhetorik ... und unsere Unfähigkeit. Doch abgesehen von diesen Überlegungen, was war denn im Grunde unser Leben (womöglich allein daran gemessen, daß es ein gemeinsames war, beziehungsweise daß ein Leben zu zweit von sich aus kein anderes sein kann), wenn nicht eine Art Rede (oder gar ein Disput) ohne Ende, ja, ohne Hand und Fuß, bedrängend, verbohrt und sogar garstig über Gott weiß was für Argumente? Was, wenn nicht eine schmutzige Aufeinanderfolge unnötiger Sorgen ohne jeden Lichtblick? Und ich habe natürlich, ja, ich habe ungewollt ‹deine herrlichsten Melancholien› mitsamt dem Rest ‹ignoriert›. Kurz und gut, habe ich vielleicht nicht recht, wenn ich mir rückblickend wünsche ... Zum Teufel mit dem Satz!

Ich meine, wenn ich bedauere, daß du nicht rechtzeitig gestorben bist, das heißt, als du es zum Schein machtest? Jawohl, glücklich ist derjenige, dessen Frau tunlichst noch am Hochzeitstag stirbt; denn ihm bleibt eine lautere Erinnerung, die jedwede Folge doch nur in den Dreck ziehen kann. Ach, hätte ich in jener ersten Nacht nur ein Quentchen Verstand besessen, so hätte ich nicht verzweifeln, sondern ausrufen müssen: welch großes Glück, daß du gestorben bist! Und in der Folge hätte ich nicht frohlocken, sondern mir ein Trauerband anheften sollen. Wurdest du doch wieder lebendig und gab es zwischen dem Vorher und dem Nachher einen Unterschied wie zwischen Leben und Tod; doch wohlgemerkt war der Tod hier, auf dieser Seite. Ebenso wahr ist, daß wir uns kein Leben erhoffen können, wenn nicht vom Tod, insofern uns dieser nicht auch noch einen Streich spielt; oder, anders ausgedrückt, daß unser einziger Feind das Leben selber ist ... Fängt er doch schon wieder mit seinen Überlegungen an! ... Und du, Maus, die du hinter der Kredenz hervorlugst, kann man denn das Haus gar nicht von eurer Anwesenheit befreien? Ja, ja, lauf nur weg ... irgendwie krieg ich dich doch. Ich probier's mal mit vergiftetem Weizen ... Und du schließlich, du verdammt aufdringliche Nachtigall, die du dir diesen Fetzen von Garten zunutze machst und diesmal sogar bis unters Fenster gekommen bist, du mit deinen Perlenkaskaden in silberne Becken oder was sonst noch die Dichter erfanden, wann hörst du endlich auf? Eine anständige Schrotladung, und sei's nur, um dich zu erschrecken, das wär das richtige für dich.

Abwärts

Bitte sehr. Die Rache war vollbracht. Und ebenso der Raub, der auf seine Art ebenfalls Rache, ja, sogar Nemesis war. Vollbracht (oder vielmehr vollstreckt) war nämlich der Mord, wir wollen nicht sagen, nach allen Regeln der Kunst, sondern gegen alle Regeln, so daß wahrhaftig das vollkommene Verbrechen zustande gekommen war, wie es sich jeder Delinquent mit einiger Selbstachtung nur erträumen kann. Es waren alle Vorsichtsmaßnahmen getroffen worden, von den elementarsten bis zu den kompliziertesten, ja, raffiniertesten; und dies Verbrechen würde ungesühnt bleiben nicht etwa ob eines glücklichen Zusammentreffens der Umstände (was ja immer geschehen kann), sondern weil es ganz einfach unmöglich sein würde, den Täter zu entdecken. Wenn dieser als letzte Feinheit schließlich die Mordwaffe dem Toten in die Hand geben würde, mußte ein jeder unter Hinzuziehung all seiner Geistesgaben zwangsläufig an einen Selbstmord glauben; für den, beziehungsweise für dessen Anschein derselbe Mörder von langer Hand die Voraussetzungen vermittels seiner im dunkeln gebliebenen Beeinflussung der finanziellen und psychischen Situation des Opfers geschaffen hatte. Und für diese letzte Handanlegung, für diese letzte und entscheidende Feinheit, wie auch dafür, sich unbehelligt in Sicherheit zu bringen, blieb noch viel Zeit: bis zur nächsten Runde des Nachtwächters noch gute zehn Minuten, und was tut man nicht alles in zehn Minuten!

Um genau zu sein, der Tote hielt die Mordwaffe schon in Händen: was Teil der überaus umsichtigen Vorkehrungen war, weiß man doch nie, ob diese hochnäsigen Kriminalpolizisten nicht schon bei der geringsten Abweichung von der Schußrichtung auf irgendwelche Vermutungen kommen könnten. Also hatte der Mörder, der von hinten gekommen war, das Opfer zunächst betäubt und sodann gezwungen, sich mit seinen eigenen zusammengefügten Händen selbst in den Mund zu schießen. Da der Ermordete jedoch in seinen Todeszuckungen nach hinten gesunken war und die Arme ausgebreitet und verdreht hatte, war der Revolver zufällig in der einen Hand geblieben, genau gesagt in der rechten, was vielleicht in Anbetracht der Schußrichtung nicht genau stimmte; zudem befand sie sich in einer unnatürlichen und erzwungenen Stellung, ist es doch eine Sache, etwas aus freiem Willen und eine ganz andere Sache, dasselbe halb oder ganz unbewußt und unter dem Zwang fremder Hände zu vollbringen. Nun, Hand und Richtung zu verifizieren, würde nicht schwierig sein. Man könnte ja auch die Leiche wieder in die genaue Position bringen, die der lebende Körper im Augenblick des Mordes-Selbstmordes eingenommen hatte. Aber diese Möglichkeit wurde vom Mörder sofort verworfen: er wußte alles über ihn, wußte alles über das Hinscheiden und folglich auch, wie unsicher und gewagt, ungeachtet aller Gewissenhaftigkeit, derartige Rekonstruktionen (oder Rückverformungen) sind, bei denen, wer weiß warum, immer irgend etwas nicht in Ordnung ist. Nein, die Leiche mußte genau bleiben, wo und wie sie war, und er hatte lediglich die richtige Hand zu bestimmen und die Richtung der Waffe um eine Winzigkeit zu korrigieren. Was, wie bereits gesagt, nicht schwierig war: also ans Werk!

Doch hier überfiel den Mörder ein plötzliches Entsetzen. Die richtige Hand! Leicht gesagt. Denn diese Entscheidung, das merkte er jetzt oder erinnerte sich, stand nicht nur im Zusammenhang mit dem Schuß, seiner Zielrichtung und anderen technischen Einzelheiten, sondern war eine grundsätzliche und folgenschwere Entscheidung. Um es deutlicher zu sagen, der Mörder hatte sich daran erinnert, daß der Tote ein Linkshänder gewesen war, und zugleich war ihm wie ein Schauder noch eine zweite Erinnerung gekommen ... Wir wollen deutlicher werden. In einer wunderschönen Erzählung berichtet uns Gaboriau von einem Mörder, der, genau wie der unsere, einen Selbstmord inszeniert hatte; es wäre ihm dies auch vollkommen gelungen, hätte es da nicht noch eine Kleinigkeit gegeben. In jenem wie im vorliegenden Fall war der Tote ein Linkshänder gewesen; und der Mörder hatte ihm die Pistole in die linke Hand gelegt; doch die Untersuchungsbeamten wußten nicht, daß er Linkshänder gewesen war und schöpften Verdacht aus der scheinbar unkorrekten Inszenierung, das heißt aus dem, was an ihr vollkommen korrekt war; und dies führte schließlich zur Festnahme des Schuldigen. Doch wir wollen uns jetzt nicht näher mit der Auserlesenheit dieses vorgegebenen erzählerischen Themas befassen (das im Endeffekt den Irrtum zum Instrument, gleichsam zur Substanz der Wahrheit macht und andererseits nicht nur zeigt, wie sehr peinliche Sorgfalt einem angemessenen Tun widerspricht, sondern auch geradewegs, wie unwahrscheinlich die Wahrheit erscheint oder in der Tat ist) und zu unserem Fall zurückkehren.

Die Verlegenheit, die unseren Mörder beim Gedanken an Gaboriaus Erzählung erfaßte, wurde noch dadurch um einiges erschwert, daß der Tote, wie ihm sehr wohl bekannt war, sich (aus irgendeinem unerklärlichen Grund) stets geschämt hatte, ein Linkshänder zu sein und sich auch stets bemüht hatte, diese seine Eigenart zu verheimlichen; weshalb kaum anzunehmen war, daß die Leute davon wußten, oder gar, daß dieses Wissen bis an die Ohren der unvermeidlichen Untersuchungsbeamten gedrungen sei. Darüber hinaus war bei diesen auch noch eine mehr oder minder große Intelligenz und Sensibilität in Rechnung zu stellen. Aber nein, nicht «darüber hinaus»: hier lag das ganze Problem; ja, gewiß, die Untersuchungsbeamten waren Hohlköpfe, aber einer von ihnen könnte immerhin genügend Scharfsinn besitzen, um ... Um was? Sein ganzer Scharfsinn würde ihm, wenn überhaupt, doch kaum etwas helfen, wenn er keine Ahnung, wahrhaftig keine Ahnung hätte, daß der Tote ein Linkshänder gewesen war. Halt: auch dieser Denkprozeß schien nicht schlüssig zu sein, weil ...

Gleichermaßen überraschend schien nun dem Mörder die noch verfügbare Zeit erschreckend kurz zu sein. Ist es doch in der Tat etwas ganz anderes, ein bereits gefaßtes Vorhaben auszuführen oder dieses überhaupt erst entscheiden zu müssen: fürs erste mag ein Augenblick genügen, fürs zweite genügt bisweilen nicht einmal eine Ewigkeit. Genügt aus zweierlei Gründen nicht, einem inneren und einem äußeren: es mag eine konstitutionell bedingte und subjektive Entscheidungsunfähigkeit vorliegen, die zu allem Überfluß auch noch häufig mit einer großen Verhaltenssicherheit hinsichtlich dessen verbunden ist, was sich als selbstverständlich erweist und keine eigentliche Beurteilung verlangt, und es mag eine objektive Entscheidungsunfähigkeit, mit anderen Worten ein unlösbares Problem vorliegen. Doch gibt es überhaupt ein unlösbares Problem, ist ein solches konzipierbar, oder ist nicht vielmehr jede offensichtliche Unlösbarkeit auf eine unkorrekte Formulierung beziehungsweise auf ungenügende Daten oder auch auf beides zusammen zurückzuführen? Woraus zu schließen wäre, daß durch eine entsprechende Neuüberlegung ... Doch sieh nur, in was für Spekulationen er sich jetzt und noch dazu in aller Ruhe erging und damit kostbare Zeit verlor! Freilich war dies keine müßige Spekulation, denn es mußte entschieden werden, und um etwas entscheiden zu können, muß man ja überlegen. Andererseits fehlte die Zeit zum Überlegen; folglich auch die Zeit zum Entscheiden. Aber eine Entscheidung mußte allemal getroffen werden, und zwar rasch; folglich war ... was war denn, was war hier unbedingt zu überlegen oder unbedingt zu entscheiden, ohne erst zu überlegen? O weh, er war ein Mensch der Logik, wie wir bereits zur Genüge sahen; sonst hätte er sich gar nicht erst in dieser Situation befunden oder vielmehr, er hätte nur ein Allerweltsverbrechen begangen und sich, wie alle anderen Mörder auch, weitgehend dem Schicksal anvertraut. Hier aber war seine Selbstachtung in Frage gestellt, sein

Meisterwerk tangiert; etwas aufs Geratewohl zu tun, wäre gegen seine Würde gewesen. Doch wie viele andere in äußerster Bedrängnis verlor auch er sich schließlich und endlich in Präliminarien, und die Minuten vergingen; oder, genauer gesagt, er verlor sich in den Modalitäten der Entscheidung, schier als scheute er deren Bezüglichkeit . . . Wohl ist es wahr, daß hier und vielleicht auch immer die Modalitäten der Entscheidungen und ganz allgemein des Denkens ebenso die Entscheidung und das Denken selber waren oder sind, wie ja schon die richtige Formulierung eines Problems der Lösung gleichkommt, und daß die Bezüglichkeit nicht getrennt von der Modalität konzipierbar ist, es sei denn vorübergehend oder systematisch als vorausgehende chaotische Phase: demzufolge man auch sagen kann, daß die Präliminarien schließlich das sind, worauf es am meisten ankommt. Aber nicht doch, das, worauf es einzig und allein ankommt . . . Oh, Schluß jetzt!

Wieder waren zwei Minuten vergangen: es blieben noch fünf auswertbare; viereinhalb, denn nicht weniger als dreißig Sekunden waren erforderlich, um durch die große Eingangshalle zu eilen und dann die Treppe des Personaleingangs hinunter bis auf die Straße, das heißt in die rückwärts befindliche dunkle Gasse. Er gab sich alle Mühe, nicht in Panik zu geraten und das Ganze noch einmal von Anfang an zu durchdenken. Doch wenn etwas kein Eilen und kein Hetzen verträgt, dann ist es das Denken. Versucht einmal, Eile in Venedig zu haben, wenn es euch nicht gegeben ist, mit Schusters Rappen vorlieb zu nehmen: was bringt sie euch ein? Es gibt nur den Unterschied, daß daselbst eure Eile das Vaporetto oder das Motorboot weder zu spät noch zu früh eintreffen läßt, während sich das Denken geradeso wie jene Hysteriker verhält, deren Bewegungen nur um so langsamer und ungeschickter werden, je mehr man sie zur Eile mahnt. Demzufolge war das Endergebnis von des Mörders hastigem Überdenken eine heillose Verwirrung, wenn nicht gar eine Verdunkelung des Geistes. Er blickte auf die Uhr: schon wieder eine Minute vorbei! Also strengte er sich an, gab sich selbst und seinem Naturell einen Ruck, um sich sozusagen nackt seinem Problem gegenüberzustellen: eine beweisträchtige und vertraute Denkfolge aufzubauen und sich in sie einzufügen, ohne dabei dem Knäuel von Implikationen zu gestatten, sich in seinem Kopf in schwindelerregender Weise abzuwickeln, und zunächst den Versuch zu machen, das Problem in seine Bestandteile aufzugliedern. Aber dies war nicht leicht (vor allem das Aufbauen, und so fort); zudem war die Zeit verdammt knapp; und wie aufgliedern, und so fort, ohne vorher . . .?

Also sehen wir einmal. Ein Problem ist, wie gesagt, schon allein wegen einer falschen Formulierung oder einer Insuffizienz von Daten unlösbar. Doch kann man sicher sein, daß die beiden Dinge kein einziges sind? Und wenn nein, wie dann zwischen den beiden unterscheiden, anders ausgedrückt, wie feststellen, welches von beiden die Ursache für die Unlösbarkeit ist? Schließlich sollte man meinen, daß die beiden als Ursache nur schwer assimilierbar, zumindest schwer unter einen Hut zu bringen sind: denn in Wahrheit und ungeachtet ihrer inneren Natur (ist doch das erste eine Rechts- und das zweite eine simple Tatfrage; es sei uns erlaubt, auf diese Terminologie zurückzugreifen) bedingt das zweite das erste, während das erste das zweite nicht bedingt. Was wiederum bedeutet, daß eine Insuffizienz an Daten nicht nur eine korrekte, sondern überhaupt jede Formulierung des Problems unmöglich macht, während eine unkorrekte Formulierung keine Insuffizienz in die Daten bringt: pfui!, welch dämlicher Sophismus, begründet auf einer leichten Verschiebung der Verbalwerte! Wahr ist hingegen, daß eine solche Beziehung nicht in ausschließlich dialektischen Begriffen angegangen werden kann. Hier muß man auf mathematische Begriffe zurückgreifen, sagen wir auf den der Funktion: das eine Ding dem anderen zugeordnet. Schön und gut, aber welches welchem? Nun, sagen wir, das eine ist die Konstante und das andere die Variable des Problems. Ach, in was für inhaltslosen Betrachtungen ergehe ich mich denn in diesen letzten Minuten? Eine halbe ist schon wieder vergangen; innerhalb von drei Minuten muß jetzt alles entschieden und erledigt sein. Nein, so geht das nicht, man muß sein Denken allem und jedem verschließen, alles und jedes gerade sein lassen. Also, rasch: Formulierung des Problems – es ist keine Zeit mehr, auch nur irgend etwas zu formulieren, andererseits beginnt man tunlichst in jedem Fall mit den Daten, sonst schwimmt man in einem Meer von Möglichkeit. Gegeben also – oh, aber hier wären Überlegungen anzustellen! Soll mir doch bitte jemand sagen, wie man vorgeht, um die Gegebenheiten eines Problems zu erkennen; da drängt sich mir schier der Gedanke auf, daß diese von der Formulierung abhängen und nicht umgekehrt (wobei es kaum von Belang ist, wenn ich mir gewissermaßen widerspreche). Wieso denn von der Formulierung: geradewegs von der Lösung! Nur durch die Präfiguration oder die Hypothese einer Lösung nehmen die Daten Gestalt an und rücken sichtbar ins Bewußtsein; was die spekulative Bedeutung haben könnte, daß die Lösung eines Problems niemals der Logik oder der Logik allein überlassen werden darf; und noch anderes Schöne mehr, was ich mir wegen der Gedrängtheit . . . (zum Teufel, ich halte doch keine Vorlesung! Ich . . .) Nun ja, «in der Präfiguration» und «in der Hypothese» sind nicht die richtigen Ausdrücke: «in der Vorahnung» muß es heißen. Andererseits ergeben «die Daten» auch keinen Sinn: «Daten» muß man sagen, und ohne Artikel, da jede der unendlichen Lösungen ihre eigenen Daten hat beziehungsweise in sich birgt und weil, um es in aller Freimut zu sagen, die Daten selber Hypothesen sind, ein Problem keine Daten hat, es keine vorgegebenen Daten gibt. Selbstverständlich unendliche Lösungen: es ist nicht wahr, daß es Probleme gibt, die nur zwei Lösungen zulassen. Im Gegenteil, ein solches Problem hat man noch nie gekannt: sonst gäbe es ja, abgesehen von allem anderen, unendliche Möglichkeiten, diesem auszuweichen oder dieses zu umgehen, welche ja, ob man es nun will oder nicht, allemal Lösungen sind. Wenn ich's mir recht überlege, würde ich sogar sagen, daß ein Problem mit zwei angenommenen Lösungen der Bedeutung selbst eines Problems widerspricht und schon eher eine Alternative als ein Problem wäre, also . . . folglich eine Spekulation wäre, und dann kann man die Lösung ebensogut dem Zufall überlassen, will sagen würfeln statt lösen. In der Tat beinhaltet der Gedanke der beiden Lösungen, daß beide gleichgewichtig seien, mit anderen Worten, daß sie dem Forschenden zwei einfache und entgegengesetzte Wahrscheinlichkeiten böten; wo ein Problem von Natur aus ungleichgewichtig sein muß, liegt demnach die Lösung in der Erkenntnis, nach welcher Seite sich die Waage neigt – wohlgemerkt eine Waage mit *n* Waagschalen . . . Hm! Ob dies alles richtig ist? Ich bezweifle es. So, wie es jetzt aussieht, glaube ich vielmehr, daß jedwedes Problem, welcher Art auch immer, von Natur aus unlösbar ist. Gewiß doch, es sei denn, alle möglichen Lösungen wären falsch oder, schlimmer noch, richtig. Aber mitnichten, letzteres ist nur ein eleganter Ausweg: alle falsch. Aber wiederum auch nicht alle falsch, denn das Problem des Problems, das heißt seine Erörterung, stellt sich gar nicht mit diesen Begriffen, mit den Begriffen einer Lösung oder nicht, eines Erfolgs oder nicht, der Untersuchung. Ein Problem ist nicht etwas, was untersucht werden kann; es kann allenfalls festgestellt werden; ein Problem ist etwas, was den natürlichen Lauf der Gedanken und Handlungen unterbricht, so etwas wie eine Krankheit. Man darf sie sich nicht zuziehen, doch widerfährt einem dieses Mißgeschick, ist guter Rat teuer. Solange es sich nicht zeigt, geht alles glatt, doch wenn es sich zeigt, ist alles vergebens, ist es für alles schon zu spät . . .

Mein Gott, wohin gerate ich? Jetzt bleibt mir nur noch eine Minute: in dieser Minute muß ich mich entscheiden und demgemäß handeln . . . Entscheiden: vielleicht ist mein Problem so unlösbar wie alle anderen, aber die Realität bedrückt mich nichtsdestominder mit ihrem ganzen Gewicht, mit ihrer ganzen widerlichen Eile und fordert eine Entscheidung! Entscheidung, gehörntes übelriechendes Untier, schwarzes Ungeheuer für jede tugendhafte Seele . . . Oh, warum kann ich mir denn nicht einfach so aufs Geratewohl und ungeschliffen etwas einfallen lassen wie alle Welt, wie dieser Nachtwächter, dieser komisch helläugige Koloß, der in genau anderthalb Minuten mit den Schritten eines Uhrwerks auf der Schwelle dieser Tür erscheinen wird? . . . Ruhe, nur Ruhe: innerhalb einer Minute erfindet man die Infinitesimalrechnung, es genügt eine Eingebung. Eine Eingebung: eine Lappalie!

Ungeschliffen überlegt, gibt es hier in meinem Problem eine Unbekannte. Bravo, als ob das etwas Neues wäre; aber ginge es hier nicht gleich von Anfang an um das Verstandes- und Phantasievermögen der künftigen Untersuchungsbeamten? Oh, wie verlockend auch ein solcher Gesichtspunkt . . . Wollen wir uns doch lieber auf das besinnen, was das ganze Inferno an nutzlosen Vernunftschlüssen provoziert hat (nutzlosen? Ein Vernunftschluß ist niemals nutzlos; er ist es immer). Offenbar waren die Kriminalisten bei Gaboriau rechte Tölpel, denn wenn man einen Selbstmörder mit der Pistole in seiner Linken entdeckt, darf man nicht gleich daraus schließen, daß an der Szene etwas nicht stimmt, sondern muß sich zuvor vergewissern, ob jener nicht zufälligerweise ein Linkshänder gewesen ist: so ist es doch. Ist es so? Ganz so auch wieder nicht: denn man könnte es sehr wohl andersherum sagen, nämlich an der Szene stimme wirklich etwas nicht, es sei denn, irgend jemand oder irgend etwas machte uns darauf aufmerksam, daß der

Selbstmörder ein Linkshänder gewesen ist. Folglich würde die Beweislast dem Selbstmörder oder jemandem an seiner Stelle eher als den Untersuchungsbeamten obliegen; und in solchem Fall würden diejenigen, die hier eintreffen werden, nichts Absonderliches an der Tatsache finden, daß dieser Tote die Pistole in seiner Rechten hält, oder würden daran etwas sehr Absonderliches finden, oder würden nicht ... und weiter mit dem reziproken Paar, sie könnten oder müßten demnach nicht zwangsläufig als Tölpel angesehen werden; was soviel bedeutet, daß ich nicht einmal eine Hypothese besitze, auf die ich für die Lösung meines Problems zurückgreifen könnte, oder, einfacher gesagt, daß die Grundgegebenheit, will man die Unbekannte finden, nicht in der vorhandenen oder nicht vorhandenen Intelligenz, der vorhandenen oder nicht vorhandenen Sensibilität der Untersuchungsbeamten besteht. Wo und worin besteht sie also? Nun, aller Wahrscheinlichkeit nach in mir selber. Gewiß, das können wir schon auswendig, aber so etwas zu sagen ist doch in Wahrheit noch weniger als nichts: die Dinge in uns befinden sich ja auch stets außerhalb von uns; aber immer langsam!, damit sei nicht gesagt, daß sich die Dinge in uns befinden, mit denen wir in eine irgendwie geartete Beziehung treten konnten; freilich ist eine Beziehung nicht alles, eine Beziehung negiert oder ersetzt nicht etwa die Existenz jener anderen Dinge, im Gegenteil, sie bestätigt sie geradezu; eine Beziehung genügt sich nicht selbst. Und auch wenn dem so wäre, habe ich doch zu diesen Dingen hier keinerlei Beziehung ... Wieso keinerlei Beziehung! Soll das ein Witz sein? Alles andere; lassen wir die Finger davon und kehren wir zu Gaboriaus Kriminalisten zurück. Kriminalisten: nenn sie lieber literarische Figuren, in sich trügerische Figuren. Sie bringen mich auf die Gegner jener Meister, welche die Unsterblichen spielten beziehungsweise ersannen, also die berühmten Schachpartien, die so genannt werden; jene Meister hätten nie und nimmer auch nur irgend etwas Unsterbliches spielen oder ersinnen können, wären ihnen nicht Gegner gegenübergesessen, die ihrer ganz und gar unwürdig waren. Pah! Schon ein komischer Vergleich, er könnte als Antiphase dahingestellt sein: soll das heißen, daß der Mörder, falls die Kriminalisten seiner würdig gewesen wären, hätte triumphieren und jene hätten unterliegen müssen? Und doch ist es gewissermaßen so. Im übrigen bringt uns dies alles im vorliegenden Fall keinen Schritt weiter, denn darum geht es ja nicht. Wollen wir doch einmal als gegeben annehmen, daß diese Kriminalisten Tölpel sind und als solche bezeichnet werden können: was sollte daraus folgen? Aber ich habe die Frage falsch gestellt; was sollte, so hätte ich mit größerer Sachbezogenheit fragen sollen, aus der Tatsache folgen, daß die Kriminalisten den Toten aus irgendeinem Grund nicht als Linkshänder erkannt und auch nicht gemerkt haben, daß der Selbstmord absolut korrekt inszeniert war, und so fort? Und schon wieder lautet die Antwort: überhaupt nichts. Wofür auf Anhieb gleich drei Gründe angeführt werden können. Erstens, und vielleicht könnte dies ebenso genügen, wie Napoleon die erste Antwort des Artilleristen genügt hatte: jener falsche Selbstmord war jener falsche Selbstmord, und dieser ist dieser. Zweitens: Aus einer Eventualität kann man keine Norm und schon gar nicht eine wirkliche Verhaltensnorm ableiten. Für diesen Punkt, besser, diese Formulierung wären natürlich noch besondere Erläuterungen angebracht, doch fehlt dazu die Zeit; es sei also hier lediglich betont, daß die Handlungsweise jener Kriminalisten sich nicht als unumstößliches und unausweichliches Geschehen anbietet, das heißt, daß Kriminalisten, die einen Selbstmörder mit dem Revolver in seiner Linken finden, nicht unbedingt ... und so fort, ja, daß der Revolver oder dessen Zielrichtung nicht einmal ein für die Untersuchung notwendiges Element darstellen. Drittens: Deren wie auch immer geartetes Verhalten bezieht sich auf eine dem zu ermittelnden Geschehen nachfolgende Phase, und wie könnte denn diese Phase als Beispiel, Warnung, Lehre für eine vorangegangene Phase brauchbar sein! Gibt es doch zwischen den beiden Phasen ebenso keinerlei Beziehung, wie es zwischen den Geschehnissen keinerlei Beziehung gibt. Glaubt mir, jedes Problem ist nicht nur unlösbar, sondern geradezu unausdenkbar. Es ist wie ein Dachziegel, den man auf den Kopf bekommt, ich sagte es schon, und nichts weiter.

Doch denkt einmal nach, schenkt mir für einen Augenblick eure Aufmerksamkeit und zieht selbst eure Schlüsse aus dieser Verstrickung: die von mir erwähnte nachfolgende Phase ist wohl, konkret gesehen, für mich und jetzt die zukünftige Phase, und doch ist die vorangegangene im Vergleich zur nachfolgenden zwangsläufig vergangene Phase für mich die gegenwärtige ... Nun, fällt euch hierbei nichts auf? Aber seht doch mal, wozu gibt es denn Wörter, sage ich, schaut sie euch genau an, wägt eines nach dem anderen, dann wird euch schon etwas Sonderbares auffallen ... Heiliger Himmel! Zu wem spreche ich eigentlich? Zu wem spreche ich, statt ... Ich bin denkunfähig, da liegt das Übel; bei all meinen akademischen Titeln kann ich nicht einmal denken. Und jetzt ist es aus, mir bleibt nur noch ...

Die Gehirnströme (ich sage nicht das Denken, es hat hier nichts damit zu tun) sind bekanntermaßen schneller als Blitz und Licht, was jedoch immer noch nicht ausreicht, sie vom Sklaventum der Zeit zu befreien; kurzum, dem Mörder wurde bewußt, daß er jetzt tatsächlich nur noch eine halbe Minute Zeit hatte, nicht eingerechnet die halbe, die er für die Flucht brauchte. Und die Panik ergriff ihn. Eine halbe Minute ist noch lange für jemanden, der einen kühlen Kopf und einen klaren Verstand besitzt; doch er wußte sich inzwischen, und konnte auch gar nicht mehr daran zweifeln, als Opfer seines ... mag's der Leser definieren, wie ihm beliebt, und hatte alle Hoffnung aufgegeben. Feigherzig kam ihm der Gedanke zu fliehen und sein Meisterstück (das ja gerade durch diese letzte Feinheit seinen Sinn und Glanz erhalten sollte) unvollendet oder, besser, bis in seine Substanz hinein hoffnungslos kompromittiert im Stich zu lassen. Ein gewöhnliches Verbrechen: auf dieses Niveau war sein Meisterwerk gesunken? ... Doch hier schossen ihm plötzlich aus seinem Innern einige seiner eigenen Gedanken wie lodernd in den Sinn: «Hasard! Das Los werfen!» Aber gewiß doch, zweifelsohne, nur das und nichts anderes konnte die Lösung sein, der er seit zehn Minuten auf der Spur gewesen war (und gäbe es da einen Zweifel, so war nun ohne jeden Zweifel keine Zeit mehr, den Zweifel zu klären).

Er griff hastig in seine Tasche, fand ein Geldstück, warf es in die Höhe: käme das Bild, würde er (mit aller gebotenen Vorsicht) den Revolver in die Linke des Toten legen, und käme die Zahl, in seine Rechte. Die Münze flog und schlug hart zu Boden, wo sie unter den Schreibtisch rollte und schließlich umkippte. Der Mörder konnte von da, wo er sich befand, den Orakelspruch nicht erkennen, ließ sich fallen, kroch bäuchlings und begierig auf das Geldstück zu: froh, daß ein anderer (wer?) oder etwas anderes für ihn entschieden habe; froh vor allem, daß entschieden worden sei; und in blindem Glauben, daß diese Entscheidung auch richtig sei . . . Er hatte schon fast die Hälfte der Strecke zurückgelegt, als er sich plötzlich beobachtet fühlte. Nicht eben sich, um präzise zu sein: er fühlte, wie irgend jemand auf sein Gesäß blickte, das unter dem Schreibtisch hervorschaute. Rasch drehte er sich um.

In der Türöffnung stand der Nachtwächter und füllte sie mit seiner ganzen Gewichtigkeit aus; seine wäßrigen blauen Augen sahen ihn erstaunt an. «Aber, Herr Professor . . .» stotterte er unsicher, als sei er der Schuldige. Dann erblickte er die Leiche; doch war es nicht so, daß unter den neuen Gefühlen, die sich nun in diesen Augen widerspiegelten, nicht auch weiterhin das Erstaunen vorgeherrscht hätte.

Der Mörder hatte sich indessen erhoben; stumm, mehr mit den Blicken noch als mit der Geste, zeigte er dem Wächter das Bündel Aktien und Banknoten auf dem Schreibtisch. Das Angebot, also der angebotene Tausch war klar; jener aber, gleichfalls stumm, schüttelte den Kopf mit einem schwachen Lächeln. Ein Lächeln, dem selbstverständlich nicht zu trauen war; in der Tat hob er die Pistole, die er bereits in der Hand hatte, richtete sie auf den Mörder und machte mit ihr eine zugleich auffordernde und drohende Bewegung. Der Mörder verstand, hob die Arme und trat zur Seite, um jenem den Weg zum Telefon freizugeben, wobei er freilich darauf achtete, im Schußfeld zu bleiben. Ja, dachte er, was kannst du schon von so einem Klotz erwarten!

«Aber sag mir wenigstens, Giovanni», fragte er nachher, als sie mit verschränkten Händen und einander gegenüberstehend auf die Polizei warteten, «bist du nicht etwa eine Minute vor der Zeit gekommen?»

«Gewiß», antwortete jener mit einem sehr flüchtigen Blick auf die Wanduhr. «Gewiß: hörte ich doch, wie eine Münze auf den Boden gefallen und gekullert ist. Und da, verstehen Sie, Herr Professor, bin ich auf Zehenspitzen ganz schnell hergekommen . . .»

Da kannst du mal sehen, wie tief einer in törichte Überlegungen versunken sein kann. Und auch, wovon unser Schicksal abhängt: wie leicht wäre es gewesen, das Geldstück auf den Teppich statt auf die Fliesen fallen zu lassen; wo das Problem doch gelöst war!

Der Kuss

Notar D., Junggeselle, noch nicht alt, doch verdammt schüchtern gegenüber dem weiblichen Geschlecht, löschte das Licht und schickte sich zum Schlafen an; und fühlte dann etwas auf seinen Lippen: gleichsam einen Hauch oder, besser, die zarte Berührung durch eine Feder. Er beachtete es nicht sonderlich, konnte es ja etwas von der Zudecke bewegte Luft oder auch ein kleiner Nachtfalter gewesen sein, und sank in Schlaf. Aber in der nächsten Nacht hatte er wieder dieses Empfinden, und noch deutlicher: statt wegzugleiten, verhielt dieses gewisse Etwas auf seinen Lippen. Ziemlich überrascht, wenn nicht erschrocken, knipste der Notar das Licht wieder an und sah sich vergebens um; schüttelte sodann den Kopf und schlief auch dieses Mal, obgleich minder angenehm. In der dritten Nacht schließlich wurde dieses Etwas noch spürbarer und offenbarte sich als das, was es war: ohne jeden Zweifel ein Kuß! Man hätte sagen können, ein Kuß von der Dunkelheit selber, als versammle sich die Dunkelheit für einen Augenblick auf dem Mund des Notars. Welcher es freilich in dieser Art auffaßte: ein Kuß ist immer ein Kuß, und obzwar dieser hier ein klein wenig dürr und mitnichten etwas feucht und süß war, wie er einen solchen erträumte, handelte es sich allemal um eine Himmelsgabe. Wahrscheinlich war es eine Projizierung seiner geheimsten Gefühle, demnach eine Halluzination; eine willkommene noch dazu. Verwirrt, entzückt, verblüfft und starr wie ein Klotz blieb unser Notar in der (von ihm nicht zu Unrecht als Hochzeitsladerin bezeichneten) Dunkelheit liegen; und hatte nach einer Weile die Freude eines nochmaligen Kusses.

Von Nacht zu Nacht nahmen die Küsse an Häufigkeit und Festigkeit zu, wobei der Notar freilich nie den Geschmack eines weiblichen Mundes wiedererkennen oder überhaupt erkennen konnte. Und hier wurde der Notar gegen jeden Rat seiner altbewährten Vernunft von dem ungesunden Verlangen ergriffen, jenes Geschöpf, das sie ihm schenkte, irgendwie zu veranlassen, sich zu offenbaren: er war es leid, jedesmal die Luft zu umklammern, und ein Kuß setzt doch wohl ein Geschöpf voraus, das ihn hergibt, nicht wahr! Mag dieses noch so zart und ätherisch sein, eine Möglichkeit muß es schließlich geben, es zu verfestigen, es umarmen zu können; mein Gott, es war ja nicht so, daß er das Gefühl für jegliche

Beziehung verloren hatte, und zunächst meinte er vielleicht oder gab sich der Illusion hin, sein Verlangen sei im Spiel gewesen und habe die Halluzination spürbarer gemacht; aber schon bald hatte er keinen Zweifel mehr am realen Dasein einer Küssenden.

Doch um der Sache näher zu kommen: wie konnte man sie dazu bringen, sich weniger exklusiv zu äußern, sie zur Verkörperlichung bewegen? Der Notar erkannte ganz richtig, daß ihm diesbezüglich nur psychische Mittel zur Verfügung standen; weshalb er nun alle Male, wenn er geküßt wurde, sich darauf konzentrierte, seinen eigenen Willen und seine eigenen Energien auszuschicken, gerade so, als wolle er in eben dem Augenblick einen Bruchteil der ungreifbaren Kreatur, ihres Fluidums oder ihrer Substanz einfangen; Bruchteile, die, aneinandergereiht, am Ende irgendein Wesen ergeben müßten. Zu solchem Tun kamen dann noch Maßnahmen zur generellen Hervorrufung oder Stimulation aus dem Dunkel. Und in der Tat, ob nun diese Methode richtig war oder ob aus anderen Gründen, die Früchte all dieser Mühen ließen nicht lange auf sich warten.

Es muß vorausgeschickt werden, daß sein Zimmer auf einen engen Hof ging und dergestalt zur Nachtzeit keinerlei Licht von draußen bekam; was zu verhindern im übrigen der am Fenster vorhandene Rolladen genügt hätte, dessen Lamellen sich ausnahmsweise auch passend zusammenfügten. Bei all dieser Kohlrabenschwärze glaubte der Notar eines Nachts so etwas wie eine andere Schwärze, eine noch dunklere Schwärze zu erkennen; nennen wir es absurderweise einen Schatten, nur war nicht recht zu begreifen, wo er sich befand und welche Umrisse er besaß. Erstaunlicher noch, in einer anderen Nacht erhob sich in dem Zimmer so etwas wie eine blutige Aurora: ein schwaches und unheimliches Leuchten, das vom Boden aufstieg und sich in der Höhe fast wie ein Nordlicht entfaltete, schauernd und flatternd, und mählich verlosch. Endlich (und damit kommen wir zu einer anderen Art von Geschehen) konnte er eines Abends in aller Deutlichkeit aus einer Ecke ein unterdrücktes Lachen hören, allerdings ein eisiges, kcineswegs fröhliches, ein widernatürliches Lachen.

Angesichts solcher Ergebnisse wußte der Notar nicht, ob er Freude oder Schauder empfinden solle: begab es sich doch, daß sich die Kreatur als eine ganz andere als die ersehnte herausstellte, einmal davon abgesehen, daß sie zu weiteren Konzessionen wohl nicht bereit war. Hin- und hergerissen zwischen beiden, unterbrach er für eine Weile seine Beschwörungspraktiken; mitnichten aber hörte jene damit auf, sich verschiedentlich bemerkbar zu machen. Was die Küsse betraf, so waren sie indessen verzehrend geworden. Und er, abgemagert, erschöpft und wie ausgehöhlt, schlaf- und appetitlos geworden, fragte sich voller Angst, ob er es denn nicht zu weit getrieben habe; mit seiner Arbeit ging es katastrophal bergab, seine Gesundheit war ernstlich gefährdet, so konnte es jedenfalls nicht weitergehen. Weshalb er am Ende zu dem späten Entschluß kam, der ihm womöglich ganz zu Anbeginn schon von Nutzen gewesen wäre: er nahm sich vor, bei Licht zu schlafen. Dieser Entschluß, das Spiel für verloren zu geben und auf alles zu verzichten, war keine geringe Zumutung für seine romantische Veranlagung; doch ist nicht minder richtig, daß seine erste Begeisterung, als er sich von diesen geheimnisvollen Aufmerksamkeiten bedacht gesehen, schon lange einem Gefühl unmittelbar drohender Gefahr gewichen war. Was und wie auch immer, er schlief jetzt bei Licht. Nenne es schlafen!

Eine Zeitlang ging alles gut, und er konnte ein wenig aufatmen, obwohl er das Empfinden hatte, es fehle ihm etwas; doch eines Nachts, und gar bei hellem Licht, erhielt oder erlitt er wiederum einen Kuß. Um es genau zu sagen, schlief er da gerade (recht und schlecht) und konnte, als er aus dem Schlaf aufschreckte, auch meinen, er habe geträumt; doch als er wieder entschlummert, das heißt eigentlich, noch zwischen Wachen und Schlafen war, preßte sich ihm erneut ein kühner Kuß auf die Lippen. «Preßte sich», so pflegt man wohl zu sagen; tatsächlich war dieser Kuß wie ein

Tornado. Der Notar begriff sofort, daß dieses Wesen, da es nunmehr von der Dunkelheit nicht mehr profitieren konnte, sich seinen Schlaf zunutze machte und nichts auf der Welt es davon würde zurückhalten können. Zugleich wurde ihm die schon seit langem immer wieder verdrängte grausame Ahnung zur Gewißheit: das Wesen nährte sich von ihm, wurde groß und stark von seinem Blut, seinem Leben und seiner Seele.

Diese Bestätigung bewirkte, daß dem Notar auch noch seine restlichen Kräfte schwanden und er in eine dumpfe Resignation verfiel; von hier an ward sein Dasein nichts anderes als ein langes, kaum noch allzu langes Warten auf den unweigerlichen Tod.

Idiotisch, grotesk war ein derartiges Geschehnis, und doch gab es offensichtlich keine Möglichkeit, sich zur Wehr zu setzen; grotesk und auch tragisch, wie so oft. Fliehen? Aber wohin denn, und was sollte eine Flucht schon bringen, falls er sich das Wesen gar selber eingebildet hatte? Und wo waren die Kraft und der Wille dazu? Dann schon eher dieses in seinem Tun begünstigen, damit alles so rasch wie möglich über die Bühne ging; und den Versuch machen, es zu sehen oder wenigstens doch flüchtig zu sehen, jetzt, da es sich gekräftigt hatte. Ja, das einzige Gefühl, das in ihm noch fortbestand, war so etwas wie eine infame Neugierde, derer er sich wohl schämte, doch der gegenüber er sich machtlos fühlte. Er löschte wieder das Licht: die beste Art, dem Wesen Sicherheit und Dreistigkeit zu verleihen.

Vielerlei sah und erlebte er in den Nächten seiner Agonie, alles grauenhaft absurde Dinge. Zuerst schien es wie eine ungeheuere Masse zu sein, die das ganze Zimmer füllte, welches trotz alledem eigentümlich leer war und sich in der tiefen Dunkelheit ringsum ebenso verdeutlichte, wie sich eine Leere in einer anderen Leere verdeutlichen kann, ähnlich gewissen Löchern in der Schwärze des kosmischen Raums; an ihr ein Gewimmel von Fortsetzungen oder Füßen oder Tentakeln, die sich schier unter der Macht eines okkulten Windes krümmten und wieder reckten. Dann verformte sich plötzlich diese negative Masse, diese Blase aus Leerheit zu etwas extrem Dünnem, Intensivem, Eindringlichem, das sich in tausend Rinnsale zerteilte, alles und jedes und ihn selber in der Art eines kapillaren Kreislaufes durchdrang. Oder es verbreitete sich im Zimmer ein dünner süßlich-fauliger Geruch, der unbegreifliche Bilder, nie gesehene Landschaften hervorrief. Oder es war nur ein Empfinden, eher einer flüchtigen Erinnerung ähnlich, das mit unbegreifbar erschreckender Wirkung sich selber vorwegzunehmen oder alles, jedes wahrscheinliche Erlebnis hinter sich zu lassen oder auch dem Unförmigen, gar Nichtexistenten die Stirn zu bieten schien. Und wieder unterdrücktes Lachen, eisiges Feixen, leise Berührungen wie Schauder; und ein bitterer Geschmack, der doch nur durch die ganze Körperoberfläche wahrgenommen wurde.

Doch indessen waren die Stunden des Notars gezählt. In der letzten Nacht tat sich vor seinen Augen (denen des Körpers und denen der Seele) eine riesige umgekehrte Schlucht auf, ein graugetönter Abgrund, einer Gebärmutter oder einem Muschelgehäuse vergleichbar; stand über ihm und rief ihn aus der höchsten Höhe der Spirale. Seine ausgetrocknete und schuppig gewordene Haut bekam zugleich eine fahle Phosphoreszenz, die kein Zeichen von Leben, sondern von Auflösung war: die, aus welcher sich Irrlichter erheben. Er sah sich als Fisch der Tiefe, mattschimmernd im schwarzen Abgrund; und nun besaß er kein Blut mehr, statt dessen dies schwache Licht, das im nächsten Augenblick ebenfalls verlöschen würde; es war das Ende. Er gab sich hin; und vielleicht widerfuhr es ihm in jenem letzten Augenblick, als Lohn für seine Hingabe, derjenigen ins Gesicht zu schauen, die ihn aus dem Leben gesaugt hatte und ihm nun den allerletzten Kuß entriß.

Er war. Ende. Das unbekannte Wesen erhob sich von der leeren sterblichen Hülle und durchzog die Welt.

Die Labrenas

1

Labrenas: zuweilen nenne ich sie so, weil ein venezolanischer Freund in meiner Kindheit sie so nannte. In Wahrheit handelt es sich um den gewöhnlichen Gecko, also denjenigen, der (Irrtum vorbehalten) von den Zoologen *Mauerhaftzeher* genannt wird: eine Art Miniaturkrokodil, das schwänzelnd über alte Gemäuer huscht und hie und da in bewohnte Zimmer eindringt, wo es, wie sonstwo auch, den verschiedensten Insekten, besonders aber den Faltern auflauert und sie anfällt.

Diesem ganz und gar harmlosen Tierchen gegenüber empfand ich stets eine tiefe Abscheu, Ekel und Widerwillen bis in mein Innerstes, einen Schauder bis in die abgelegensten Nervenzellen. Wie ich höre, pflegte schon meine Mutter, wenn sie ein unbewohntes Zimmer betrat oder im Hof auf und ab ging, stumm mit dem Finger auf ihren

Feind zu deuten, dessen Anwesenheit ihr ein unfehlbarer Instinkt verriet; was mich selbst betrifft, so war es mir in meinem alten Haus unmöglich, den verhaßten Labrenas stets aus dem Weg zu gehen, und ich verlor mich schon als Kind in lange Phantastereien des Inhalts, was wohl geschehen werde, wenn mich ein böser Zufall zu einem eigentlichen Kontakt brächte, will sagen zwingen würde, eine solche zu berühren oder deren Berührung zu ertragen; es gibt auch in meiner Erinnerung keine angstvolleren Abende als deren einige, die ich im Sommer mit meiner Familie in besagtem Hof zubrachte.

Da saßen wir im Halbkreis vor der großen Eingangstür; darüber, an der Außenwand des Hauses, die elektrische Beleuchtung; und verborgen im Schatten des Lampentellers eine besonders feiste Labrena, die gleich hervorkam, sobald sich, angezogen von dem Licht, ein Nachtfalter näherte. Oder, besser gesagt, sie wartete, bis sich der Nachtfalter gesetzt hatte, um erst dann plötzlich hervorzuschießen, zuzuschnappen und ihn zu verschlingen. Und wie viele Schauder, Ohnmachten, wieviel Grauen verursachte mir dieses für andere vielleicht auch erbauliche Schauspiel von List und Geschicklichkeit, diese gekonnte Ausnutzung günstiger Umstände. «Was würde denn eigentlich mit mir geschehen», fragte ich mich immer wieder fasziniert, «falls ihre kalte und widerliche Haut nur einmal die meine berühren sollte? Würde ich die Prüfung bestehen, würde ich das überleben können?» Und ich glaubte, ja, ich war sicher, daß ich dann sterben würde; und flehte zu Gott, mich davor zu bewahren.

Doch sollte mir dieses einschneidende Erlebnis nicht erspart bleiben.

Die Labrenas, ich sagte es schon, kommen bisweilen bis in die Zimmer hinein: und fliehen, so füge ich hinzu, in wilder Flucht zu den Fenstern oder Balkons, sobald ihre rechtmäßigen Bewohner hereinkommen. Doch wenn diese gleich die Fenster und Balkontüren schließen, fühlen sie sich wie hinter Schloß und Riegel und rennen auf der Suche nach einem Fluchtweg ganz verrückt die Wände entlang; in Anbetracht eines solchen Falles fehlte in meinem Zimmer nie ein langes biegsames Rohr, mit dem ich die abscheulichen Eindringlinge fast an jeder Stelle hätte erreichen und schubsen und allmählich hinausexpedieren können (sie an der Wand zu zerquetschen hätte ich mich nicht getraut, war ich doch sicher, beim Anblick ihrer herumspritzenden Innereien in Ohnmacht zu fallen).

Nun begab es sich, daß ich eines Nachts, als ich zum Schlafen in mein Zimmer kam und gerade das Fenster geschlossen hatte, so etwas wie einen Blitz über dessen Anschlagleiste huschen sah; und in diesem Blitz, wenngleich nur aus dem Augenwinkel, eine Labrena erkannte, die auf den Fensterrahmen zusprang. Ganz offensichtlich wollte sie durch das Fenster entfliehen, das freilich (wie wir soeben erfuhren) schon verschlossen war; also machte sie im Nu kehrt, rannte kreuz und quer die Wände entlang, stets in deren oberer Hälfte, und flüchtete sich schließlich an die Decke, wo sie nicht einmal mein langes Rohr erschrecken konnte (es sei denn, ich hätte es senkrecht betätigt, aber damit wäre ich ja das große Risiko eingegangen, daß die Labrena auf mich hätte fallen können). Folglich war ein Warten angebracht, bis sich meine Feindin von der Stelle rühren würde, ich meine, aus freien Stücken; was auch binnen kurzem geschah, als sie, nach reiflichem Überlegen und vielleicht auch, weil sie sich in jener verkehrten Lage nicht gerade sicher fühlte, behutsam abwärts kroch. Sie kam sogar so weit herunter, daß ich schließlich den Augenblick zum Eingreifen für gekommen sah: ich machte einen Bogen um sie und riß zunächst das Fenster weit auf; alsdann schickte ich mich an, sie mit dem Rohr ins Freie zu stupsen.

Das menschliche Schicksal hängt oft an einem unvorhersehbaren Zwischenfall, an einem unbedeutenden Hindernis ... Die dünne biegsame Spitze des Rohrs schob sich einige Millimeter unter den kleinen Körper der Labrena, doch dieweil die Wände ja nie vollkommen glatt sind, stieß sie an eine kleine Beule oder Warze des Verputzes und krümmte sich. Woraufhin die Spitze hochschnellte: und die Labrena mitriß ... und mit einer gewissen Heftigkeit ... mir ins Gesicht schleuderte.

Ich hatte gerade noch Zeit, auf meiner sensibelsten Hautpartie das zu spüren, was ich mein Lebtag befürchtet hatte: den Kontakt mit dem widerlichen Tier. Und schon verlor ich die Besinnung.

Als ich wieder zu mir kam, war mein erstes Gefühl eine Blendung und zugleich auch ein Staunen ob des ungewohnten Blickwinkels, der mir aufer-zwungen zu sein schien. Vor mir hatte ich das Deckengewölbe eines großen Raumes, und aus den Augenwinkeln konnte ich einige Einrichtungsgegenstände in der Verkürzung wahrnehmen, das heißt von unten nach oben: alles in ein unglaublich heftiges, unnatürliches Licht getaucht, das die Konturen der Dinge verwischte und sie fast unkenntlich machte. Ich wurde mir auch bewußt, daß ich meine Augen nicht bewegen konnte.

Einen Augenblick danach wurde mir im übrigen mit Entsetzen meine Lage völlig klar: ich konnte nicht nur meine Augen nicht bewegen, sondern mich überhaupt nicht rühren; und keinen Laut von mir geben noch mich sonstwie äußern; und schließlich *atmete ich gar nicht*. Ich wollte auf meinen Herzschlag hören: doch mein Herz *schlug nicht*.

Dies also war die grausame Wahrheit: ich lag

hier auf dem Rücken, und jedermann hielt mich (mit vollem Recht) für tot; und mein Leben oder Fortleben blieb einzig und allein, vergebens im übrigen, auf meine noch überlebenden Sinne beschränkt. Da, nun schloß jemand pietätvoll meine Augen, wie man dies mit Toten zu tun pflegt; und es blieben mir (da mir alle sonstigen Sinne in meinem Zustand völlig nutzlos waren) als einzige Verbindung zur Welt nur der Geruchs- und Gehörsinn, wovon sich letzterer noch als der bei weitem aktivere erweisen sollte.

Ohne nun freilich auf meinem Gefühl von Angst und Grauen zu bestehen und ohne im einzelnden darzulegen, wie und woher ich ein wenig Mut faßte und zu dem Ergebnis kam, daß ich schließlich und endlich, obwohl tot, doch lebendig war und folglich auch noch einige Aussicht hatte, dieses kundzutun – will ich hier den Versuch unternehmen, in einer gewissen Reihenfolge den Lauf der Ereignisse wiederzugeben: minimaler Ereignisse, an denen ich zwar unbeteiligt, doch deren Protagonist ich in irgendeiner Weise war. Wohl zu beachten, daß anfangs meine Eindrücke äußerst konfus waren; doch bald schon wurde es mir möglich, Menschen und Dinge deutlich wahrzunehmen.

2

Die große Aufregung, die ich zunächst um meinen Leichnam herum wahrgenommen hatte, wandelte sich bald zu trister Ruhe: eine Tür öffnete und schloß sich in fast regelmäßigen Abständen; leise Schritte näherten sich dem, was ich für meine Totenbahre halten mußte; sodann vernahm ich ein knappes Seufzen oder Schluchzen, eine gemurmelte Anteilnahme, die bisweilen sogar von Weinen unterbrochen wurde; dann entfernten sich die Schritte, und die Tür entließ den frommen Besucher wieder in seine Freiheit.

Dieses Hin und Her dauerte eine ganze Weile, aber schließlich hörte es auf, und über mein Totenzimmer senkte sich ein tiefes Schweigen; ich hörte nur noch ab und an so etwas wie das Atmen oder Hauchen einer Kerzenflamme, die von einem Luftzug niedergedrückt wurde, oder wie das Knistern eines Dochts . . . Oh, neues Entsetzen! Denn, und das hing vielleicht mit meiner verrückten Hoffnung zusammen, mich als lebendig zeigen zu können, jetzt fürchtete ich über alles die Einsamkeit. Doch da wurde plötzlich mein Geruchssinn, als ich am wenigsten daran dachte, ihn um Hilfe anzugehen, von einem scharfen und aggressiven Etwas überfallen, dessen Natur kaum eine Täuschung zuließ: es war Essig; jemand hantierte damit unmittelbar neben mir. Was bedeutete dies? Angesichts des Umstandes, daß meine Haut völlig gefühllos war, konnte eine Erklärung nur induktiv sein, wenngleich sie leichtfiel. In der Tat erinnerte ich mich, daß es in unserer Gegend Sitte ist, das Gesicht der Toten mit einem essiggetränkten Tuch zu bedecken, damit das geliebte Antlitz während der Trauernacht sich frisch und fest erhalte; und wirklich bestätigte eine leichte Minderung meines Hörvermögens (als bedeckte das Tuch auch meine Ohren) diese meine Auslegung. Aber der aufdringliche Geruch hatte nun meinen ohnehin schwachen Geruchssinn sozusagen ganz und gar überdeckt. Jetzt konnte ich mich nur noch auf meinen recht beeinträchtigten Gehörsinn verlassen: und die Welt kam mir nicht etwa näher, sondern sie entfernte sich von mir; ich war allein noch durch einen ganz dünnen Faden mit ihr verbunden, und der konnte von einem Augenblick zum anderen reißen.

Ich muß sagen, daß ich keinen genauen Begriff von der Zeit hatte: will ich mein absurdes Gefühl in eine Aussage kleiden, so war es, daß sich diese eher als Abrollen denn als Fortschreiten äußerte. Und während des Abrollens gab es immerhin einige mehr oder minder erwähnenswerte hörbare Episoden, die jedoch unterm Strich keinerlei Bedeutung für mich besaßen; so das unvermutete Fallen eines schweren Körpers (eine übersensible Besucherin?), oder, später, das unheimliche Ächzen einiger Möbel, die (vielleicht) mit massiven

Kränzen beladen wurden; auch nicht zu vergessen die diversen widerlichen an meiner Totenbahre von leisen und verhüllten Stimmen (sicherlich Nonnen) rezitierten und geleierten Gebete. Episoden, ich sage es noch einmal, die in meiner Situation so gut wie belanglos waren. Mit Ausnahme von einer, die zu berichten ich mich nun anschicke.

Schon wieder einmal ging die Tür auf; aber nun waren es nicht schüchterne Schritte wie bisher, sondern feste, fast großspurige Schritte, die ich gleich zu erkennen meinte. Doch um ganz sicher zu sein, wartete ich, bis der Neuankömmling zu sprechen begann; und als er es dann mit leiser, doch autoritärer Stimme tat, bestand für mich kein Zweifel mehr.

«Liebe, liebe Enrichetta», hörte ich die Stimme meines Cousins Baron S. (denn er war es), «ich erfuhr es gerade eben: wie mir das leid tut! ... Und du, Cousine?»

«Ich? ... Was meinst du damit?» hörte ich meine Frau mit erstickter Stimme erwidern.

«Ich will sagen, daß es mir auch für dich so leid tut, und ... Nun, kann ich irgend etwas für dich tun?»

«Oh, was könntest du schon tun!» meinte Enrichetta weinend, «oder kannst du etwas gegen den Tod unternehmen?»

«Gegen den Tod nicht, aber für das Leben

schon», sagte der Cousin in einem eigenartigen Tonfall.

«Oh, Adalberto, ich verstehe dich nicht, und jetzt ist nicht der Augenblick zu reden.» Und fügte dann noch mit weiblicher Neugierde hinzu: «Was heißt das? Auf welche Weise willst du . . .?»

«Ich liebe dich», erklärte er geradeheraus.

«Ich bin dir für deine Zuneigung sehr dankbar», erwiderte meine Frau, und in ihrer Stimme war so etwas wie Überraschung oder Erschrecken; «sie ist mir ein großer Trost in meiner traurigen Lage . . .»

«Ach was, Zuneigung», unterbrach sie mein Cousin herausfordernd. «Enrichetta!, ich, das weißt du schon lange, liebe dich wirklich.»

«Schweig! Was sagst du da!»

«Was mir von ganz allein über die Lippen kommt.»

«Aber . . . Das sagst du hier? Schämst du dich nicht? Hier, vor dem Leichnam meines Mannes!»

«Welcher Ort und welcher Zeuge wären wohl passender», erwiderte jener, schier besessen. «Solange er am Leben war, habe ich ihn respektiert, meinen geliebten Angehörigen und Freund: warum sollte ich jetzt schweigen, da er tot ist?» . . . Und fuhr fort: «Freund», und wandte sich dabei gewiß an mich, «da du jetzt Übersicht über alles hast, wirst du auch wissen, wie ich gelitten habe, wie ich deinetwegen die Stürme meines Herzens unterdrückte, das nächtliche Aufbegehren meiner Seele niederhielt. Warum sollte ich mich jetzt, da du tot bist, nicht von meinem Gelöbnis entbunden fühlen? . . . Enrichetta, ich liebe dich; und du liebst mich.»

«Das ist nicht wahr!»

«Und doch ist wahr, wenn es wahr ist, daß man gar nicht lieben kann, ohne wiedergeliebt zu werden.»

«Aber letzteres ist ja nicht wahr», kam der schwache Widerspruch meiner Frau, wie von jemandem, der die brennenden Regungen des Herzens durch die erfolglosen des Intellekts zurückdrängen will.

«Oh», platzte der Vetter heraus, «nicht das will ich von dir, kein Verbergen hinter nichtigen Argumenten; ich will, daß wir uns beide an dieser Stelle Hingabe schwören, und ich will, daß du mein Angebot akzeptierst, wie auch ich mit ganzer Seele das deine willkommen heiße, obwohl es zweifelhaft und dir selber womöglich unklar, mir hingegen schon immer offenbar ist! . . . Hab keine Angst, meine Angebetete, du hast alle Zeit, dich auf unsere Verbindung einzustellen, ich werde deinen wie immer gearteten Schmerz nicht stören und warten, bis du dich für diese Verbindung ganz und gar bestimmt fühlst. Aber schon jetzt sollst du . . . Komm, komm her!»

«Was machst du da, Adalberto? . . . O Gott . . . Man kann uns ja sehen . . . Nein, nicht doch! . . .»

waren die nächsten erregten, erstickten Worte meiner Frau.

Dann folgte eine kurze Pause. Eine kurze und, wie ich sagen möchte, randvolle Pause: darin ich den leisen, überaus leisen und (für jeden anderen Horchenden) gar nicht wahrnehmbaren Laut zu vernehmen meinte, der von zwei begehrenden und endlich vereinten Mündern rührt.

«O nein, Schluß! Geh!» bat und forderte Enrichetta einen Augenblick danach.

Es braucht nicht gesagt zu werden, welche Gefühle, welch tiefe Bitterkeit dieses gerade mitangehörte Zwiegespräch in mir hervorrief. Doch in dem Augenblick forderte etwas noch viel Dringlicheres meine Beachtung.

Aus dem Zusammenspiel verschiedener Laute, insbesondere aus dem Vogelgezwitscher, das durch ein geräuschvoll geöffnetes Fenster an meine Ohren drang, schloß ich, daß es Morgen geworden war. Und nun erwachte auch das ganze Haus, noch andere Fenster quietschten, Türen wurden mit größerer Häufigkeit und Unbekümmertheit geöffnet, energische Schritte durchquerten den großen Raum. Zugleich gewann mein Gehörsinn wieder seine ganze Klarheit zurück, woraus ich folgerte, daß man mir das in Essig getränkte Tuch abgenommen hatte; doch bald darauf stumpfte mein Hörvermögen noch mehr ab, und das war so, als hätte man eine massive

Trennwand zwischen mir und den Dingen und Personen ringsum errichtet. Woraus ich nur die eine Erkenntnis gewinnen konnte: man hatte mich in den Sarg gelegt. Ich hörte auch unbekannte Stimmen: «So liegt er gut, es ist alles in Ordnung; allenfalls kannst du den Kopf noch etwas anheben und den Rosenkranz in seinen Händen zurechtziehen.» – «Aber wie ihm der Bart gewachsen ist! Ob man ihn nicht rasieren sollte?»

Es bestand also eine große und unmittelbare Gefahr: diese Menschen schickten sich in ihrer Unwissenheit an, mich zu begraben. Also war es höchste Zeit, daß ich versuchte, mit ihnen in Verbindung zu treten, ich mußte meine ganze Kraft aufbieten, um ihnen zu zeigen, daß ich lebendig war.

Leider führte kein Versuch zu irgendeinem Ergebnis. Schlimmer noch: ich merkte, daß, je mehr ich mir Mühe gab, einen Schrei oder einen Seufzer auszustoßen, je mehr ich meinen Willen darauf ansetzte, meine abgestorbenen Glieder zu einer noch so geringfügigen Bewegung zu bringen, ich nur um so stärker daran gehindert war. So beschloß ich, mich einfach gehenzulassen: will sagen, mich ganz zu entspannen und es erst später nochmals mit einer Selbstüberrumpelung zu versuchen. Doch ein neues Geschehen bedrohte mich und ließ mir das Blut in den Adern gerinnen.

Ich meine, daß plötzlich mein durch die Sargwände ohnehin schon recht beeinträchtigtes Hörvermögen noch schwächer wurde und mich fast ganz von der Welt isolierte: nun konnte ich nur die besonders lauten Geräusche deutlich und alle anderen kaum noch wahrnehmen. Unter diesen besonders lauten hörte ich dumpfe Schläge, deren Bedeutung mir (nur vom Hören, da mein Körper, wie bereits erwähnt, keinerlei Reize oder Anreize empfand) sofort unzweideutig erschien: man hatte den Sarg über mir geschlossen und schlug jetzt die Nägel ein.

Bald darauf setzte sich der Sarg in Bewegung, wie ich den schweren Schritten der Träger und ihrem Keuchen entnahm; und nun war er auf der Straße, wo, wenn ich die Dinge richtig interpretiere, mich das Geläut der Pfarrkriche, die Kommentare der Einwohnerschaft und all die Geräusche begleiteten, die es in der freien Luft gibt. Man trug mich zum Begräbnis. Und ich war von größter Panik ergriffen: schon hatte ich den Eindruck, daß mir in meiner Abgeschlossenheit der Sauerstoff ausging, und andererseits wurde mir sehr wohl klar, daß binnen weniger Minuten jeder, wenn auch geglückte Versuch erfolglos sein würde, da ja dann die Geräusche von draußen jedes selbst geglückte Zeichen von mir übertönt hätten. In dem Augenblick hörte ich auch schon über meinem Kopf das Gewitter von Gesängen und Akkorden zusammenschlagen, womit man in der Kirche das Hinscheiden eines Menschen zu zelebrieren pflegt. Ich gab mich verloren. «All diese Musik», dachte ich, «begleitet meine letzte Stunde; ihr Ende wird auch mein Ende sein, falls ich es überhaupt so lange aushalte; aber das werde ich nicht, weil ich vorher ersticke.»

Mit Orgelrauschen und Silberstimmen von Kindern oder Frauen nahm die Totenmesse ihren Fortgang, während ich mich in mein Schicksal ergab und auf den wirklichen Tod wartete. Doch sonderbarerweise stellten sich die ersten erwarteten Erstickungssymptome noch nicht ein; ich hatte keineswegs das Empfinden zu ersticken und fühlte mich ganz allgemein weder besser noch schlechter als zuvor . . . Und da wurde mir mit einer ungeheueren Erleichterung mein Irrtum bewußt: der Mangel an Luft konnte mir ja gar nicht schaden, weil ich nicht atmete. Diese Feststellung gab mir neuen Mut, obwohl sich dadurch meine Situation kaum verbesserte. Doch war mir zumindest die Möglichkeit gegeben, mir all meine Kräfte für den letzten Teil des Dramas zu sammeln: wenn man mich nach Beendigung des geräuschvollen Totenamts in langsamem Trauerzug zum Friedhof bringen und dort in einem langewährenden Ritual beisetzen würde.

Viele Menschen, so nahm ich an, geleiteten mich zu meiner letzten Ruhestätte. Die einen sagten Belanglosigkeiten, andere sagten mit echter Trauer hinwiederum Lobenswertes von mir, und alle redeten sie leise; jedenfalls war es ruhig genug, daß ich sogar entferntes und vereinzeltes Vogelgezwitscher oder das Rascheln von Zweigen vernehmen konnte. Demnach der richtige Augenblick, um noch einmal meine Kräfte anzuspannen und den Versuch zu machen, den Menschen da draußen ein Zeichen zu geben.

O weh, ich hatte nicht mehr Erfolg als zuvor. Ja, meine krampfhaften Anstrengungen vernebelten mir nach und nach die Sinne (beziehungsweise den einzigen noch funktionierenden) in der Art, wie man es, wäre ich nicht schon gleichsam tot gewesen, als Ohnmacht oder Betäubung hätte bezeichnen können: woraus ich nur langsam wieder zu mir kam. Und mit solchem Wechsel zwischen Betäubungen und quälendem Wachen, stets unterbrochen von in Todesangst unternommenen Versuchen, verstrich geraume Zeit. Schon betrat mein Leichenzug den Friedhof. Ich hörte das große Tor quietschen und vernahm auch die Stimme des Friedhofswächters, den ich zufälligerweise kannte.

Am Hauptweg, der zu unserer Familienkapelle führt, war mir schon des öfteren der Zweig eines Klebsamens aufgefallen, der so tief hing, daß es fast unmöglich war, nicht mit dem Kopf daran zu stoßen. Wenn nun meine Träger, so rechnete ich mir jetzt aus, meinen Sarg auf ihren Schultern trugen (wie doch wohl anzunehmen war), mußte dieser Zweig, sobald wir dort wären, mit Heftigkeit daran stoßen. Was auch genau geschah; und ebenso genau traten die nachfolgenden kleinen Dinge ein, die meine Vorstellungskraft (oder vielmehr mein Gehörsinn) vorausgeahnt hatte.

Zunächst gab es ein leichtes Scheuern, begleitet von einem befriedigten Seufzer (wir waren in der Kapelle angekommen, die ermüdeten Träger setzten den Sarg auf den Fußboden). Sodann ein düsteres Murmeln von Gebeten mit einem kaum wahrnehmbaren Klopfen an den Sargdeckel (vielleicht spritzte der Priester Weihwasser darauf). Nach einer langen Pause die nasale Stimme (des Bürgermeisters?), die meine Verdienste aufzählte und meinen Angehörigen, besonders aber meiner Frau, salbungsvoll Trost zusprach. Dann wiederum der Priester. Und schließlich ein metallisches Geräusch (zweifellos von Maurerkellen) und ein dumpfes Schütten und Herumrühren. Kurzum, man schickte sich an, mein Grab beziehungsweise die mir bestimmte Grabesnische zuzumauern. Als hätte es dafür noch eines weiteren Beweises bedurft, begann ich jetzt die Geräusche von draußen als abklingend wahrzunehmen: die Ziegelwand mußte demnach schon ziemlich hoch sein. Vielleicht war nur noch ein Spalt offen, vielleicht würde schon die nächste Ziegellage meinen Sarg vor den Augen meiner Angehörigen und Freunde für immer verbergen ... Jetzt oder nie! Jetzt oder nie mußte ich, wenn ich es fertigbrachte, mich bemerkbar machen.

Indem ich in einer schier unerträglichen Anstrengung alle meine Kräfte zusammenraffte, tat ich es: natürlich mit meiner Stimme, denn ich hatte mir wer weiß warum vorgestellt, daß Schreien für mich leichter sei als mich bewegen, meine erkalteten Glieder aus der Starre lösen. Tatsächlich hatte ich schon hundertmal zwischen den diversen Ohnmachten einen derartigen Versuch unternommen, und nie war auch nur irgend etwas erfolgt: das Schweigen in mir selber war die einzige Antwort auf solche verzweifelten, frenetischen Versuche gewesen ... Nun aber, dieses letzte Mal und wahrhaftig mit dem Fuß im Grabe, als mir jede Hoffnung endgültig verschlossen werden sollte, nun vernahm ich zu meiner allergrößten Freude, daß ein wenn auch schwacher Laut meiner Agonie Stimme und Entsprechung verlieh.

Freilich zu schwach. Nicht mehr als eine matte Klage muß es gewesen sein; so matt, daß sie keiner der Totengräber wahrnahm. Doch hatte ich, wie ich sagen möchte, den rechten Weg gefunden und unterstützte meine erste Klage mit einer zweiten und dritten. Und da wurde plötzlich die Arbeit der Handwerker unterbrochen. Das Gemurmel setzte aus, man schien zu lauschen. Gleich danach rief eine Frauenstimme: «Gott, mein Gott, mir war, als ob ... dir nicht auch?» – «Ja, schon, aber ...» kam eine andere Frauenstimme. – «Was ist denn?» fragte eine Männerstimme; und als der Betreffende erfahren hatte, worum es ging, kam sein Urteil: «Überempfindliche Frauen sollten niemals ...» – «Man muß den Sarg sofort öffnen!» rief da mit segensreicher Entschiedenheit eine dritte Frau, und an der Stimme erkannte ich meine gute Schwester. – «Aber», mischte sich nun jemand Unbekanntes ein, «das geht doch nicht ohne Genehmigung vom ... des ...» – «Ach was, Genehmigung», platzte meine Schwester heraus, «in so einer Situation noch von Genehmigung reden! ... He, ihr da: holt den Sarg aus der Nische und macht euch sofort an die Arbeit! Ich übernehme die Verantwortung.» Worauf zunächst überhaupt nichts erfolgte, das heißt kein Laut, der auf eine prompte Befolgung hätte schließen lassen können. Ich versuchte mich in einem weiteren, noch überzeugenderen Klagelaut: es gelang mir nicht, ich war wiederum stumm; dieses Strohfeuer in meiner Brust war erloschen; statt dessen überkam mich wieder eine meiner Ohnmachten, aus der ich gewiß nicht wieder erwachen würde.

Schließlich und endlich schienen sie sich doch besonnen zu haben, und ich vernahm um mich herum die ersehnten, zunehmend hastiger werdenden Geräusche: Aufstoßen meines Sargs auf den Boden, Hammerschläge, Quietschen herausgezogener Nägel, Stimmengewirr, Ausrufe ...

Doch einen Augenblick später konnte ich all

dies schon nicht mehr hören: die Aufregung darüber, daß ich jetzt gerettet war, hatte mich mein ohnehin schwaches Bewußtsein gekostet.

3

Mein neuerliches Erwachen (zwei Tage danach, wie man mir dann sagte) war denkbar erfreulich: obwohl noch äußerst schwach, war ich doch völlig Herr meiner Bewegungen und aller meiner Sinne; in allen meinen Gliedmaßen fühlte ich ein angenehmes Kribbeln und eine wohlige Wärme, die mir neues Leben verlieh. Das Fenster vor mir umrahmte einen blühenden Mandelbaum, der gegen den blauen Himmel stand und von der Frühlingsbrise leicht bewegt wurde.

Der erste Mensch, der mir gegenübertrat, war meine Frau, und sie tat es mit einem Ausdruck liebevoller Anteilnahme; ich aber hätte lieber den Teufel sehen mögen, und auf ihr heiteres Lächeln reagierte mein ganzes Sein mit einer Bewegung des Abscheus. Wenn ich auch sie und alles, was mit ihr zusammenhing, im äußersten Augenblick meines schrecklichen Erlebnisses (als mir der Tod unentrinnbar erschien) hatte vergessen können, so erwachten nun in mir wieder jene bitteren und grausamen Gefühle, die ihr erlauschtes zweideutiges Gespräch mit dem Cousin in mir hervorgerufen hatten.

Glücklicherweise war ich wieder zum Leben erwacht: doch um welchen Preis? Wie ging, genau gesagt, meine Frau aus einer Situation hervor, zu deren Beteiligten und Zeugen mich ein ungewöhnlicher Zustand gemacht hatte, meine Frau, meine gute, geliebte und liebende Frau, die Bewahrerin meiner geheimsten Regungen, die Urne meines Vertrauens oder (wie die Alten sagten) der Ort meiner Ruhe, sie, die mich nie betrogen hatte und nie einen Betrug zu ertragen hatte, die mich auf meinem irdischen Weg stets gestützt und bei meinem unsicheren Schritt nur Mut zugesprochen hatte, sie, meine zweite oder gar meine erste Seele, meine Enrichetta schließlich? Ich meine: war sie ganz im Gegenteil eine Heuchlerin, eine Ungetreue, die mein Vertrauen und meine Liebe mißbrauchte, war sie die am Busen gehegte Schlange oder, verallgemeinernd gesagt, eine verachtenswerte Frau? – Dies war die Frage, die mich bedrückte und sich mit der auch ihrer liebevollen Pflege zu verdankenden Wiedergewinnung meiner Kräfte immer mehr in den Vordergrund drängte.

Selbstverständlich vergegenwärtigte ich mir noch einmal von Anfang bis Ende jenes unglückselige Zwiegespräch, so gut ich mich daran erinnerte (und ich war sicher, mich sehr gut daran zu erinnern). Ungeachtet der Schlußfolgerungen, zu denen ich mich vielleicht verleiten ließ, als ich darüber berichtete, und die schließlich mit einer nachträglichen Beurteilung zusammenhängen, schienen die ersten und zweiten Sätze besagten Gesprächs ohne Fehl und Tadel, ja, eigentlich selbstverständlich gewesen zu sein; Fehl oder Gift sowie der Tadel steckten, wenn überhaupt, im Ende; aber auch darüber sollte man sich von neuem klar werden. Daß Adalberto meine Frau liebte, konnte an und für sich keine Verunglimpfung oder Bedrohung unserer ehelichen Liebe bedeuten, so wenig wünschenswert dies auch sein mochte; Verunglimpfung und Bedrohung wären nur dann gegeben gewesen, falls Enrichetta auf die Umgarnung des Cousins eingegangen wäre oder diese auch nur toleriert hätte. Was sich schließlich von selbst verstand und auf die Frage beschränkt werden konnte: war es wirklich zu einem Kuß zwischen den beiden gekommen, und wie hatte meine Frau ihn aufgenommen? Hatte sie ihn nur erduldet oder aus vollem Herzen erwidert? War das erste der Fall gewesen, wieso war dann kein Laut, kein konkreter Laut (einer Handlung, eines Worts) ihres Verdrusses bis zu mir gedrungen? Und war das zweite . . . nun, beim zweiten erübrigte sich jeder Kommentar. Nichtsdestoweniger muß gesagt werden, daß es sich hier um eine Ermessensfrage handelte: so hätten Gründe der Opportunität, etwa der legitime Wunsch, einen Skandal in einem so heiklen

Augenblick zu vermeiden, meine Frau dazu bestimmen können, keinen allzu großen Anstoß zu nehmen ... Und doch, dieser Ton zwischen den beiden, der nach Übereinstimmung klang? Der auf eine bestehende Vertrautheit, auf vorangegangene Beziehungen hinzuweisen schien ...

Und des weiteren mehr, in Überlegungen, die schon krankhaft zu werden drohten.

Schließlich und endlich hatte (oder vermutete) ich eine andere Frau vor mir; und sie sah einen nicht minder anderen Mann vor sich. Ich erkannte meine liebevolle Gefährtin nicht wieder, das heißt, ich hatte mir in den Kopf gesetzt, auf ihrem Gesicht eine Maske der Unkeuschheit und Lüge zu sehen; sie hinwiederum erkannte nicht mehr den sanften und gutherzigen Ehemann und Freund. Voller Mißtrauen beobachteten wir einander fast wie zwei Feinde, die nur darauf warten, die Verteidigung des anderen zu durchbrechen, und dahingeschwunden war jeder Friede, untersagt jegliches Sichgehenlassen; Enrichetta war nicht mehr Enrichetta, sie war eine Maske, von der mir nichts als Ungewißheit und Trug kommen mußte.

Trotz dieser quälenden Vorstellungen brachte ich es immerhin fertig, auf längere Zeit an meinem ursprünglichen und instinktiven Vorsatz festzuhalten: ihr niemals auch nur ein Wort von meinem damaligen Erlebnis zu sagen und schon gar nichts von meinen Entdeckungen oder angeblichen Entdeckungen in Hinblick auf sie. Ja, es sollte überhaupt niemand auf die Vermutung kommen, ich hätte während meines Scheintodes, woraus ich auf wundersame Weise ins Leben zurückgekehrt war, noch einen Schimmer von Bewußtsein bewahrt; vielleicht glaubte ich, leichter hinter fremde Geheimnisse zu kommen, wenn ich mich so verstellte. Indessen überlegte ich fieberhaft, auf welche Weise wohl ich meine Frau auf die Probe stellen konnte, damit sie sich verraten mußte. Eine Probe, besser noch eine Gegenüberstellung: welche Probe oder auch Gegenüberstellung könnte schon entscheidender sein als diejenige, den Cousin in Person kommen zu lassen? Ich jedenfalls würde die Augen gut offenhalten.

Adalberto kam; und sagte in seiner aufdringlichen, überheblich förmlichen Art:

«Oh, mein Lieber! Ich bin auf deinen Ruf gleich herbeigeeilt. Hätte ich mich doch sonst nicht für befugt gehalten, dich bei deiner Genesung zu stören . . . Nun, mein Heimkehrer, wie geht's? Was bringst du uns Neues vom Acheron? . . . Enrichetta! Dich hatte ich gar nicht gesehen: auch für dich muß es ja hart gewesen sein . . .»

Und so weiter, und so fort. Ich habe beide genau beobachtet und nichts bemerkt. Nichts Besonderes, nichts von Bedeutung: der Cousin benahm sich ganz wie ein Cousin, der einen kranken Cousin besucht, und meine Frau wie eine Frau, die ihren kranken Mann pflegt, ihn dem besuchenden Cousin präsentiert und darauf achtet, daß dieser Besuch den Kranken nicht überfordert . . . Kurzum, wieder hatte alles einen ganz normalen Anschein, und man konnte in keiner Weise etwas Besonderes oder gar Lasterhaftes entdecken.

Doch nun, nachdem Adalberto mich beim Abschied umarmt hatte, streichelte er das Gesicht meiner Frau: natürlich eine verwandtschaftlich gemeinte Liebkosung, die ich in ihrer Selbstverständlichkeit nur bewundern konnte. Eigentlich war das mehr, als ich erhofft hätte. Wie würde Enrichetta reagieren? Ich verdoppelte meine Aufmerksamkeit und konnte dabei zweierlei feststellen. Erstens: die Liebkosung dauerte um eine Winzigkeit länger als erforderlich; zweitens: meine Frau reagierte darauf mit einer kaum wahrnehmbaren Verdrehung der Augen, wie dies zuweilen liebende Frauen tun, für die jede flüchtige Berührung eine Erinnerung an intensivere Sinnlichkeit bedeutet, deren Unterpfand sie ist.

O Gott, aber auch dies war eine Ermessensfrage, um so mehr als das Verhalten der beiden keine sichtbare Veränderung erfuhr.

«Hals- und Beinbruch, Cousin!» hatte Adalberto am Ende gesagt; und zu Enrichetta, im selben Sinn: «Alles Gute, Cousine.» Und sie:

«Danke, danke.» Und zu mir: «Weißt du, mein Lieber, Adalberto hat sich deinen . . . dein Mißgeschick sehr zu Herzen genommen; und ich muß sagen, daß er mir in dieser schrecklichen Zeit eine große Hilfe gewesen ist . . .»

Doch schon hatte ihr der Cousin leidenschaftlich die Hand geküßt und war gegangen.

Verwirrung, Angst, Entsetzen: dies hatten mir letztlich meine Untersuchungen und Überlegungen eingebracht; und die Versuchung wurde immer stärker, meiner Frau offen vorzuhalten, was sie getan hatte. Trotz meines gegenteiligen Vorsatzes konnte ich dieser Versuchung eines Tages nicht mehr widerstehen. Ich begann wie von ungefähr und holte weit aus:

«Enrichetta, ich möchte dich etwas fragen. Nehmen wir einmal an, ich wäre gestorben: was würdest . . .?»

«Was soll das?» gab sie zurück.

«Ich meine nur: was würdest du dann tun?»

«Nichts . . . weinen würde ich.»

«Ich verstehe. Und nachher?»

«Was nachher?»

«Du kannst doch nicht dein ganzes Leben lang weinen.»

«Und was noch?»

«Das frage ich dich ja. Schließlich mußt du auch an dich selbst denken, meine ich.»

«An mich selbst!» wiederholte sie in einer plötzlichen Erregung. Und fuhr fort, während ihr die Tränen kamen: «Oh, welch dummes und grausames Fragespiel! Meinst du nicht, ich habe schon genug geweint, als ich dich als Toten beweinte? . . . Und vor allem, was für eine dumme Unterstellung: sollte ich mich in eine andere Liebe flüchten, meinst du das? Nun, dann sei dir auch gesagt, daß dies nie der Fall sein wird: magst du gut oder böse, bei klarem Verstand oder, wie jetzt, von einem schrecklichen Erlebnis verwirrt, ja, magst du lebend oder gar tot sein, du allein bist mir gegeben worden und dir allein will ich ewige Treue bewahren . . . Was weißt du schon? Ich könnte mein ganzes Leben lang weinen und kein anderes Schicksal verlangen.»

Und wirklich weinte sie jetzt hemmungslos. In dem Augenblick hatte ich nicht den Mut, weiter auf dem Argument zu bestehen, obschon mich meine inquisitorische Gemütsverfassung nicht anerkennen ließ, was an Tröstlichem in ihren Worten gelegen haben mochte. Aber nach einer Woche kam ich wieder darauf zurück:

«Nimm einmal an, ich wäre in diesen Tagen nicht ganz wie tot gewesen; nimm an, einer meiner Sinne wäre intakt geblieben, ein einziger, vielleicht der Gehörsinn, mit dem ich noch Verbindung mit der Welt gehabt hätte . . .»

«Was für ein sonderbarer Einfall!»

«Nimm's nicht so ernst.»

«Gut. Und weiter?»

«Dann hätte ich eben . . . dann hätte ich alles mit anhören können, was im Umkreis meines angeblichen Leichnams gesprochen wurde.»

«Wahrlich kaum Erheiterndes.»

«Gewiß nicht; aber vielleicht Aufschlußreiches.»

«In welcher Beziehung?»

«Nun, mein Gott, es könnte sich doch jemand geoffenbart haben, weil er mich tot glaubte.»

«Jemand: wer?»

Auf diese so direkte Frage hin wagte ich wieder nicht, etwas zu sagen. Meine Frau verließ mich achselzuckend und kopfschüttelnd und warf mir einen langen Blick zu und meinte dann noch an der Tür:

«Schon eine ganze Weile finde ich dich so sonderbar. Verflixt, du solltest dich schon auch ein wenig zusammenreißen, um wieder der zu werden, der du gewesen bist.»

Doch es gab noch ein drittes Mal. Eines Abends, als mir Verwirrung und Angst unerträglich geworden waren, entschloß ich mich, Enrichetta mit deutlicheren Worten herauszufordern. Der Anlaß, das heißt der psychologische Ausgangspunkt wurde mir durch meine eigene Entkräftung geliefert: ich lag auf dem Sofa mit drei Kissen unter dem Kopf und muß wohl sehr bleich ausgesehen haben; meine Frau, wenngleich mit einer Spur von Argwohn oder Mißtrauen, umsorgte mich mit der gewohnten Aufmerksamkeit. Mitleidsvoll verwöhnte sie mich, und dieses Bild von häuslicher Herzlichkeit rührte mich zu Tränen; tat jedoch gleichzeitig meiner Kontrolle Abbruch und hatte zur unerwarteten Auswirkung, daß ich Mut faßte; und wenn ich dieses Bild nun mit jenem anderen der Falschheit verglich, das mir die Erinnerung vorhielt . . .

Da ich mich schon einmal als unfähig herausgestellt hatte, durch zweideutige Reden zum Ziel zu gelangen, griff ich diesmal Enrichetta regelrecht an.

«Armer Liebling, du leidest», sagte sie und beugte sich über mich, um mir die Kissen zu richten. Und ich:

«Wie sollte ich auch nicht! Enrichetta, ich habe dich wirklich gehört, wie du mit Adalberto sprachst.»

«Das glaube ich», erwiderte sie, und kein Schatten trübte ihre hellblauen Augen, die mich unverwandt ansahen. «Ich habe oft mit ihm gesprochen, zuletzt auch in deiner Gegenwart; na und?»

«Enrichetta! Nicht als Lebender, sondern als Toter habe ich dich mit ihm sprechen hören: in jener Nacht, als ihr mich in meinem Totenzimmer beweintet oder vielmehr alles andere tatet als mich zu beweinen.»

Jetzt wurde ihr Blick aufmerksamer; sie senkte die Lider, schien zu zögern und meinte schließlich:

«Welchen Schmerz du mir bereitest, mein Lieber. Ja, du bestehst also auf deiner verhängnisvollen Einbildung, du meinst, eine Spur von Bewußtsein bewahrt zu haben während deiner ... deiner traurigen Ohnmacht, als weder die Kunst des Arztes noch die Liebe einer treuen Frau dich wiedererwecken konnten; und diese Nacht der Seele bevölkerst du mit nichtigen Gespenstern ...»

«Nichtige Gespenster! Nichtige Gespenster etwa eure Stimmen, eure Worte, die ich in aller Klarheit gehört habe, als ihr mich für tot hieltet, und die ganz deutlich das Wechselspiel und die Übereinstimmung eurer Gefühle, vielleicht gar euer Verlangen zum Ausdruck brachten?»

«Euer. Aber wessen denn, mein armer Freund?»

«Adalbertos und deine!» brach es, beleidigt und wütend, aus mir hervor.

«Adalbertos? Meine? Aber wann?»

«Während der Totenwache, das habe ich doch schon gesagt.»

«Es ist nur so», erwiderte sie würdevoll, aber auch indigniert (über meinen Geisteszustand), «es ist nur so, daß Adalberto an jenem Abend gar nicht da war. Er war fort, er wußte noch gar nicht ...»

«Dann bin ich wohl ein Verrückter, ob tot oder lebendig?» rief ich. «Und was ich gehört habe, ist alles nur eine Einbildung, ein Alptraum, entstanden und aufrechterhalten durch mein Leiden?»

«So beruhige dich doch», erwiderte sie und versuchte es jetzt auf die sanfte Art. «Das behaupte ich ja gar nicht, und verrückt bist du auch nicht. Aber was einen möglichen Einfluß dieses unbekannten Leidens auf deine Denkvorgänge betrifft, mußt du schon zugeben . . .»

«Ich gebe gar nichts zu, was haben meine Denkvorgänge damit zu tun! Eure Worte sind mir gegenwärtig, ich höre sie noch. Eine so lebendige Erinnerung kann kein Wahnprodukt sein.»

«Und im übrigen», führte sie mit einer gewissen Spitzfindigkeit ihren Gedanken zu Ende, ohne meinen Einwurf zu beachten, «sind diese Phantasien wahrscheinlich durch deine Rückkehr ins Leben bedingt: eine irgendwie nachträgliche, wenn auch verzerrte Interpretation. An jenem Abend, kann ich dir sagen, lagst du da wie ein Klotz, und man hätte dir schwerlich auch nur das geringste Gefühl oder die geringste Sinneswahrnehmung zusprechen können.»

«Du täuschst dich, du täuschst dich!» schrie ich wieder. «In dem Klotz (wie dir zu sagen beliebt) schlug trotzdem ein Herz . . . das heißt, es schlug nicht! ach, zum Teufel! . . . Also, obwohl es nicht schlug, litt es trotzdem, war fähig zu leiden . . .»

«Schon recht, schon recht», sagte sie mit demonstrativer Zustimmung. «Aber was hast du eigentlich gehört?»

«Wie denn! Ich habe euch reden gehört.»

«Das heißt, Adalberto (der nicht da war) und mich?»

«Natürlich!»

«Und worüber sprachen wir?»

«Über nichts!»

«Über nichts? Aber in diesem Fall . . .»

«Über jenes Nichts, das Bedeutung und Entscheidung in die Worte bringt.»

«Kannst du nicht genauer werden?»

«Adalberto wurde zudringlich und wollte schließlich einen Kuß von dir.»

«Den ich ihm auch gegeben habe, kann ich mir denken!»

«Höre: deine leichte, geduldvolle und fast amüsierte Art zu sprechen ist das Schlimmste, was du mir antun kannst. Meine Beklemmung ist für dich ein Grund zum Spott?»

«Was verlangst du eigentlich», rief Enrichetta, die jetzt wirklich die Fassung verloren hatte, «daß ich zugebe und bekräftige, was nie gewesen ist, nur weil es dir in den Kram paßt?» Und weinte auf ihre Art still vor sich hin und fügte hinzu: «Weißt du, das fiele mir gar nicht schwer . . . nun, denn . . . Adalberto kam herein und wollte einen Kuß von mir; und ich nutzte es aus, daß du nicht bei Bewußtsein, oder, besser (wie ich annahm), tot warst, nutzte also die Freiheit, die ich durch deinen Tod hatte, und erlaubte ihm diesen Kuß . . . Ist es so richtig? Bist du jetzt zufrieden?»

«Achte lieber auf dich selber», erwiderte ich, «und vertraue nicht allzu blindlings der Liebe, die ich für dich empfunden habe und immer noch empfinde. Du hast den Mut zu behaupten . . .?»

«Selbstverständlich und mit allem Nachdruck behaupte ich das!» rief sie. «Oder, um etwas deutlicher zu werden, ich sage nein: ich bestreite es. Ich bestreite alles!» Dann änderte sie ihren Ton und sagte mit großem Ernst: «Du bist krank, das ist die Wahrheit. Deine Krankheit ist nicht die von gestern, oder sie ist noch nicht vergangen; vielleicht hat sie auch eben erst begonnen. Möge dir meine Liebe helfen, daß du davon loskommst.»

Mit diesen etwas theatralischen Worten (aber das war ihre Art, ehrlich zu sein) überließ sie mich meinen eigenen Gedanken.

Meinen Gedanken und meinen Zweifeln, die sich beide auf einige Punkte konzentrierten. Vor allem, wie Enrichetta auch schon angeführt hatte, könnte ich mich ja wegen meiner Krankheit in einem solchen Verwirrungszustand befunden haben, daß ich mich jene Nacht verhörte. Doch andererseits hatte meine Frau soeben mit großer Deutlichkeit und nicht ohne Scharfsinn auf ihre einzig mögliche Rechtfertigung hingewiesen: was mir direkt oder indirekt in meiner Beurteilung recht gab. Um mich deutlicher auszudrücken, hatte sie doch folgendermaßen argumentieren wollen: «Da du ja tot warst, wäre ein Betrug meinerseits, selbst in der Annahme, er hätte stattgefunden, niemals ein solcher gewesen: Lebende kann man betrügen, nicht aber Tote.» Wenn schon. Aber was war das anderes als ein Bekenntnis? Ein unausgesprochenes und unbewußtes Bekenntnis, das ihr in Ärger und Bosheit entflohen war? Und so fort, in anderen Auseinandersetzungen und Grübeleien; wozu sich letztlich noch eine, ich möchte sagen fälschlich verursachte tiefliegende Unsicherheit fügte.

Der Verlauf meiner Überlegungen brachte mich dazu, des öfteren über die wahre Natur meines vergangenen Leidens nachzudenken: Wissen, das mir für die Erkennung der näheren Umstände unumgänglich schien und das von mir, wer weiß aus welchem Grund (möglicherweise, weil ich mir zunächst Schweigen auferlegt hatte), gar nicht in aller Offenheit erforscht worden war. Enrichettas flüchtige Hinweise auf mein «schreckliches Erlebnis» und ebenso einige anscheinend eindeutige (doch geradesogut rein sinnbildlich interpretierbare) Sätze hatten mich überhaupt nicht weitergebracht; auch nicht ihre direkten oder zögernden oder unvollständigen Antworten, nachdem ich mich entschlossen hatte, sie zu befragen. So wollte ich jetzt hören, was unser Arzt und langjähriger Freund sagen würde.

«Doktor», fragte ich ihn also eines schönen Tages, «seit langem schon möchte ich über die Ursache meiner Krankheit genauer informiert werden: da ich jetzt schon fast wieder gesund bin, meine ich, daß Sie mir bedenkenlos alles sagen können. Was für eine Krankheit war dies eigentlich?»

Seine Antwort traf mich unvorhergesehen und verwirrte mich nicht wenig.

«Mein lieber Freund», sagte er, «worüber zerbrechen Sie sich den Kopf! Ist Ihnen denn jetzt, da Sie (wie Sie ganz richtig sagen) schon fast wieder gesund sind, wirklich so viel daran gelegen, die Ursachen des überstandenen Leidens, Verlauf und Äußerungen kennenzulernen? Kümmern Sie sich lieber darum, alle Ihre Kräfte wiederzugewinnen!»

Und als ich trotzdem darauf bestand:

«Ihr Fall ist so selten nun auch wieder nicht ... Sie brauchen sich wirklich keine Gedanken zu machen.»

«Wissen Sie, Herr Doktor», rief ich, «Ihre Worte sind wie dazu geschaffen, wenn nichts anderes, so doch mindestens meine Neugierde zu steigern. Ich erinnere Sie an Ihre berufliche Pflicht und auch an mein Recht, über alles Bescheid zu wissen, was mich betrifft. Ich bin kein Kind. Reden Sie jetzt.»

«Bitte sehr», meinte er widerstrebend. «Was wollen Sie eigentlich erfahren?»

«Von welcher Art und Natur meine Krankheit gewesen ist, ich frage Sie noch einmal.»

«Da muß ich Sie enttäuschen: denn diese Fragen kann ich nicht beantworten. Sie verlangen zuviel von der Wissenschaft ... Auch noch Art und Natur!» brummte er vor sich hin. «Nichts von alledem: die Art Ihrer Krankheit war nicht genau zu bestimmen, das ist es.»

«Sie werden zugeben, daß Ihre Diagnose eigenartig ist. Und was sagen Sie mir von Symptomen, von Äußerungen?»

«Oh, das ist rasch gesagt: ganz plötzlich und von einem Augenblick zum anderen hatten Sie ein starkes, zerebral bedingtes Fieber und . . . mehr kann ich Ihnen nicht berichten.»

«Aber Doktor, wieso können Sie nicht? Wann und wie ereignete sich denn der tödliche Unfall, der mich bis ins Grab hinein brachte, aus dem ich nur durch ein Wunder errettet wurde?»

«Tödlich? Grab?» wiederholte er verwundert. «Verzeihen Sie, aber ich verstehe nicht recht, was Sie meinen.»

«Wie denn!» fuhr ich auf und begann, mich zu erregen. «Fiel oder fiel ich nicht in eine Bewußtlosigkeit, in eine Starre, wenn Ihnen das lieber ist, daß man mich für tot halten mußte? Brachte oder brachte man mich nicht auf den Friedhof und mauerte mich fast in meine Grabesnische ein?»

«Nein!» sagte er mit Entschiedenheit.

«Nein?» schrie ich und konnte mich nun nicht mehr zurückhalten. «Ich warne Sie, Doktor, machen Sie mir nichts vor, auch nicht in guter Absicht: in der Tiefe meines Scheintodes, als Sie alle dachten, jede Fähigkeit sei in mir erstorben, war mir doch noch ein Funke geblieben, ein Funke Bewußtsein, weshalb ich Sie heute ohne weiteres Lügen strafen könnte.»

«Scheintod!» echote er in einer Art düsteren

Staunens. «Aber bei Ihnen konnte ich nichts Derartiges feststellen ... Ich kann Ihnen einzig und allein sagen, daß Ihr Zustand in einem bestimmten Augenblick zu ernstlicher Sorge um Ihr Leben Anlaß gab. Von anderem, von dem, worauf Sie so dunkel anspielen, ist mir nichts bekannt!»

«Ist Ihnen nichts bekannt!» schrie ich fuchsteufelswild, fuhr vom Sessel hoch, auf dem ich meine lange Genesungszeit verbrachte, schleuderte die Decke von meinen Knien und lief erregt im Zimmer hin und her. «Nichts bekannt! Dann passen Sie mal gut auf ...»

Und jetzt fing ich einen eigentümlichen, fast verstohlenen Blick des Arztes auf; seine folgenden Worte schienen mir auch ziemlich hastig zu sein.

«Übrigens», sagte er, «könnten Sie auch recht haben.»

«Inwiefern?»

«Ja, wenn ich's mir recht überlege, gab es da wohl einen Augenblick, wo Sie beinahe tot zu sein schienen ...»

«Beinahe, sagen Sie?»

«Aber nicht doch, beruhigen Sie sich: ganz tot.»

«Bitte sehr.»

Aber dieses Eingeständnis beziehungsweise dieser Rückzieher des Arztes überzeugte nicht recht. Er verabschiedete sich dann in aller Eile, und ich blieb mit dem äußerst unangenehmen

Eindruck zurück, wie ein Geisteskranker behandelt worden zu sein: dem man tunlichst nicht widersprechen soll, wenn man nicht will, daß er in Weißglut gerät.

4

Und nun bin ich in der Gegenwart angekommen; obwohl ich, um die Wahrheit zu sagen, diesbezüglich keine klaren Vorstellungen mehr habe. Mögen es ihre widerstrebenden oder auch unverschämten Antworten auf meine bangen Fragen gewesen sein, mag es all dies gewesen sein, diese im Dunkel um mich herum ausgesonnene Art von Verschwörung, jedenfalls haben sich für mich die Zeitbegriffe verschoben. So dachte ich beispielsweise und denke immer noch, daß die Dinge, von denen ich oben erzählte, sich in einer recht zurückliegenden Vergangenheit abgespielt hätten: die beiden aber behaupten, jedenfalls bis ich eine deutliche Gereiztheit zeige, es seien Dinge von gestern; und noch andere Angeblichkeiten. Aber schließlich ist die Zeitfrage nicht das Wesentliche; kommen wir lieber auf uns zurück.

Durch weiteres Beobachten und Erforschen von Enrichettas Verhalten und Reaktionen sowie deren Vergleich mit dem, was sich bei meinem (wie soll ich's nennen?) unfreiwilligen Lauschen als Toter herausgestellt hatte, und in Betracht des ungehemmten Entsetzens, das sich allemal auf ihrem Gesicht spiegelt, wenn sie mir gegenübertritt, kurzum, unter Auswertung aller mir zur Verfügung stehender Elemente – würde ich zu der folgenden Schlußfolgerung kommen. Meine Frau, auf Gedeih und Verderb in meinen Cousin Adalberto verliebt und darum entschlossen, mich aus der Welt zu schaffen, dachte sich diese gemeine Methode aus: sie hat mich den Labrenas sozusagen in die Arme geworfen. Sie kannte nämlich sehr wohl meine Abneigung gegen diese widerwärtigen Tiere oder, besser, meine physiologische Unverträglichkeit; und hoffte, dieselben könnten ihr (meiner Frau) ruchloses Vorhaben verwirklichen. Gelang ihr und ihren Kumpaninnen dies nicht, so hat niemand dafür die Verantwortung, es sei denn ein glücklicher Zufall.

Natürlich ist es zwecklos, ihr dies (wie ich es schon getan habe) in aller Deutlichkeit vorzuhalten: kommt doch nicht mehr dabei heraus als Leugnen und Tränen. Nichtsdestotrotz habe ich, was ich noch einmal sage und behaupte, meine Gründe, habe Beweise, die ebenso unverrückbar sind wie zwei mal zwei vier ist; Teufel, ich habe ja lange genug darüber nachgedacht, habe mir die geringsten Einzelheiten wieder ins Gedächtnis gerufen . . . In jener Nacht, so war's doch, wehte eine trockene und steife Brise: nun, bei einem solchen Wetter (ich hab's tausendmal beobachtet) kommen die Labrenas nicht ins Zimmer; und wenn eine in meinem Zimmer war, dann muß sie jemand hineingebracht haben.

Wie dem auch gewesen sein mag, was soll man dann von den vielen Labrenas denken, die mich seit jenem Tag belagern und verfolgen? Ich entdecke jetzt fast täglich eine in meinem Zimmer, obwohl schwerlich zu verstehen ist, wo sie hereinkommen, halte ich doch Türen und Fenster fest verschlossen. Aber meine Frau kommt in mein Zimmer, und so habe ich des Rätsels Lösung: ja, sie versucht's noch einmal, die gute Enrichetta, weil sie genau weiß, daß ich ein zweites Mal nicht überstehen würde ... Ich werde es nicht überstehen, man muß das schon sagen, denn sie werden immer frecher und kommen immer näher auf mich zu, und dabei bin ich noch so schwach und habe auch nicht mehr das Rohr, um mich zu wehren ... Warum habe ich überhaupt das Rohr nicht mehr? Ich glaube, das geht auf eine Unbeherrschtheit von mir zurück, zu der ich mich gern bekenne: wenngleich diese ganz und gar gerechtfertigt war durch den Zustand von Verzweiflung, in den Enrichetta und sie alle mich des öfteren bringen. Ich will versuchen, den Vorfall zu rekonstruieren.

Gut und recht, so zu tun, als sei gar nichts gewesen, und zumindest solange zu schweigen, wie die anderen das Heft in der Hand haben. Aber einmal kommt doch der Augenblick, wo man einfach nicht mehr kann, und dann mag's geschehen (wie gestern):

«Enrichetta, komm her und sieh mir geradewegs in die Augen ... Nein, nicht so, weich mir nicht aus: geradewegs in die Augen, habe ich gesagt ... Was zitterst du denn, dumme Gans! Bring mich nicht um meine Geduld! Also, Enrichetta, ich hatte schon einmal Gelegenheit, dir zu sagen, daß ... nun, daß ich dich durchschaut habe; deine Pläne, deinen Anteil an meinem schrecklichen Leiden, deine jetzigen Absichten, deine schuldhaften Gefühle für einen anderen Mann, einfach alles habe ich durchschaut. Und du hast alles geleugnet, das ist richtig; aber ich habe mich durch deine Unverschämtheit nicht täuschen lassen ... Na? Was ist? Du klapperst auch noch mit den Zähnen? Ausgezeichnet: dann begreifst du auch, was ich jetzt und gleich von dir will. Ein volles Geständnis will ich, eine genaue Bezeichnung all deiner Verfehlungen. Also, mach keine Geschichten: rede, sage die Wahrheit, erleichtere dein Gewissen. Du wolltest und willst mich umbringen, nicht wahr? Damit du frei bist und dich deiner Liebe zu Adalberto widmen kannst, in den du restlos verliebt bist! Nun, ich warte. Aber wisse, ich beabsichtige gar nicht, dir wirklich im Weg zu stehen, es könnte schon denkbar sein, daß ich es auf mich nähme, mich für dein Glück zu opfern. Fürchte also nichts; man will nur von dir, daß du jetzt ohne Verheimlichung oder Verstellung sagst, wie es mit dir aussieht ... Los, mach dir Mut! Sonst verliere ich schließlich doch die Geduld!»

Sie aber faßte sich mit einem Ausdruck von Verstörtheit an die Stirn ... wovon sich nicht einmal ein Kind hätte täuschen lassen; und zitterte weiter und fand anscheinend keine Worte für eine Erwiderung. Und da schrie ich sie natürlich an:

«Enrichetta, wenn man dir sagt, du sollst reden, dann hast du zu reden. Was fällt dir eigentlich ein!»

«Aber ich», stotterte sie schließlich, «aber ich wollte dich niemals umbringen und will dich auch nicht umbringen ...»

Das war aber jetzt zuviel, sich als Unschuldslamm aufzuspielen. Was hättet ihr denn an meiner Stelle getan?

«Also, du willst mich nicht umbringen?» rief ich außer mir. «Dann erklär mir doch mal, wie das ... Ding da hier hereinkommt ... das da!»

«Was?» hatte sie auch noch die Unverfrorenheit zu fragen.

«Die Labrena!» brüllte ich aus vollem Hals. «Dort an der Wand. Siehst du sie oder tust du so, als würdest du sie nicht sehen?»

«Ich ... O Gott ... Ich sehe nichts.» Und griff in die Schürzentasche und preßte sich ein paar Tränen ab.

Bei so viel Doppelzüngigkeit und ausgemachtem Starrsinn und krimineller Heimtücke verlor ich jede Beherrschung. Ich griff nach meinem biegsamen Rohr, schlug ihr die Beine blutig. Sie lief weg und ich ihr nach; aber sie stolperte, und schon war ich über ihr.

Ja, gewiß, wenn man sie mir nicht entrissen hätte . . . Heute bereue ich es unter Umständen; doch ich sag's noch einmal: wenn man mich in Wut bringt, ist es dann so verwunderlich, daß ich meine Beherrschung verliere? Das Rohr hat man mir jedenfalls aus dem Grund weggenommen.

Sogar mit dem Arzt habe ich mich streiten müssen. Sogar mit meiner guten Schwester, derselben, die mich dem Leben wiedergegeben hat, als ich auf dem Friedhof aus meinem Sarg stöhnte.

Es ist wie eine Verschwörung, ich sagte es schon.

Andererseits ist es auch nicht das; es ist . . .

Meine Genesung, die recht fortgeschritten schien, ist jetzt . . . Es gibt keinen Zweifel mehr, hier handelt es sich um einen gefährlichen Rückfall. Ich fange an, mir sonderbare, erschreckende Dinge vorzustellen, sie zu sehen . . .

Als ich heute früh aufwachte, glaubte ich sogar, nicht mehr zu Hause zu sein, sondern an einem grauenhaften, unbekannten Ort; ich hatte den Eindruck . . . ich zögere, es auszusprechen . . . der vom Fenster eingerahmte Himmel sei nicht frei und sauber, sondern wie angekreuzt und aufgeteilt von einem unheimlichen schwarzen Schatten . . . Gott! Ein Gitter?

Und warum fehlen in diesem Zimmer alle Einrichtungsgegenstände? Warum ist das Bett, aus dem ich eben gestiegen bin, nur eine Pritsche? Warum, warum nur erscheinen mir die blassen Wände . . . O Gott, bewahre mich vor dem Grauen . . . erscheinen sie mir wie *gepolstert*? Warum, warum, warum kann ich Arme und Hände nicht bewegen, als seien sie über Kreuz an meine Brust gebunden?

Durch das Guckloch in der Tür beobachtet mich ein hämisches Gesicht; oder ein mitleidiges, das ist einerlei. Ich schwöre, wäre es für mich erreichbar, dann würde es in alle Ewigkeit keinen mehr verlachen oder bemitleiden . . . Oder ist das gar Enrichettas Gesicht, die gekommen ist, um ihren neuen Triumph auszukosten? . . .

Und über allem, alles beherrschend und alles bewirkend, diese Labrena . . .

Schon wieder: wie ist sie in dieses Zimmer gekommen, in das niemand, nicht einmal meine Frau kommt? . . . Und wie sich vor ihr schützen, in meinem Zustand?

Sie blickt mich mit runden, hervorstehenden, glänzenden Augen an; spannt nur auf den Augenblick, sich mir entgegenstellen zu können, von Angesicht zu Angesicht . . . blickt mich mit runden, hervorstehenden, glänzenden Augen an; spannt nur auf den Augenblick, sich mir entgegenstellen zu können, von Angesicht zu Angesicht ... Sie weiß um ihren Blick, um ihre grenzenlose Macht ...

In ihr sind Leid und Schmerz der ganzen Welt vereint ...

O Gott, rette mich!

II

Beklemmende Erzählungen

Maria Giuseppa

Wenn ich bisweilen im Oberdorf (wie man bei uns sagt) spazierengehe und am Friedhofstor vorbeikomme, denke ich immer an Maria Giuseppa. Wer weiß, vielleicht ist Maria Giuseppa meinetwegen vor zwölf Jahren gestorben. Ach ja, Herrschaften, falls jemand von Ihnen mich kennt, wird er ganz sicher lachen: «Eine Frau wegen Giacomo gestorben? Was soll das denn heißen?» Weil dieser Jemand nicht umhinkönnen wird, sich an meine Gurkennase und meine, wie man sagt, idiotische Miene zu erinnern. In der Tat, ich muß wirklich ein Trottel sein; habe ich mich doch niemals für einen Trottel gehalten und eine Menge Leute sagen hören, ich wäre gewiß kein so großer Trottel gewesen, wenn ich mich für einen solchen gehalten hätte. Aber, Hand aufs Herz, verlohnt es sich eigentlich, darüber Worte zu verlieren?

Herrschaften, ich will Ihnen erzählen, wie Maria Giuseppa für mich gestorben ist. Denn, mag dem gewesen sein, wie ihm will, ich habe das

Bedürfnis, es jemandem zu erzählen und mich von dieser Art Gewissensbisse zu befreien, die mich überkamen, als ich sie beim Schein einer Öllampe in ihrem «Dunkelkammer» genannten fensterlosen Zimmer meines Hauses röcheln hörte. Draußen stand ein Haufen Leute; Schwestern, Tanten und ich weiß nicht mehr, wer noch. Oh, weshalb sollte ich eigentlich Gewissensbisse haben? Schließlich ist es keine Sünde, von den Reizen einer Frau besiegt zu werden . . . Aber urteilen Sie selbst.

Maria Giuseppa war eine Frau, die ich in dem großen, sonst mittlerweile menschenleeren Haus bei mir wohnen ließ, wenn ich einen Teil des Sommers dort verbrachte. Den Rest des Jahres blieb Maria Giuseppa allein, hackte den Gemüsegarten, verkaufte dieses Grünzeug und ließ mich bei meiner Rückkehr stets ein Sümmchen vorfinden, nun ja, wenig, aber es reichte, ihr einen kleinen Monatslohn und das Essen fürs ganze Jahr zu sichern. Meine Verwandten sagten alle, Maria Giuseppa sei blöde und unwissend und habe nichts im Kopf, und ich kann wirklich nicht darüber urteilen, ob das so gewesen ist oder nicht, jedenfalls steht fest, daß ich mich immer über Maria Giuseppa ärgerte, weil sie nur tun wollte, was ihr paßte, mir nicht gehorchte, usw.

Wissen Sie, ich sehnte mich so danach, in diesem Haus allein zu sein, aber warum ich mich danach sehnte, warum ich hinging oder was ich dort zu tun im Sinn hatte, das habe ich in Wahrheit nie begreifen können. Ich ging nur gegen Abend aus, zu irgendeinem Verwandten, doch den ganzen lieben langen Sommertag war ich allein. Oder, besser, nicht gerade allein, sondern mit Maria Giuseppa.

Ich habe einen sehr kurzen Schlaf, und darum sah ich oft, wenn ich in Hemdsärmeln und Pyjamahose die morgendliche Kühle im Hof genoß oder von oben die Katzen unten im Gemüsegarten mit Steinen bewarf, Maria Giuseppa aus der Kirche nach Hause kommen. Sie stand immer recht früh auf und besuchte die erste Messe in der Mutterkirche. Sie öffnete dann ängstlich das große Tor und blickte mich etwas verlegen und verschüchtert an, wußte sie doch, daß ich gleich nach dem Aufstehen meinen Kaffee will. Ich erwiderte ihren Gruß gar nicht und fuhr fort, die Katzen mit Steinen zu bewerfen und feuerte auch noch den Hund an, der dies Manöver kannte und unten den pfeilschnellen schwarzen Dingern nachjagte, zu denen erschrockene Katzen werden. Wie oft habe ich festgestellt, daß Hunde den Charakter ihres Herrn annehmen: es ist so leicht, eine Hundeseele zu formen, ohne es überhaupt zu wollen. Aus diesem Grund hatte mein Hund auch nicht jene forsche Art, die gewissen Hunden intelligenter Menschen zu eigen ist, und begegnete er einem seinesgleichen, konnte man sehen, wie er ihm mit großer Vorsicht aus dem Weg zu gehen trachtete oder sich allenfalls beschnüffeln ließ, und dies immer mit jenem unsteten, aber dummen Blick, der auch der meine ist, wenigstens dann, wenn ich mich im Spiegel betrachte. Doch wo sein Herr nicht feige war, nämlich zu Hause, mit den Katzen und mit Maria Giuseppa, schien auch er einen Löwenmut zu bekommen.

Aber wenn ich bisweilen üble Laune hatte, bedachte ich diese Frau mit einer Menge eigenartiger und auch unflätiger Worte, unter die stets ein arabischer Satz gemischt war (denn ich hatte als junger Mensch Arabisch gelernt; freilich habe ich nach zwölfjährigem Studium alle Bücher und Grammatiken weggeschmissen, und jetzt kann ich kein Arabisch). Maria Giuseppa schützte sich so gut sie konnte vor den Worten wie vor den Ohrfeigen, die ich ihr, oh, selten zwar, doch manchmal verabreichte; und ich sah sie den Hof überqueren und rasch die glühenden Scheite unter der Asche hervorholen, die sie da am Abend zuvor vergraben hatte, um mir den Kaffee zu machen. Wie häßlich diese Maria Giuseppa war! Eigentlich, wenn man sie so sah, ordentlich gekleidet und mit den Spitzen ihres geölten Haares, die aus dem Kopftuch hervorkamen, konnte sie einem auch wie viele andere Frauen des Dorfes erscheinen, ich aber wußte um ihre Häßlichkeit, weil ich mehr als einmal unerwartet in ihr Zimmer hinaufgekommen war, sie ohne Schürze und Kleid vorgefunden und so gemerkt hatte, daß sie ganz platt war, keine Hüften und keine Brust, dabei die typisch dicken Beine, wie sie die Bäuerinnen haben. Und die vielen Male, als ich ihr zum Spaß das Kopftuch wegriß, konnte sie mir fast leid tun mit ihrem ganz schmalen Köpfchen, ihrer knapp vier Finger breiten Stirn und den paar gefetteten Haarsträhnen. Maria Giuseppa besaß grobe Hände und grobe Füße, und ihre Schritte waren so laut, daß sie einen erschreckten. Aber schließlich hatte ich sie ja vom Land geholt; und an ihrem ersten Tag konnte sie nicht einmal ein Ei aufschlagen, und ich hatte ihr zeigen müssen, wie man ein Omelett macht, wollte ich nicht aufs Essen verzichten. Sie sagte, sie sei eine Bäuerin und habe da auf dem Land nur auf dem Feld und für Tagelohn gearbeitet und sich nie ums Essen gekümmert. Aber was kann Sie das schließlich interessieren? Jetzt habe ich den Faden verloren . . . Ach, ja. Ich sagte also, Herrschaften, daß ich verdammt nicht wußte, was ich eigentlich in diesem Haus wollte. In der Stadt ging's ja; wenn ich aufgestanden war, traf ich mich im Café mit gewissen Typen, die mich beschimpften, vielleicht sogar verachteten, aber dann doch eine Partie mit mir spielten. Kurz und gut, es war kein schlechtes Leben mit dem Batzen Rendite, die ich noch bekommen habe. Aber da . . .

Ich stand immer frühzeitig auf, fast im Morgengrauen, und spielte ausgiebig mit dem Hund, quälte ihn auch, wenn man so will, bis Maria

Giuseppa kam, und dann quälte ich sie. Aber Vorsicht mit dem Ausdruck ‹quälen›. Wie kann man denn all die Scherze, die ich mit ihr trieb und die ihr gar nicht weh taten, als Quälerei bezeichnen! Richtig, sie grämte sich sehr darüber und weinte fast den ganzen Tag; manchmal beschwerte sie sich auch und rief, die Madonna habe ihr wer weiß wegen welcher Sünde dieses Kreuz geschickt und sie wolle lieber gehen als noch länger leiden, usw. Was ich aber wirklich nicht vertragen konnte: vor allem, daß sie schrie, wenn sie schrie, und daß die Leute glauben könnten, ich würde ihr wer weiß was antun. Und zweitens, wenn ihr das nicht paßte, warum ging sie dann nicht? Wer zwang sie zu bleiben? Sie sagte ja, daß sie am Haus hing (und wirklich gab sie sich Mühe, alles gut zu machen, und stahl mir nie auch nur einen Soldo), aber natürlich war das nur Gerede. Wie kann man denn an einem Haus hängen, das nicht das eigene ist? Ich weiß nicht mal, wie man am eigenen hängen kann . . . Und dann, Herrschaften, worunter hatte sie eigentlich zu leiden? Sehen Sie: ich habe mich immer an die Regel gehalten, wie auch das alte Sprichwort sagt, daß man den Esel da einsetzen muß, wo's der Herr befiehlt. Und wenn ich ihr beispielsweise sagte, sie solle alle Stühle des Wohnzimmers auf den Tisch tun oder ihr zurief, wir sollten mit dem mit Lumpen ausgestopften Ball spielen, was hatte sie da für einen Grund, sich zu widersetzen und sich zu sträuben und zu behaupten, sie habe so viel zu tun, und sich auch noch zu beschweren? Wenn ich sie rief, dann hatte sie doch wohl zu tun, was ich verlangte. Ich bezahlte sie, und nun sagen Sie mir, Herrschaften, was eine Bezahlte zu tun hat, wenn nicht das, was ihr Herr will, und sonst nichts? Aber Maria Giuseppa begriff das nicht. Allerdings, um ehrlich zu sein, gelang es mir doch immer, sie tun zu lassen, was ich wollte: ich brauchte ihr nur einen tüchtigen Schrecken einzujagen, indem ich ihr einen Kraftausdruck ins Ohr brüllte oder nach einem Knotenstock griff, den ich mir eigens dazu angeschafft hatte. Ich schlug sie so gut wie nie, stupste sie aber manchmal mit der Spitze, jedenfalls brauchte Maria Giuseppa nur den Knüppel zu sehen, um wie ein Hund zu parieren. Im Zirkus habe ich Tiger gesehen, die alles tun, was der Dompteur von ihnen will, aber während der ganzen Darbietung die Zähne fletschen. So tat auch Maria Giuseppa, was ich ihr befahl, doch hörte ich sie finsteren Gesichts und mürrisch brummeln (während sie, sagen wir, den Ball in ihren vor der Brust angewinkelten Arm bekam oder auch dasaß, obwohl sie gehen und die Hühner füttern wollte), sie sei kein Tier und verdiene nicht, wie ein Hund behandelt zu werden und habe keine Zeit, mit mir die Zeit zu vertrödeln und Scherze zu treiben. Eine mürrische Maria Giuseppa war für mich eines der ärgerlichsten Dinge. In den Augenblicken schien sie ihr Bauerngemüt wieder zu überkommen, obwohl sie nun schon mehrere Jahre bei mir im Dorf wohnte, und so erwiderte sie mir mürrisch und mit finsterem Gesicht. Dann weinte sie auch mehr als sonst und wegen nichts und wieder nichts; man brauchte ihr, nehmen wir einmal an, nur zu sagen, sie solle einen für sie nicht gewohnten Weg gehen, um vielleicht dies oder jenes jemandem auszurichten, und schon fing sie zu weinen an. Und wenn sie weinte, redete sie auch meistens. Und wenn sie redete, gab es nichts, was sie davon hätte abhalten können, und besonders wenn sie bekümmert war, konnte man sie unter gar keinen Umständen davon abhalten. Sie hatte keine rauhe, aber eine etwas hohe Stimme, und mich (der ich nervös bin) irritierte ihr Jammern schrecklich. Also rannte ich auf sie zu und beschimpfte sie ganz erbärmlich, konnte sie aber nicht zum Schweigen bringen. Ich schlug sie, wo ich sie nur treffen konnte: Kopf, Brust, Gesicht; doch statt aufzuhören, verdoppelte sie ihren Eifer, und nach gewissen Spitzentönen, die mit dem aufsteigenden Schluchzen einhergingen, blieb sie dann in ein und derselben Stimmlage und redete, redete ununterbrochen. Ich hielt meinen Kopf mit beiden Händen, mußte schließlich fliehen und ließ sie tränenüberströmt auf dem Holzstuhl sitzen, an die Rückenstütze eines einfachen Holzstuhls gelehnt, und weiterreden. Tatsächlich sehe ich sie in meiner Erinnerung noch oft so sitzen. Vom anderen Zimmer her hörte ich sie alle Heiligen anrufen, hörte sie sagen, daß sie sich ertränken wolle, hörte sie klagen, daß sie lieber gehen wolle, als ihr ganzes Leben in solcher Demütigung zu verbringen. Doch sie ging nie. Aber es stimmt, daß sie häufig fortging und sich bei irgendeinem meiner Verwandten beschwerte; sie kam jedoch allemal gegen Abend wieder zurück und war wieder ganz geduldig. Herrschaften, dieses ihr Gerede! Wie oft habe ich versucht, so einen Redefluß zu unterbrechen oder sie eine Sache nicht auf ihre, sondern auf eine andere Weise, wie soll ich sagen, mit einer anderen Methode erzählen zu lassen. Vergebliche Liebesmüh: wurde sie unterbrochen, begann sie in derselben Reihenfolge wieder von vorn, jedenfalls war sie nicht imstande, an einer bestimmten Stelle ihre Rede abzubrechen und zu gehen. Ich fühlte das Wortgewimmel unter meinen Händen, die es doch unterbinden wollten, und das brachte mich sehr auf. Deshalb warf ich ihr mal einen Teller an den Kopf, der Herr möge mir verzeihen, sodann streichelte ich sie eine lange Zeit, die Maria Giuseppa. Bin ich doch bekanntermaßen ein Feigling. Wer weiß, was sie im Dorf berichtet hätte, wenn sie gegangen wäre, das zu erzählen: Don Giacomo ist in der Kaserne gewesen, die Carabinieri haben ihn abgeführt! . . .

Es stimmt, daß mir vieles bei Maria Giuseppa auf die Nerven ging, doch fühlte ich mich auch, wie soll ich sagen, von ihr angezogen, drinnen in der Küche, ich weiß nicht, wie. Im Haus gibt es viele Bücher, die noch von meinem Vater stammen; deshalb dachte ich, daß ich mich manchmal zum Lesen hinsetzen könne. Ich hatte da gewisse Bouquinistenexemplare von Dumas oder Sue entdeckt, aber das interessierte mich auch nicht. Im Grunde hat mich überhaupt nie etwas interessiert. Und wer versteht schon alles, was d'Artagnon und Aramis sagen und machen? Sicher bin ich ein Idiot, doch glaubte ich stets, das Leben sei anders, kleiner, grauer ... Aber, Herrschaften, ich verliere doch tatsächlich immer den Faden. Ich sagte eben, daß mich an diesen Büchern nichts interessierte; beziehungsweise, wenn ich mich auch für einen Augenblick von ihnen gefangennehmen ließ, so spürte ich dann plötzlich in meinem Innern eine Macht, eine Nervenanspannung, die mir da auf dem Wohnzimmersofa, wo ich's mir bequem gemacht hatte, keine Ruhe ließ. Aber was habe ich schließlich davon, wenn ich Ihnen das erzähle? Tatsache ist jedenfalls, daß ich dann im Hof herumlief, lachend die steinerne Kugel warf, die auf dem Absatz der alten Treppe lag, mit ihr viele Löcher in den Boden schlug, mich auch im Staub wälzte, zusammen mit dem Hund, der vor Freude kläffte, und daß ich am Ende doch immer in der Küche landete. Weiß einer, warum! Vielleicht die Einsamkeit, aber fand ich dann Maria Giuseppa vor den Ofenlöchern, wie sie, ganz Aufmerksamkeit, das Fleisch spickte und die präzisen

Quentchen Knoblauch und Petersilie nahm, warf ich ihr fast jedesmal alles auf den Boden. Gleich rannten die Katzen herbei, um sich das Fleisch zu ergattern, und ich lachte glücklich. Maria Giuseppa weinte natürlich, doch dieses Mal stumm, und deshalb hatte ich meinen Spaß daran. Ich weiß nicht, wie ich das sagen soll, Herrschaften, und außerdem ist's unnötig, daß ich es sage, aber ich glaubte, es zu brauchen, daß sie sich bewegte, daß ich sie aus ihrem Kanal holte. Wie kann man das nur sagen? Ich hatte den Eindruck, sie mit allen ihren Energien in einem Kanal stecken zu sehen. Ist es denn nicht wunderschön, gewisse Halbrohre, die das Wasser in die Gärten leiten, kaputtzumachen und zuzuschauen, wie das arme Wasser hierhin und dorthin rinnt und von der Erde aufgesogen wird und nicht mehr geradeaus durch ein Halbrohr fließen kann? Wirklich, Herrschaften, da muß ich schon lachen, wenn ich nur daran denke.

Was es auch gab, ich ließ mir immer alles mögliche einfallen, um sie zu reizen und zu schlagen und zum Weinen zu bringen. Das heißt, zum Weinen wollte ich sie nicht bringen, aber am Ende weinte sie doch, nachdem sie sich sehr gesträubt und mich sehr gebeten hatte, sie in Ruhe zu lassen. Manchmal schlug ich sie heftig mit einer Gerte auf die Hüften, andere Male riß ich ihr das Tuch vom Kopf und schleuderte es in die Luft. Ich hatte mein Vergnügen daran, wenn sie mir hinterherlief und versuchte, es im Flug zu erwischen. Ich kann nicht sagen, was für ein Spaß das war, sie mit dem überaus schmalen Kopf und dem ölglatten Haar zu sehen, wie sie sich vergeblich auf die Zehenspitzen stellte und nichts zustande brachte, weil sie klein war, die Maria Giuseppa, reichte sie mir doch nicht einmal bis an die Schultern! Ein sonderbarer Spaß; manchmal tat sie mir auch leid, und dann gab ich ihr das Tuch und zog mich in irgendein Zimmer zurück.

Diese Tage waren lang und kurz, ich weiß nicht, wie. Manchmal verbrachte ich zwei, drei Stunden damit, gewisse Weisen zu singen, immer dieselben und ohne jemals zu wechseln, wie das manchmal die kleinen Kinder tun, doch muß ich Ihnen sagen, in welcher Stellung: ich ließ mich auf dem Stuhl nach unten rutschen, bis nur noch die Schultern daran lehnten und bog dann die Beine auf eine Weise, daß der Körper so etwas wie eine Brücke zwischen Knien und Schultern bildete; der hochgereckte Hals tat mir fast immer weh, weil ich doch geradeaus blicken mußte, und solcherart verbrachte ich ganze Vor- oder Nachmittage. Überhaupt hatte ich den Eindruck, daß ich nie wußte, was ich machen sollte. Vielleicht war es diese Art Langeweile, die mich solches tun ließ. Aber Langeweile ist auch nicht das richtige Wort. Schließlich bereitete es mir einen Heidenspaß, einen alten Säbel zu ergreifen und damit vor einem großen Fenster mit Holzläden auf einer Art gedeckter Terrasse, die es in meinem Haus gibt, zu fechten. Der Hund rannte laut bellend hin und her . . . aber ich hatte bald genug davon. Dann lief ich fort und holte eine Menge Münzen in allen möglichen Größen und spielte mit ihnen mitten im Wohnzimmer. Ich redete für mich allein: dachte mir neue Spiele aus und gab ihnen Namen, Regeln und Bezeichnungen. So rief ich zum Beispiel, und ich mache mir gar nichts daraus, Herrschaften, das zu erzählen: «Zara, rechts, los, du bist dran!», und warf einen Soldo, stellte dessen genaue Lage fest und sagte etwa, doch stets ganz laut: «Geldsack, links; schmeiß jetzt das hübsche Doppelstückchen.» Und noch viele andere Bezeichnungen von Würfen und eingebildeten oder erfundenen Kombinationen. Der Hund machte dabei zwar eine komische Miene, als sei er erschrocken, doch wer scherte sich schon um ihn! Ich verjagte ihn mit Fußtritten, und so blieb ich allein: aber bald hatte ich auch von der Sache genug und nahm mir irgendwelche Flaschen und warf sie dem Hund zwischen die Beine, damit ich ihn springen sah . . . und war es nach fünf Minuten leid. Vielleicht, Herrschaften, mußte ich einfach in der Küche landen, bei Maria Giuseppa. Und zu den Bocce, Herrschaften, wenn Sie's nicht schon satt sind, kann ich Ihnen noch ein hübsches Spiel sagen, das ich vor dem Eingang spielte. Ich habe da eine Schräge vom Haupteingang hinunter zum Hof; grob gepflastert, mit vielen Kopfsteinen, die aus dem Boden herausschauen. Ich rannte bis zum Hof hinunter und schleuderte fünf oder sechs Bocce zur Eingangstür hinauf. Die rollten rauf und kamen dann rasch wieder zurück; und ich durfte keine durchlassen, mußte sie alle aufhalten, und wenn irgendeine zufällig an einer Unebenheit hängenblieb, mußte ich sie mit einer anderen Boccia zurückjagen, mit einer von denen, die schon unten waren. Das war ein Zeitvertreib, bei dem ich es ein wenig länger aushielt. Richtig, im Hof schien die Sonne, und es war eine Sommersonne. Doch ich setzte den Hut auf und machte weiter ... hielt es aber höchstens drei Stunden aus. Und dann? Dann stürzte ich mit Geschrei in die Küche und, sagen wir mal, packte Maria Giuseppa an der Schulter, legte den Arm um sie und schrie: «Alle Teufel, Säue, Liebe, Liebe!» und sprach die Silben im Rhythmus meines erregten Herzschlags. Wahrhaftig, Herrschaften, auf den Satz bin ich stolz. Das ist so ein Satz, wie ihn die Schriftsteller gebrauchen: ich habe so gut wie nichts gelesen, in meinem ganzen Leben nur Arabisch gelernt, aber am Ende doch einen Satz wie den hier gefunden. Um wieder mein Thema aufzugreifen, so bin ich der Maria Giuseppa nicht immer übel gekommen, sage ich. Doch meine Art und Weise war eigentlich immer die gleiche, ob ich sie streicheln oder zum Spaß schlagen wollte. Und war ich auch zufälligerweise mal ruhig, dann erregten wir beide uns am Ende doch. Ich bin ja nicht religiös, denn ich meine ... aber meine Meinung werde ich Ihnen ein anderes Mal sagen; jedenfalls, entweder fluchte ich oder sagte Ketzerisches, und das mochte sie gar nicht und versuchte, mich zu bekehren. Maria Giuseppa sprach überhaupt nur Dialekt, hundertprozentigen, und verstand ganz wenige Worte Italienisch: darunter diejenigen, die der Erzpriester in der Kirche sagte. Und die berichtete sie mir, doch hören Sie, wie: wenn sie etwa sprach «Man soll den Weinberg des Herrn bestellen», verstärkte und trennte sie bestimmte Konsonanten auf eine recht komische Art. Das *n* von *man* kam ganz dick. Solche Gespräche gab es fast immer, wenn ich beim Essen war, und wie oft hielt ich ihr eine Predigt, erzählte ihr das Leiden Christi oder irgendein Heiligenleben, und bemerkte ich dann, daß sie mich voller Ekstase ansah und sich von den Angelegenheiten Unseres Herrn rühren ließ, hob ich plötzlich mein Glas und rief: «Prost Beelzebub!» und leerte es oder stieß sonst irgendeinen Fluch aus. Ich hatte viel Spaß, wenn sie plötzlich ein anderes Gesicht bekam. Aber, Herrschaften, was soll ich sagen, ich bin schließlich kein Unmensch; wenn ich sie richtig leiden sah, suchte ich sie auf jede Weise zu trösten. Als ich ihr den Teller an den Kopf geworfen hatte, habe ich oben gesagt, sei es nur aus Feigheit gewesen, daß ich sie streichelte; aber das ist nicht wahr. Wenn sie litt, tat sie mir wahrhaftig leid. Und es fiel mir nicht schwer, sie zu trösten, wechselte sie doch ganz leicht vom Weinen zum Lachen und umgekehrt: man brauchte sie nur mit einem Wortspiel zum Lachen zu bringen, und sei's mit einem deftigen, wie ich das kann.

Oft ließ ich sie aber auch mir gegenüber an dem kleinen Tisch Platz nehmen und befahl ihr zu erzählen, während ich aß. Was, das wußte ich nicht; doch wurde ich schrecklich unruhig, wenn sie kein Wort sagte. Was oft der Fall war, besonders dann, nachdem Maria Giuseppa gemerkt hatte, daß alles, was sie überhaupt sagte, nicht nach meinem Geschmack war. Manchmal aber, wenn ich sie reden ließ, erzählte sie mir eine Menge, über die Bäckerin, und wer gestorben war, und berichtete des langen und breiten von den Geschäftsleuten und wie sie es angestellt hatte, sagen wir, ein halbes Kilo Maccheroni oder ein Kilo Reis zu kaufen. Mir wurde klar, daß alle sie für blöd hielten und um den Preis betrogen, und ich sagte es ihr auch. Da weinte sie und rief, sie habe mir nie etwas gestohlen und arbeite den ganzen Tag für mich; und ging in die Küche und weinte, so leise sie nur konnte. Am Anfang war mir das ärgerlich, aber dann ging ich hinüber, rüttelte sie und sagte vielleicht: «Laß das Flennen, bei der heiligen Marina und beim heiligen Rocco!» und brachte sie so zum Lachen.

Für alles, was sie tun mußte, hatte sie offenbar einen vorgefaßten Plan. Wehe, man störte die

Reihenfolge ihrer Verrichtungen oder vertauschte die eine mit der anderen! Dann blieb die Maria Giuseppa stehen, wo sie war, breitbeinig und mit gesenktem Kopf wie ein Bock, und rührte sich nicht von der Stelle. Oder rührte sich nur nach Stockhieben. Vielleicht machte es mir auch deshalb besonderen Spaß, sie immer das Gegenteil von dem tun zu lassen, was sie gerade tun wollte. Sie hatte eine Vorliebe für Blumen und ging oft in den Garten, und vom Fenster aus sah ich, wie sie goß und goß und oft auch gewisse Blumen streichelte. Dann bekam ich eine richtige Wut, ich weiß nicht warum, und rief sie ins Haus zurück; nicht daß ich irgend etwas gebraucht hätte, sondern nur weil ich mit Freude sah, wie sie mit düsterer Miene heraufkam, und weil ich mit Freude hörte, wie sie sich beklagte, wenn ich ihr etwa befahl, sich auf einen Stuhl zu setzen und so Zeit zu verlieren.

Maria Giuseppa brachte es nicht fertig, mit den Händen im Schoß dazusitzen; sie protestierte und sagte, sie habe im Haus zu tun. Und dies irritierte mich sehr, wie ich bereits erwähnte. Sie blieb nie ruhig; doch obwohl sie dauernd umherlief und wie ein Sturmwind mit ihren schweren Schritten an einem vorbeikam, stand sie dann abends da und hatte so gut wie nichts erledigt. Ich schrie es ihr zu, aber sie kapierte nicht. Es reichte ihr, wenn sie arbeitete: ob das etwas *erbrachte* oder nicht, schien nicht ihre Angelegenheit zu sein. Im Dorf, ich sagte es schon, hielten alle sie für blöd. Nun darf man aber nicht glauben, daß mein Dorf eines der üblichen ist, Bauern oder Bewohner, die nur kleinlichen Klatsch kennen; es ist sogar entwickelt, wie man sagt, und der Horizont der Leute ist jetzt vom Fortschritt erweitert. Das Milieu hatte also herzlich wenig mit Maria Giuseppas Dummheit zu tun. Sie war dumm, weil sie es eben von Natur aus war. Vielleicht wohnte sie deswegen bei mir. Ich kann es mir nämlich nicht erklären, Herrschaften, daß eine Frau, die bei mir wohnt, sich dauernd mißhandeln läßt und einfach nicht wegläuft. Komisch an der Sache ist nur, daß Maria Giuseppa nicht unterwürfig war. Ganz im Gegenteil, sie war sehr eigensinnig, aber ich glaube, das habe ich schon gesagt. Wenn Sie wüßten, wie oft ich mich über sie aufregte und sie schlug, aber sie hat trotzdem nie ohne Salz gekocht, wie ich es haben wollte. Wer weiß, warum ich es wollte; vielleicht nur, um sie *auf die Probe zu stellen*, sie zu reizen, wer weiß das schon? Aber gelungen ist es mir nie. Sie wollte immer nur palavern und palavern und tat nichts, wenn sie nicht vorher von der Nützlichkeit ihres Tuns überzeugt war.

Aber wirklich, Herrschaften, wenn Sie jetzt noch nicht begriffen haben, wer Maria Giuseppa war, um so schlimmer für Sie. Ich wollte Ihnen doch nur erzählen, wie sie für mich gestorben ist und habe wie üblich den Faden verloren. Also, eines Tages gab es ein Fest im Dorf. Maria Giuseppa war in der Frühmesse gewesen und hatte sich nach ihrer Rückkehr nicht einmal umgezogen. Sie trug wie immer die Bauerntracht, aber diesmal ein ganz ganz glänzendes gepunktetes Kleid, das wie Seide aussah, und dann eine ebenso glänzende gelbe Schürze. Am Kopf trug sie ein hellblaues Tuch mit Goldverzierungen, die ihr sehr gut standen. An dem Tag gab es, wie immer an Festtagen, einen nicht enden wollenden Andrang von Pächtern in meinem Hof. Wie immer vor den Leuten gab ich mich ernst und tat so, als interessierte ich mich für das, was sie mir vom Land erzählten, aber eigentlich sah ich nur auf Maria Giuseppa, der man die Mitbringsel übergab: zwei Ricottakäse, zehn Eier, frische Feigen. Wie soll ich Ihnen das sagen? Mir war, als sähe ich sie zum erstenmal; sie sah fröhlich und frisch aus; begreife es, wer will, aber mir erschien sie schön, ganz so, als habe sie das Fest eingeatmet. Dann gingen sie alle wieder, und man hörte die Musik der Prozession, die durch die Gasse zog. Ich hatte mir vorgenommen, nicht hinauszuschauen; so wanderte ich einige Minuten durch das Haus und wußte nicht recht, was ich tun sollte. Schließlich schaute ich doch hinaus. Die Heilige, eine kleine Heilige in Nonnenkleidung und mit einem wächsernen Gesichtchen und einem winzigen wächsernen Kindchen zu ihren Füßen, war schon unter meinem Fenster angekommen. Ich hätte sie beinahe mit der Hand greifen können. Ich weiß nicht, wer sie war; sicher hatte man's mir gesagt, aber ich hatte es vergessen. Vielleicht die heilige Marina, diejenige, die sich hatte die Schuld aufhalsen lassen, jene Nonne geschwängert zu haben ... aber was rede ich überhaupt davon. Als ich auf die Brüder sah, die ein Kreuz mit einem weißen Tuch trugen und vorausschritten, bemerkte ich Maria Giuseppa drüben an einem Fenster fast am Hausende, und es schien, als stütze sie ihre Arme auf etwas Rosafarbenes. Die Prozession zog weiter, aber ich sah ihr nicht mehr nach. Ich fühlte, wie die Hitze der singenden Menge, knapp zwei Meter unter meinem Kinn, zu mir aufstieg, doch ich schaute auf Maria Giuseppa. Was für ein komisches Gefühl ich empfand! Die wenigen Frauen, zum Teufel mit ihnen!, die mir in meinem Leben untergekommen sind (Herrschaften, was halten Sie von dieser Doppelsinnigkeit?), habe ich immer so behandelt, wie sie es verdienten: hat mich vielleicht schon jemand um eine Frau schleichen sehen? Aber da war es etwas anderes. Doch was schert's mich überhaupt, Ihnen das Warum und das Wie zu erklären! Maria Giuseppa streute jetzt Oleanderblätter und Rosenblütenblätter, die sie bestimmt aus meinem Garten hatte, der Heiligen, die unten vorbeikam, auf den Kopf. Wer weiß, wie sehr ich mich sonst bei diesem Anblick aufgeregt hätte, war ich doch nicht einmal um Erlaubnis gefragt worden, ob sie die Blüten pflücken dürfe; aber diesmal regte ich mich gar nicht auf. Ich stellte mir nur kurz vor, was ich sonst gemacht hätte: ich hätte mich von hinten an sie herangeschlichen und sie aus Rache an den Beinen gepackt und plötzlich nach hinten gezogen. Ein rechter Spaß wäre das gewesen, ja! Aber diesmal tat ich gar nichts. Ich sah sie in einem fort an, und als sie zurücktrat und die Holztreppe hinunterlief (vielleicht hatte sie drunten das Fleisch am Feuer), ging auch ich hinab. Ich wollte sie ja nicht ärgern, diesmal, aber sprechen wollte ich sie hören und ihr ins Gesicht sehen. So sagte ich ihr, sie solle mir die Geschichte dieser Heiligen erzählen, die vorbeigekommen war, und während sie erzählte, sah ich sie an, sah ich sie fest an. Wahrhaftig, Herrschaften, mir ist es Jacke wie Hose, wenn's Ihnen nicht eingeht, was passiert ist. Warum, kann ich mit Sicherheit nicht sagen, auch wenn ich es wollte: jedenfalls packte ich auf einmal Maria Giuseppas Kopf und küßte sie lange und wild auf den Mund. Wer weiß, ob sie schrie, was denn! Sie entwand sich mir, aber jetzt hielt ich sie mit der einen Hand fest, riß ihr mit der anderen das Schürzchen ab und hob ihr schweres Kleid. Wie's geendet hat, wer weiß das. Ich erinnere mich an gar nichts mehr, und auf Ihre verächtlichen Blicke pfeif ich, meine Herrschaften. Ich erinnere mich nur ganz undeutlich danach – will sagen, nach dem Augenblick – an die Maria Giuseppa auf dem Boden. Sie widerte mich an, sie brachte mich fast zum Lachen, diese erschlaffte schwarze Brustwarze zwischen einem Hemdfetzen und der eisernen Kette des *guten Kleids*. Aber ich ging gleich weg und weiß nichts mehr von dem, was ich nachher getan habe.

Also, Herrschaften, jetzt wäre ich fast schon am Ende. Ja, schauen Sie mich doch an, wie Sie wollen, was schert's mich! Maria Giuseppa wurde krank, ich hab's Ihnen schon gesagt, und ist dann gestorben. Ist sie dann gar für mich gestorben? Und wenn sie für mich gestorben ist, muß ich dann vielleicht Reue darüber empfinden? Wenn sie mir einen Augenblick lang gefallen hat oder wenn ich sie, also bitte, geküßt habe, soll ich dann schuldig sein? Am Ende habe ich ihr doch nichts Böses getan.

Geben Sie mir ein kleines Glas Wasser, Herrschaften, wirklich nur ein ganz kleines. Und Sie, Sie Christenmensch, was machen Sie denn für ein Gesicht? Wissen Sie, daß ich es fertigbringe, Ihnen das Wasser ins Gesicht zu kippen? Haha, das ist nur ein Scherz gewesen, oder soll ich's wirklich tun?

Dergestalt, nur um zum Ende zu kommen, bin ich jetzt allein im Haus, jetzt wirklich ganz allein. Eine Frau kommt in aller Eile auf eine halbe Stunde, erledigt ein paar Dinge und rennt wieder weg, das Biest, wer weiß schon warum. Mir ist das scheißegal. Jeden Abend gehe ich spazieren, und manchmal komme ich bis an den Friedhof, wie ich

Ihnen schon gesagt habe. Vierunddreißig Jahre bin ich alt. Ich bin am Ende. Herrschaften, gute Nacht.

Der Tod des Königs von Frankreich*

I

Clown admirable en vérité!
(Banville)

«. . . Auf geht's! In fünf Stunden, wenn der Morgen graut, entscheidet sich unser Schicksal, Jungs! Wer Angst hat, wem das Herz in die Hose gerutscht ist, kann morgen nach dem Umtrunk auch gleich in der Kombüse bleiben. Aber solche Kerle gibt's hier wohl nicht, oder? (sieht jedem fest und durchdringend in die Augen). Natürlich, man geht los und weiß nicht, ob man zurückkommt, aber das macht ja das Leben so schön! Und wenn ihr mir wirklich vertraut . . . Ich hab euch gar nichts beigebracht, und es ist auch nicht wahr, daß ich euch in irgend etwas überlegen bin,

* Der wahre Originaltitel dieser Komposition lautet *oo* (*ursprünglich*). Doch eine Zeitschrift wie *Caratteri* braucht runde und ausführliche Titel: nur dieser Grund hat uns zu obiger Änderung veranlaßt («aber das ist ja wie der Tod des Königs von Frankreich! . . .» pflegt man bei einer langen und langweiligen Musik zu sagen). Anm. d. Hg. von *Caratteri*

wie ihr oft sagt, aber ... (sucht nach einem passenden Ausdruck), aber wir haben schon tausend glorreiche Aktionen gemeinsam bestanden, und deshalb wird es nicht unser Schicksal sein (die Ausdrucksweise wird von den Anwesenden mit Beifall aufgenommen), daß diese Wilden aus unseren Schienbeinknochen Tranchiergabeln machen. Geht jetzt schlafen und träumt von euern Weibern. Du (auf eine Reaktion des Angesprochenen hin:), du hast doch Wache, also weck mich um vier Uhr, meinetwegen auch mit einem Kübel Wasser, wenn's nötig ist. Verstanden? (legt zum Gruß nachlässig zwei Finger an die Stirn) Du, du und du, ihr bleibt bei mir, es gibt noch was zu besprechen. (zu allen:) Noch einen Augenblick, die Befehlsausgabe für morgen. (Herrischer Blick im Halbrund: rasche Gesten, die einmal diesen und einmal jenen, also die Anführer heranwinken. Gemurmel, feste Blicke, starke und entschiedene Bewegungen gegenüber jedem. Offensichtlich die Anweisungen für Positionen, die unter allen Umständen verteidigt werden müssen, und das Durchspielen jeder Eventualität. Die Hände weisen bisweilen auf einen Berg oder auf eine Stellung, ohne von einer Kopfbewegung oder von Blicken begleitet zu werden. Abschließend zu jedem eine Bewegung mit dem Kinn, wie um zu sagen: geh an deinen Platz zurück; und fast gleichzeitig eine neue befehlerische Geste mit der Rechten.) (zu einem Chinesen, auf chinesisch:) Verstanden? Dort kommt mir keiner durch! (zu einem Italiener, in irgendeinem süditalienischen Dialekt:) Nicht das geringste Geräusch, stell dir vor, du schleichst zu Peppes Frau in dessen Haus (verschmitztes Lächeln); und laß dir ja nicht einfallen zu rauchen . . . (zu einem Deutschen, auf deutsch:) Morgen früh wird kein Bier gesoffen! . . . (Gruß nach allen Seiten. Die Leute sind jetzt weg. Zu den zwei oder drei Anführern, in einem süditalienischen Dialekt, wie nach einer harten Arbeit:) Hoffentlich geht alles gut! Gar nicht so einfach, aber . . . mit denen muß man so reden (etwas müde:) Ich seh jedenfalls schwarz für morgen: das ist die Wahrheit. Ja, was ich noch sagen wollte . . . (man klopft! Leute. Laut, doch wieder ganz Autorität, herrisch:) Was ist hier los, was gibt's? (noch im Dialekt. Dann:) Was, du Knabe willst zu uns? (Handbewegung, damit die Leute das Achterdeck räumen. Zieht mit sicherer Geste seinen großen Revolver, läßt ihn durch die Luft wirbeln, bekommt ihn schußbereit in die Hand). Sieh mal (wirft mit der Linken ein großes Geldstück in die Luft. Schuß. Das getroffene Geldstück schlägt an die Wand, sodann dumpf auf die Planken). Jetzt wollen wir dich sehen. Du Knabe hast doch eine Mutter? (nimmt den Revolver beim Lauf und überreicht ihn dem Jungen) Mach jetzt was! (der Junge springt zur Seite. Plötzlicher Schuß: die Pfeife, die unser Mann zwischen den Zähnen hat, wird ihm zerfetzt; er faßt sich verblüfft an den Kiefer). Verdammt gut! Du kannst zu uns kommen. (alle ab. Stummer Gruß. Mißbilligend, doch interessiert hört er auf etwas, das ihm sein Kumpan zur Rechten sagt. Zieht die Augenbrauen hoch und neigt den Kopf zur Seite, als wollte er sagen: wer mag's wissen; vielleicht, aber, ja, beinahe . . . Gibt sich gedankenverloren. Lädt wieder mit brüsker Geste den Revolver und steckt ihn an seinen Gürtel zurück. Wiederum im Dialekt:) Madonna, ich bin hundemüde (vage Geste, steht auf) . . .»

Wer dies sprach, war ein alter ruhmreicher Hochseekapitän. Vorbehaltlich eventueller Ungenauigkeiten, da es nicht ganz sicher ist, ob er Smith oder Dupont oder Rossi oder Müller oder Gonzalez oder Iwanow hieß; und so werden wir ihn Jenen nennen. Nur, um gleich Klarheit zu schaffen, es handelte sich keineswegs darum, daß er seine Mannschaft für eine Aktion auf den Sunda-Inseln gegen irgendeinen bösen Eingeborenenstamm, von dem, sagen wir, irgendwelche leichtsinnigen Kumpane gefangengenommen worden wären, angefeuert und eingeteilt hätte: oben wiedergegebene Worte hatte Jener nur in der angenehmen und vertrauten Abgeschiedenheit des Abtritts im Verlaufe seiner täglichen anstrengenden Erleichterung gesprochen.

An dieser dem Innenleben des Menschen heiligen und geistig anregenden Örtlichkeit haben einige ihre Meisterwerke geschrieben, andere mit der Sublimierung uralter Gefühle die Bitternis einer enttäuschten Liebe verdaut; alle aber krümmen sie sich in Erinnerung und Meditation und mühen sich ohne Unterlaß, den tieferen Inhalt der Dinge und ihrer eigenen Seele zu begreifen. So überließ sich auch Jener der Erinnerung und erlebte noch einmal sein heldenhaftes, sagenhaftes, abenteuerliches und ungebundenes Leben. Mein Gott, wir wollen uns auch hier nicht mißverstehen, denn es war ja nicht so, daß er nicht ein bißchen übertrieben hätte. Präsentierte sich doch da drinnen aus seinen Worten und Taten das Bild eines ungewöhnlichen Jenes, der nicht nur vielsprachig und allen Anstrengungen, Listen und Sturmwogen gewachsen, nicht nur Meister jeder Lage war und den Schlüssel zu jeder Situation besaß (zu seinen Besonderheiten gehörte es, selbst das unvermutetste, aussichtsloseste Abenteuer dadurch zu bestehen, daß er psychologische Urtriebe oder physikalische Urgesetze mit einer Geschicklichkeit zu benutzen wußte, die jedes Maß überstieg), sondern auch die verborgensten Verhaltensweisen von wilden Tieren und Menschen sowie die undurchdringlichsten Eigenschaften der vegetativen und mineralischen Welt aller Breitengrade kannte, stets lächelte und sich ein wenig wissenschaftlich gab wie jeder Tropenjäger, den man respektiert. Gab es kein Feuer, machte er es durch geheimnisvolles Reiben, gab es kein Wasser, holte er ein «frisches und aromatisches» Getränk aus einem Gummibaum, usw. usf. Setzen wir einmal den Fall, er wäre an einen Marterpfahl gefesselt, vor seinen Füßen eine Mine, und es gehe darum, die bereits brennende Zündschnur zu löschen. Nun, wäre jeder andere nur durch ein Wunder oder durch eine äußerst komplizierte Entfesselungsmanipulation gerade noch eine Fünftelsekunde, bevor die Flamme das Pulver entzündet hätte, mit heiler Haut davongekommen, so meisterte er die Gefahr mit einem unbeschreiblich präzisen Spucken, berechnet nach der Windrichtung und dem spezifischen Gewicht des Ptyalins. Stets bewundernswert sicher und ruhig, «ausgestattet mit einer einmaligen Kaltblütigkeit und stählernen Nerven», unfehlbar im Gebrauch von Waffen aller Art, bedacht mit außergewöhnlich scharfen Sinnesorganen und einem Wahrnehmungsvermögen, das mit der Größe der Gefahr Schritt hielt, sowie mit einer ungeheueren körperlichen Widerstandskraft, war er zu jeder Anstrengung und jeder List imstande, konnte jede Verwundung und jeden Schmerz ertragen, ohne mit der Wimper zu zucken, war stets unverletzbar bei Nachstellungen, Gefahren und Hinterhalten, für Kugeln und vergiftete Pfeile und hatte um sich eine auserwählte Schar von Abenteurern mit berühmten Namen. Acrocerauni und De La Tour d'Auvergne (den er nur Tour d'Auvergne nannte) seine wertvollen Gehilfen; er zeigte sich nicht nur – wohlgemerkt – körperlich als ein vollkommener Mann der Tat, sondern auch, Gott möge ihm verzeihen, voll der Kenntnis auf vielen Gebieten der Wissenschaft, sei es Sprachwissenschaft oder Geschichte, sowie bewandert in Jurisprudenz und – zwangsläufig – auch in Mathematik und war selbst dem literarischen Disput nicht abhold, obwohl er eigentlich solches als weibisch und armselig ansah. Von der Höhe seines Thrones im stillen Örtchen hatte er zum Beispiel eine aus den hervorragendsten Sprachwissenschaftlern der Welt bestehende Kommission verblüfft und hielt Vorlesungen über die alten chinesischen Dynastien und empfing die verschiedensten Bittsteller, die über Herzens- wie Pandektenfragen Auskunft heischten.

Das heißt, er übertrieb. Zum Beispiel wußte er etwa in seinem Innersten sehr wohl, daß er kein Chinesisch konnte; und doch sahen wir in der obenerwähnten Ansprache, wie er sich auf chinesisch an einen Matrosen wandte. Heuchelei und Mystifikation besitzen eben bei allen Menschen der Tat ihren Stellenwert.

Im allgemeinen kann gesagt werden, daß dieser Vergrößerungs- und Abrundungsprozeß im Bereich der Erinnerung parallel mit einem anderen Prozeß (inneres Bewußtsein, Schamgefühl?) vonstatten ging, den der Schreibende in ganz und gar provisorischer Weise als phonische Depotenzierung bezeichnen möchte. Denn im Verlauf der Jahre hatten die Ansprachen, Vorlesungen und

Szenen verschiedenster Art, anfangs noch mit lauter Stimme und überaus plastischen Gesten wiedergegeben, nach und nach an Intensität eingebüßt, waren nur gemurmelt und angedeutet worden und hatten sich am Ende noch ein wenig tiefer in das Innere unseres Jenes zurückgezogen. So daß man eigentlich nicht sagen könnte, ob die Worte jetzt gemurmelt oder nur eingebildet und die Gesten lediglich beabsichtigte Gesten waren. Schienen doch Mimik und Stimme sich unter den Deckmantel seiner Haut zurückgezogen zu haben.

Um dies peinliche Thema des Abtritts zu beenden, möchte der Schreibende freilich noch zu bedenken geben, daß jeder Mensch von Gefühl sich natürlich in seinem Innersten danach sehnt, dort, wie auch an jedem anderen ruhigen und behaglichen Ort, wo wir noch mehr wir selbst sind, solange wie nur möglich verweilen zu können (doch hier mit realer Notwendigkeit: sind doch die Gründe solch großen Behagens allesamt körperliche, weswegen der Schreibende sich davon entbindet, sie anzudeuten. Barbarisch jedoch diejenigen, die ein Minimum an Zeit für die Befriedigung dieses «ordinären» Bedürfnisses verwenden wollen. Die chronisch Hartleibigen sind bedauernswerte Menschen, die jede Frische und Unschuld verloren haben; während die nur teilweise oder gelegentlich Hartleibigen die glücklichsten Menschen der Welt sind) und daß Jener dies ganz besonders empfand. Welchselbiger dadurch, daß er in schwierigen oder komplizierten oder traurigen Situationen und ebenso vor einer großen Entscheidung sich die segensreiche körperliche Regung herbeiwünschte, es soweit gebracht hatte, daß er nun Traurigkeit, Unschlüssigkeit, Klärungs- oder Trostbedürfnis mit dieser Regung identifizierte. Eine irreversible Äquivalenz, selbstverständlich. Folglich konnte eine Enttäuschung bei ihm die Wirkung eines Abführmittels, doch niemals eine Notdurft die Wirkung eines offenen Ehebruchs haben. Wie es ihm bei seinem abenteuerlichen und prekären Leben schließlich stets gelungen ist, bequeme Örtlichkeiten zu finden, die solche Bezeichnung verdienten, ist ein Rätsel, das der Schreibende niemals zu lösen vermochte.

Immerhin, sollte es überhaupt noch notwendig sein, die Behauptung zu untermauern, daß Jener ein großer Mann der Tat war, so müßte schon allen jener uneingestandene und böse schwache Punkt genügen, ihn auf die gleiche Stufe mit Giganten und Heroen aus Geschichte und Mythos zu stellen. Denn wie Achilles, Simson und Margutte hatte auch Jener einen schwachen Punkt. Und sein schwacher Punkt waren die Spinnen. Ob Abscheu oder religiöser Horror, ob Idiosynkrasie oder abyssale Attraktion, Jener konnte diese Tierchen nicht ertragen. Vereinfacht ausgedrückt würde man sagen, daß er «sich vor Spinnen fürchtete». Kam Jener in ein Zimmer, in dessen hinterster und dunkelster Ecke die zarte achtbeinige Feindin kauerte, er entdeckte sie auf Anhieb. War noch jemand anderes zugegen, bat er denselben, sie aufzunehmen und fortzuwerfen, ohne ihr ein Leid anzutun*; ansonsten, deine Haut für meine – wie er in derlei Augenblicken zu sich selber sagte –, bewaffnete er sich mit einem möglichst langen Stock und nahm, wenn wir dies so nennen wollen, mit seiner Feindin den Nahkampf auf, verteilte Kopf- und Flankenschläge. Einst, als Jener noch ein Knabe war, durchstreifte er einmal nächtens sein großes Haus, aus welchem Grund, ist nicht geklärt. Plötzlich war da an der Stufe einer zum Dachboden führenden Holztreppe eine riesige, gallertige, gelblich-fleischfarbene Spinne. Zunächst erschrocken, dann aber vielleicht durch die Motivation seines nächtlichen Ganges mit neuem Mut versehen, hatte Jener den guten Einfall, die Kerzenflamme an sie heranzuführen, um sie zu verbrennen: die Spinne machte einen unheimlichen Satz und verschwand in der

* Kann man in der Tat das Schauspiel mitansehen, wenn eine unschuldige Spinne, halb zerquetscht von einem übel gehandhabten Besen, noch zu fliehen versucht, dabei ihre Beine über den Fußboden verstreut und diesen mit einer gelblichen Flüssigkeit (ihr Blut!) bekleckst, unregelmäßig auf den wenigen noch verbliebenen Beinen weiterhinkt und dann am Ende mit gekreuzten Beinen tot liegenbleibt?

Luft. Nun wurde unser Held, der verständlicherweise im Nachthemd und mit bloßen Beinen einherging, aus Angst, die Spinne könne auf ihn gefallen sein, von einer solch spasmodischen Phrenesie befallen, daß er für eine nicht auszumachende Zeit krampfartig vom einen aufs andere Bein hüpfte. Die Zeit verstrich, doch allemal, wenn Jener vor diese Treppe geriet, scheute er wie ein Fohlen. Ein anderes Mal krabbelte dem schlafenden Jenen eine Spinne über den Hals, die er nachfolgend auf seinem Bett sah, woraufhin er mit Sack und Pack und unter unsagbaren Alpträumen anderswo schlief oder wachte. Lange hatte er befürchtet, daß allein die Berührung einer Spinne schon genügen würde, sein Herz für immer zum Stehen zu bringen; doch nach diesem Erlebnis pflegte er zu knurren: «Ha, wir haben ja ein dickes Fell!»

Doch würde es zu weit führen, alle Einzelheiten der wildbewegten Beziehungen unseres Jenes zu den Spinnen aufzuzählen. Immerhin bleibt da noch das Erstaunen darüber, wie es dem Kapitän im Verlaufe seines erwähnten Lebens gelungen ist, den Angriffen der unvermeidlichen tropischen Monsterspinnen zu trotzen; und schließlich hätte ja seinen menschlichen Feinden eine Handvoll Spinnen genügt, um seine ganze hohe Strategie über den Haufen zu werfen; sie hätten eine weitaus aufsehenerregendere Wirkung erreicht als des Pyrrhus Elefanten.

Solcherart war der Mann, der sich nun, nachdem er sich erhoben und der anderen angezeigten Formalitäten entledigt hatte, zum Hinausgehen anschickte. Bereits mit einem Gefühl des Unbehagens: mußte er doch, nachdem er die Tür geöffnet und wiederum geschlossen hatte, an die vollkommene Reinigung seiner durch die Berührung mit der Türklinke beschmutzten Finger denken. Die Klinke war in Wirklichkeit nicht sonderlich schmutzig, doch immerhin die «des Aborts». Wie Jener beim Gehen genau mit der Mitte seines Fußes auf die herausragenden Steinchen treten mußte, tolerierte er eben auch nicht den Kontakt mit schmutzigen Dingen. Die Säuberung erfolgte, falls es sich um eine taktile Verunreinigung handelte, durch angemessenes Bespucken einer Fingerkuppe, die es übernahm, die anderen Fingerkuppen sowie den beschmutzten Teil der Handfläche zu befeuchten; falls das schmutzige Objekt jedoch nur gesehen beziehungsweise als koprolalischer Ausdruck gehört worden war, bestand die Zeremonie darin, mit Willensstößen die dorthin gelangten Exhalationen aus den Augen oder Ohren zu vertreiben. Von Ausblasen durch den Mund wie von Küssen in die Luft als Gedenken an liebe Verstorbene, von diesem ganzen notwendigen und mühsamen Ritual haben jedoch schon andere anderswo berichtet, und darum erübrigt es sich, hier darauf zu beharren. Jener spuckte also in seine Hand, rieb sich die Hände und wandte sich, nachdem er all seine inneren Dinge besorgt hatte, schließlich mit wohlgesonnenem Blick dem Leben zu.

Durchaus verständlich: denn es war ein kristallklarer Vorfrühlingstag, strahlende Sonne, alles rein, frisch und deutlich umrissen. Jener überquerte den Hof voll keimenden Grüns, und da kam ihm aus der Tür des Empfangszimmers Rosalba entgegen.

2

Louange aux femmes pour leur vie merveilleuse!

Die Sonne hatte sich soeben auf ihre himmlische Bahn begeben: und Rosalba war ein zwölf- oder auch dreizehnjähriges kleines Mädchen. Im Bademantel, bereit, ihr Bad zu nehmen. «Papa, ich bin soweit», rief sie, sobald sie Jenen sah. Man muß nämlich wissen, daß Jener nicht nur einen kränkelnden kleinen Jungen mit gelben Augen, Hinterlassenschaft seiner verstorbenen Frau, sondern auch diese Rosalba besaß, in zartem Alter adoptiert, «damit der Kleine ein Schwesterchen bekommt», welche ihn für ihren Vater hielt. Durch sie versprach er sich, einen alten Vorsatz auf den Weg zu bringen, der erst jetzt, da er sich von den Geschäften zurückgezogen hatte, wie er sagte (mit Geschäften meinte er jenes herrliche Leben), zu verwirklichen war: das Heranwachsen und Erblühen eines weiblichen Körpers verfolgen und miterleben zu können. Zwar fügte er hinzu: «und Geistes», doch sei dem Verfasser erlaubt, dies zu bezweifeln. Es war also erforderlich, die Erziehung des kleinen Menschenkindes auf eine geeignete Art zu besorgen, will sagen, gewisse Konventionen und gewisse Schamgefühle ante litteram außer acht zu lassen, gefährliche Kontakte zu verhindern, usw. Eben in diesem Sinne hatte sich Jener alle Mühe gegeben und dies, wie man zugeben muß, mit vollem Erfolg. So hatte er beispielsweise seinen Liebling daran gewöhnt, das tägliche Bad in seiner Gegenwart zu nehmen: wodurch es ihm möglich war, Tag für Tag die Fortschritte und Veränderungen an dem zarten Körper zu beobachten. Was er sich von diesen Beobachtungen oder nach Vollendung, das heißt nach abgeschlossener Entwicklung, versprach und davon haben würde, wüßte der Schreibende nicht zu sagen. Er wagt jedoch, und lediglich als Empfehlung, die Vermutung auszusprechen, daß es sich hierbei nicht um ein rein ästhetisches Interesse gehandelt haben dürfte; und daß Jener sich der Mühe, jeden Tag, den Gott auf Erden werden ließ, dem Bade eines kleinen Mädchens beizuwohnen, nur in Erwartung des Zeitpunktes unterzog, da dieses Mädchen zur Frau werden würde: also in Erwartung der herben Frucht. Doch gab es vielleicht da noch ein Mehr in diesem Wunsch nach Vertrautheit mit der Intimität eines jungen Mädchens, zu sagen ein Mehr an Raffinement.

Immerhin war bisher für ihn alles nach Wunsch verlaufen. Und Rosalba (man sah es, als sie im Baderaum mit unbefangener Geste den Bademantel fallen ließ) war zu einem prächtigen Mädchen herangewachsen. Zwei weite und tiefe Augen, kurzes, volles, glänzendes Haar. Vielleicht ein wenig schmal. Der Baderaum war nur eine entsprechend veränderte kleine Kammer, und wegen des Lichtes blieb die Tür stets offen: die ersten wärmenden Sonnenstrahlen sowie Bäume und Sträucher, gleich zwei Schritte vor der Hausschwelle, warfen fahlgrüne Reflexe auf ihren schlanken und bereits erblühten Körper. Nicht milchweiß und jungfräulich dieser Körper (Weiß ist der Scham unverschämte Farbe): doch bräunlich, jenseits von Jungfräulichkeit und Sünde. Der Rückenbogen erinnerte ob seiner gedämpften Resonanz an den Klang einer Flöte. Die ein wenig verdickten und strammen Beine hatten nur einen leichten Oberkörper zu tragen; die Schultern abgeschrägt und ein wenig geneigt, so daß der nur ein weniges hängende Busen sich über der dünnen und fast transparenten Haut der Rippen wellte; der Leib breit und vertieft, braun und violett überschattet mit blonden Nuancen nach oben hin wie bei einer sprießenden Vegetation. Hervortretende Hüften (was sofort an ihr auffiel). Gleichsam benommen noch von der Bettwärme und irgendwie starr, erschauernd in der frischen Luft, blühte dieser Körper, der keine Scham kannte, ein wenig zur Seite gebogen wie jene aus Elefantenzahn geschaffenen Madonnen. Keine Scham: Rosalba sah ihr Bad wie auch alle anderen Vertraulichkeiten in Gegenwart des Vaters als etwas Normales und Gewohntes an und ahnte vielleicht nicht einmal, daß man jene anderen, vorzüglich die ihres Alters, vor dem eigenen Vater nicht zu offenbaren pflegt. Die nicht vorhandene Scham war ja die Bedingung, die es Jenem möglich machte, seinen Plan zu verwirklichen. Darum gab er sich auch alle Mühe, ihre schlummernde Sensibilität nicht zu wecken. Stets mit angehaltenem Atem und konzentriert in seinem Bemühen, sich nichts anmerken zu lassen, ob er nun in ihr Zimmer kam, wenn sie sich gerade ihren dünnen Schlüpfer überstreifte, oder ihr half, die ihr selbst kaum zugänglichen Stellen ihres Körpers mit dem Schwamm abzureiben, mußte er tunlichst verheimlichen, was an seinen Bemühungen Sinnliches sein konnte, und sich natürlich und ungezwungen benehmen; ein anderes Verhalten hätte ihren intuitiven Erkenntnisprozeß begünstigen können. Nun, vielleicht lag in dieser gestrengen Selbstkontrolle während jeder Minute eine besonders herbe und erfüllte Genugtuung für Jenen. Aber selbst wenn man dies voraussetzt und bei ihm das Bewußtsein voraussetzt, daß jegliche entscheidende Intimität letztlich die Vernichtung dieser wollüstigen Vertrautheit bedeutet hätte, bleibt immer noch die Frage offen, woher er nur die Kraft bezog, dem Zauber des jungen Körpers zu widerstehen, und dies gerade jetzt, da eine natürliche Lösung schon im Begriffe stand, alle Vorsicht von ihm sinnlos zu machen.

Vielleicht sollte man auch annehmen, daß die Natürlichkeit seiner Beziehung zu dem jungen Mädchen keineswegs fingiert war und sich eben darin der Sache Wollust verbarg. Anders gesagt, er war sich dessen sicher, das Mädchen in seiner Gewalt zu haben, nach Gutdünken und zu jedweder Verfügung. Kaum ist eine Sicherheit gewonnen, zieht sie sich in eine ferne Zone unseres Geistes zurück, woselbst sie dann unpersönlich und allgemein wird, das heißt sich jenseits des spezifischen Objektes befindet, bezüglich dessen sie entstanden war: gibt es doch viele Menschen, denen es genügt, etwas tun zu können, damit sie es nicht mehr zu tun brauchen und die geradeso zufriedengestellt sind, als hätten sie es getan. Aber viele Erklärungen sind an dieser Stelle überflüssig.

Jetzt, nach dem Bad, beginnt Rosalbas Tag. Und der Schreibende möchte über eine Palette gedämpfter, kristallener, strahlender und doch transparenter Farben verfügen. Woraus mag der Tag eines zwölf- oder dreizehnjährigen kleinen Mädchens bestehen? Gewiß doch aus kleinen Begebenheiten ohne Namen, Lachen unter dem feinen Gold der Augenbrauen, so sang eine Dichterin in anderen Landen. Leider verfügt der Verfasser nicht über die mystische Unbefangenheit noch über die treuherzige Stärke jener Dichterin und enthält sich darum, was zu seiner Schande und mit seinem Bedauern gesagt sei, der Beschreibung dieses Lachens. Die Sonne setzt ihren Himmelsweg fort, beschreibt einen zunehmend steileren Bogen, erreicht den Höhepunkt, verweilt dort einen Augenblick wie in der Schwebe und beginnt sodann vorsichtig ihren Abstieg zum Horizont; kümmern wir uns nicht weiter um sie, morgen geht sie von neuem auf, morgen ist es die gleiche Geschichte.

Mit dem Sinken der Sonne nähert sich freilich der Abend, und mit dem Abend kommen die Schatten, Überbringer wollüstiger Schauer. Doch nicht nur Schatten, sondern auch Freunde; nämlich die Freunde, die sich allabendlich im Hause unseres Jenes versammeln. Jener hat wohl daran gedacht, daß diese Zusammenkünfte für Rosalba gefährlich wären (also verlor er sie bei der Wiedergabe seiner wundersamen Abenteuer keinen Augenblick aus den Augen): doch hatte er sich trotzdem dazu bereit gefunden, ob aus Nachlässigkeit oder Notwendigkeit oder vielleicht auch deshalb, weil er für seinen Liebling nichts mehr als die Einsamkeit fürchtete. Für ein derartiges Unterfangen, das heißt über diese trostlosen und aufregenden, vertrauten dörflichen Zusammenkünfte zu berichten, müßte man nun eigentlich die düsteren Farben haben, über die sicherlich einer unserer großen zeitgenössischen Prosaisten verfügt. Doch der Schreibende sieht sich in seiner Wenigkeit gezwungen, eine weitere gute Gelegenheit zu verpassen und, obwohl nun seine Lage schier unhaltbar zu werden droht, auch auf diese Möglichkeit zu verzichten.

Es erschienen ein Advokat, nein, der Advokat nebst seinem achtundzwanzigjährigen Sohn (schwarzes Schnurrbärtchen), der Apotheker, der Friedensrichter und, was weiß ich, auch der Bürgermeister sowie verschiedene Assessoren und Beamte nebst dazugehörigen Ehefrauen; und, ob man nun, im Halbkreis sitzend, den Krokodilsjagden unseres Jenes oder einer Grammophonmusik lauschte, oder ob man die rituellen paar Hüpfer machte beziehungsweise die allerüberlebtesten Gesellschaftsspiele absolvierte, man vertrieb sich trefflich die Zeit.

Kreolin, du
mit dem dunklen Schein,
ach, lächle mir fein;
Liebe ergreift mich im Nu.

Doch an diesem Abend fiel, wer weiß warum, Rosalba das Gebrabbel ihres Nachbarn (des geifernden Friedensrichters) während eines «Telegramms» unsagbar lästig, und so trat sie auf die Terrasse hinaus, um frische Luft zu schöpfen. Sonderbar! Sie glaubte, den warmen Atem noch an Ohr und Wange zu haben, und das übrigens unverständliche, mit angestrengtem Brustton ihr entgegengekeuchte Gemurmel summte unablässig in ihr weiter, und beides war mit allen Kennzeichen der Materialität versehen. Aber nach einer Weile folgte ihr, trau schau wem, der Sohn des Advokaten. Und Jener, dem die Sache nicht entgangen war, fand irgendeine Ausrede und ging ihnen nach. Draußen sah er sie dicht beieinander unter einem Strauch; der junge Mann redete eindringlich, Rosalba schien ein modriger Mond prall ins Gesicht: und verdüsterte ihre Augen. Das junge Mädchen hörte ihm zu, die Brauen etwas hochgezogen, das Mündchen, wie bei Kindern, ein wenig in Herzform geöffnet. Und es war, als käme aus diesem Mund ein leichter Hauch, der Duft von herber Verbene (und dieser Trottel von ihrem Gesprächspartner schien es zu bemerken); der Mond zwischen ihren Zähnen senkte ihr in die dunkle Mundhöhle eine scharfe, eisige Klinge . . .

Schließlich brachen sie alle auf, verweilten noch lange im Hauseingang vor der großen Tür, verabschiedeten sich umständlich voneinander, fanden in diesen letzten Augenblicken wieder zu all ihrem Geist zurück, und aus ihrer gähnenden Mattigkeit erstanden phönixgleich wieder die wesentlichen Gesprächsthemen: «Anscheinend soll der Autobus jetzt doch zweimal fahren . . .»

Und man ging zu Bett.

3

In solchen Nächten wächst
mein Schwesterlein . . .
(Rilke)

Aber in dieser Nacht konnte Rosalba nicht schlafen. Sie konnte nicht, denn da mußten zu viele Probleme gelöst werden. Schon seit geraumer Zeit lag so etwas wie eine dunkle Drohung in allen Dingen. Was bedeuteten zunächst diese feuchten und haftenden Blicke des Advokatensohns mit dem Schnurrbärtchen, wenn er am Abend erschien? Blicke, aufgegangen in einer Macht, die größer war als er, daher bittend, nicht befehlerisch, nicht beharrlich. Und was hieß nur dies Sichaufdielippenbeißen, dies Wegsehen ihres Vaters wie vor einem traurigen Anblick, wenn sie ihr Bad nahm? Er gab ihr jetzt fast keine Ratschläge mehr, war ihr auch nicht mehr behilflich: die Beuge an ihrem Rückgrat blieb oft vom Schaum unberührt.

Man mußte das herausbekommen. Und dann dies untröstliche Weinen über die Sonnenuntergänge und über das alte Haus, sie sah's beim späten Sonnenuntergang von einem Gartenende her, fahl über den Trieben und dem Grün der Bäume, dieses innerliche Weinen, das wenig Tränen zeugte, doch große und dicke und schwere, die ihr über die Wangen rannen, Tränen, die sich mühsam aus der stillen Alveole preßten ... Es mag ja stimmen, daß ein Sonnenuntergang einen weinen läßt, aber man muß unbedingt wissen, warum das so ist, welchen genauen Grund das hat. Am Ende sagen zu können: «Natürlich, verstanden, es ist das Rot, das mich stört!» Ach was, da weint man und weiß nicht warum. Es ist doch in allem eine stille Drohung. Lieber die Brauen hochziehen wie Kinder vor Traurigem und ein wenig Unbekanntem – die Blicke der Toten, vollgepackt mit Traurigkeit, auf den Bildern der Kapellen. Und, schlimmer, der rauhe Schwamm macht einem jetzt fast einen wohligen Schauer auf der Beuge des Rückens, und der Atem trägt schwer von einer Last, die einen alle fünf Minuten seufzen läßt. Ja, doch, vielleicht: man ist nicht traurig, weil man traurig ist, sondern weil unsere Seele, wenn man seufzt, eine Ursache für dieses Seufzen finden muß. Jedenfalls liegt auf dem

Grunde dieser Last so etwas wie ein Versprechen auf eine verborgene, neue Lust. Eine Lust: wie denn, wenn man fragen darf? Vielleicht muß man sich von dieser Last mit einem tieferen, immer tieferen, nie dagewesenen Seufzer befreien: es ist ein Augenblick, ein Eindringen, ein immer weiteres Eindringen, noch weiter, bis einem schwindelig wird und man nach dem letzten Quentchen Atem greift, das sich auf dem Grunde (wessen?) angesammelt hat, und dann ist man frei. Oder auch nicht: diese Last muß eigentlich uneingeschränkt zunehmen, ruhelos und atemlos, bis das Blut in ein wildes Getöse ausbricht und auf Schläfen, Hals, Puls, Achselbeugen, pochende Fingerkuppen schlägt und schlägt. Diese Last muß zermalmt werden, ja das ist es: *zermalmt*.

Und wirklich kommen alle Geräusche in dieser Nacht nach ihrem verzweifelten Abruf nicht zur Ruhe, und jeder Ton, ob fern oder nah, führt einen gefährlichen wilden Reigen auf. Vor allem einen bedrohlichen. Das Quietschen eines Karrens auf der fernen Mondbahn nimmt zu, schwillt mit dem Takt des Bluts im Kopf – ein schrecklicher Takt, kein beschleunigter, aber ein drängender, vergrößernder –, füllt sich blähend mit einem dunklen, erschreckenden Gefühl der Bedrohung: Kar-ren, Kar-ren. Schwillt noch mehr an. Droht zu platzen; Gott der Herr, diesmal ist er nicht geplatzt, diesmal ist er vorbeigegangen und fällt wie eine Woge in sich zusammen. Aber beim nächsten Wellengang, was wird da kommen, was wird da nur kommen? Wirklich, es ist ein Meer mit riesigen Sturmbrechern, und mitten in den Sturmbrechern ein enormes Ungeheuer mit quadratischem Kopf und einem schlangenhaften Körper. Das Ungeheuer will einen mit seinem schrecklichen Kopf erreichen, aber die Brandung treibt es ab. Doch die Brandung führt es auch heran, und unter Ausnutzung des Wellenschlags reckt sich das Ungeheuer ab und an (mit jedem Wellenschlag!), brüllt, reckt sich auf der ankommenden Woge und brüllt während seines Sichreckens, brüllt mit seiner stärksten, lautesten Stimme, und wenn es ganz obenauf ist, wenn sein Kopf den Horizont, sein Leib das Meer überdeckt hat, eben dann erreicht sein Gebrüll die höchsten Höhen, erfüllt sein Gebrüll die Luft. Kein Entrinnen mehr: die Luft ist Gebrüll, das Meer ist Leib, der Horizont ist Kopf. Doch die Woge stürzt in sich zusammen und mit ihr das Ungeheuer; aber die Woge wird sich von neuem aufblähen, und, wer mag's wissen, vielleicht wird dieses Mal das Ungeheuer seine Beute fassen. Es hat sie nicht gefaßt, ihr Atem hat das Ungeheuer gestreift, doch gibt es noch so viele Wogen, wie die Ewigkeit Sekunden hat . . . wieder ein Sprung, doch wieder sackt es nach unten, und wieder macht es einen Sprung, um uns zu packen . . . ach, nein: es gibt doch so viele Wellen wie die Herzschläge der Zeit, aber nicht alle sind sie Wogen;

und wenn die Brandung den Sprung nicht treibt, wie kann uns das Ungeheuer dann erreichen? Die Wogen glätten sich, das Meer glättet sich, das Ungeheuer entfernt sich murrend, ein Donner ertönt, aus. Aber das ruhige Meer ist Teer, der Himmel Blei, riesige rote Krebse berühren uns mit überlangen Fühlern, sie haben hörnerne, harte, erbarmungslose Augen. Und doch ist ihre gehässige Langsamkeit so standbildhaft, daß sie uns nicht fassen können. O Gott, wann wird nur wieder die Sonne über diesem Meer leuchten, wann wird das Meer gleißen wie ein goldenes Gerinnsel? *Gerinnsel*, da haben wir's: *Gerinnsel*, zermalmt. Endlich ein bißchen Sonne. Man braucht sich doch nur irgendein Wort zu wiederholen und hin und her zu drehen, damit es seine Alltagsbedeutung verliert, wie komisch, wirklich komisch. Mehr noch: ein *Binokel*; wo das herkommt, weiß man nicht, jedenfalls: *Binokel!!* Nicht schön, nur komisch. Lachen, Lachen! Flaschen, Champagner, Frauen, der Advokatensohn ...

Doch dies Lachen ist makaber: wartet, ein Teil der kleinen Loggia dort über der Treppe, umschlossen von den drei Wänden des alten Hofs. Wir? Oder ich? Aber gewiß, ich schwebe in der Luft und betrachte dieses Lachen. Frei in der Luft, doch wir sinken in einen riesigen Trichter aus Luft und aus Blei. Sinken ab. Und ganz unten ist statt des Lochs dieses makabre Lachen. Nur das Lachen. Adieu, ihr Flüge über die Serra Capriola, freie Flügelschläge über den Gebirgstälern, nein, man sinkt ab, Herrschaften! Da ist dies Lachen. Das heißt, da war es. Und jetzt? Suchen wir eben dieses verflixte, natürlich makabre, aber im Grunde doch ganz sympathische Lachen, das sich einen Spaß daraus macht, wie ein Irrwisch durch verschlossene Türen zu entweichen. Das Haus! Das ist das Haus. Aber das andere Haus liegt abseits von unseren Schritten. Das andere Haus! Was soll das heißen? Es soll heißen, daß man nur durch die Durchgangsräume kommt, die an den Innentreppen, aber nicht in allen Zimmerreihen des ersten Stockes sucht. Nein, offenbar muß man die hölzerne Wendeltreppe zur Küche hinunter. Doch unten ist es besser, erst einen Blick in die rechte Speisekammer zu werfen, bestimmt hat sich das Lachen dort versteckt. Verrücktes Biest, sicher steckt es hinter der verschmierten Tür, die man nicht ganz aufbekommt, es bleibt immer ein wenig Platz dahinter. Es steckt sicher hinter der Tür, und wenn es entdeckt wird, macht es vielleicht ein lustiges Haha! Die Speisekammer. Nein, da ist kein Lachen. Was für eine Plage am Ende, aber wo hat es sich denn versteckt? Vielleicht weiter rechts, vielleicht ist es durch die Rumpelkammer und jetzt schon wieder im Hof. Und warum soll man sich nicht ein wenig ausruhen? Da ist der hölzerne Scheffel: also setzen wir uns. Wie alles deutlich zu unterscheiden ist, unbarmherzig zu unterscheiden und grau gefärbt! Wie man alles deutlich sieht! Hinter mir der Fleischkasten; man muß gar nicht erst hineinschauen, um zu wissen, daß hinter dem Fliegendraht ein Stück gesalzener Käse liegt und grobes Packpapier für Maccheroni (warum ist das nur hier) und . . . was ist denn das, ach ja, das Rebhuhn. Das Rebhuhn. In der Ecke die Bratspieße, hier die ganze Serie von Kochtöpfen, der Größe nach auf einem Brett gereiht, und dort die Deckel, ebenfalls der Größe nach in Reihe hinter einem Draht an die Wand gesteckt. Das Zisternenloch. Das Bündel Ketten an einem Nagel, ein Korb mit den Blattfedern und den drei Tellern (aber warum heißt das Speisekammer, Sapperlot!). Gegenüber das Spülbecken, aber natürlich fließt da kein Wasser: man spült eben das Geschirr darin, und es gibt ein Loch für den Ablauf, deshalb nennt man es so. Was sonst? Wurmstichige Balken, dunkelgelb, verdreckt. Eine Speckschwarte. Haha, die Speckschwarte! Aber über die Speckschwarte ist überhaupt nichts zu sagen. Speckschwarte und aus. *Speckschwarte:* auch wieder komisch. Die Kartoffeln auf dem Boden. Ausgetrieben. Die Kartoffeln sind ja Tiere. Aus ihrem knolligen Körper strecken sie einen sonderbaren Kopf mit langem Hals. Hals und Kopf grün, der Körper erdfarben. Sonderbare Tiere. Zu frisch der Kopf für diesen verkommenen Körper. Wie . . . was denn? Aber, aber, wohin gehen die Gedanken . . . je nun, auch aus dem Körper der Hunde reckt sich manchmal ein zartes rosa Fleisch, einziehbar und feinfühlig wie Schneckenfühler. Sogar ... Sonderbare Tiere, auch die Hunde. Doch was für ein Schrecken! Die Kartoffeln nennen wir ebenfalls ... also sagen wir *Hündlinge*. Ein schönes Wort: «Schäl die Hündlinge und schneid sie in dünne Scheiben!» Ha, ha! Sicher steckt da etwas Mysteriöses in diesen zarten Köpfen der Kartoffeln, das heißt der Hündlinge. Mysteriös, kein Lachen jetzt und keine Witze mehr, auch keine inneren Gespräche: man muß sich im dunkelsten Grund seiner Seele konzentrieren und nachdenken, nein, darauf hoffen, von der Offenbarung durchdrungen zu werden. Die Offenbarung der zarten Köpfe. Verflixt, jetzt haben wir unsere Heiterkeit verloren. Nur noch Schrecken, Gelähmtheit, Traurigkeit. Versuchen wir's auf die gewohnte Weise: *Loch*. Loch: nein, damit kommen wir nicht weiter. Ein Loch ist ein Loch. Aber warum ist jetzt Loch gesagt worden? Ach so, weil da genau gegenüber das große Loch ist, nicht das vom Spülbecken, sondern das auf dem Boden auf dem grauen Estrich, ganz fettig vom Abfluß.

Doch jetzt verschwindet alles, das heißt man sieht nichts mehr. Das schwarze Loch, genauso wie das Ungeheuer auf dem Meer, füllt ganz allein den Horizont aus. Doch es brüllt nicht, es ist stumm. Außerdem ist es nicht richtig, daß es ganz allein den Horizont ausfüllt: besser zwei Sätze! Es bleibt ja dort im gewohnten Abstand, am Rand des grauen Estrichs, der vom fettigen Spülwasser beschmutzt ist. Aber ja: wenn jetzt aus diesem Loch plötzlich ein sonderbares Tier käme, ein noch nie gesehenes Tier?! Oh, wenn es aus diesem Loch kommt, kann es sich durchs ganze Haus bewegen, vorsichtig und geschmeidig überall eindringen, sich unter die Kopfkissen kauern, in die Achselhöhlen der Schlafenden kuscheln, warum habe ich das vorher nicht bedacht! Und was hat jetzt die Liebe damit zu tun? *Liebe:* die macht auch hier keinen Reim. *Loch* und *Liebe* stoßen einander ab.

Und da erstarrt Rosalba vor Grauen. Ein Grauen, das die Augen nicht schließen läßt, sie hält sie unbewegt aufgerissen, leuchtend und still wie graue Tümpel. Rosalbas Augen umfassen in ihrem Rund das ganze Universum, und im Mittelpunkt des Universums ist das schwarze Loch. Und aus dem schwarzen Loch windet sich mit ein wenig Anstrengung etwas heraus, besitzt jedoch die weiche Geschmeidigkeit der Katzen, wenn sie durch die Löcher an den Türecken schlüpfen. Eine graue glitschige Gestalt bringt Kopf, Hals und Leib hervor. Denn obwohl grau und glitschig und deshalb vom Hintergrund des Fußbodens und der Wand nicht zu unterscheiden, kann man doch während ihres Fortbewegens den Kopf, dann den Hals und auch den Leib deutlich erkennen. Aber was heißt deutlich erkennen! Sei's wie's mag, man kann sehen oder fühlen, daß die Gestalt einen Kopf, einen Hals und einen Leib besitzt. Dennoch (ist die Relation nicht klar, tut's auch nichts) handelt es sich um ein Tier. Um das Tier. Aber bei den Dingen, die uns mit einem aufmerksamen, kleinlichen Grauen erfüllen, bei den ungeheueren und unerhörten Dingen trifft es einfach nicht zu, daß man sie bis in alle Einzelheiten wahrnehmen kann.* Also kann man auch nicht genau sagen, wie dieses Tier beschaffen ist: aber es hat harte hörnerne und zusammengekniffene Augen wie die blinden Tiere, trübe und verschleierte Augen wie die Trichinen, eine glitschige und zarte Schnauze und überlange, feine, in der Luft erzitternde Barthaare. Näher betrachtet, zitterte auch das Mäulchen, mehr noch als bei den Kaninchen, und die ganze Gesichtshaut erschauerte. Man muß das so ausdrücken, denn der Kopf des Tieres, aufgerichtet über einem langen Hals und mit Furchen in der Glitschigkeit, hatte irgendwie etwas Menschliches. Die Augen blickten gerade nach vorn, nicht zur Seite, wichen nicht aus. Der Leib ... wer weiß schon was vom

* «Richtig!» mischt sich hier, unpassend wie stets, der Verfasser ein. «Kann man sich etwa an die Augenfarbe der verstorbenen geliebten Frau erinnern? Bei derartigen Gelegenheiten konkretisiert sich doch in unserem Innern mehr die phantastische als die wirkliche Gestalt, und die besitzt keine logischen, sondern nur begriffliche Merkmale».

Leib? Doch konnte man gut und gern die allgemeine Form erahnen. Das Tier war ein Kopf, wie auch gewisse Menschen eine Nase sind. Ein monströser Kopf, zart und sensibel wie . . . Gefunden! Wie der Kopf der Hündlinge! Vorgereckt, das Tier blind. Oh, Rosalba begriff vom ersten Augenblick an, daß es sich nach ihr reckte! Nichts begreift man besser als die Absichten von unseresgleichen (warum es nicht als ein Unseresgleichen bezeichnen?), wenn sie überhaupt nicht ausgedrückt werden. Sagt einer, «ich will dich umbringen», kann er auch darunter etwas anderes verstehen, doch wie schnell merkt man, wenn einer dich umbringen will und es gar nicht sagt!

Vorgereckt und fest, doch ohne jede Eile kam es voran mit der Gelassenheit von Wesen, die ihrer selbst sicher sind. Die bleichen Augen hatten keinen Blick, doch hielten sie unerbittlich ihr Opfer. Augen, aus deren Gewalt man sich unmöglich lösen konnte: ohne Blick und nicht menschlich. Blinde Augen im Dienste eines unbeugsamen, geheimen Lichts. Langsam und sicher das Tier. Doch wenn es blind war, sah es nicht mit seinen Augen. Wie ihm entfliehen wollen? Das war geradeso, als wolle man einem Löwen entfliehen, nur weil er blind ist, wenn man sich ja von seinem Geruchssinn fortwährend erkannt und entdeckt fühlt. Man muß es also ertragen; ertragen, doch die Qual sei um Gottes willen kurz! Regungslos, aber es soll auch auf uns zukommen, wenn wir schon in seiner Gewalt sind! Nicht doch, da ist noch Zeit genug, die hörnernen, harten Augen anzusehen, mitleidlose Augen; man kann sie ansehen, Rosalba konnte sie ausgiebig ansehen. Entsetzen keines mehr, dafür stille, unheilschwangere Starre. Da haben wir dieses Tier, das sich durchs ganze Haus bewegen und überall eindringen, sich unter das Kopfkissen eines Schlafenden, in die Achselhöhle, zwischen die ... ja, in die Wärme zwischen den Schenkeln kauern kann. In die Wärme, armes Tier, das in den Ausgußlöchern, fett vom Abwasser, in ewiger Feuchte lebt. Zwischen den Schenkeln ... Schmerz? Nein. Jucken? Schon eher Feuer und heftiges Reißen, als würden durch das Reißen an einem einzigen alle anderen Körpernerven in Mitleidenschaft gezogen. Vorher. Jetzt aber muß diese Starre ausgefüllt werden, denn man kann doch nicht auf die erste Berührung durch das Tier und seinen Kopf warten und gar nichts denken. *Liebe:* nein, das gibt keinen Reim, gibt keinen Sinn, wir haben's ja gesehen. Probieren wir was anderes: «Ein Hund leidet, wenn sein Herrchen ißt und ihm nichts abgibt» (Redensart von Papa). Ja, das ist eine Wahrheit. Jedermann gibt seinem Hund zu essen, wenn er selber ißt. Endlich eine feste Regel. Man weiß, was man von der Traurigkeit der Hunde zu halten hat, wenn sie einen essen sehen und selber leer ausgehen, und man weiß es deshalb, weil der

Sinn dieser Traurigkeit ein für allemal klar gesagt worden ist. Doch die anderen Dinge, die nur wir allein entdecken können, geben uns zwar eine größere Befriedigung, sind aber keineswegs und niemals sicher. Und daher vielleicht viel schöner.* Was hat das nun damit zu tun? Es hat damit zu tun, weil die Liebe ... und darum ist ihr Sinn niemals gewiß.

Doch kein Gedanke, daß von dieser Überlegung etwas zu begreifen wäre, haben doch die Gedanken jetzt einen falschen und beschleunigten Rhythmus wie stets, wenn unser Verstand nicht mitmacht, weil er anderswo ist, sich zerbröselt bei all den Erscheinungsformen. Ja, der Verstand ist dann gar kein Verstand, ist hinab- oder hinaufgeflossen, wer weiß das schon so genau, (feuerfarben geworden) zur Magenöffnung, zu den Haarwurzeln. Das ist der wahre Verstand. Er ist Angst, ach, was: Fixiertheit. Der Maaagenmund, Maaagen, zum Auswachsen!

Zum Auswachsen: das Tier hat nichts von alledem begriffen, stumm steht es jetzt eine Handbreit vor Rosalba. Auf dem Boden: reicht ihr bis zum halben Schienbein hinauf. Will, daß die Beine

* Rosalba dachte hier vielleicht, unbewußt, an die tröstliche Sicherheit der sogenannten apodiktischen Wahrheiten. Vielleicht wollte sie das Vorhandensein einer Kategorie von Fakten andeuten, die jenseits der Erfahrung stehen: Fakten, die sich unserer Kenntnis entziehen.

langsam geöffnet werden. Also öffnen wir langsam die Beine. Will, daß man kein Hemd und nichts anhat. Wenn man doch ohnehin nichts anhatte. Das Eisen unten am Scheffelmaß, gerade denkt man daran, ist ganz kalt. Rosalba sitzt also auf dem Scheffelmaß, die Beine leicht geöffnet, das Tier, eine Handbreit von ihrem Körper entfernt, zwischen ihren Beinen auf dem Boden. Und mit der Sicherheit einer Ziege, die sich den zartesten Trieb aussucht, ergreift nun das Tier mit einem kleinen lautlosen Sprung von Rosalba Besitz. Springt, um ihre zarteste Knospe abzubeißen, die ihm sein blinder Geruch augenblicklich gewiesen hat. Sich sträuben? Man weiß ja, daß man nicht kann. Kaalt das Scheeeffelmaß, kaalt das Scheeeffelmaß (nach der Melodie des *Müden Bandolero*). Zartes an Zartes, schon recht so. Aber das Tier hat gar nichts abgerissen, hat in der Vertiefung zwischen den Schenkeln ihre zarteste Knospe nicht abgerissen, um sie zu fressen. Das Tier will sie ganz aufsaugen. Soll es doch. Schmerz? Was sagt Ihr nur, Marchesa! Nein, kein Schmerz. Das Tier bleibt da hängen und saugt. Soll es saugen, kein Schmerz. Rosalba blickt unverwandt auf das kleinste Henkeltöpfchen, das so nett ist mit den Händen an den Seiten. Und wann kommt der Schmerz? Vielleicht braucht er nie zu kommen. Blindes und schreckliches, aschfahles und glitschiges Tierchen, was machst du da? Aber mach nur, mach. Und jetzt plötzlich doch etwas

Ernstes. Auch dagegen hat es keinen Sinn, sich aufzulehnen. Der Schmerz, der Schmerz!! Nein, die Freude. Auch nicht. Aber das Henkeltöpfchen beschreibt jetzt einen großen Kreis, und der Kreis ist so weit gezogen, daß er es gewiß bis hinter die Sterne führen wird. Adieu, schönes Henkeltöpfchen! Und Estrich und Abguß und Wände und gelbe verdreckte Balken wirbeln und weichen zurück und entschwinden. Aber da schwimmt doch die Speckschwarte auf dem Perlgrau, der Farbe des Leeren. Stille. Nichts ist mehr da, und das Nichts ist gesprenkelt von einem stummen Hervorkommen der Lymphen, Sichergießen von Leere in Leere, hyazinthenen Himmeln in Himmeln, pfirsichfarbenen Universen in Universen. Stille und betäubendes Getöse.

Und da verdeutlicht sich das Hervorkommen der Jadelymphen. Sie kommen nicht hervor, sie entfliehen. Fließen unaufhaltsam sanft, reinigen, befreien, entführen das Leben (das Leben?), alles. Blut und Venen und Knochen und Eingeweide fließen als Lymphe ab. Reinigung, die Befreiung! Die Befreiung und vielleicht, ja, gewiß, das Leben! Lymphen fließen, rinnen.

Rinnen. Keine Traurigkeit, keine Freude, weil die eine wie die andere nicht nötig sind. Nötig (weil da) ist das Fließen der Lymphen, das Rinnen. Sie rinnen, und jetzt ist das Tier fort und Rosalba ist wieder allein, steht auf dem grauen Estrich, nackt, weiß und mit dem violettenen

Leibschatten, dem dreieckigen Schatten unten. Und das Leben, also? Doch nun (vielleicht irgendeine aufsteigende Lymphe?), drinnen, unten, ein Reißen, erst schwach, dann heftig. Also? Aber was ist dies? Blut, ja, Blut. Ein stiller Blutfluß, der von der violettenen Furche rinnt, herabrinnt und schon einen Dreiecksvorhang gewebt hat, so transparent wie eine Kaskade. Doch wenn er still ist, braucht man nicht erschrecken. Aber, aber ... das Blut füllt das ganze Zimmer, das Dreieck zieht sich zusammen, es zieht sich zusammen und mündet in den See mit ruhigem, sanftem, absinkendem Klang. Bald wird das Dreieck nicht mehr dasein, Rosalba schaut sich an, und das Blut wird ihr bis zu den Hüften reichen. Oh, sich hier hinausbringen, Fliehen, Fliehen! Es ist ein angenehmes Baden in Blut. Und das Blut ist nicht warm, es ist kühl. Befreiung, das Rinnen. Doch es steigt wieder auf, da ist der Schmerz. Stechen im Unterleib, im Kreuz. Und hier, unter dem Kinn, auch noch zwei weiche, aber schwere fleischige Knollen mit zarter Spitze wie bei den Hündlingen. Stechen.

Rosalba wurde plötzlich wach. Schlagartig, wie in der Eisenbahn, hatte sie wieder Kontakt zur Realität. Und die Realität war ein warmes Tropfen zwischen den Schenkeln. Ein Ruck und die Bettdecke flog weg: tatsächlich Blut, auf dem Laken ausgedehnte Blutflecken. Und immer noch ein heimliches schwaches Rinnen warmen Bluts.

Warm, nicht kühl, und ganz dunkel. Instinktiv sprang Rosalba aus dem Bett. Sie wollte den Vater rufen, doch irgend etwas hielt sie davon zurück.

Vielleicht weiß der Leser nicht, was tropfen bedeutet. Vielleicht ignoriert er die präzisen Voraussetzungen, unter denen jene dunkle Macht, die einen Tropfen zum Fallen bringt, sich, wenn ihn nichts aufhält, in ihrer ganzen kristallenen Klarheit äußert. Wie stets kommt auch hier ein umfassenderes Gesetz durch ein besonderes zum Ausdruck. Es gibt reines und unreines Rinnen: vom Mann kann in seiner Normalstellung nirgendwo etwas in Reinheit rinnen: ein Tropfen Nasenschleim, der ihm herunterläuft, folgt unweigerlich einer gebrochenen Linie, muß also erst über eine schiefe Ebene gleiten, bis er seine göttliche Pfeilsenkrechte erreicht, die zum Innern der Erde weist. Reines Rinnen kann bei ihm nur aus peripherischen Organen erfolgen: etwas, das aus seinem Innern, aus seiner innersten Materie ausgeht, wird niemals in Reinheit rinnen können (darum vielleicht ist ein Mann bedauerlicherweise nicht den läuternden monatlichen Ausspülungen unterworfen). Man könnte sich eigentlich nur einen Blutaustritt aus den längs der Schenkel gespreizten Fingerkuppen vorstellen. Hoffen wir also, daß eines fernen Tages Strahlen rinnenden Bluts, die aus unseren Fingern kommen, uns die Beine umkränzen mögen; es ist dies unsere ganze Hoffnung.

Bei einer Frau aber verhält es sich anders. Bei einer Frau kann aus deren intimstem Innern das Blut logisch und in Sternenreinheit rinnen. Ja, jeder große und schwere Tropfen dunklen Bluts, der, geschleudert, dumpf auf den Boden schlägt, ist die direkte Projizierung des Gravitationszentrums dieser Frau und beschreibt die ideale Luftlinie. Und wenn, Tropfen über Tropfen fallend, sich dann ein ruhiger Quecksilbersee aus träger Flüssigkeit dicht und konvex und mit strahlenden Rändern gebildet hat, wird Rosalba selbst die erstaunte Nixe dieses Sees, Mittelpunkt und Wirkungskraft seiner Ausbreitung sein.

Rosalba verharrte also im Betrachten dieses kleines Sees, zwar äußerlich ruhig, doch schlug da ein kleiner feiner Gedanke, lästig wie eine Frühjahrsbremse, an ihre Seelenwände. Da haben wir die Liebe – sagte sich das Mädchen. Und wenn sie auch nur zu wissen glaubte, was tut's? Um zu sehen, braucht man doch nur zu glauben, daß man sieht: wahr ist allemal, daß kein Ding existiert. Und hier muß sich der Schreibende beim Leser dafür entschuldigen, daß er sich aus Gewissenhaftigkeit hat verleiten lassen, Rosalbas Dasein auf der Welt allzu nahe zu kommen.

4

Sie ging zu anderen, die
Krankenschwester Schlaflos
(Achmatowa)

Gewiß, das Frühjahr war in einer einzigen Nacht gereift, und der Sommer hielt seinen Einzug, in den Händen bündelweise Erregungen und die Krankenschwester Schlaflos: spürte doch auch Jener in dieser Nacht Bedrückung und Hitze ohne Grenzen. Hätte sich dieser drückende Halbdämmer zu einem Gedanken und einem Bild verwirklichen können, so zweifellos zu demjenigen Rosalbas, die ihm hinter einem gleißenden violettenen Nebel wie eine vom Meeresgrund gesehene nackte Schwimmerin plötzlich zwischen den Lidern erschienen wäre. Ein Schwimmstoß mit den Armen, und der Meeresgrund versinkt erst langsam und dann immer rascher in die Tiefe, und da ist schon die Oberfläche, und die Schwimmerin befindet sich in unseren Armen. Jener gab sich einen Ruck; und war schon wach. Jener wußte, daß die beiden so unbewußt nahen Münder, im schwachen Mondlicht wahrgenommen, sich eines Tages auf paradiesische oder irdische Weise vereinigen würden (und wußte nicht, daß der Grenadiermajor durch einen unerwiderten Kuß die jungfräulichen Lippen seiner Nichte schon besabbert hatte; wußte also auch nicht, wie dieser Sabber um den Bogen ihres Mundes schäumen und gären würde). Das bedeutet, daß Rosalba sich eines Tages weigern würde, in seiner Gegenwart ihr alltägliches Bad zu nehmen, oder dies nur widerstrebend und errötend oder auf seinen ausdrücklichen Befehl hin tun, ihn folglich aus seiner glückseligen Entscheidungslosigkeit im Geiste reißen und dazu zwingen würde, ihr gegenüber ein recht entschiedenes Verhalten an den Tag zu legen. Dies wußte er, hatte jedoch bis jetzt den Gedanken daran mit Abscheu von sich gewiesen. Nun aber schien ihm, wer weiß weshalb, daß dieser Augenblick in eigenartiger Aktualität bevorstehe und man sich sofort damit zu befassen habe.

Bedrückung, Hitze . . . somit endlich ein ausgeprägtes Verlangen: trinken. Jener erhob sich vorsichtig, im Zimmer nebenan schlief sein Junge, so nervös und schwächlich der Kleine, daß es unverzeihlich gewesen wäre, seinen leichten Schlaf zu unterbrechen. Ohne zu wissen wie, stand Jener vor dem Spiegel und streckte in gewohnter Art seine belegte Zunge heraus. Aus dem Augenwinkel sah die offene Schere auf der Kommode wie eine große Spinne aus, die in einem Kampf vier Beine eingebüßt hatte. Jener aber, an solche Arachnomorphogenie bereits gewöhnt, fuhr nicht zusammen. Aus dem Ausschnitt seines dünnen Pyjamas sahen, grau, die

Brusthaare hervor; ergrautes, obwohl dichtes Haar auch an den Schläfen; Furchen (Falten) auf der Stirn, desgleichen in den Augenwinkeln: Krähenfüße sagen die Frauen dazu. «Bald sechzig, mein Alter!» Und beinahe natürlich vollzog Jener wieder eine weit zurückliegende Geste, die er schon für endgültig begraben gehalten hatte: er entblößte sich. Oberkörper: graue Haare, die Brustwarzen markiert durch eine Welle von Speck, und der übliche lächerliche Verlauf ausgerichteter Härchen bis hinab zum Nabel. Er entblößte sich vollends. Weiter unten die fast spitze Aufwölbung des Bauchs, überquert von besagtem ausgerichteten Verlauf (ein Klettertag: das dunklere da, allen anderen voran, ist das nicht der Pyrenäenfloh?). Noch weiter unten schlaffes Fleisch, unwiederbringlich erschlafft, und Grau auch hier, das ist das schlimmste. «Nun, solches weiß man ja, und so viel Freude im A . . .» sagte er vielleicht mit lauter Stimme und bedeckte sich wieder. Das Bad, ja das Bad: wie sie nur weiterhin und stets in ihrer unmöglichen Unbewußtheit halten? Ach, ihre Kurven zeichnen sich ab, und es ist schicksalsbestimmt, daß sie wie ein großer Schmetterling durch die weite Welt zieht.* Rien à faire. Was wurde gerade gesagt? Ach so, trinken.

* Der Verfasser entschuldigt sich noch einmal für die zwielichtige Bildsprache des tapferen Kapitäns: der augenscheinlich auch russische Romane gelesen hatte.

Jener öffnete geräuschlos die Tür. Jetzt mußte man durch das Zimmer des Kleinen: er schlief, und von seinen halbgeöffneten Lippen, seiner beperlten Stirn ging ich weiß nicht was an Fiebrigem und Krankhaftem aus. «Da ist er nun», meinte Jener, als er an seinem Bett vorbeikam, ohne es zu streifen (seine Gedanken hatten rasch eine andere Wendung genommen), «glücklicherweise hält er die Augen geschlossen. Aber was bin ich doch für ein Vater, verdammt, daß ich immer noch nicht herausbekommen habe, was für eine Augenfarbe er hat!» Doch hier war ebenfalls nichts zu machen, er hatte sich lange genug darum bemüht und war nie zu irgendeinem Schluß gekommen. Aber wenn man die Dinge genau betrachtet, dann hatte Jener selbst das Gefühl, als wehrte sich sein ganzes Sein mit Entsetzen dagegen, die Farbe dieser Augen mit derjenigen der anderen bekannten Dinge zu vergleichen: Verstand und Gedächtnis verweigerten ihre normale Tätigkeit, als fürchteten sie bei jedem weiteren Nachgehen eine erschreckende Offenbarung. Dem war auch jetzt so, und Jenem, der endlich die Küchentür erreicht hatte, gelang es, sich ebenfalls dieses Gedankens zu entledigen. Sein heftiges Verlangen, etwas zu trinken, hielt ihn aufrecht: ein schnurgerades Verlangen, in gewisser Weise einem dünnen Fichtenstamm gleichend, den man als Übergang von einer Gebirgsscharte zur anderen begehen muß, darunter eine Schlucht, darin ein Ausstoß von Boraxdämpfen oder sprudelnde Schwefelwässer die Luft verräuchern und erhitzen. Das Wasser, endlich; zwei dunkelgrüne Glasflaschen von denen, die alle Katastrophen heil überstanden haben und die man normalerweise mit Tomaten füllt. Im Kupferbecken, im Kühlen: man müßte ein Glas haben, nein, lieber aus der Flasche trinken. Der Durst ist gleich gelöscht. Also das Gleichgewicht zerbrochen. Jener wird sich dessen bewußt, fühlt sich wieder in die Boraxdämpfe versetzt und versucht sich einzubilden, daß er noch Durst habe. Oh, Gott sei's gedankt, ein Flohstich. Diese widerlichen Flöhe. Kann man doch keine Minute mit nackten Beinen dastehen, und schon befallen sie dich und saugen dir die Seele aus dem Leib! Es gibt eine Menge, fast überall im Haus. Der Hund? (Ja, schon recht, wir werden uns um die Flöhe kümmern.) Der Stich kommt verstärkt, an derselben Stelle, haarscharf. Wie unangenehm, ihn fangen und erst zwischen den Fingerkuppen zerdrücken zu müssen, weil er sich sonst, sobald er wieder den Boden berührt, mit einem Sprung mir nichts dir nichts verflüchtigt. Anschließend hat man sich die Finger zu säubern, wie lästig! Aber bitte sehr, das ist erforderlich.

Und Jener bückte sich ärgerlich, um den Floh zu erwischen, da sitzt er ja auf dem Fußknöchel (Jener war nur in Schlappen und Hemd). Eingesperrt und schon betäubt vom Hinundherreiben zwischen Daumen und Zeigefinger, braucht man ihn nur fallen zu lassen, hoffentlich erkennen wir ihn dann auf dem grauen und rissigen Boden. Der Floh fiel, doch irgend etwas Leichtes, Graues, Durchsichtiges und Ungreifbares wie ein Schatten, etwas Fadendünnes, gleichsam Luftgetragenes kam Jenem ins Gesichtsfeld. Er war sich nicht ganz sicher, auch wirklich gesehen zu haben, wie man es eben bei Dingen nicht ist, die an unserem äußeren Blickrand nur schwach aufleuchten und die wir (Illusion, Realität?) dann mit einer gewissen Verwunderung noch einmal ins Auge fassen, doch schon hatte ihn sein untrügliches Gespür auf die Gefahr hingewiesen, und sein Herz drohte vor Eiseskälte zu erstarren. Das Licht der schwankenden Taschenlampe schuf in diesem Winkel der großen Küche einen Kontrast mit dem Schatten, der sie von den Wänden her umfaßte und verschlang: das gelbliche, schon erschöpfte Licht verhauchte auf dem grauen Boden und wurde selber grau und war kaum noch mehr als ein Schatten. Tiefste Nacht und tiefstes, undurchdringliches Schweigen, eines mit festverschlossenen Lippen. In dieser Beleuchtung und diesem Schweigen, weder groß noch klein im guten Verhältnis zu ihrem durchscheinenden Grau, durchquerte eine Spinne die Küche.

Es war eine Spinne gewöhnlichster Art, aus einer bei uns namenlosen Familie, die mit den überlangen und haarfeinen Beinen und einem

Körper wie ein Pfefferkorn. Sie lief rasch, wie es deren Gewohnheit ist, doch ohne Hast: stelzte lautlos auf ihren unmöglichen Gliedmaßen, die wie Flechten am Fußboden zu haften schienen und die sie mit kleinen Rucken an sich zog, was ihr Gleichgewicht ernstlich gefährdet hätte, wären da nicht viele andere gleichartige Beine gewesen, die es augenblicks von der anderen Seite wiederherstellten; das kleine Korn ihres Leibs war gleichsam einem astralen Sturm ausgeliefert, tänzelte unregelmäßig über die von seinen Stützen gegebene Luftlinie, und wenn der Schatten diese Linie verfärbte und verschluckte, schien es sich Mal um Mal mit einem wilden Reigen von monströsem Rhythmus in luftiger Leere im Gleichgewicht zu halten. So stelzte sie dahin, und doch lag in diesem Wesen irgend etwas Stummes und Erhabenes wie das Einhergehen des Schicksals, das wir in unseren schlaflosen Nächten mit Deutlichkeit erkennen. Obwohl Jener mit nackten Beinen dastand und obwohl die Spinne zwei Handbreit an seinem Gesicht (empfindlichste Körperpartie) vorüberzog, machte er keine frenetischen Sprünge wie das andere Mal und selbst nicht den Versuch, vor ihr zurückzuweichen. Vielleicht, weil er die Gefahr nicht rechtzeitig erkannt hatte und ihr nun plötzlich allzu nahe war, veränderte er seine Stellung nicht im mindesten und verharrte, bis ins Herz getroffen, genauso wie er war, gebückt, gebannt und regungslos. Der Floh und die ganze Welt mit

Ausnahme der Spinne waren seinem Bewußtsein entrückt. Unter normalen Umständen hätte ihn eine gewisse verzweifelte und an den Fingerkuppen deutlich verspürte Sensibilität eigentlich daran erinnern müssen, daß er diese noch nicht von der dreckigen Berührung mit dem Floh gereinigt hatte. Doch war diese schon vergangen, noch bevor sie sich äußern konnte.

Das Wesen ging überdies seinen genauen Weg: Jener wußte sofort, daß sein unerbittlicher Vormarsch es im Abstand von einem Fingerbreit, vielleicht sogar weniger, an der Spitze seines (aufgerissenen, die Wölbung des großen Zehs draußen) Schlappens vorbeiführen würde. Doch zog er seinen Fuß nicht zurück, wußte, daß er es nicht fertigbrächte: sie war inzwischen schon zu nahe, und er in seinem Kreis erstarrten Grauens gefangen. Es gehört ja so wenig dazu, und Jener wußte dies, eine sogeartete Spinne zu erschrecken. Man braucht sie eigentlich nur anzublasen, damit sie, je nach bedrohlicher Nähe des Feindes und nach Position, sich an den Boden preßt, ein unverrückbarer Nagelkopf, gekrönt vom Strahlenkranz ihrer acht Fäden wie von den Fontänen eines Brunnens; oder sich totstellt, Fäden über Kreuz und Bauch (um es so auszudrücken, denn wo ist der Bauch an diesem braunen Korn?) nach oben, regungslos und für alle Fälle schlaff; oder auch, fest verankert auf ihren Fäden (die offenbar über Saugnäpfe verfügen) und von einer Wand oder einem Netz baumelnd, mit ihrem erbärmlichen Pfefferkorn eine Sarabande, einen höllischen und bedrohlichen Reigen tanzt. Immerhin ließ diese Spinne nicht erkennen, die Gegenwart unseres Jenes, seinen Blick und seinen angehaltenen Atem bemerkt zu haben und setzte, mitnichten beunruhigt, ihren fatalen Spaziergang fort. Kam einen halben Fingerbreit an Jenes großem Zeh vorbei, marschierte weiter und verflüchtigte sich dann in den tiefen Schatten und vielleicht ins Delirium. Erst dann löste sich Jener aus seiner Stellung und richtete sich wieder auf. Gedanken waren nun keine mehr in ihm, nur eine schwach fiebernde Mattigkeit, nicht einmal ein Unwohlsein. Gebrochen in seinem Innern, zerbrochen. Er wollte ins Bett zurück, doch als er sich schon zum Gehen anschickte, erwachte seine Natur, und er hatte, wie stets, das absolute Bedürfnis, seinen Beziehungen zu dem Spinnengeschlecht in Gedanken nachzugehen sowie die Gefahr, die ihm von diesen schrecklichen Feinden drohte, räumlich und zeitlich zu bestimmen. Spinnen jeglicher Art und Größe kamen ihm wieder ins Gedächtnis: von den vogelfressenden, die er in den Lehrbüchern für Naturgeschichte gesehen hatte (ungefährlich, weit weg und irreal) bis zu den ganz kleinen mit den zitternden Fühlern, die an den Fensterborden Fliegen fangen (ebenfalls ungefährlich: Nichtspinnen).

Wahre Spinnen gibt es in vielerlei Arten: da

gibt es die riesigen und alten pechschwarzen Spinnen mit gedrücktem Kopf und herzförmigem Körper; sie hausen in alten Zimmern, tragen auf ihrem Leib ein großes Kreuz, haben große, stämmige, behaarte Beine und machen erschreckende Sprünge. Und stämmige, korkartige Spinnen, und wenn man sie ergreift, klammern sie sich mit den Beinen an die Finger, die sie halten; sie leben in Gemüsegärten und haben keine allzu flüchtige und konvulsivisch rasche und huschende Art. Und Spinnchen mit leuchtenden weißen und grauen Quadraten und einer Salamanderhaut. Und Spinnen, die man immer gleichsam hinter einem Nebelschleier sieht und die in einem Loch ganz unten in einem Trichter aus dichtem Gewebe hocken. Und Heimchen, die ganz die Natur der Spinnen haben (als Kind hatte Jener sie Spinngrillen genannt). Und mittelgroße Spinnen, gelblich und ohne sonderliche Bedeutung, weder gedrungen noch gestreckt, eigenartig proportioniert an Körper und Beinen . . . «Ja», sagte sich Jener und folgte einer plötzlichen Eingebung, «aber sie einfach so aufzählen heißt noch nicht, sie begreifen. Das Fleisch der Spinnen, das böse Geheimnis des Spinnenfleischs bleibt uns versagt. Wer wird es lüften können, erfahren, woraus es wirklich besteht? Darum», sagte er sich des weiteren, «muß man vielleicht diese gelben Spinnen erforschen, deren Beine zu schwach sind, um den gedunsenen Körper tragen zu können; der nichts weiter ist als eine kleine Blase purulenter Materie: eine kleine Eiterblase; schlitzt man sie auf, kommt eine gelbliche dicke Flüssigkeit heraus. Wenn man sich's richtig überlegt, ist diese Blase gar nicht gelb, sondern nur durchsichtig und erhält ihre Farbe von der Materie im Innern. Damit haben wir vielleicht die Essenz der Spinnen. Diese Blase ist wie die Haut eines prallen Eiterpickels, Eiterpickel, den man unbedingt aufstechen muß, wenn man nicht riskieren will, daß der Eiter nach innen geht und das übrige Fleisch infiziert . . .» Doch hier fuhr es wie ein Blitz in Hirn, Herz und Adern unseres Jenes. Und wie immer wußte er erst einen Augenblick darauf, was dies war. Die tödliche Aufwallung nahm zu, erreichte das gerade noch erträgliche Höchstmaß an Intensität, ebbte ab, und nun endlich begann der Gedanke Gestalt anzunehmen, verdeutlichte sich in einem Vergleich. Noch eine weitere Umdrehung, und da ist das Bild in seinem vollen Grauen fixiert. Jener verstand. Er verstand jetzt, plötzlich und unvermutet, welche Farbe die Augen seines Sohnes hatten: die Farbe jener Spinnen.

Zu diesem Zeitpunkt rief eine heftige Regung Jenen an den Ort seines jüngsten Ruhmes. Er wollte auch dieses äußerste Mittel nicht ungenutzt lassen. Und eilte hin, ließ sich mit Würde nieder und sprach: «Ich berief Sie an diesen Ort, meine Herren . . .», doch verlosch seine Stimme in Mattheit, und der Kontakt mit der imaginären Zuhörerschaft kam nicht zustande. Die Regung selbst erwies sich als trügerisch; nicht einmal der Organismus Jenes meisterte die Situation: um so unempfindlich zu sein, mußte er schon die Harmonie der Dinge unterbrochen haben.

Damit war das Urteil über Jenen gefällt. Fast ruhig kehrte er in sein Zimmer zurück, kleidete sich ohne Eile an und ging fort. Der Blick, den er beim Überqueren auf den alten Hof, Herzstück seines Hauses, warf, war fast abwesend.

5

El rojo pas de la blanca aurora
(Góngora)

... Mais la croix de l'aurore
se casse et se ride ...

Schnee auf den Bergen da oben, beim darauffallenden Licht kaum zu erkennen. Wohin ging Jener? Er wußte es nicht, und es war ihm egal. Alles war ihm egal. Steinige, wohlbekannte Wege, rutschig unter den unachtsamen Schritten; dann grasbewachsene Abhänge. Und weiter durch den Kranz der Hügel, und weiter noch über die erst sanft ansteigenden, dann steilen Stege. Die Bergkette, die Bergtäler. Ein bewaldeter Hang am Rand eines langgestreckten Tals, das an seinem Ende gegen den hohen Himmel steht. Doch dies ist der Hain der Weißbuchen, den Waldschnepfen im November heilig! Schwarze, dunkle Schnepfen, wie sie genannt werden. Schnee, Schnee. Weiter durch den Wald. Ein Hauch, dann ein schwacher Wind, kühl im Morgengrauen. Ostwind. Ganz in weiter Ferne eine leichte, ungewisse Helligkeit, eine Ahnung von Blässe am dunkelblauen und durchsichtigen Himmel. Ein reiner Tag. Hinten noch die Pechschwärze mit kaum einer Absicht auf Türkis, und alles verfinstert sich und versinkt in der Nacht. Diese Nacht ist um so finsterer, als nur die größeren und blutvolleren Sterne darin pulsieren und ein abnehmender, ein tragischer, krummer, glutroter, verhängnisvoller Mond gleich einem bei einer plötzlichen Flaute zusammengesackten Segel darin hängt. Unschlüssig, ob er dem drohenden Tag, der kaum wahrnehmbar am Horizont herankommt, einen Schrecken zubilligen soll, verharrt er in seiner Schwebe und sieht ihn wie ein komischer Hund schief an. Jenem, der dem Weg der Nacht folgte, schien es noch einmal so, als befände er sich auf einem Meeresgrund, und die unendliche Fläche des Himmels ganz hoch oben über seinem Kopf sei die Meeresoberfläche: er empfand die Unermeßlichkeit der Leere unter dem Himmelsgewölbe, als sei dieses von Wasser erfüllt und mache sie fühlbar (der Mond eine rosa Qualle knapp unter dem Wasserspiegel, die Sterne Meersterne mit ihrem schwachen Pulsieren im Gleiten). Schwindelerregendes Entsetzen. Doch ein unbegreifliches Aufklaren, schier plötzliches Aufbrechen jener fernen Helle führte ihn ins Bewußtsein zurück.

Hopfenbuchen. Nur wenige, abgesehen von den Jägern, kennen die dunklen Hopfenbuchen. Hainbuchen sind hell und harmlos und unterscheiden sich nur wenig vom Haselstrauch; Hopfenbuchen haben ein finsteres, verbissenes, starrsinniges Wesen. Gewiß setzen auch sie, wie alle anderen Gewächse, Blüten und Blätter an, aber vielleicht in aller Heimlichkeit, denn keiner sah sie jemals blühen und austreiben. In jeder Jahreszeit ist ein Gehölz von Hopfenbuchen nichts als ein niedriges Gestrüpp, das verschlungen und knorrig fast am Boden kriecht, festgefügt wie Stein, und kahle und ganz lange Ruten ausschickt; diese scheinen biegsam und hart wie Stahl zu sein, sind aber in Wirklichkeit klebrig und anhaftend wie Tentakel. Mit welcher besonderen Aufgabe auf Erden die Hopfenbuchen betraut sind, entzieht sich unserer Kenntnis. Doch ruft der Widerschein ihres düsteren, undurchdringlichen Wesens bei jedermann Entsetzen hervor, der in dieses perlfarbene Volk eindringt.

Ein Jäger, der sich durch ein Gehölz von Hopfenbuchen seinen Weg bahnen will, läßt nicht nur notgedrungen Fetzen an den bekrallten Beugen von Wurzeln und Stämmen zurück, muß nicht nur tausendmal mit knorrigen Stecken um sein Gewehr hadern und es ihnen wieder entwinden, wenn sie es höhnisch zu sich gerissen haben und festhalten wie ein Hund seinen Knochen: sondern der Ärmste, verloren in der kosmischen Finsternis und im perlfarbenen Gewirr der Schößlinge, muß auch, um überhaupt durchzukommen, alle Augenblicke die elastische Anmaßung der Ruten von sich abhalten. Und diese, kurz zurückgebogen und gespannt, schlagen ihm – sicher und auf den Millimeter genau berechnet – alle Augenblicke pfeifend an die vor Kälte erstarrten Ohren, die geschwollenen Handrücken, die Wangen, die Haut unter seinen Augen, die schreckhaft geschlossenen Augenlider, eben an alles, was bei ihm empfindlich und verletzbar ist. Hat die Rute, oft mit ihrer dünnsten und fügsamsten Spitze, den Peitschenhieb versetzt, kehrt sie in ihre gewohnte Stellung zurück, als sei überhaupt nichts geschehen, und nur ein gleichgültiges Zittern zeugt noch von ihrer verstohlenen Tat. Wie sich solches begibt, weiß man nicht: in einem Gestrüpp aus anderen Gewächsen, sagen wir sogar aus Hainbuchen, könnte ein elastischer Zweig, der weggebogen und dann sich selbst überlassen wurde, allenfalls einen dahinter Kommenden treffen. Doch jedes Staunen vergeht hier gar rasch. Wie sich auch jeder Willensvorrat rasch erschöpft.

Man ist der Hexerei dieses luftigen, perlfarbenen, dreisten, niederträchtigen Volkes ausgeliefert: knorrige Gnome und böse Sylphiden umtanzen einen hemmungslos mit ihrem Reigen, dessen Töne in diesem Rauschen und Pfeifen sind. Der Rutenhieb, der auf dem Fleisch fast zu verharren und zu haften scheint, ohne dabei etwas von seinem brennenden Sausen zu verlieren, gleicht oft dem Flügelschlag einer Schnepfe, die sich, von der Vegetation behindert, aus dem Gebüsch erhebt; noch eine Bosheit des Gehölzes zum Schaden der Jäger. Und selbst wenn diesen der weiche Büschel aus gesträubten Turtelfedern über einem spitzen Schnabel dann nur eine Handbreit vor den Gewehrlauf käme, sie würden ihn verlorengeben und ziehen lassen.

In ein solches Gehölz war Jener geraten. Doch ging er jetzt fast zügig voran! Die Hopfenbuchen mußten seine Gleichgültigkeit bemerkt haben, das Spiel schien ihnen nicht viel einzubringen. Schnee. Das Morgengrauen ist ein wenig heller geworden. Kratzer, Sausen, Peitschenhiebe gehen über sein Fleisch hinweg wie das dumpfe, konstante Rauschen eines Wildbachs. Schnee: doch was ist diese weiße Gestalt, die aus dem Schnee und über den Schnee zu springen scheint? «Es gibt ganz weiße Hasen», flüsterte in Jenem eine falsche und ungehörte Stimme. «Ob größer oder kleiner, eben ein Hase. Oder ein verlaufenes Schaf?» monologisierte die Stimme weiter. Unwichtig. Die weiße Gestalt, die ihm voranläuft und so sehr die Farbe des Morgengrauens hat, wie eine Spinne schattengrau ist, scheint Jenen zu leiten. Der Gang in den aufklarenden Morgen.

Hier beginnt nun jener Abschnitt der Berichterstattung, den man als horizontale Strecke bezeichnen könnte, und da es seinem Helden an Bewußtsein mangelt, ist der Schreibende genötigt, mit seiner ungeschickten Art, sich die Dinge vorzustellen, zum Späher zu werden. Jedermann hat schon irgendeine schöne Filmdiva entrückt der Freiheit oder der Liebe entgegenschreiten sehen. Ihre Augen gehen in die Weite, ihr Blick ist ganz horizontal; Hindernisse und Unwegsamkeiten sind wie beseitigt und begradigt, die auf die ferne Vision gerichteten Augen senken sich überhaupt nicht, um sie zu betrachten. Beine und Körper folgsam, gleichsam fasziniert von der unbeirrbaren Horizontalität dieses Blicks, beugen und strecken, fügen und krümmen sich selbständig gemäß der Bodenlinie, nur um die unverrückbare Zielstrebigkeit dieses Wunsches nicht zu beeinträchtigen. Und behindern ein Ast oder ein zu Boden gefallener Schal den Schritt, erschweren ihn Sand oder Morast, so werden ihn Fußgelenk und Schienbein und Knie und alles andere weitertragen, werden obsiegen und die Last gar nicht spüren, wenn nur dies Auge frei bleibt, wenn nur dieser Blick ungehindert über die ganze Welt schweift. Jedermann hat auch schon gesehen, wie sich irgendein Fahrzeug auf unverhältnismäßige Art und Weise unter der nichtsahnenden Mickymaus ausdehnt oder zusammenzieht, so daß diese meint, stets auf einer schönen und glatten Straße voranzukommen. Nun, in etwa so kam auch Jener voran, den Blick unverwandt auf die weiße Gestalt gerichtet. Wie im Kino. Seine Füße wateten durch Schnee und stolperten über knorrige Wurzeln, Ruten schlugen ihm pfeifend aufs Fleisch, und die weiße Gestalt, ob näher ob ferner, führte ihn zur Helle des Morgengrauens.

Bis er fiel und lag. Das Morgengrauen hatte jetzt seine ganze Fülle erreicht: alles und jedes tropfend, frisch, silbrig, perlfarben; das Gestein silbern. Unter dem Jadehimmel schienen die verstrickten, für einen Augenblick besänftigten und erschreckten Schößlinge ein himmelwärts gerichteter Wald perlfarbener Votivkerzen zu sein. Jener, der im Schnee lag, fühlte, wie ihm die Kälte immer mehr in die Knochen, bis ins Herz drang. Und ein bösartiger Schatten machte einen Strich durch das Morgengrauen. Der Himmel verfärbte, trübte sich zu einem fahlen Gelb. Vor Jenem, durchs verworrene Gestäude zu sehen, dehnte sich weiß und unbefleckt das Tal: seitwärts die abgerundete Flanke einer Höhenkuppe, auch sie prall und weiß von reinem Schnee. Und auf diese Schwellung warf die erste Morgenröte (Morgenröte?) ihren gelblich-trüben Widerschein. Und die ganze Höhenkuppe wurde zum gräßlichen Leib einer Spinne: jener Spinnen, die als Leib eine kleine Eiterblase haben.

Wie lange lag nun Jener schon da im Schnee? Gewißlich war die Kälte in seinen Knochen und in seinem Herzen inzwischen Frost, purer Frost. Er schmolz langsam und sicher die letzten Funken Wärme, drang von der Haut ein und preßte. Preßte und drang ein. Preßte in eine Zwinge, die immer enger wurde, sich immer rascher schloß: wie ein Objektiv. Noch ein einziges Pünktchen Licht und Wärme, dann nichts mehr. Wie im Kino.

Doch was scherten Jenen jetzt noch die Spinnen? Ihm war sogar, als sei all seine Abscheu zu einer grenzenlosen Liebe geworden, und tiefbewegt kostete er die Freude einer Wiederversöhnung mit seinen Urfeindinnen. Zugleich machte ihn ein inneres Rumoren darauf aufmerksam, daß in seinem Leib etwas vorging: in aller Deutlichkeit gab sich da ein dringendes unwiderstehliches Bedürfnis zu erkennen: seine Lippen färbten sich zu einem schwachen Lächeln.

Mag es blühen, das Spinnenfleisch!

Anmerkung. Hier hält es der Schreibende für angebracht, einen Punkt zu machen; und zwar aus einer Menge von Gründen, deren einer intuitiver als der andere ist. Und verweist lediglich um der Vollständigkeit willen noch auf einen Umstand, der ihm übrigens nicht wesentlich erscheint. Wie man im nachhinein erfuhr, war Jener mitnichten ein Hochseekapitän, hatte auch keineswegs die ganze Welt befahren und die erstaunlichsten Abenteuer erlebt, wie er vorgab. Sein Leben war bis zur Pensionierung das eines Durchschnittsbeamten mit tausendzweihundert gewesen. Er hatte keine wie auch immer gearteten Verwandten, und von dem Söhnchen, das später an Krämpfen starb, hatten seinerzeit die bekannten bösen Zungen behauptet, es sei gar nicht von ihm. Nicht genug damit, es war sogar unterstellt worden, der angebliche Kapitän (in seinem bürgerlichen Leben Amtsvorsteher bei einer Behörde in der Hauptstadt) habe auf Grund eines körperlichen Gebrechens gar nicht an Kinder geschweige denn an Weiber und nur an eine ganz und gar keusche Ehefrau denken und auch nur eine solche besitzen können. Keusch begreiflicherweise, was ihn selbst betraf. Wieso und warum der Kapitän schließlich in das kleine Dorf gezogen war, wo wir ihn fanden, konnte nicht mit Genauigkeit festgestellt werden. Was schließlich Rosalba betrifft, die als Einjährige aus einem Findelhaus geholt worden war, so wußte dieselbe in der Folge den Sohn des Advokaten so gut zu umgarnen, daß dieser sie allen vernünftigen Ratschlägen seiner Eltern zum Trotz heiratete, wonach der Verfasser sie aus den Augen verlor.

Wie man sehen kann, sind dies jedoch nur belanglose Einzelheiten.

Der Einbrecher

Seit zwei Stunden hörte der im Keller verborgene Einbrecher, wie diese Schritte unerbittlich die Räume oben durchmaßen und die alten Balken so zum Zittern brachten, daß sie ächzten und hie und da winzige Teilchen vom Verputz herabfallen ließen; gingen diese Leute gar nicht zu Bett? Häufig drangen auch in der Stille der Nacht jähe Stimmausbrüche bis zu ihm, verärgerte oder spöttische; dann, nach langen Pausen, kreischendes und unheimliches Lachen, das einem fast das Blut in den Adern gerinnen ließ.

Der Dieb war ein Anfänger, wollte jeden Skandal und jede Gewalttätigkeit vermeiden. Er hoffte, in dem alten Haus nur etwas Krimskrams, vielleicht auch etwas Eßbares zu ergattern, im Grunde ein Nichts für den reichen Besitzer, was aber ihm, dem Einbrecher nebst seiner kleinen Familie für eine Weile zu leben ermöglichen würde. So weit hatte er es mit seinen grauen Haaren gebracht! Und er war so sehr ein Anfänger, daß er zwei Stunden brauchte, um zu bemerken, daß die Schritte da oben die Schritte nur eines einzigen Menschen waren: gewiß der Signore. Doch mit wem sprach er, ärgerte sich oder lachte er eigentlich?

Wie dem auch sei, diese abgemessenen und fortwährenden Schritte versetzten den Einbrecher in große Angst; verdammt, so zusammengekauert zwischen zwei Fässern, in einem fremden Haus ... Schüchtern war er und gut, wir sahen es schon. Außerdem klangen diese Stimmausbrüche mitten in der Nacht wirklich erschreckend; und das Gelächter erst! All dies war ihm unerträglich geworden; zwar hatte er sich fest vorgenommen, erst dann ans Werk zu gehen, wenn das ganze Haus in tiefen Schlaf gesunken war, aber nun entschloß er sich doch, mit aller Vorsicht nachzusehen, was dort geschah. Übrigens drängte ihn eine eigenartige Neugier dazu, eine ängstliche Neugier, die nicht zu unterdrücken war.

Er wußte im Haus recht und schlecht Bescheid; kroch schaudernd zwischen den Fässern hervor und kam über eine Innentreppe in den Hof. Durch eine Glastür drang schwacher Lichtschein; der Einbrecher wollte sich ihr nähern, doch wurden die Stimmausbrüche lauter. Oder vielmehr die heftige Gegenrede. Von hier aus hörte man schon besser: der Mann dort drinnen sprach oder diskutierte ununterbrochen mit irgend jemandem, (der Einbrecher meinte, ab und an eine andere, wenn auch etwas ruhigere Stimme zu vernehmen); er sprach in abwechselndem Ton, einmal laut, einmal leise, einmal fast schrill und einmal murmelnd, doch stets erregt; und bisweilen unterbrach ein sarkastisches Auflachen die Diskussion. Doch diese Ausbrüche kamen sicher von dem, der am meisten, am erregtesten sprach; und sie waren in der Nacht besonders schrecklich anzuhören. Schließlich faßte sich der Einbrecher ein Herz und sprang in ein paar Sätzen zur Tür, wobei ihm die Dunkelheit ringsum zu Hilfe kam; die Glasscheiben der Tür fingen erst bei einer gewissen Bodenhöhe an, und so konnte man, wenn man sich auf alle viere niederließ, hineinsehen, ohne selber gesehen zu werden. Und der Einbrecher sah hinein.

In der Küche (denn dieser Raum war eine geräumige Küche) brannte eine staubige Birne und verbreitete ein gelbliches Licht; das Feuer war ausgegangen, man sah, daß es von allein ausgegangen war. Vor den Feuerlöchern wanderte ein Mann auf und ab, ebenso grauhaarig wie der Dieb. Doch was einen wirklich zusammenfahren ließ: dieser Mann ging so bizarr abgeknickt, wie man bei bestimmten Affen sieht, mit herunterhängenden Armen, breitbeinig und die Fußspitzen nach außen. Seine Augen, düster unter den dichten Brauen, blickten oft in die Richtung hinaus, wo sich der Einbrecher befand, ohne ihn freilich zu sehen. Und dieser Mann in dieser Körperstellung redete ohne Unterlaß.

Von einer schrecklichen Ahnung überkommen, hielt der Einbrecher nach dem Gesprächspartner Ausschau, entdeckte ihn aber nicht. Bis er, starr vor Erstaunen, gewahr wurde, daß der Mann mit sich selber sprach; und dabei manchmal die Stimme veränderte, als spräche er mit jemand anderem. In der leeren Küche, vor dem erloschenen Ofen, bei dem schwachen Licht und in solch abgeknickter Stellung ging der Mann auf und ab und redete pausenlos, keuchend.

«Ja», sagte er, «das ist nun für dich die bequemste Haltung, Gevatter. Du bist alt, armer Freund (fuhr er fort und veränderte dabei seinen Gesichtsausdruck). Worauf wartest du eigentlich noch? Dein Haus ist leer, dein Feuer erloschen, du gehst hin und her, Sie, Herr, gehen hier drinnen hin und her wie in Ihrem Grab, tot in Ihrem Grab, das heißt noch lebendig und schon im Grab ... Zum Teufel mit den verfluchten Worten! (rief er in größter Verärgerung). Schweigen, schweigen, in Ewigkeit schweigen (kam es im Singsang, die einzelnen Silben artikuliert). So sehen Sie doch, die Angehörigen, die Freunde, Ihr Sohn ... (ergänzte er, wieder in verändertem Ton). Sie, mein Herr, Sie werden von vielen Menschen geliebt und respektiert, auch gefürchtet, o ja, das kann ich Ihnen versichern; dazu Ihr Reichtum, und wenn wir nicht Reichtum sagen wollen, dann eben Wohlstand ... hm, hm ... Mit einem Wort, Ihr verehrtes Alter ist gesichert, und so weiter. Was sagen Sie, was sagst du? (rief er jetzt zornig). Die Angehörigen. Die Angehörigen (wiederholte er verdrossen). Der Sohn. Ha, ha, ha! (und plötzlich eines von diesen schrillen Lachern, die erstarren ließen). Wo ist er denn, mein Sohn? Wie, so erfrage (er sagte wirklich *erfrage*) und sage ich, kümmert oder kann er sich denn um mich kümmern, vorausgesetzt, daß er überhaupt will? Gefürchtet, ja gefürchtet (wiederholte er auf die Melodie eines obszönen Studentenlieds). Gefürchtet, was!, wie Räude, Fäulnis, Aas! (schrie's aus Leibeskräften). Hoch lebe der Reim, der geliebte Reim (kam's mit launischer Fatuität). Ach und wo (fuhr er dann fast ohne Unterbrechung fort), anders und so, hier und irgendwo, so so so, der und der und hin und her, trali trala, taramtatam (schien angestrengt nachzudenken), und noch mal: ach und wo, und weiter so.

Der Mann wiederholte in einem fort diese Wörtchen ohne Zusammenhang, wobei er in höchster Erregung auf und ab ging. Dem Einbrecher hinter der Tür tat es im Herzen weh, und großes Erbarmen überkam ihn. Er dachte nicht mehr an den Zweck seines Besuchs in diesem Hause, vergaß sein eigenes Elend und hätte diesem Mann helfen, ihn vielleicht sogar umarmen wollen.

Er machte irgendeine unpassende Bewegung und seufzte; denn jetzt richtete sich der Mann plötzlich auf, stürzte zur Tür, öffnete sie, murmelte: «das ist nur der alte Hund, der alte Hund.» Der Einbrecher befand sich nun ungeschützt in dem schwachen Licht und blickte, so auf allen vieren, zu dem Herrn auf. «Du, du . . .» meinte dieser ein wenig erstaunt, doch überhaupt nicht ärgerlich, sondern sogar traurig, «was willst du denn?» Der Einbrecher blieb die Antwort schuldig und erhob sich langsam. «Du wolltest stehlen, nicht wahr?» fuhr der andere fort, aber keineswegs ironisch, eher mit melancholischer Heiterkeit; und betrachtete ihn mit seinen traurigen Augen. In denen des Diebes glänzten gewiß Tränen; er zitterte ein wenig und rührte sich nicht. «Komm doch herein, mein Lieber», sagte unvermittelt der Herr, «komm in mein Haus. Du bist arm? (meinte er noch, ernst geworden). Deine Frau, deine Kinder haben nichts zu essen, ist es so? Komm nur.» Und schob ihn am Arm herein.

In dem trüben Licht sahen die beiden Männer einander lang in die Augen; auch die des Herrn füllten sich mit Tränen; dann lächelte er mild. Der eine breitete seine Arme aus, der andere warf sich hemmungslos hinein; Herr und Einbrecher umarmten sich weinend, schluchzend wie Kinder. Und die Tränen wollten nicht versiegen, rannen und rannen, wuschen ihnen die Gesichter, waren ein Trost für ihre Herzen.

Der Vormittag des Schriftstellers

Der Schriftsteller erwachte bei Sonnenaufgang, räkelte sich lange im Bett und horchte in sich hinein. Er fühlte sich nicht sonderlich mißgestimmt über alle und alles, wie ihm dies bisweilen widerfuhr, und eine gewisse physiologische Regung versicherte ihm auch, daß sein Gesundheitszustand mehr oder weniger in Ordnung war. Im Grunde fühle ich mich ja nicht schlecht, entschied er, und überhaupt kann ich für mein Alter noch zufrieden sein. Es war ein strahlender Frühlingssonnenaufgang. Man vernahm heftiges Spatzengezwitscher, und als er vor dem weitgeöffneten Fenster seine Gymnastik machte, wollte eine Schwalbe in sein Zimmer, machte jedoch hastig kehrt, als sie ihn dastehen sah. Sein Blick fiel auf ein Getreidefeld dort drunten; der leichte Morgenwind blies Wellen hinein, die vor ihm das Bild der sich fortbewegenden Beine eines Tausendfüßlers entstehen ließen. Mein Vorstellungsvermögen ist jedenfalls noch lebendig, sagte er sich. Und ohne sich zu waschen, um keine Energie zu verschwenden, begab er sich in sein Arbeitszimmer und setzte unverzüglich die Feder ans Papier; das heißt, nicht eigentlich.

Zwei Tage arbeitete er nun schon an einem Sonett und hatte noch nicht mehr als die beiden ersten und die beiden letzten Verse fertig: sehen wir mal, ob ich mich heute früh mit etwas gutem Willen aus der Affäre ziehe. Die vier fertiggestellten Verse lauteten: *Aprile di vergogna per chi langue E per chi giace e per chi non ha dama*[1]; und dann, am Ende: *E così Aprile il radioso volto Palliò di un velo* (oh, schwach) *di pioggia.*[2] Und mittendrin? Er hätte in dem Sonett seine ganze (ja, schier sündhafte) Tatenlosigkeit im Anblick des Frühlings als die eines verkümmerten Herzens, den die Hoffnung nicht mehr anrührt, zum Ausdruck bringen und doch gleichzeitig alles in einem märchenhaften und fast scherzhaften Ton halten wollen, bei dem der Leser noch besser jenen Abgrund von Verzweiflung ermessen könnte, in dem sich der Autor befand; Vorwand dazu sollte eine Bitte an den leidenschaftlichen April sein, die auch erfüllt wurde. Doch eines ist sagen, ein anderes ist tun; zudem hatte er dieses Gefühl nicht mehr. Gut,

1 *Schandbar der April für den, der schmachtet wie für Den, der liegt und den, der keine Dame hat.*

2 *Also verdeckte der strahlende April vor dem Regen Sein Antlitz mit einem Schleier* (oh, schwach).

man mußte es wieder aus sich herausholen, man konnte schließlich diese vier schönen Rahmenverse nicht ohne Korpus lassen; also hieß es weitermachen, und sei es nur mit seiner Technik und Routine, falls es ihm an anderem mangelte. Routine: warum nur zum Teufel hatte er sich diesen Vers mit *angue* ausgedacht, auf den sich nur ganze vier Wörter unserer Sprache reimen? Daraus folgerte, daß man unbedingt das Wort *angue*[3] verwenden mußte, und das war schließlich zu antiquiert. Der Schriftsteller hatte sich festgefahren: er dachte sogar an die Möglichkeit einer Versbrechung mit irgendeinem Wort, und es fiel ihm nur das Wort *anguestara*[4] ein, aber das war in einem heutigen Sonett auch nicht mehr zu verantworten; jedenfalls nicht im Rahmen dessen, was er als moderne Poesie betrachtete. Nachdem er sich reichlich und vergeblich über dieses Problem den Kopf zerbrochen hatte, ließ er es zunächst offen und sah sich erst einmal die Verse an, die er als brauchbar zu Papier gebracht hatte. So könnten der dritte und vierte Vers im Sonett lauten: *Che già tingendo vai di fuoco e sangue L'occhio del sole quando l'alba chiama.*[5] Nun ja, eigentlich war das doch ein wenig zuviel mit diesem *der du schon färbst*. Der

3 Schlange
4 Schlangennest
5 Der du schon mit Feuer und Blut das Auge Der Sonne färbst, wenn die Morgenröte ruft.

Rest konnte auch stehenbleiben. Ja, dieser Anruf der Morgenröte (sie ist die Jugend des Tages wie der April die Jugend des Jahres) und dieses Auge der Sonne (da schließlich vom Antlitz des Aprils die Rede ist) paßten jedenfalls, und das *der du schon färbst* könnte ja gestrichen werden. Sehen wir weiter: *Al tuo tepore si disnoda l'angue Che agli uomini promette amore e fama.*[6] Hier liegt der Hund begraben, einmal ganz abgesehen von der Häufung harter Zahnlaute: *tuo tepore*. Und weiter (jetzt waren die Verse unzusammenhängend und mit Varianten niedergeschrieben): *Del fraterno novembre il volto esangue Meglio conviene ed una luce grama A chi la vita inutilmente affama.*[7] Nun, das wäre noch halbwegs hinzubiegen, aber wiederum lag hier die Schwierigkeit nicht in den Reimen, sondern in *ama*: wenn man nur irgendwie dieses *angue* hätte wegnehmen können! Lassen wir's gut sein und wenden wir uns den Terzinen zu. Hier wäre es hübsch, sich an die strengste Regel zu halten und sie lediglich auf zwei Reimen anschlagen zu lassen, und sei's nur deshalb, um unseren Zunftgenossen (die mit vielen schönen Reden den Reim nur deshalb aufgegeben haben, weil sie nicht fähig sind, ihn durchzuhalten) zu beweisen, daß es gott-

6 Bei deiner milden Wärme, die den Menschen Liebe und Ruhm verspricht, entrollt sich die Schlange.

7 Des brüderlichen Novembers blasses Antlitz Wie auch ein fahles Licht Passen mehr zu einem, Den das Leben unnötig hungern läßt.

lob noch jemanden gibt, der ein einwandfreies Sonett nach alter Manier zustande bringt. Doch zwei weitere Wörter mit *oggia*, die er gut hätte gebrauchen können, waren nicht leicht zu finden: *poggia* oder *appoggia*[8] boten sich an, und man könnte etwa vom Leben sprechen, das sich dem Ende nähert (nein, schöner und tiefsinniger ist *seinem* Ende); daraufhin vielleicht *moggia*[9] mit einem etwas lebendigeren Bild, wie etwa: *Non riversare* (oder *rovesciare*) *ancora le tue moggia*.[9] Hm, das wäre zu überlegen. Und die anderen beiden Verse mit *olto*? Also, der eine könnte natürlich sein: *Lascia dormire quello ch'è sepolto*.[10] Immerhin ... jetzt noch einmal alles gründlich von Anfang an.

Nachdem er sich ein Stündlein den Kopf zerbrochen hatte, war er noch weit entfernt von der endgültigen Fassung und fühlte sich bereits müde, auch weil er so viel geraucht hatte, und zwar auf nüchternen Magen. «Wenn ich ein Nickerchen machte?» dachte er, «und dann, mit ausgeruhtem Kopf ...» Doch er besann sich eines Besseren. Dazu muß man wissen, daß der Schriftsteller, schon etwas ältlich und nicht mehr gar so rüstig, sich als Entspannung die zum Laster gewordene Angewohnheit zugelegt hatte, gewisse Obszöni-

8 beruht, lehnt, sich nähert

9 Scheffel. – Kippe (oder schütte) nicht auch noch deine Scheffel aus.

10 Laß ruhen, was begraben ist.

täten zu zeichnen, die er dann ein um das andere Mal vernichtete. So machte er sich nun an dieses Werk und fand darin für eine Weile seine Befriedigung. Doch hätte er gern mehr Deutlichkeit bei den Frauenkörpern (denn auf sie kam es ja an) herausgeholt, hätte gern gehabt, daß sie mit wohlgeformten Rundungen, wiedergegebenen Schattierungen und jedem einzelnen Härchen die Sinne unmittelbar und ohne Zuhilfenahme der Einbildungskraft ansprachen; doch um dies zu erreichen, verstand er zuwenig vom Zeichnen. So daß er binnen kurzer Zeit alles zerriß und ein wenig (denn er war ja weise), doch nicht sonderlich übelgelaunt sich mit einem Buch in der Hand auf einem Sessel niederließ, wo er alsbald entschlummerte.

Gegen zehn Uhr erwachte er, reckte sich wiederum und begab sich zum Spaziergang hinunter in den Garten. Nachdem er gut in sich hineingehört hatte, sah er ein, daß es sich an diesem Vormittag nicht verlohnte, unbedingt arbeiten zu wollen. Doch wie sonst bis zum Mittag kommen (Punkt zwölf pflegte er zu essen)? Vielleicht einen Artikel: natürlich, seine Zeitung wartete ja auf den Artikel über das letzte Buch von ... Rasch ging er wieder in sein Arbeitszimmer hinauf und schrieb ohne Schwierigkeit die kurze Rezension, wobei er mit einem gewissen Esprit, wie er meinte, einen grundsätzlichen Aspekt für die Beurteilung des besprochenen Schriftstellers sichtbar machte. Doch fehlte immer noch eine Stunde bis Mittag. In diesem elenden Dorf passiert nie etwas, und es gibt auch nie etwas zu tun, brummte er vor sich hin. Vielleicht könnte er an seinen Roman denken, an den großen Roman, den er im Sinn hatte. Aber nein, er war heute nicht ganz da, wie man zu sagen pflegt. Immerhin hatte er ja den Vormittag verloren, und war er auch nicht unbedingt zufrieden, so hatte er andererseits keinen Grund, mit sich unzufrieden zu sein. Letztendlich wäre es vielleicht am besten, diese Zeit mit der Durchsicht gewisser Abrechnungen zu verbringen, die ihm sein Verwalter vorgelegt hatte (war doch der Schriftsteller auch ein kleiner Grundbesitzer).

Er sah sie durch: aber wieso hatte es dieses Jahr so wenig Öl gegeben? Er nahm sich vor, die Angelegenheit mit dem Verwalter zu klären. Jedenfalls kam mit dem Öl und den ganzen übrigen Erträgen so wenig zu seinen Gunsten zusammen, daß dies wahrlich kein Anlaß zur Freude war. Also wollen wir lieber jetzt nicht daran denken und uns nicht das Mittagessen damit verderben; denn inzwischen fehlte allenfalls noch eine halbe Stunde bis zum erwähnten Mittag. Es wäre ja auch der rechte Augenblick, mit der Haushälterin einen kleinen Schwatz in der Küche zu machen: wer weiß, diese armen Leute haben ja manchmal komische Ideen und liefern einem nützliche Anregungen.

Über Neuigkeiten im Dorf befragt, erwiderte die Haushälterin wie stets, daß es keine gebe, aber dann kam sie doch langsam ins Erzählen und berichtete Dinge ohne jegliches Interesse. Der Schriftsteller hatte sich auf einem Stuhl niedergelassen und sah auf ihre Füße, die ihm ausnehmend klein für eine so plumpe Frau erschienen: die Haushälterin war jetzt sechzig und dick und alles andere als anmutig, aber als junge Frau, wer weiß, sagte er sich. Im übrigen, wiederholte er sich und war wieder bei einem anderen Thema, kann ich ja nicht behaupten, daß ich meinen Vormittag verloren habe: ich habe einen Artikel geschrieben, am Sonett gearbeitet und überlegt . . . hm. Und so kam er zur Allgemeinbetrachtung seines Lebens. Das schließlich gar so übel auch nicht gewesen war. Frauen hatte er nicht und konnte sie in gewissem Sinne nicht mehr haben, er lebte allein und würde dies aller Wahrscheinlichkeit auch weiterhin tun, dafür hatte er aber seine Freiheit und viele andere Annehmlichkeiten, und schließlich fehlte es ihm ja an nichts. So könnte er jetzt, sobald ihm die Zeitung seine letzte Artikelserie honoriert haben würde, eine kleine Vergnügungs- und Bildungsreise irgendwohin machen, sagen wir nach Venedig; und in der Folge, wenn alles gutging . . . Eile mit Weile, das war jedoch der ungewisse Schluß. Nur, sagte er sich plötzlich, wenn ich aber jetzt diese Gelegenheit nutze, um mit ihr zu reden, was mache ich dann nach dem

Essen? Ich kann mich nicht gleich wieder an die Arbeit setzen (woran denn eigentlich?). Und diese verdammte Katze ist immer noch nicht zurück (mit ihr machte er die verschiedensten Spiele, brachte ihr bei, sich ihr Futter an schwer zugänglichen Stellen zu holen, auf Sprossenleitern zu klettern, und so weiter).

Die Haushälterin war immer noch bei ihrem uninteressanten Geschwätz. Da fiel ihm auf einmal eine gewisse Frau aus dem Volk ein, die er vor ein paar Tagen im Hause von Verwandten nur flüchtig gesehen hatte; sie war ihm wegen des Ausdrucks ihrer koketten grauen Augen aufgefallen, die trotz ihres Alters noch einen klaren Blick besaßen, und wegen ihrer schmal zulaufenden Hände. Kurzum, ihm hatte scheinen wollen, diese Frau verfüge oder vielmehr habe über das verfügt, was man als starkes Temperament bezeichnet, und so wollte er sich bei seiner Haushälterin nach ihr erkundigen.

Die Haushälterin kannte sie, und ob. Es stellte sich sogar heraus, daß die beiden eine gemeinsame Kindheit verbracht hatten. «Die ist mit Männern (sagte die Haushälterin) nie wählerisch gewesen; und auch jetzt noch, in ihrem Alter, falls da jemand . . .» – «Mir wurde doch gesagt, daß sie eine Zeitlang die Mätresse vom . . . (ein Signore im Dorf) gewesen ist und von ihm ausgehalten wurde.» – «Natürlich, aber gleichzeitig auch von vielen anderen; ihm jedenfalls hat sie weisgemacht, die Kinder seien von ihm, und deshalb saß er dann mit so vielen Ablegern da. Aber sonst ist sie eine gute Frau. Sagt sie doch selber: «ohne mein gutes Herz wäre ich keine Hure gewesen.» Ein Spruch, den man sich merken muß, dachte der Schriftsteller und fragte: «Und was macht sie jetzt?» – «Jetzt ist sie als Dienstmagd bei der Tochter eben dieses Signore, seitdem er tot ist, bei der legitimen Tochter, die ganz allein ist und die sie nicht im Stich lassen will. Und eine Tochter von ihr und dem Signore, also die Schwester dieser legitimen, ist als Dienstmagd bei . . .»

Großartig, dachte der Schriftsteller, großartig! Dieser Typ von Frau und diese Verstrickungen vor dem Hintergrund eines kleinen und finsteren Provinzlebens . . . wie lange schreibe ich schon keine Erzählungen mehr: das könnte eine gute Gelegenheit sein. So etwas zwischen Erzählung und Reportage wäre genau das, was meine Zeitung möchte, was die Leser wollen und wofür auch die Zeitungen anständiger bezahlen.

«Und was sagt sie dazu?» – «Was soll sie schon sagen, sie sagt alles so, wie's ist. Sie sagt: mir vergibt der Herrgott nicht. Ich aber mache ihr Mut mit Jesus, der selbst einer Magdalena verziehen hat; im übrigen braucht sie ja gar keinen Mut, das sind nur so Momente, sie macht mir sogar manchmal Vorwürfe, weil ich zu anständig gewesen bin. Wenn ich krank war, ist sie jedesmal zu mir gekommen, denn sie hat wirklich ein gutes

Herz. Und sie sagt: meine Kumpanin, aber nicht in Schlechtigkeit.»

Wieder ein schöner Spruch, dachte der Schriftsteller, und schön ist auch, wie diese scheinfromme Dienstmagd solche Dinge betrachtet, also ihre natürliche und primitive Nachsicht. Ja, eine Erzählung oder sonst was in der Art müßte schon daraus zu machen sein, es ist fast nichts hinzuzufügen.

Ha, vom Handwerk verstehen wir allemal noch etwas, dachte er dann mit einer gewissen Genugtuung; eigentlich sind wir doch nicht so dumm, wie es den Anschein hat.

«Nur (nahm jetzt die Haushälterin mit einem schüchternen und fast koketten Lächeln ihre Rede wieder auf), nur sagt sie, wenn man ein gutes Herz hat, wird man zur Hure, und ich meine, ich habe ein gutes Herz, aber eine Hure bin ich nie gewesen. Im Gegenteil: doch das Schicksal hat's gewollt, daß ich als Mädchen (Jungfrau) sterbe.»

Bring der mal den Begriff der Umkehrbarkeit beziehungsweise in unserem Fall der Nichtumkehrbarkeit bei, dachte der Schriftsteller, nicht ohne Stolz auf die Promptheit seiner Gedankenformulierung; und er versuchte, ihr klarzumachen, daß selbst, wenn alle leichtlebigen Frauen ein gutes Herz haben, noch lange nicht gesagt ist, daß alle gutherzigen Frauen unbedingt leichtlebig sein müssen. Und sagte dann: «Nun schütte schon die Maccheroni ins Sieb!»

Er wollte noch eine letzte Zigarette vor dem Essen rauchen, merkte aber, daß er irgendwo das Päckchen liegengelassen hatte, vielleicht im Arbeitszimmer. Auf dem Schreibtisch fand er die Zigaretten nicht. Und doch schien es mir so; ob sie in der Schublade sind? Er öffnete die Schublade und fand sie auch hier nicht.

Aber sein Blick fiel auf den Revolver, den er da liegen hatte: einen alten kleinen Trommelrevolver, der einen schwachen Glanz von sich gab.

Und während er ihn ansah, schien ihm plötzlich sein ganzes Leben eine endgültige und einfache Richtung zu bekommen; so einfach und so endgültig wie das, was er jetzt gleich zu tun hatte. Er nahm den Revolver und drehte an der Trommel: es fehlte kein einziger Schuß, man brauchte nur auf den Abzug zu drücken.

Wie einer, der etwas Alltägliches tut, das keiner besonderen Überlegung bedarf, weil dessen Sinn ohnehin klar ist, hob er den Revolver, hielt ihn an seine Schläfe und drückte ab.

Ein Mord

Es hätte ein Nichts genügt, es hätte genügt, daß der Mann, als er ihn an den Rockaufschlägen packte und sie ihm um den Hals wand, nicht so reagiert hätte, und die Sache wäre vielleicht ganz anders ausgegangen. Doch eben dessen verblüfftes und vorhersehbar entrüstetes Stottern schien wie geschaffen, ihn (um den es hier geht) so zu erregen; eigentlich nicht einmal zu erregen, sondern ihm sogar das Blut endgültig zum Stocken zu bringen und ihn daher zum Äußersten zu treiben. In dem Moment gab es keine Hemmung mehr; der Mann hatte dem nichts entgegenzusetzen gehabt. Oder hatte er gar die Frage und was sie im Grunde meinte und das Ganze überhaupt nicht verstanden? Ach, in dem Fall ist es sogar mehr als recht, daß er gestorben ist.

Und jetzt, verlohnte es sich jetzt überhaupt, mit diesen Begriffen Recht und Unrecht fortzufahren? Verlohnte es sich überhaupt, allgemeiner betrachtet, das Geschehene zu rekonstruieren? Was denn rekonstruieren? Eigentliche Motive hatte er ja keine, und wenn überhaupt, dann waren diese so tiefliegend und wie verschmolzen mit seinem dunkelsten, fließendsten, unaussprechlichen Sein, daß einer schon besonders tüchtig sein mußte, um sie in einem derartigen Schmelztiegel überhaupt ausmachen zu können. Während sich der endgültig letzte Schluß des Abenteuers ohne jeden Zweifel bereits abzeichnete: denn binnen kurzem würde er sich irgend jemandem stellen, und die gewohnte Absurdität würde ihren Anfang nehmen, großtuerisches Eindrängen in sein Gewissen, in ihn selbst, den Unenträtselbaren ... «Einen Prozeß zelebrieren», sagt man hierzulande, doch achten wir genau auf jedes einzelne Wort. «Zelebrieren» und «Prozeß»: welch unsinnige Ausdrücke.

Doch gibt es nichts Besseres zu tun (als, wenn nicht anders, dann eben rein äußerlich und ohne jeden Anspruch auf eine Analyse, sich die Geschehnisse oder etwas, das sie vortäuschte, wieder vor Augen zu stellen): die Zugfenster zeigen Ausschnitte von düsteren, verregneten Landschaften, die nach hinten in die Unendlichkeit fliehen, wie voll drängender Begierde, in einer Vergangenheit wieder Platz und Ruhe zu finden, die der Zukunft Paroli bietet ... Was könnte man auch anderes ersinnen?

Er war zur gewohnten Zeit aufgestanden, hatte sich wie jeden Tag gewaschen und angezogen.

Und doch nicht: denn beispielsweise das Anziehen war seit einigen Wochen ein Problem; das Wetter gab sich unsicher, heuchlerisch, höhnisch; auf heftige Regenfälle mit Feuchtigkeit und Kälte folgten plötzliche Aufklarungen mit brennend heißer Sonne und Erde, auf Tiefdruckperioden folgten Hochdruckperioden, auf honigsüße Winde folgten Nordwinde. Vor dem Ankleiden hatte er also stets vom Fenster aus die Welt draußen beobachtet, sich die Absichten der Elemente zusammenreimen müssen. Doch viel war da nicht zu begreifen: der Tag zeigte sich kreidig und schändlich, von klarer Blässe; zwischen Erde und Himmel schien sich ein riesiger Raum zu dehnen, das heißt noch größer als derjenige, der uns alle Morgen in Erstaunen versetzt, und war vom Wind gepeitscht; und dieser jagte die Wolken, die Mal um Mal die Sonne verdeckten oder freigaben; was herauskam, war letztendlich ein ununterbrochener, entsetzlicher Wirbel aus Licht und Schatten, gleichsam abwechselnd aus seinem eigenen, des Beobachters Innern geholt. (Der Ausblick war der gewohnte: im Bau befindliche Häuser, gelbe verschlammte Fahrstraßen, in der Ferne ein Schornstein.)

Beim Hinausgehen hatte er auf jeder Stufe der schmutzigen Treppe und auf dem porösen Plattenbelag am Eingang ein unbekanntes und zugleich schrecklich bekanntes Selbst gefunden; bodenlose

Traurigkeit beim Milchkaffee an der Ecke, auf der lauwarmen Brühe kleine schwimmende Fetzen («Kühl heute, nicht wahr?» – «Ja, kühl.») Da er nichts Besonderes vorhatte, entschied er sich, zum Bahnhof zu gehen und gewisse Abfahrtszeiten einzusehen: seit einigen Tagen hatte er im Sinn, nach Brescia zu fahren. Warum ausgerechnet Brescia? Zum Teufel, das war zuviel gefragt; eines schönen Tages wacht man auf und hat einen Namen im Kopf: «Brescia», es hätte auch ein anderer sein können. Aber natürlich mußte man abwägen, überlegen; zwischen dem Namen dieser Stadt und der Abreise dorthin gibt es einen Abgrund von Unsicherheit, von Forschen in den Fahrplänen. Und um so mehr, als man mit diesen Präliminarien eine wertvolle (weil verlorene) Zeit aufwendet (oder verliert) . . . Die Zeit beschleunigen, umbringen: ist dies vielleicht nicht das letzte Ziel?

In der Straßenbahn, fast schon zu Füßen des Hochhauses, hatte es ein plötzliches Geschrei gegeben: ein junger Mann, niedrige Stirn und dichtes schwarzes Haar, hatte sich ein Mädchen vorgeknöpft und schrie erregt auf sie ein; sie sah ihn mit entsetzten, aufgerissenen Augen an, achtete auf das Ausmaß seiner Wut. Sie waren dann gleich ausgestiegen; doch lieferten sie oder, besser, ihre im Augenblick stürmische Beziehung nachgerade eine Indikation. Aber andererseits ging es nicht gerade darum, es gab noch weitere, unseligere Proben zu bestehen.

Als er zu Fuß vom Bahnhof zurückkam, betrachtete er sich, unverzeihlicher Leichtsinn, im Außenspiegel eines Geschäfts (hie und da gibt es welche, die zur Straße gewandt sind). Nun, reden wir erst gar nicht von den Ringen um die Augen, der belegten Zunge, dem insgesamt eingefallenen Gesicht; sondern vielmehr ... War dies denn sein Gesicht, das ihm die silbrige Scheibe zurückgab? – Aber natürlich, gewiß, das ganze, so kam es von seinem widerlichen Gesicht zurück. Und was stellte es dar unter so vielen, worauf bezog es sich, was wollte es? Welche Botschaft war ihm gegeben? Und ... und wie es loswerden?

Anschließend wäre dann die Trattoria gewesen: «Brathuhn oder Hühnerschenkel?» – «Wie Sie wollen.» Wie stets an demselben Tisch die zweideutige Blondine (doch mit dunklem Haaransatz); weiter drüben der sogenannte Commendatore (großzügiges Trinkgeld, doch unglaublich armseliger Wintermantel); das blasse Paar mit den Talggesichtern (beschäftigt mit der unmöglichen Fortsetzung wechselseitiger Begierden); und so fort. Der Kellner kann mit seinem dreckigen Lappen über das Tischtuch wischen, soviel er mag: es bleiben immer noch ein paar Krümel vom vorigen Esser, und auch die Weinspritzer, die Fettflecken gehen nicht weg ...

Zu Hause hatte er sich darangemacht, einen Brief zu schreiben, der schon längst fällig war. Einen bedeutungslosen Brief, aber warum auch nicht. Die Sätze, die er herzusagen hatte, konnten, ja, sollten sogar allgemein gehalten und unverbindlich sein (da mußte man jemandem zu etwas gratulieren, das jedem anderen ganz gleichgültig war, Heirat oder Beförderung); aber sie kamen ihm nur mühsam aus der Feder. Warum eigentlich: so ganz einfache, oberflächliche Sätze machten ihm derartige Schwierigkeiten? Gewiß auch darum, weil er in diesen so offensichtlich erzwungenen weitschweifigen Wendungen schon wieder einmal sein eigenes verhaßtes Gesicht erkannte. «Da mir zu Gehör gekommen ist, daß . . . will ich keineswegs verabsäumen, Dir meinen Glückwünsch . . .» Ach, wie sich nur aus der Affäre ziehen? «Will ich keineswegs verabsäumen, Dir meinen Glückwunsch», großer Gott: wie weit es mit einem kommen kann!

Und so war er (mochte diese Lösung logisch oder nicht logisch sein, erfolgversprechend oder nicht erfolgversprechend erscheinen) wieder rasch zum Bahnhof zurückgekehrt, um ohne weiteren Verzug nach Brescia zu fahren. Er fühlte sich jetzt alles in allem von einem düsteren, ungekannten und ungewohnten Ingrimm gepackt; und warum gerade heute, nach so vielen Jahren der Resignation, nachdem so viele Jahre lang unzählige Spiegel ihm sein unausstehliches Gesicht ins Gesicht geworfen und gespuckt hatten? Die Frage verdiente gar keine Antwort. Doch woher kommt es eigentlich, daß sich in gewissen Augenblicken Selbstmord oder Mord (sie sind im Grund ein und dasselbe) vor den geblendeten und sehnsuchtsvollen Augen als größte Versuchungen, als minder verzweiflungsvolle Lösungen, als noch verbliebene Wohltaten oder Heilsversprechen darstellen? Vielleicht muß man wirklich dort suchen, beim einen oder anderen . . . also, was denn nun genau? Mut gefaßt jetzt, das Wort heißt: Freikauf.

Im Wartesaal hielt sich nur eine Person auf: ein Mann mittleren Alters, untersetzt, Zwicker, langgezogener Scheitel beinahe überm Ohr; das heißt natürlich mit einer Halbglatze, aber sein Friseur mußte ihm geraten haben, die Haare auf der einen Seite so lang werden zu lassen, daß er sie umstülpen und über den Schädel kleben konnte, um auf diese Weise (durch diesen sogenannten «Umschlag») seine Kahlheit zu verdecken; untadelig und seriös wie ein Notar in seinem Anzug Salz und Pfeffer. Auch sonst zeugte alles und jedes in seinem Aussehen von Achtbarkeit und gar Süffisance: sicherlich betrachtete er sich als tätiges Mitglied einer optimal organisierten Gesellschaft und bezog aus diesem Bewußtsein seine würdevolle Ruhe.

In der Saalmitte ein Tisch mit Marmorplatte, darauf eine Tasche oder ein Köfferchen zum «Vierundzwanzigstundenbedarf»: auf ruhige Weise suchte jetzt der Mann mit seinen dicklichen

Händen etwas darin, griff sich zunächst einen kleinen Kamm mit Lederhülle und kämmte liebevoll noch einmal seine fettigen umgeschlagenen Haare. Doch fuhr er fort, da drinnen zu kramen (bemühte sich jetzt krampfhaft, übertrieben); solcherart kamen viele ganz kleine Schächtelchen ans Licht, bei denen man sich nicht vorstellen konnte, was sie enthielten ... Was sollte denn das Ganze überhaupt, warum diese Provokation? Warum die Schächtelchen? Schächtelchen verschließen oder bewahren da, wo doch jeder weiß, daß es nichts zu bewahren gibt. Besonders niederträchtig ihre rechteckige und gedrungene, gebieterische, anmaßende und in gewissem Sinne unbesiegbare Form bei (da habt ihr ja die offene Provokation) all ihrer Winzigkeit ...

Eben da hatte er sich auf ihn gestürzt, diesen Mann, ihn am Rockkragen gepackt und sich selber wie besessen schreien hören: «Was machen Sie denn hier?» Und der Mann hatte etwas Lächerliches, Absurdes erwidert; nehmen wir an, etwas in der Art: «Aber, mein Herr, was erlauben Sie sich, wissen Sie denn, mit wem ...?» Und dann hatte er gedrückt und gedreht: immer fester und immer fester; und der Mann war erst rot geworden, dann violett, dann war ihm die Zunge ein wenig aus dem Mund gerutscht, und schließlich war er zu Boden geschlagen. Noch das verkrampfte Zappeln eines Beines als Reflex; dann nichts mehr (aber grauenhaft diese hervorgetretenen Augen, zum Erbarmen dieser weggeflogene Zwicker). Und er war zu dem abfahrtbereiten Zug gerannt; in dem er jetzt saß.

Ja, dem war nun wohl nichts mehr hinzuzufügen, oder jedenfalls nicht von ihm. Allenfalls, um auf den Ausgangspunkt zurückzukommen, wäre es aufschlußreich zu erfahren, wie er sich hätte verhalten und was er eigentlich hätte erwidern sollen, dieser Unglückselige, um Gnade oder Vergebung zu erlangen und auf eine Errettung hoffen zu können. Was hätte er also auf seine unsinnige Frage antworten sollen?

Ach, womöglich: «Sehen Sie denn nicht, ich lebe!»

Gute Hoffnungen

Der Geschäftsführer (der gleichzeitig Chefredakteur oder ähnliches war) sah ihn wohlwollend an und wiederholte:

«Ich verstehe ja deine Ungeduld und bin mir deiner Lage durchaus bewußt; aber, siehst du, das hängt nicht nur von uns ab, denn wir sind unsererseits auch gebunden . . . und müssen warten, bis . . . Oh, könnten wir nach unserem Belieben über die Gelder disponieren! . . . Gewissermaßen hast du schon recht, du hast sogar ganz bestimmt recht: für deine Artikelserie über die soziale Lage der schöpferisch tätigen Menschen hast du noch kein Honorar erhalten. Aber, wie gesagt . . .»

Sein Blick (der des Geschäftsführers) war offen und fast liebevoll, wirklich fast mitfühlend. Was seine Nase betraf, so zeigte sie, je nach den geringfügigsten Veränderungen der Gesichtszüge, eine gewisse komische Geschmeidigkeit; fleischig und spitz, senkte sie sich oft zu Munde, und solches gar vibrierend; Nase eines Affen, eben jenes Affen, der gemeinhin «Nasenaffe» genannt wird. Und er, der Autor, der weder belustigt noch interessiert diese Kleinigkeiten wahrnahm, sagte sich: «Da haben wir ihn vor uns; so muß man eigentlich sein: etwas ehrlich und etwas unehrlich, jemandes oder, besser, aller Freund, ein wenig subtil, sehr oberflächlich, schlagfertig in allen, selbst mißlichen Situationen und versehen mit genügender Energie oder vielleicht Begierde oder vielleicht wahrer Leidenschaft, um überall zugegen zu sein, wo intellektueller Wettstreit und Opportunismus unsere Anwesenheit erfordern . . .» Aber schließlich gehörte dies alles nicht zur Sache.

«Du kannst dich darauf verlassen», meinte jener zum Schluß, «sobald wir das Schreiben haben, bringen wir alles in Ordnung.»

«Und wann wird das sein?»

«Wer kann das schon voraussehen?»

Das Schreiben: was für ein Schreiben und von wem?

Es lohnte sich nicht einmal, ihn danach zu fragen. Amüsant immerhin das Wortspiel, fast wie eine Nemesis: seines, des Schriftstellers Schicksal hing an einem nicht näher bezeichneten Schreiben.

Er verließ die Redaktion in der gewohnten vergessenswerten Abenddämmerung . . . In wie viele solcher violetten städtischen Dämmerungen hatte er schon seine vagen und vergeblichen Hoffnungen (einst präzise Pläne) hineingelegt? Aus dieser gleichen Trostlosigkeit der Stunde hatte er einst Anlaß und Garantie für Licht und Glück abgeleitet: schon durch ein einziges sinnvolles Wort wäre die Landschaft, wäre die ganze Welt aufgeklart, wäre erstrahlt, oder zumindest hätte er von einer inneren Wärme her auf sie blicken können wie einer, der sich vor dem nächtlichen Gewitter (oder dem widerlichen Regen) in die wohlige Bettdecke kuschelt.

Lassen wir's. Um wieviel Uhr fährt eigentlich der Zug? Denn er hatte eigens hierherreisen müssen, um dann mit diesem glänzenden Resultat dazustehen: zu den Unbekümmertheiten des anderen, des freundlichen Feindes, gehörte es nämlich auch, nie und in keiner Weise die Post der Mitarbeiter zu beantworten, schon erst recht nicht, wenn sie unangenehm war. Und er mußte ja auch wieder nach Hause fahren, wohl oder übel ... Mein Gott, mit leeren Händen zurückkommen? Dem Autor wurde ganz schlecht bei dem Gedanken an seine kleinen Kinder, die nichts zu beißen und zu spielen hatten, und an seine streitsüchtige, anklägerische Frau; dieser Druck hatte schon während des ganzen Gesprächs mit dem anderen dumpf auf ihm gelastet.

Eben der Andere: so bezeichnete er ihn mit einer gewissen Wollust bei sich selbst. Aber natürlich, der Andere war kein bißchen mehr als andere, als alle anderen auch, von denen uns so wenig Tröstliches kommt: der Andere, eben der, machte sich überhaupt nichts aus seinen Sorgen (aus seinen, wohlverstanden dessen, um den es geht); die Kümmernisse des sogenannten, hier sich abmühenden Freundes waren ihm fremd, gleichgültig, sogar unbegreiflich. Letzten Endes war es ja auch nicht des Anderen Sache, sich für das verschiedentliche und unweigerliche Versagen wessen auch immer verantwortlich zu fühlen: ein einziges, ja, von langer Hand vorausgeplantes Versagen auf der ganzen Linie.

Er kehrte nach Hause zurück, doch um gleich wieder abzufahren: hielt dies Leergefühl im Magen nicht mehr aus, das ihm stets der Mangel an Geld verursachte, dazu auch noch seine trübsinnige, hoffnungslose Familie. Er fuhr in sein Heimatdorf. Was er schon einmal getan hatte, kurz vor seinem Lehrerexamen; damals hatte er alles stehen und liegen lassen und war dorthin geflohen, um mit der Jagd und mit langen Erholungspausen die Kraft zurückzugewinnen, die er durch die augenscheinliche Nutzlosigkeit und Absurdität seines Lernschweißes verausgabt hatte; Kraft oder auch Vertrauen in irgendeine feste Ordnung; die er eben dadurch, daß er sie verachtete, wiedergewonnen hatte.

Jetzt war es anders, jetzt nahm er den umgekehrten Weg: er wollte sich endgültig freimachen von allem, was an Kraft oder Vertrauen noch vorhanden war, und sich in eine immer größere

Bereitschaft für die unvermeidliche Lösung versetzen ... Wie denn! Er hatte sich sogar dazu verstanden, Albernheiten über die sozialen Gegebenheiten zu improvisieren, und nicht einmal das brachte etwas ein? Seine derzeitige Lage war im übrigen auch nur der Tropfen, der das Faß zum Überlaufen gebracht hatte. Zu fragen wäre, wenn überhaupt, warum er denn gerade dort, im Heimatdorf, seine gehegte und gereifte Absicht verwirklichen müsse; doch verhält es sich wohl so, daß ein jeder, der aus irgendeinem Grund Schluß machen will, sich den Platz aussucht, der ihm am vertrautesten ist. Und er sucht sich auch die Art aus, die ihm am angemessensten ist: die seine war vielleicht so etwas wie eine neuerliche Verachtungsbezeugung, zu sagen, daß er, der schon so tief gefallen war, noch viel tiefer fallen wollte.

Oben, ganz weit oben in den Bergen, öffnete und öffnet sich ein gewisser natürlicher Schacht oder ein Schlund oder eine Karstsenke, «Abtrittsgruben» nennen die Hirten diese Abgründe zwischen den Felswänden und werfen das durch Krankheit eingegangene Vieh hinein. Man müßte sich also nur fallen lassen: ballt die Fäuste, preßt die Zähne zusammen, schließt die Augen, geht einen Schritt vor, und alles andere besorgt die Natur, die es sich niemals entgehen läßt, zu vernichten, was sie geschaffen hat, sobald sich ihr eine Gelegenheit dazu bietet (eigentlich eine mildtätige Natur, denn sie versteht sich dazu, ihr letztes Ziel vorwegzunehmen). Im übrigen hat diese Todesart einen deutlichen Vorzug: keiner wird den zerschmetterten und verunstalteten Körper finden, keiner wird genötigt sein, ihn schaudernd und bebend zusammenzufügen, in ihm die drekkige Substanz menschlicher Kreatur zu erkennen und davor Abscheu zu empfinden.

Derartige Überlegungen waren natürlich noch eine Brücke zwischen ihm und dem Leben, noch eine Schwäche, die schleunigst überwunden werden mußte; aber ungeachtet dessen ... Nehmen wir an: einer ist in diesen Schacht gesprungen und stirbt nicht gleich! Welch fürchterliche Agonie: zerschmettert, entstellt, voller Schmerzen, außerhalb jeder Hörweite und als allerletzten Anblick feuchte, überkrustete Wände, nur hie und da bewachsen mit der unheimlichen Vegetation des Abgrunds; und in unerreichbarer Höhe ein kleines dämmeriges Loch, letztes Überbleibsel des Lichts der Welt. So kann man noch Tage vegetieren: ein menschliches Wrack ist zäh ... Dem Selbstmordkandidaten kam in den Sinn, was ihm die Portiersfrau einmal erzählt hatte: der kranke Rentner vom sechsten Stock hatte sein Leiden nicht mehr ertragen können und sich in den Treppenschacht gestürzt. Und doch, obwohl auf den Marmorboden aufgeschlagen, war er nicht augenblicklich tot gewesen (er starb erst später im Krankenhaus); bis zum Eintreffen des Krankenwagens hatte er markerschütternd geschrien, eine

Stunde oder fast eine Stunde lang. Keiner hatte sich getraut, ihn anzurühren, zerbrochen und fast ganz auseinandergefallen, wie er schien; und er schrie, daß einem schier die Sinne schwanden; die Füße, so sagte die Portiersfrau, hatten sich ihm ganz und gar umgedreht (eine Vision aus dem achten Kreis der Hölle).

Nein, so grausam oder auch nur vielleicht so grausam durfte sein eigenes Ende nicht sein. Ob es nicht einen geeigneteren Ort oder eine bessere Art gab, um (wenigstens) augenblicklich Schluß machen zu können? Vielleicht gab es ihn: Gaeta. Das nahegelegene Gaeta, die Stadt der Amme des Aeneas, der Hypaten und Docibili besitzt, wie jedermann weiß, einen gespaltenen Berg und eine Türkengrotte, beides vielleicht zu offenkundig; doch besitzt es auch, am Ende einer alten Straße hinter dem Militärgefängnis, einen herrlichen Abgrund über spitzen Felsen. Eine große Tiefe, wenn ihn sein Gedächtnis nicht im Stich ließ: wer könnte vermuten oder befürchten, auch nur einen Augenblick zu überleben, wenn er sich von dort hinunterstürzte? In Gaeta also, und eben an jener Stelle, würde sich sein Schicksal erfüllen müssen. Und die Vorstellung, wie dies eben in solchen Fällen geschieht, prägte sich ihm sogar schmeichlerisch und tröstlich ein: er von den Felsen zerfleischt, in Fetzen gerissen, endlich aus der Welt getilgt.

Immer langsam: all diese Einzelheiten waren

nichts als eine Konjektur. Es bestand im Gegenteil die Gefahr, daß sein Körper beim Fall in sich zusammensacken würde; was, ohne daß er dadurch weniger tot wäre, ihm eine gewisse Einheit bewahren und ihn den Untersuchungs- und Erkennungsdiensten preisgeben würde. Das Bild, das er sich ausgemalt hatte, entsprach also nicht ganz den gestellten Anforderungen.

Hier jedoch sagte sich der Literat, daß allzu hohe Ansprüche schon das Erreichbare in Frage stellen können, daß kein Ding ohne Risiko ist, und so fort; und man kann darauf setzen, daß er nach all diesen Erwägungen am Ende mit sich selber einig wurde. So daß es jetzt nur noch darauf ankam, zur Tat, zur letzten und entscheidenden Tat zu schreiten: selbstverständliche und daher unbedeutende Einzelheit.

Also? Wann das ersehnte Ende? Weshalb zauderte er jetzt noch mitten in diesen Bergen, brütete und malte sich alles noch einmal aus, wiederholte und überlegte, statt sich gleich dorthin zu begeben, wo ihn sein Schicksal erwartete?

Der Zimmermann rief den Tod herbei; und als er gekommen war, bat er ihn, ihm zu helfen, sich seine Bürde auf den Rücken zu packen . . . Dies ist der einzige Haken und das wirkliche Übel an der Sache: man kann sich den Tod heranholen und vergegenwärtigen, so sehr man auch will, doch akzeptiert man ihn darum noch nicht.

Aber es konnte keinem Zweifel unterliegen, daß er eines Tages auch diese natürliche Ablehnung in den Griff bekommen würde.

III

Erzählungen des Grauens

Hände

Federico kehrte nach Hause zurück: im Hof sprang ihm seine alte kleine Jagdhündin, die er als Wache daheim gelassen hatte, freudig entgegen. Der von drei Seiten umbaute Hof öffnete sich auf den darunter befindlichen Gemüsegarten und, nach einer Reihe niedriger Häuser, auf ein enges Tal, das, langsam ansteigend, hoch oben und fern am Horizont von einer Kette runder Hügel abgeschlossen wurde; ein verdeckter Mond leuchtete sanft und matt in den Hof. Federico lebte ganz allein in seinem großen, sonst unbewohnten Haus; er verließ und betrat es einfachheitshalber durch eine Nebentür, von der aus man nach einem gewissen Umweg durch zwei feuchte Abstellkammern und eine Speisekammer schließlich in die Küche gelangte, den ersten Raum, der mit einer elektrischen Birne ausgestattet war. Seufzend und brummend über die unabänderliche Langeweile des dörflichen Lebens, wobei ihm noch ein leerer und einsamer Abend sowie die Unannehmlichkeit bevorstand, sich sein spätes Abendessen wohl oder übel selber zu bereiten, steckte er den schweren Schlüssel ins Schloß. Auch das Hündchen wollte hinein, wartete erst gar nicht, bis er aufgemacht hatte, sondern stürzte wie ein Geschoß zur Tür und bearbeitete sie mit seinen Vorderpfoten; da es sich ihm bei dem Halbdunkel zwischen die Beine gestellt hatte, verjagte er es, und da erinnerte es sich auf einmal an einen ausgetrockneten blanken Knochen, den es irgendwo verwahrt hatte, holte ihn hervor und drehte ihn krachend zwischen den Zähnen.

Als Federico durch die erste Abstellkammer ging, erregte ein leichtes Rascheln seine Aufmerksamkeit. Eine Maus, dachte er und erinnerte sich, daß es hier welche gab; er zündete rasch ein Streichholz an und erblickte tatsächlich eine große feiste Maus, die, sich ungeschickt links und rechts abstützend, eine Ecke herunterrutschte und sich hinter dem Aufbau einer unbenutzten Zisterne versteckte. Federico kannte den Mäusehaß seiner Hündin (übrigens war er als Kind oft mit ihr auf den Speichern gewesen, um dort Mäuse aufzustöbern, und so übertrieb sie auch ein wenig, ihm zuliebe) und dachte, er könne an so einer nächtlichen Jagd seinen Spaß haben. Er rief nach ihr, doch draußen füllte das lautstarke Knacken unbeirrbar die nächtliche Stille; schließlich konnte er doch soviel Dringlichkeit und Verheißung in seine Stimme legen, daß die Hündin sich dazu verstand, ihre Beschäftigung aufzugeben und ganz erregt angelaufen kam. Federico wies ihr die Stelle, wo er meinte, daß sich die Maus versteckt habe, und schlug als Aufforderung mehrmals kräftig an den hölzernen Zisternendeckel; die erschrockene Maus verließ zitternd und zuckend ihr Versteck, und ein konvulsivisches Kratzen am Fußboden hieß, daß sie zwischen den Pfoten der Hündin durchgewitscht war, die sie nicht hatte packen können und aus dem Blickfeld verlor. Obgleich eine Menschennase es nicht mit einer Hundenase aufnehmen kann, ist doch ein Menschenblick mit Sicherheit schärfer als ein Hundeblick: Federico hatte guten Grund zur Annahme, daß sich die Maus – wer weiß, weshalb sie nicht oben weitergeflohen war – unter einen Eisenkasten verdrückt hatte, der nicht unmittelbar auf dem Boden, sondern auf einem alten hölzernen Lattenrost aus dem Badezimmer stand; er führte den Hund darauf zu, der aber begann nun nicht etwa, an dem Kasten zu kratzen, sondern blieb stocksteif ein Stück davor auf dem Fluchtweg stehen, den die Maus genommen haben mußte. Federico mochte den Kasten mit noch so vielen Fußtritten bearbeiten, das Biest kam nicht hervor; also glaubte er, sich getäuscht zu haben, gab den Spaß und das ganze Vorhaben auf und ging weiter in die Wohnung. Aber von dort hörte er seine kleine Hündin scharren und jaulen, ein sicheres Zeichen, daß die Maus da war; die Hündin hatte nämlich dem Herrchen ihre gleiche Gewißheit zugetraut und war stumm geblieben, um ihm die Initiative zu überlassen, doch als sie nun sah, daß er unverrichteter Dinge das Schlachtfeld verließ, konnte sie sich gar nicht beruhigen. Dies verschaffte Federico wieder Lust an der Sache, und so kehrte er zurück, diesmal mit einem alten Handleuchter bewaffnet.

Er stellte den Leuchter auf den Boden und hob den Kasten energisch auf der einen Seite an; das schlaue Tierchen hatte sich daruntergequetscht und trotz allen Lärms ringsum keinen Mucks getan. Entdeckt, wußte es nicht, in welche Richtung es jetzt fliehen sollte, und huschte wie besessen einmal hier und einmal dort unter die Holzlatten: dies konnte man zumindest den Bewegungen der Hündin entnehmen, die nicht ungehindert zuschnappen, daher nicht ein für allemal den Feind packen konnte.

Zwischen den beiden Tieren entwickelte sich ein erbitterter Kampf, übertönt vom schrillen Piepsen der Maus; offenkundig setzte sie sich gegen ihre große Gegnerin recht übel zur Wehr, weil diese, um die Unversehrtheit der eigenen feuchten Schnauze besorgt, sich nicht entschließen konnte, sie ganz mit dem Maul zu packen, sondern nach einem heftigen Biß eiligst ihren Kopf zurückzog. Aller Wahrscheinlichkeit nach wehrte sich die Maus, die zur Hälfte durch die Latten geschützt war, also ihre empfindlichsten Stellen in Sicherheit hatte, nur mit ihren schrecklichen Beißwerkzeugen. Und da sie schließlich ihre Stellung nicht mehr halten konnte, täuschte sie die Hündin mit einer geschickten Finte und raste in den Hof.

Die Hündin erholte sich rasch von ihrer Verblüffung und setzte ihr wütend nach, wobei sie über die Kerze sprang, so daß diese verlöschte. Zwei ihrer Sätze kamen vielen Mäuseschrittchen gleich, also währte die Verfolgung im Hof nicht lange.

Federico, an allem nur unbeteiligter Zeuge, trat ebenfalls hinaus; das Hündchen, das die Maus nur mit den Vorderzähnen in der Körpermitte gepackt hatte, schüttelte sie mit Macht in Kopfhöhe, um sie zu betäuben und auch durch die heftige Bewegung daran zu hindern, sich in seine empfindlichen Hautstellen zu verbeißen; dann ließ es sie fallen, um den Erfolg festzustellen. Jene, zerbrochen und gar übel zugerichtet, wollte sich nach kurzer Regungslosigkeit fortschleppen, doch die Hündin ging wieder auf sie los; aber es waren dies die heikelsten Augenblicke für ihre bebende Sensibilität, denn die Maus verkaufte ihr Leben teuer, hatte sich auf den Rücken geworfen (ihre Kampfstellung) und verteidigte sich nach Kräften mit Zähnen und Händen (eine Maus hat richtige weiche Hände). Zudem ist nicht auszuschließen, daß eine gewisse Abscheu das Hündchen vor einem Vernichtungsangriff zurückhielt oder die kleine, mit harten Barthaaren gespickte Schnauze durch ihre Suggestivwirkung an dessen Nerven rüttelte.

Hier nun wurde Federico gewahr, daß die Maus bei ihren Fluchtanläufen und ihrer Notwehr so etwas wie eine lange Schnur von mattem Glanz hinter sich herzog, die sich bisweilen um ihren Körper wand und andere Male in ihrer ganzen Länge durch den Bodenstaub schleifte, so daß sie schon bald auch das wenige an Glanz verlor. Als er sich bückte und in dem ungewissen Mondlicht näher hinsah, konnte er einen Darm erkennen und war erstaunt über dessen Länge und Dünnheit. Von einer Art Grauen ergriffen, lief er ins Haus und machte ein Licht im Hof: tatsächlich, es war ein inzwischen fast bis zur Unkenntlichkeit verstaubter Darm, der sich nicht von dem Tier lösen wollte und wie eine Nabelschnur von ihm weghing. Aber jetzt, bei einem der letzten Fluchtversuche, verhedderte er sich an einem hervorstehenden Stein und riß mitten entzwei; und ein langes Stück folgte noch dem kleinen Körper in seinen letzten Qualen.

Die Maus war endlich bezwungen und lag nun komisch da, das Hinterteil mit dem Bauch und das Vorderteil seitlich zur Erde, so daß sich die vorderen Händchen parallel zum Boden befanden und die hinteren verzweifelt und wie zerquetscht auseinanderstanden; der Körper zuckte konvulsivisch im Todeskampf, das Mäulchen hechelte. Federico konnte solchen Anblick nicht ertragen und forderte seine Hündin auf, endlich Schluß zu machen; doch diese, jetzt zufriedengestellt, wollte kein Einsehen haben: ihre Feindin war geschlagen, warum dann noch den eigenen zarten, empfindlichen Hals riskieren? Federico holte eine Ofenschaufel und gab sich alle Mühe, die Maus zu erschlagen. Auf den Kopf wollte er sie nicht treffen, um kein Blut zu verspritzen, aber er stellte fest, daß anderswo das fette weiche Fleisch unter seinen Schlägen nachgab: die Maus schien keine Knochen zu besitzen, wand sich weiterhin unter Qualen und anscheinend bei vollem Bewußtsein, scharrte auch manchmal mit einer Hand auf dem Boden; ihre dunklen und glänzenden, ein wenig hervorgetretenen Augen waren ganz ausdruckslos. So auf die Seite hingestreckt, schien sie sich einer resignierten und blutigen Wehrlosigkeit zu überlassen; und doch deutete ihr Hinterteil Fluchtbewegungen an. Was Federico beeindruckte, war das unschuldige Aussehen dieses Körpers.

Die Qual ging weiter, und er wollte ihr ein Ende machen: nahm also die Schaufel senkrecht und drückte sie ihr lange auf den Hals. Erfolglos: der Hals bot keinen Widerstand und ergab sich wie der übrige Körper, man fühlte nicht einmal Halswirbel unter der dicken Verpackung schlaffen Fleischs; nur entblößten sich durch das Verziehen der Haut die winzigen Zähne zwischen den indessen herabhängenden Barthaaren, und beim Wenden des Kopfes öffnete sich ein wenig das Mäulchen zu einem V und hatte einen Ausdruck unsagbarer Lieblichkeit. So glich die Maus einem Kind, das nahe am Weinen ist, doch ohne Traurigkeit. Es schien sogar, daß sie sich in voller Absicht so gab. Federico war verzweifelt und forderte noch einmal die Hündin auf, die nun einverstanden war: ein unheimliches Knirschen machte dem irdischen Dasein unserer Maus ein Ende. Der Hund hatte ihr den Kopf zerbissen.

Der Kampf war ganz unblutig gewesen; kein Tropfen Blut hatte den Boden oder den braunen Pelz der Maus befleckt, es kam auch keines aus ihrem Mäulchen. Federico nahm sie beim Schwanz auf, dessen Ansatz während des Kampfes seinen Haarbesatz verloren hatte und den bloßen Strang zeigte, und besah sie bei Licht: aus einem sicherlich durch die Krallen der Hündin verursachten Riß am Bauch drang so etwas wie ein gerändelter dürrer Pilz und ebenso der Rest jenes Darms; nicht einmal hier ein Tropfen Blut.

Federico legte das Tier mitten in den Hof, damit die Magd, wenn sie am Morgen kommen würde, sich wundern oder auch erschrecken sollte, pfiff dem Hund und zog sich ins Haus zurück.

Nachdem er den Salat angemacht, Wasser geholt, alle anderen Lichter gelöscht und sonst noch tausenderlei Kram erledigt hatte, setzte er sich endlich zu Tisch. Aber wir haben ja noch etwas vergessen, das Buch – also, da ist es ja. Die Einstimmung auf jene einsamen Abende war für gewöhnlich ein zwangloses französisches Geplauder; Federico setzte an, als er die erste Kartoffelscheibe aufspießte: ah, oui, Monsieur, je vous l'assure, c'est un spectacle dont vous devriez vous régaler . . . und weiter so, mit vollem Munde und dem Blick zum anderen Tischende. Aber da ging ihm plötzlich diese Maus wieder durch den Sinn: mehr noch als ein Gedanke war es ein inneres, ein untergründiges Gefühl, etwas, was da in seinem Innern pochte und unvermutet in der Tiefe schürfen wollte und sich rasch verflüchtigte. Federico nahm sein Geplauder wieder auf, doch diese innere Erscheinung wiederholte sich mehrmals und jedes Mal intensiver: nach dem ersten konnte schon viel Zeit vergangen sein, aber tatsächlich waren es nur wenige Sekunden, und schon nahm er die tote Maus körperlich wahr, wie sie draußen nicht weit vor seiner Tür lag. Zwar aß er mit gutem Appetit weiter, doch Traurigkeit, Mitleid und vor allem eine ängstliche Unruhe ohne erkennbaren Grund begannen ihn zu stören. Die Hündin kam an den Tisch und bettelte; sie verlangte einen Leckerbissen als Belohnung für den glücklichen Ausgang ihres Abenteuers von eben, und Federico mußte sie belohnen; er suchte ihr ein paar gute Happen aus und streichelte und lobte sie.

Nach dem Essen nahm er sich wie stets ein Buch vor; er las gerade einen Roman über die Abenteuer eines Namensvetters, die *Éducation sentimentale*, die ihn bis zum vorigen Mal recht interessiert hatte. Doch jetzt kam ihm dies alles schal vor, und zudem konnte er sich nicht in die Lektüre vertiefen, denn dieses Gefühl von Ekel und Unruhe steigerte sich über alle Maßen; auch suchte er in dem Buch nach etwas Entsprechendem zu seinem so starken jetzigen Erlebnis, fand aber nur Dinge, die, wie er meinte, viel oberflächlicher waren; in seiner Bedrängnis forderte er Beistand vom Autor, der aber wurde gerade sich selber gerecht und sorgte sich ungerührt und ausschließlich um seine eigenen Angelegenheiten.

Nichts vermittelt so sehr den Eindruck von Fleisch und von Blut wie warmes stinkendes Gedärm. Federico fühlte sich erstickt von Mäusen, am Hals gepackt von Mäusefleisch; der Geruch, der Mief jenes fetten, talgigen Fleischs war zu einem Zustand seines Seins geworden, er nahm ihn unmittelbar mit dem Blute wahr. Er wollte zu Bett; aber wie soll man schlafen, fragte er sich, mit dem Kadaver des Gemordeten vor der Tür? Ihm war sogar, als umschwebe ihn der Geist der toten Maus wie eine nahezu faßbare, teils drohende, teils verzeihende Gegenwart, und als sei dieser durch tiefe, unlösbare Bande mit seinem eigenen Geist verknüpft.

Von diesem Mord konnte man sich nicht loskaufen, er würde auf immer und ewig ohne Sühne, ohne Wiedergutmachung bleiben.

Er schlief äußerst schlecht, träumte düster von einer langen Reihe Mäusen mit Sturmhauben und

Helmbüschen, die an ihm vorbeidefilierten und sich eine nach der anderen anmutig verneigten. Eine Maus mittlerer Größe trat hinzu, ließ die ganze Kolonne haltmachen, sah ihn lange und traurig an und sprach mit einer ernsten menschlichen Stimme: schon gut, ich verzeihe dir; und dann endete alles mit einem stürmischen Piepsen und einer Art Höllenreigen, der sich im Dunkel der Nacht verflüchtigte. Ich werde sie wiederfinden, natürlich werde ich sie wiederfinden! sagte sich Federico und hangelte sich, froh über den Leitfaden, im Flug an einem langen dünnen Darm entlang (wie sich herausstellte, nichts anderes als die geheimnisvolle Schnur, auf der sich die Mäuse bewegten), der zum düsteren Horizont verlief; doch von dem Darm war kein Ende zu sehen, und Federico, der schon viele Stunden über dunkle Täler hinweggeglitten war, verließen schließlich Atem und Kräfte, und so wachte er auf.

Der Morgen graute über der kleinen Mauseleiche; ihre hervortretenden, nun starren Augen spiegelten ungewiß dessen Lichter; in der Art geschäftiger Angestellter, wie man sie an den Wintermorgen, die Augen noch geschwollen, auf den Straßen der Stadt sehen kann, waren viele emsige Ameisen um sie herum. Die Akazien im Hof schienen sich bei Anbeginn ihres Tages zu räuspern. Etwas weggebogen an einem Ende und schon halb vertrocknet lag das Stück Darm, das sich abgetrennt hatte. In einer Senke kauerte der

Hund und fröstelte beim ersten Wind. Federico trat im Nachthemd heraus, hob die Maus auf, schüttelte die Ameisen ab, betrachtete sie noch einmal: das herausgerissene Gedärm war ganz staubig, armes nacktes Fleisch. Federico strich ihr die Barthaare zurecht, nahm die Maus an seine Brust, wiegte sie, Bauch nach oben, wie ein kleines Kind, führte sie dann an seine Wange und liebkoste damit ihr zerzaustes Fell; er sah das Zeichen eines Zahns, eine haarlose Stelle an der kleinen Schulter und strich sanft mit dem Zeigefinger darüber, als wolle er den Schmerz lindern. Mein Mäuschen, mein armes Mäuschen! klagte er; und stieg klagend, die Maus auf seinen Armen, die Treppe zum Gemüsegarten hinunter. Dort stimmte er einen sonderbaren Singsang an und schritt nun dahin wie ein kleines Mädchen, das mit einem Klagelied das Begräbnis seiner Puppe vollzieht; kniete sich hin, grub ein kleines Grab, legte behutsam die Maus hinein und bedeckte sie mit Erde. Ruhe in Frieden, mein armes Mäuschen! sagte er noch einmal und kniete lange im Angesicht des Häufleins frischer Erde: gegenüber, hinter den Scheiben eines geschlossenen Fensters beobachtete ihn eine schrecklich neugierige Bäuerin. Nun erhob er sich, würdevoll in seinem langen Hemd, und begab sich wieder nach oben, wobei er mit lauter Stimme ein Kirchenlied sang, Nachklang aus seiner Meßdienerzeit.

Damit soll keineswegs behauptet werden, daß

Federico verrückt geworden wäre. Ich glaube sogar, er hat es fertiggebracht, zu einem der besten Anwälte der Provinz zu werden, und sicherlich hat er sich mit seiner kleinen Hündin bis an deren Ende ausgezeichnet verstanden, doch eine Schwäche war ihm verblieben. Zuweilen, auch als sein Haar bereits ergraute, wanderte er nachts durch die unbewohnten Räume seines Hauses, durch Rumpelkammern und Abstellkammern, und rief: kommt, ihr Mäuschen, so kommt schon in meine Arme! . . . Und die Mäuschen, so es sich traf, daß er welchen begegnete, sahen ihn teils amüsiert und teils erschrocken aus ihren glänzend runden Äuglein an und trippelten in leichtem Kullertrab vor ihm her.

Das Meer der Schaben

aux amis florentins du temps jadis

An einem Frühlingsnachmittag kehrte Anwalt Coracaglina so quicklebendig nach Hause zurück, wie ihm sein Sohn dies nie zugetraut hätte. Er war beinahe sechzig, und als ob das noch nicht genügte, bereitete ihm sein Sohn, ein rechter Taugenichts und außerstande, sich eine Position zu verschaffen, für gewöhnlich ziemliche Sorgen; heute aber war ein Tag mit einer kränklichen und recht schwachen Sonne. Der Anwalt ging frank und frei dahin und sah hemmungslos und durchdringend (daß ihm der Sohn präsent war, konnte seinen Blick nicht trüben) auf die schönen Frauen, da hörte er, wie er gerufen wurde.

Vom funkelnden Eingang eines Barbierladens kam ihm leibhaftig sein Sohn entgegengelaufen, jackenlos, den einen Hemdsärmel bis über die Ellenbogen hochgekrempelt.

«Papa, Papa, schau mal, was für ein schöner Schnitt!»

Und zeigte ihm eine klaffende Wunde am Vorderarm, lang und haargenau mit dem Rasiermesser gezogen; Blut floß in Fülle, doch der junge Mann lächelte zufrieden. Den Anwalt überkam bei dem Anblick das Grauen, doch blieb ihm keine Zeit, auch nur irgend etwas zu sagen, denn sein Sohn zog mit sicherer Hand die Lappen der Wunde auseinander, kramte mit der anderen Hand darin herum und holte etwas heraus. Da, hier, ein langes Schnurende, dann ein Maccheronistückchen; und reichte diese Dinge seinem Vater, der sie an sich nahm und ebenfalls hineinsah.

Drinnen war es geräumiger, als man hätte glauben können; fahle Seitenwände, und unten war eine Art blutigen Schlamms zu sehen, aus dem die verschiedensten Dinge auftauchten. Da kamen noch ein Schuhnagel, einige Schrotkörner, ein paar Reiskörner. Der junge Mann zog auch eine Schmeißfliege mit verklebten Flügeln und ein blaues durchsichtiges Würmchen heraus, aber das warf er gleich voller Widerwillen weg. Das Würmchen jedoch, starren Sinnes, schickte sich sogleich an, die Lackschuhe des Anwalts zu erklimmen, doch der junge Mann feuerte es mit seinem Fuß wieder in den Staub.

«Ach! So also denkst du dir das?» protestierte der Wurm mit heiserer Stimme.

«Gott verdamme dich, was hattest du auch da drinnen verloren!» widersprach der junge Mann, nahm aber den Vorfall nicht sonderlich ernst. «Und jetzt wird ausgelaufen!» sagte er zu seinem

Vater. «Verlier das nicht.» Und übergab ihm die aus der Wunde gezogenen Dinge und zog ihn hastig am Ärmel mit sich fort. Der Vater folgte ihm stolpernd, wußte nicht recht, wohin mit Schnur, Schuhnagel und allem übrigen, hatte die Hände voll von schlammigen, bluttriefenden Dingen.

Im Hafen begünstigte ein Wind von See keineswegs die Vorbereitungen zum Ablegen. «Da, nimm!» rief des Anwalts Sohn diesem zu und reichte ihm das Ende eines dicken Taus. «Zieh fest!» Dem Anwalt war es endlich gelungen, alle die ihm anvertrauten Dinge in eine einzige Hand zu nehmen, und so konnte er mit der anderen das Tau ergreifen und ziehen. Dicke Regentropfen fielen; hohe Wellen schlugen an den Bug des auslaufbereiten Schiffs, der Anwalt war schon ganz durchnäßt von den Spritzern. Masten, Brücke und Kiel knirschten und ächzten, das Tau spannte sich mit heftigen Rucken; als der Anwalt nach oben sah, wurde er gewahr, daß er ein riesiges, vom Wind geblähtes Segel hielt. Schon schwanden seine Kräfte: «He, Sie!» rief er einem jeden zu, der vorbeikam; doch keiner beachtete ihn. Wenn er wenigstens die andere Hand hätte zu Hilfe nehmen können, aber das war nicht möglich, ohne die Dinge fallen zu lassen. Endlich kam einer mit einem Holzbein auf ihn zu. «Sie haben sie doch, Freund?» fragte er mit drohender Gebärde. Der Aufmachung nach schien er eine wichtige Persönlichkeit zu sein, vielleicht der Kapitän.

«Ich . . . ich . . .» erwiderte der Anwalt.

«Keinen Schnickschnack, fangen wir an!» Und rief: «Der vom Schnurende!»

Ein schieläugiger Matrose mit nacktem Oberkörper trat vor. Der Kapitän nahm das Schnurende aus der Hand des Anwalts und überreichte es ihm; der ergriff es mit wenig Freundlichkeit und ging murrend von dannen. «Zum Teufel!» beschwerte er sich deutlich vernehmbar, als er sich in einiger Entfernung befand, und begann ärgerlich an dem Schnurende herumzuspielen.

«Der vom Schuhnagel!» Ein anderer war an der Reihe; dann noch zwei weitere. Derjenige, der die Reiskörner erhielt, wollte sie an seiner Brust verbergen, zwischen Leibchen und Haut.

«Nimm dich in acht, du Hund!» schrie der Kapitän wütend, hob die Peitsche und griff wie liebkosend an den Schaft seiner Pistole.

Es goß jetzt in Strömen. Dem Anwalt, der inzwischen mit beiden Händen das Tau gefaßt hatte, schien es, als hielte er den ganzen grauen Himmel, der sich zum Fluge entfalten wolle; ein kräftiger Himmelsatem, der aus dessen Lungen trichterförmig auf die Luft traf, versammelte diese zu einer einzigen kraftvollen Umdrehung. Ihm aber schien es, er könne das Segel während der ganzen Reise halten, sogar bis zur Insel.

«Worauf wird denn noch gewartet?» rief der Bootsmann von der Back.

«Auf Lucrezia», kam die Antwort von verschiedenen Seiten.

Das Schiff stampfte, bäumte sich, wollte sich unbedingt den Wellen hingeben, doch der Anwalt hielt es fest, denn der Wind kam von See.

Da, endlich Lucrezia. Zwei recht muskulöse Männer mit Dreispitz stießen sie brutal vorwärts. Sie war halbnackt, die eine Brust draußen, aus deren Spitze bei jedem Ruck der Männer ein Milchstrahl hervorschoß. «Hierher, mir nach», und der Kapitän ging zur Messe voraus. «Halt!» rief Lucrezia stolz. «Halt, ich muß erst mal, sag ich!» Man ließ sie für einen Augenblick los; sie aber trat an die Reling, nahm ihre Brustwarze zwischen die Finger und pißte erst aus der einen, dann aus der anderen Brust zwei lange Strahlen ins Meer. «Gar nicht schlecht für eine Jungfrau!» bemerkte eine zynische Stimme.

Es nachtete. Die Stelling wurde eingeholt. Der Anker gelichtet. Zur unsagbaren Schande des Anwalts fiel das Großsegel plötzlich zusammen, blähte sich aber dann ein wenig zur anderen Seite: ein Windstoß trieb das Schiff aufs Meer und ließ die Hafenlichter in dunstiger Dämmerung zurück; einer kam und befestigte das Tau an einem Haken. So war der Anwalt befreit und konnte etwas mehr darauf achten, was sich in seinem und seiner Reisegefährten Umkreis begab.

Alle waren in der Messe versammelt, ausgenommen der Sohn des Anwalts.

«Ich sage, das ist eine Fregatte», behauptete der Kapitän.

«Nein, eine Goelette, nein, eine Brigg», widersprachen gleichzeitig der Bootsmann und der Matrose vom Schnurende.

«Sie haben sich nicht in Dinge zu mischen, die Sie nichts angehen», wandte sich der Kapitän zornig an letzteren. «Kümmern Sie sich lieber um Ihre Wache.» Der Matrose ging hinaus, schlug die Tür hinter sich zu. «Schrotkugeln ans Steuer!» befahl jetzt der Kapitän. Auch der ging. Jeder von ihnen hielt in seiner Linken den Gegenstand, der ihn bezeichnete.

«Also eine Fregatte.»

«Jawohl, Kapitän», war das letzte Wort des Bootsmannes.

Erst jetzt bemerkte der Anwalt, daß Lucrezia in einer Ecke lag, die Hände auf den Rücken gebunden und auch die Füße gefesselt. Immer noch sprudelte ihr Milch aus beiden entblößten Brüsten, bildete auf dem Boden Lache und Rinnsal.

«Das wird euch noch teuer zu stehen kommen», sagte Lucrezia. «Mein Vater, Senator Gliuvotto, wird bestimmt Mittel und Wege finden, mich zu befreien. Löst mir die Fesseln, ihr Schufte!»

«Eine Milchjungfrau, als Anismilch gemeint, nicht auf Kinderart», bemerkte der Kapitän, und alle lachten. «Hübsche, gleich kommt der Grovio, dann kannst du's mit ihm ausmachen. Uns geht das nichts an.»

«Dann sorgt wenigstens für mich, seht ihr denn nicht, wieviel Milch ich verliere!» Das Mädchen bekam einen Wutanfall und bäumte sich mit Macht.

Von Deck hörte man eiligen Hornklang; alle in der Kabine erhoben sich, machten eine höchst respektvolle Miene, sagten leise: «Er kommt.» Ängstlich verstummte das Mädchen für eine Weile; das Horn draußen blies jetzt einen kriegerischen Salut. Oben an der Treppe tat sich die Tür auf; und bei der Glorie des Hornklangs sah der Anwalt seinen Sohn mit der gleichgültigen Miene des Herrschers erscheinen. Der hielt kurz inne, um die Anwesenden zu fixieren, und kam dann mit festem Schritt die Treppe hinab. Er trug mit einer riesigen Silberschnalle versehene hohe Stiefel aus Glanzleder, die sich nach oben weiteten und ihm fast bis an die Lenden gingen; zwischen Hose und Stiefelumschlag schaute ein Stück nackter Schenkel hervor. So etwas wie eine Tunika aus dünnster Seide, offen bis fast zum Nabel herab, bedeckte ihm die Schultern gerade bis zu den Trizepsen, während der Rest der Arme nackt blieb; um den Leib ein breiter goldener Gürtel, darin ein Stockdegen und zwei Pistolen. An seinem rechten Handgelenk baumelte eine Gerte.

Wie sich sein Sohn verändert hatte! Der Anwalt

erkannte ihn nicht wieder; dessen kräftige Hände beeindruckten ihn und insonderheit der kleine gedrehte Schnurrbart sowie, um's unverblümt zu sagen, die goldenen Ohrringe und das leicht gekräuselte Haar.

«Großer Grovio», sprach der Kapitän, sich verbeugend, «das Mädchen . . .»

«Ich habe Sie bereits darum gebeten, mich mit meinem Titel anzureden», sagte der junge Mann leise und mit eisiger, drohender Freundlichkeit. «Hören Sie denn nicht selbst, wie schlecht das klingt?»

«Hoher Variago», setzte der Kapitän aufs neue an, «verzeihen Sie meine Ignoranz . . . Das Mädchen . . .»

«Noch mal, was denn für ein Mädchen?» unterbrach ihn der Variago. Er sprach mit so gedämpfter Stimme, daß der andere sich zu ihm vorbeugen mußte, um ihn zu verstehen.

Der Kapitän wies auf Lucrezia, die mit den haßerfüllten Augen eines gefangenen Raubtiers vom Boden her auf den Ankömmling sah.

«Gut, gut», meinte der Variago, teuflisch lächelnd. Und, zu Lucrezia gewandt:

«Erkennst du mich, Mädchen?»

«Roberto! Roberto Coracaglina! Sie!» entfuhr es Lucrezia. «Mein Gott! . . .» Ein Stoß Milch aus ihrer Brust erschütterte ihren ganzen Körper, so daß sie hüstelnd mit der Wange zu Boden schlug. Unbewegt, mit verschränkten Armen in der Mitte der Messe stehend, fuhr der Variago ruhig und erbarmungslos fort:

«In Person! Was sagen Sie nun zu dem schüchternen Jungen, der Sie stumm verehrte und deshalb von Ihnen und Ihren Freundinnen stets verlacht wurde? Sie wußten, ja, Sie wußten schon immer um seine Gefühle, und es war Ihnen ein Vergnügen, ihn zu quälen. Ich gebe Ihnen zu bedenken, daß hier die Situation einigermaßen anders ist, und Sie gelindere Saiten aufziehen müssen.»

Das Mädchen zitterte am ganzen Leib und sagte erst kein Wort. «Mein Vater», platzte sie dann heraus, «mein Vater, der Senator Gliuvotto . . .»

«Ihr Vater, der Senator Gliuvotto», entgegnete der Variago, «ist in diesem Augenblick genau dreihundertachtzehn Meilen (in Lee) von hier entfernt. Sie sollten es mit mehr Gelassenheit nehmen. Wenn Sie brav sind, wird es Ihnen an nichts fehlen.» Und fügte dann wie im Selbstgespräch hinzu: «Genau so hat es kommen müssen.» Und bückte sich und prüfte die Brustwarzen des Mädchens, die den Versuch machte, sich dagegen zu wehren.

«Halten Sie still!» befahl der Variago. Dann zum Kapitän: «Her mit den Schlangen». Der stürzte zu einem Spind und entnahm ihm einen kleinen Korb. «Schnell, machen Sie ihn auf.» Der Kapitän zauderte. «Ich habe gesagt, Sie sollen ihn aufmachen», wiederholte der Variago leise. Der Kapitän hob den Deckel des Korbes. Die anderen Seeleute hasteten voller Schrecken zur Treppe. «Wohin rennt ihr denn, ihr Esel!» hielt sie der Variago zornigen Blickes auf.

Aus dem Korb kamen zwei schläfrige Schlangen gekrochen, glitten auf dem Boden bis vor die Füße des regungslos dastehenden Anwalts, wandten langsam ihre Köpfe nach rechts und nach links, als wollten sie sich orientieren, und bewegten sich dann zielstrebig auf das Mädchen zu. Eine jede bemächtigte sich einer Brustwarze, und so verblieben sie und saugten die Milch ab.

Es vergingen zehn lange Minuten des Schweigens. Lucrezia keuchte, schien schrecklich zu leiden oder zu genießen. Danach waren ihre halbgeöffneten Lippen blutleer, und sie machte die Augen wieder auf, blickte verstört um sich wie jemand, der aus einem Traum zurückkehrt, und ein tiefer Atemzug dehnte ihre Brust, so daß die Schwänze der Schlangen über den Fußboden rutschten. Die Krise war vorüber.

«Werft diese Tiere weg», befahl der Variago. Der Matrose vom Maccheronistückchen ergriff eine Feuerzange und trat hinzu. Aber die Tiere wollten nicht loslassen. Schließlich wurden sie abgezogen, prall wie Blutegel, monströs. «Schmeißt sie ins Meer!»

Um Lucrezias Brustwarzen herum, auf der zarten Haut des Warzenhofs, war ein kleiner Ring verblieben, eine hellrote Aureole. Doch Milch floß keine mehr.

«Geht's besser?» fragte der Variago fast zärtlich und neigte sich herab.

«Liebling!» sprach die Frau.

«Bindet sie los!» rief da der Variago. «Bindet sie los! Gewandet sie wie eine Königin und führt sie in die Sargassokabine!»

«Ha!» kam es jedoch zornig von Lucrezia, «haben Sie das auf sich gemünzt? Sie irren sich, mein Herr. Mein lieber Roberto, wie verschüchtert Sie doch aussehen mit Ihrem glatten Haar, Ihren abgescheuerten Hosen und den Schuppen auf dem Kragen! Haben Sie denn keine Courage, verflixt! Sehen Sie doch, wie dieser Offizier die Hacken zusammenschlägt. Der Giuseppina sind Sie nicht unsympathisch, das kann ich Ihnen versichern, doch müßten Sie sich, was weiß ich, die Fingernägel ein wenig besser pflegen, über unterhaltsame Dinge sprechen . . .» Die Frau brach mit einem hysterischen Auflachen ab. Es schien, als rede sie irre.

«Laßt sie, wo sie ist. Wir werden ja sehen, sie wird ihre Meinung schon noch ändern müssen», sagte der Variago grimmig; und ging hinaus, wiederum von Hornklang begrüßt.

Auch der Anwalt und die anderen gingen hinaus. Nur die Männer mit dem Dreispitz blieben als Wache da.

Mit vollen Segeln lief das Schiff jetzt erstaunlich schnell über die inzwischen glatte See. Am Vorschiff saß auf einem Gewirr von Tauen der Variago im Lichte einer gelben Laterne, umgeben von seinen Männern, und sah in die Ferne. Ein breiter Mond erhob sich aus der Tiefe des Meeres. Es war eine laue Nacht.

«Alle Mann hierher», sagte der Variago und gab sich selber einen Ruck. «Die Nacht ist schön, und es gibt Wein und Sterne. Sternenwein, würde ich sagen», meinte er noch selbstgefällig. «Was für ein Ausdruck!», brummte Schnurende übelgelaunt.

«Alle Mann hierher, man soll trinken und singen. Bringt sie heraus!» Die beiden mit dem Dreispitz brachten Lucrezia heraus und schlossen sich der Gesellschaft an; Wein wurde verteilt. Lucrezia wehrte sich mit Stolz, doch war sie noch von Schluchzen überwältigt und murmelte ab und an irgend etwas.

«Roberto, achte auf dich, ich hasse dich. Die Schuppen auf deinem Kragen widern mich an. Du bist nicht blau, bist nicht durchsichtig. Dich hasse ich. Ihn liebe ich.»

Schuhnagel wandte sich dem Anwalt zu und meinte: «Vielleicht spricht sie von dem Wurm.»

Bleich vor Zorn erhob sich der Variago. Alle blickten auf ihn.

«Mädchen», sagte er eisig in seiner gewohnten Stimmlage, «ich könnte dich ja mit einem Strick zwischen den Beinen nackt an die Rah des Fockmasten hängen lassen. Und am anderen Ende des

Strickes ruckweise ziehen, bis dein Fleisch geschunden ist. Und unter dir deine Blutstropfen auf die Stirn bekommen . . .»

Während des Redens gewann er seine Selbstbeherrschung wieder, und gleichzeitig kam auch Lucrezia wieder zu Kraft und Bewußtsein.

«Machen Sie's doch!» rief sie. «Ich mußte Ihnen sagen, daß ich Sie hasse und ihn liebe. Jetzt wissen Sie's.»

«Schon gut», erwiderte der Variago, «aber jetzt will ich mich mit dir in aller Freundschaft ein wenig unterhalten. Was hat man dir denn dieses Jahr im Internat beigebracht? Geographie, Französisch, Sticken oder Fechten!»

«Sie verlieren nur Ihre Zeit.»

«Aber nein. Hör zu. Ich geh mit dir jede Wette ein, daß du vom Meer der Schaben nichts weißt.»

«Doch, weiß ich», erwiderte das Mädchen naiv.

«Dann sag mir, was es ist.»

«Ein Meer mit vielen Schaben», war die recht allgemeine Antwort.

«Und wo liegt es?»

«Es ist noch nie jemand dort gewesen.»

«Richtig. Und wir segeln zum Meer der Schaben. Glaubst du, daß Senator Gliuvotto dich auch dort retten kann?»

«Ich bin jedenfalls sicher, daß *er* mich auch dort finden wird.»

«Natürlich. Doch sag mir jetzt: ekelst du dich vor Schaben?»

«Sie machen überhaupt keinen Eindruck auf mich.»

Aber das Beben des Kinns verriet die große Erregung des Mädchens.

«Das werden wir ja sehen.»

«Roberto, hören Sie . . .»

«Ich bin der Hohe Variago!»

«Roberto Coracaglina, hören Sie. Die Sonne geht auf und unter, der Himmel wird grau und schwarz, es fällt Regen: und doch habe ich immer ein durchsichtiges Blau vor meinen Augen, ein leichtes leuchtendes Azur. Mit meinem Körper können Sie machen, was Sie wollen.» Während Lucrezia noch sprach, riß sie sich das wenige an Kleidung, das sie noch anhatte, vom Leib und zeigte einen schlanken und wundervollen Körper.

«Ihr Schlafmützen, ihr Murmeltiere!» schrie der Variago. «Ich habe gesagt, ihr sollt saufen und singen.»

Maccheronistückchen zog eine Berberharmonika auseinander, räusperte sich und begann mit heiserer Stimme:

Da war einmal eine Küchenschabe,
von zartester Kindheit Küchenschabe . . .

«Zum Teufel mit deinen Liedern, du Hund! Mädchen, sing du uns lieber was Romantisches bei dem Mond. Im Internat hat man dich sicher so was gelehrt!»

«Lieber lasse ich mir die Zunge ausreißen.»

«Wenn du in dem Ton weiterredest, flüstere ich dir ein Wörtchen zu, das dich Mores lehrt!» Und der Variago flüsterte dem Mädchen etwas ins Ohr.

«Sie lügen!» rief diese.

«Das wirst du ja sehen. Ich zertrete ihn unter meinem Absatz.»

«Er wird euch alle töten.»

«Er, der kleine Wurm?! Zieh dich mal aus, Papa.» Die mit dem Dreispitz stürzten sich auf den Anwalt und rissen ihm den Anzug vom Leib; der Anwalt war ein wenig beschämt, so in Unterhosen und hemdsärmelig. «Die Hose!» befahl der Variago. Als er sie erhalten hatte, suchte er vorsichtig in den Umschlägen und holte schließlich einen kleinen, blauen, durchscheinenden Wurm hervor. «Wußte ich's doch, daß du dich hier drinnen versteckt hattest», sagte er herablassend. «Und jetzt hör zu, Mädchen: wenn du nicht singst, bringe ich ihn sofort um, zerquetsche ihn zwischen meinen Fingern.»

Der Wurm, zwischen Daumen und Zeigefinger des Variago, zog es vor, ein verächtliches Schweigen zu wahren; der kleine Kopf reckte sich drohend gegen seinen Feind. Die Frau wollte ihm zu Hilfe eilen. «Liebling», rief sie, «ich habe dich wieder und ich weiß, daß du mich retten wirst! . . .»

«Steckt ihn unter ein Glas», befahl der Variago, «in meiner Kabine. Und gut aufpassen! Jetzt zu dir, Mädchen.»

Erst bebend, aber dann mit zunehmender Sicherheit in der Stimme, sang Lucrezia:

Ich kenne eine Quelle,
für Glücklose eine Stelle
im Birkenlaub
mit Mondstaub.

«Phantastischer Anfang!» grölte Schrotkugeln.

In einer heimlichen Höhle
wohnt eine Sirene,
hat zu singen begonnen,
ist überall das Leid zerronnen.

In der Savanne leer,
weit entfernt vom Meer,
da ist die Quelle zerronnen,
dem Wanderer ein Spiegelbronnen.

Ein Märchen ist dies leise,
wer's begreift, ist weise
drum ist auch jede H . . . entzückt,
wenn sie mit einem Sch . . . sich schmückt.

Darauf folgte ein Augenblick des Schweigens; alle sahen sie aufs Meer, das im Mondschein glitzerte . . .

«Lucrezia, Lucrezia!» seufzte schließlich der Variago leise.

«Werden Sie nicht rührselig, Roberto Coracaglina. Die Moral ist auch auf Sie gemünzt!» rief die Frau spöttisch.

«Wein, Wein, Gesang, Teufel noch mal!» schrie der Variago wiederum seine Leute an, und es kam Bewegung in sie. «Schafft sie in die Kabine, neben ihren Liebsten! Und aufgepaßt, daß sie das Glas nicht aufhebt!»

Das Schiff lief jetzt langsamer. Am Horizont zeigten sich riesige, absonderliche Gebilde, gleich wilden Berghängen, gleich Meereszinnen. «Brandeburg», sagte der Kapitän, «legen wir an?»

«Sie sind wohl wahnsinnig!» erwiderte der Variago. «Setzt den Klüver! Mit vollen Segeln voraus!»

«Wie Sie wünschen.» Kapitän und Mannschaft schien es gar nicht recht zu sein, daß dieser Hafen nicht angelaufen wurde.

Der Anwalt trat an die Reling. Im Mondschein konnte man an der Küste, wie ein Amphitheater zum Meer abfallend, eine riesige Stadt mit ungeheuren Bauten erkennen. Es gab zwar Häuser, Plätze, Straßen und Türme wie anderswo auch, doch jedes Ding war erschreckend groß und massig, hatte unvorstellbare und furchterregende Proportionen. Zwischen den erhabenen, vom fahlen Licht erhellten Fassaden waren die Tiefen pechschwarzer Straßen, öffneten sich die dunklen Schlünde der Plätze, bodenlose Abgründe. Überall Stille, kein menschliches Wesen, kein Licht, kein Lebenszeichen war zu sehen. Nur einige große Brunnen, durch überirdische Zuflüsse verbunden und von Terrasse zu Terrasse abfallend, gaben ein kaltes Plätschern von sich. Doch es war eine drohende Stille, man glaubte, jeden Augenblick müsse ein Kommando, ein schauderhaftes Wort sie zerreißen. Wie ein anmaßender Wächter erhob sich die Stadt hoch überm Meer.

Der Anwalt konnte diese maßlosen Proportionen nicht ertragen und wurde von Schwindel und Entsetzen ohnegleichen erfaßt. Der Kapitän trat zu ihm hin: «Brandeburg, der Riese der Meere», murmelte er nachdenklich. «Wissen Sie, die Jungs wollten wegen der Gürteltierfrauen an Land. Im Untergrund dieser verlassenen Stadt», erklärte er weiter, «leben Frauen, die imstande sind, bei ihrer Umarmung einen ganzen Männerkörper einzuschließen. Aber ja doch, begreifen Sie nicht? Stellen Sie sich ein Meerschweinchen vor, meinetwegen auch einen Igel, und eine Ameise. Wenn sich das Meerschweinchen zusammenkauert, kann es zwischen seinem Bauch und seiner Brust eine Ameise ganz und gar einschließen. Nur hier wäre die Ameise eben der Mann und das Meerschweinchen die Frau, ich will sagen die Gürteltierfrau. Sie können mir glauben, wenn man ringsum vom weichen warmen Fleisch einer Frau eingeschlossen ist und nicht Atem holen kann, so ist das in gewissen Momenten schon großartig! . . . Ja, auch ich, als ich noch jung war . . .» Und weiter, abschließend: «Brandeburg, die letzte Festung vorm Meer der Schaben!» und wurde wieder nachdenklich.

Der Himmel bezog sich mit Wolken, die Stadt verschwand in der Finsternis. Die betrunkenen Matrosen legten sich auf die Planken, der Anwalt tat es ihnen gleich, der Variago verschwand durch eine Luke, Schweigen legte sich über das Schiff. Nur eine kleine Laterne an der Stange beleuchtete die schnarchenden Männer und das verdrossene Gesicht Schuhnagels, der jetzt am Steuer war.

Lucrezia in der großen Kabine schlief nicht. Unter dem Auge des müden Bootsmanns versuchte sie Verbindung mit dem Wurm aufzunehmen, der sich unter dem umgestülpten Glas über einer Schiffskarte auf dem Kapitänstisch befand. Doch erhobenen Köpfchens schien der Wurm wie sinnend durch sie hindurchzusehen; Lucrezia streichelte das Glas mit der ganzen Handfläche, legte ihre Wange daran und ließ auch einige Tränen darauf tropfen. Das mannhafte Benehmen des Wurms schien freilich begründet: durch die Glaswand seines Gefängnisses war keinerlei Kontakt möglich, nicht einmal seine rauhe Stimme hätte bis zu seiner Geliebten dringen können.

«Bootsmann», sagte das Mädchen, «erlauben Sie mir, das Glas zu heben und ihn zu befreien, Sie können von mir haben, was Sie wollen.» Sprach's und nahm eine ihrer Brüste mit dem kleinen roten

Ring in die Hand. Doch der Bootsmann, schon ältlich, ließ sich nicht erweichen.

Der Morgen dämmerte über einem ölglatten Meer. Lange Algenfäden kamen an die Oberfläche. Der Himmel war ganz klar, und es setzte schon eine große Hitze ein. Das Meer war so transparent, daß man durch die ganze Masse des grünen Wassers bis auf den zerklüfteten Grund sehen konnte, der sich unvorstellbar tief unter den Seefahrern befand. Und das Schiff schwebte in schwindelerregender Höhe über diesem Abgrund gleichsam in der Luft. Auf einmal sah der Anwalt, wie sich ein glänzendes Pünktchen vom Grund erhob und lotrecht zu ihm aufstieg; in dem winzigen Pünktchen erkannte er, auf halbem Wege, eine einsame Meduse von gigantischem Ausmaß, die, als sie fast an der Oberfläche war, auf dem Rücken liegenblieb und sich von der Strömung schaukeln ließ. Doch sonst keinerlei Zeichen von Leben in diesem Meer und an diesem Himmel.

Mittag mochte es gewesen sein, die Hitze hatte schon jedes erträgliche Maß überschritten, als flaches Land, eine kleine Insel gesichtet wurde.

«Wir sind da, macht euch bereit», sagte der Variago, der kerzengerade am Vordeck Ausschau hielt.

«Die kleine Insel ist der Eingang zum Meer der Schaben», war des Kapitäns freundliche Erklärung für den Anwalt. «Sie werden gleich sehen.»

Von der Insel kam dem Schiff ein großer geschmückter Kahn voller nackter Männer entgegen. Ihre Haut war trotz der Tropensonne strahlend weiß; doch schienen sie sich alle in recht übler Verfassung zu befinden, waren blaß und bis auf die Knochen abgemagert, und schlaff war das wenige Fleisch. Einer von ihnen, sicherlich der Anführer, kletterte über die Strickleiter an Bord und ging mit schlaksigem Schritt zur Brücke; seine einzige Kleidung bestand aus einer weißen Stoffhaube, wie sie etwa die Zimmermädchen tragen. Sein verschwitztes Gesicht hatte ein gelblich-fahles Aussehen; das glatte und an den Schläfen klebende Haar fiel ihm dicht bis zum Hals herab; unter den schwermütigen Augen mit ihrem erloschenen Blick gruben sich zwei tiefe schwarze Ringe ein. Er sprach einige Worte in einer unbekannten Sprache.

«Gebt ihm die Gegenstände», befahl der Variago seinen Leuten.

Die Männer traten einzeln vor, und ein jeder übergab dem Neuankömmling seinen Gegenstand: das Schnurende, den Schusternagel, das Maccheronistückchen . . . Und allemal, wenn der Mann eines dieser Dinge erhalten hatte, hob er die Arme zum Himmel und murmelte irgend etwas, vielleicht zum Preise seiner Gottheit. Nachdem er sie alle erhalten hatte, machte er eine tiefe Verbeugung und zum Meer hin eine weite Handbewegung, als wolle er damit sagen, daß der Weg nunmehr frei sei. Als er ging, rief er von der Reling seinen Leuten unten im Kahn etwas zu, womit er bei diesen gleich eine ausgelassene Freude hervorrief; und als er dann bei ihnen war, wollte ein jeder die Gegenstände sehen und anfassen, und alle gaben sich verrückten Freudenausbrüchen hin. Viele sprangen ins Wasser und schwammen laut rufend neben dem Kahn bis zurück an Land.

«Das ist getan. Rasch jetzt», befahl der Variago. Alle Segel wurden gehißt, um das bißchen Wind auszunutzen; das Schiff schickte sich an, die äußerste Spitze der Insel zu passieren.

«Alle auf eure Plätze!» war der nächste Befehl des Variago. Und der Kapitän wiederholte ihn mit lauter Stimme.

«Aufgepaßt, wir sind im Meer der Schaben», verkündete noch der Variago. «Mädchen und Wurm an Deck!»

Der Kapitän, der jedes Manöver kontrollierte, zündete sich eine lange Pfeife an und wandte sich wieder dem Anwalt zu. Der machte inmitten jener kräftigen Seeleute, die mit entblößtem Oberkörper ihrer Arbeit nachgingen, einen recht erbärmlichen Eindruck, tatenlos und in Unterhosen, wie er dastand. Aber vielleicht weckte er gerade darum ein wenig Mitleid bei dem alten Seebären.

«Nun, was halten Sie von den Schinneanern?»

«Wie?»

«Jene Leute gehörten zum Stamm der Schinneaner, er besteht nur aus Männern, also Sie verstehen mich. Aber verstehen Sie ja nicht, was nicht ist, so eine Sünde wird bei denen mit dem Tod bestraft: dann schon . . . also, wir verstehen uns. Alle dreißig Jahre ziehen sie aus und rauben eine Frau aus dem nächsten Land, und das ist für ihre Kähne allerdings sechs Tage weit; die Frau, wissen Sie, darf nicht älter als dreizehn sein und wird bei ihnen ziemlich respektiert. Doch nachdem sie vierzig Söhne geboren hat, bringt man sie auf barbarische Weise um. Aber sie müssen ohnehin aussterben; bei ihrer letzten Expedition haben sie sich nämlich eine Unfruchtbare geholt, die jetzt schon siebzig ist, und trotzdem hoffen sie noch, sie zur Mutter zu machen und streiten sich um ihren Besitz.» Nun aber glaubte der Kapitän, mit seinen Auskünften doch zu weit gegangen zu sein, und schloß rasch: «Jedenfalls sagt man so. Der Stamm bewacht den Eingang zum Meer der Schaben, und jeder, der dahin will, muß sich mit ihnen einigen. Denn», und jetzt senkte der Kapitän seine Stimme, «sie besitzen das Geheimnis, die Schaben betrunken zu machen, schütten sie Kräutersude ins Meer, dann werden sie aggressiv.»

«Und Sie . . .» stotterte der Anwalt, «sind Sie schon einmal auf dem Meer der Schaben gewesen?»

«Was glauben Sie denn, Herr! Schon verschiedene Male!»

«Und . . . und . . . ist es schrecklich?»

«Für mich jedenfalls nicht.»

Doch im selben Augenblick riß der Kapitän die Augen auf, würgte den Speichel herunter, bekam einen Schluckauf, der schon fast ein Brechreiz war, und starrte auf das Wasser, das gegen den Bug des Schiffes schlug.

«Sehen Sie, sehen Sie . . . dort . . . dort . . .!»

Sich auf den leichten Wellen wiegend, die durch das segelnde Schiff entstanden, trieben einige große Schaben gleichsam schläfrig an der Oberfläche; andere waren weiter weg, und zur offenen See hin nahmen die Tiere an Dichte zu, bildeten eine schwarze Schicht in der tropischen Mittagssonne.

Der Kapitän, gefolgt vom Anwalt, lief erregt von einer Reling zur anderen; das Schiff war schon fast vollständig von Schaben umringt. Die beiden stürzten zum Bug; dort bot sich ihnen ein recht sonderbares Bild. So weit der Blick reichen konnte, zeigte sich das Meer ohne auch nur irgendein Land am Horizont, unter der glühenden Himmelsglocke tintenschwarz und von unheilvollem Glanz; eine unüberschaubare Menge von Schaben, so dicht, daß darunter das Wasser gar nicht mehr durchschien, bedeckte es in seiner ganzen Ausdehnung. Und in der großen Stille vernahm man deutlich das kratzende Geräusch ihrer Panzer gegen den Bug. Langsam und nur mühsam kam das Schiff voran, und gleich schlossen sich hinter ihm die Schaben wieder zusammen. Wie ein Irrer stürzte der Kapitän unter Deck, um sich die Tiere aus der Nähe zu betrachten. «Hierher, hierher!» rief er den Männern zu, denen er begegnete, «so kommt, seht, man muß diese ekelhaften Tiere umbringen! . . .»

Die Schaben waren von normaler Größe, einige kleiner und andere etwas größer, und unterschieden sich kaum von denen, die an Land leben; ihr etwas weniger robustes Hinterteil war von Rillen gezeichnet. Bei jeder Wellenbewegung bewegten sich auch ihre langen Fühler ein wenig. Der Kapitän eilte wieder auf Deck und rief:

«Ihr Hundesöhne, man muß etwas unternehmen, sage ich euch, man muß sie töten . . .»

Doch der Variago trat auf ihn zu, packte ihn an den Handgelenken!

«Du Hund und Aufschneider!» knurrte er dumpf. «Ist es so um deinen Mut bestellt?»

Die anderen Männer waren herbeigelaufen. Alle zitterten sie, einige klapperten sogar mit den Zähnen.

«Wenn Sie sich einbilden, daß wir Ihnen in diese Gewässer folgen . . .» begann einer, der sich Mut gemacht hatte.

«Brav, ihr faules Pack! Ihr denkt wohl, ihr könnt umsonst mein Brot essen? Ihr wolltet doch zur Insel, aber ihr zittert schon vor ein paar miesen Schaben!»

«Unternehmen wir wenigstens etwas, um sie zu vertreiben», meinte ein anderer.

«Schlaumeier! Wollt ihr sie wütend machen, damit sie uns angreifen und unter ihren ekelhaften Bäuchen erdrücken?»

«Wir ... wir ...» sagten jetzt alle, «wollen zurück, wir machen uns überhaupt nichts mehr aus dieser Insel. Wir wollen weg von hier. Und das tun wir auch unter allen Umständen, und wenn's über Ihre Leiche geht!» Die Männer rückten drohend näher; das Schiff, dessen Steuer von keinem mehr gehalten wurde, schlingerte gefährlich und löste bei dem Schabenvolk eine gewisse Unruhe aus.

«Ach, so ist das!» donnerte der Variago und zog blitzschnell die beiden Pistolen aus seinem Gürtel. «Wir fahren zur Insel, und ich bringe euch zur Insel, ob ihr das wollt oder nicht. Auf eure Plätze, sage ich, und nehmt euch in acht, wenn euch euer Leben lieb ist! Übrigens ist zurückfahren jetzt das gleiche wie weiterfahren.» Tatsächlich hatten sich auch auf dem Meer, das man bereits durchfahren hatte, die Schaben ganz dicht geschlossen, und nun war das Meer ringsum schwarz bis zum Horizont.

In dem Augenblick hörte man achtern ein Rennen und Schreien. Einer der Männer mit dem Dreispitz kam angelaufen:

«Hoher Variago, der Wurm ist weg!» Der Gefangene, den man an Deck unter seinem Glas auf den Boden gesetzt hatte, mußte in der Tat die Verwirrung genutzt haben und durch eine Enge zwischen zwei Planken entflohen sein.

Der Variago stürzte ans Achterdeck, gefolgt von allen anderen. Der Flüchtling war zunächst unauffindbar; aber schließlich fand man ihn, wie er angestrengt das Deck überquerte, um eine Luke zu erreichen. Und alle stürzten sich auf ihn; als der Wurm dieses Ungewitter nahen fühlte, drehte er sich um und reckte stolz den kleinen Kopf. Instinktiv bildeten die Männer einen Kreis, in dessen Mitte die beiden Gegner einander gegenüberstanden.

Der Variago sah verächtlich auf das kleine Tier zu seinen Füßen. Dieses hinwiederum betrachtete aufmerksam seinen unverhältnismäßig großen Feind. Es gab einen Augenblick des Schweigens. Dann entschloß sich der Wurm zu reden:

«Roberto Coracaglina», sagte er mit der gewohnten rauhen Stimme und ohne die geringste Gemütsbewegung zu zeigen, «wenn du mich unter deinem Absatz zertreten würdest, wärst du ein Feigling. Das bist du allemal, auch wenn du es nicht tust, denn du tust es nicht, weil du Angst vor mir hast. Unsere Partie wird also nie zu Ende sein. Doch will ich dir einen Handel vorschlagen, wie er sich für Ehrenleute gehört. Paß gut auf. Lucrezia soll selbst entscheiden können; sie wird demjenigen angehören, der sie besser zu lieben versteht. Nimmst du an?»

«Von dir», kam die ebenso gesetzte Antwort, «von dir, du kleiner Wurm, akzeptiere ich weder Beleidigungen noch Vorschläge. Leute, steckt ihn wieder unter sein Glas, nein, in eine Streichholzschachtel; daraus wird er nicht mehr entkommen!»

Die Männer verzogen sich erst, als der Variago sie mit den Pistolen bedrohte. Ihr Aufbegehren war jetzt nicht nur auf die Anwesenheit der Schaben zurückzuführen; sondern die Autorität ihres Anführers hatte in ihrer Vorstellung auch ernstlichen Schaden genommen, weil der auf die Herausforderung nicht eingegangen war. Außerdem hielten es diese primitiven Abenteurer für den Gipfel der Unritterlichkeit, einen Gegner in eine Streichholzschachtel zu sperren.

Doch bald legte sich diese Erregung zwangsläufig; da der Rückweg verschlossen war, mußte man unter allen Umständen weiterkommen, das Gewimmel der schwimmenden Tiere durchsegeln, und dies mühsame Manöver sowie die äußerste Anspannung eines jeden verzehrten bald jede Energie.

Die nächsten vierundzwanzig Stunden brachten den Seeleuten die größten Strapazen. Die Hitze war unerträglich, und in der Schwüle regte sich kein Lüftchen; die Sonne brannte gnadenlos und senkrecht herunter. Zudem war der Wasservorrat an Bord nicht gerade groß; das Wasser wurde jedem einzelnen zugeteilt, und die Leute schleppten sich fast nackt an Deck (weil man es unten wahrhaftig nicht mehr aushalten konnte) und suchten sich, wenn immer nur möglich, ein Eckchen im Schatten.

Lucrezias Abscheu vor den Schaben war, entgegen ihrer Behauptung, überaus groß. Beim Anblick der auf dem Wasser treibenden Tiere war sie zunächst vor Ekel ohnmächtig geworden; als sie wieder zu sich kam, nahm sie sich zusammen, so gut sie konnte; und nun lag sie auf dem Achterdeck und hielt sich die Hände vor die Augen. Das Kinn zitterte ihr heftig, die zusammengepreßten Lippen schienen mit aller Gewalt ihre Lebensgeister festzuhalten, und ihr ganzer Körper wurde trotz der sengenden Sonne von Schauern überlaufen, als hätte das Fieber sie ergriffen. Der Variago trat zu ihr:

«Nun, Mädchen, wie findest du die Schaben?»

«Nett», war Lucrezias tapfere Antwort, doch aus ihren Augen schossen Blitze.

Einige Schaben, die weniger träge als die anderen waren, kletterten zuweilen auf die Reling und liefen seelenruhig über Deck, und die ganze Besatzung respektierte sie, um deren Gefährtinnen nicht zu verärgern; mit aller Vorsicht nahm der Variago eine auf, die gerade daherkam, und ging damit auf das Mädchen zu. Sie wurde erst knallrot, dann sofort totenbleich; aber sie biß sich auf die Lippen und sagte kein Wort. Der Variago hielt ihr das Tier ein wenig vors Gesicht und setzte es dann behutsam wieder auf den Boden.

«Macht mir nichts aus . . . Ni . . . i . . . cht einmal s . . . o . . . o werden Sie etwas erreichen», sagte das Mädchen mit klappernden Zähnen.

«Roberto Coracaglina, abgesehen von den Haarschuppen sind Sie auch noch ein Feigling. Ich habe gehört, wie er Ihnen den Wettstreit anbot, und Sie . . . Sie . . .»; die Worte erstarben ihr auf den Lippen, sie konnte nichts mehr sagen.

Nicht weit von ihnen schleppte sich der Kapitän nackten Oberkörpers und glänzend vor Schweiß zum Wasserfäßchen; der Variago bemerkte es.

«Sie haben schon Ihre Ration, machen Sie, daß sie weiterkommen!» warnte er ihn.

«Hoher Variago, ich verbrenne, ich sterbe, wenn ich nicht . . .»

«Fort mit Ihnen, augenblicklich!» wiederholte der Variago und hob die Peitsche, die an seinem Handgelenk hing.

«Dann töten Sie mich, aber vorher sollen Sie noch wissen . . . Ich sage Ihnen . . . das Mädchen hat recht! Ja, wenn Sie nicht einmal die Herausforderung eines Wurms annehmen, dann habe ich . . . haben wir kein Vertrauen mehr zu Ihnen. Wir . . . Alle hassen Sie wie ich . . .» Der Mann sank entkräftet und fiebernd zu Boden.

«Hund!» stieß der Variago zwischen den Zähnen hervor und versetzte dem zusammengesunkenen Körper einen Fußtritt. Der Kapitän schien tot zu sein.

«Hund!» schrie der Variago wiederum den leblosen Körper an; «wehe, du mischst dich noch einmal in meine Angelegenheiten . . .» Dann wandte er sich wieder dem Mädchen zu und meinte verwirrt:

«Es galt dir, Lucrezia. Wenn du willst, bin ich dazu bereit. Ja, ich bin bereit. Jetzt, sofort.»

Lucrezia lachte höhnisch; der Variago rüttelte einen der Männer mit dem Dreispitz wach, die eingenickt waren, und befahl ihm, die Schachtel mit dem Wurm zu bringen. Eine leichte Brise kam jetzt auf; die Kunde über eine ungewöhnliche Vorstellung hatte sich im Nu verbreitet, und beides schien wie durch einen Zauber die Geister der abgestumpften Besatzung zu wecken. Alle drängten zum Achterdeck, Schauplatz des eigenartigen Turniers.

«Ich bin doch gespannt», meinte der Schiffskoch fast belustigt zum Anwalt, «wie der Wurm es anstellen wird, sie zu lieben. Wie ein kleiner Wurm mit einem Mädchen Liebe macht, verdammt!»

Man holte den Wurm aus der Schachtel.

«Und?» fragte der verächtlich.

«Und», erwiderte der Variago, «Ihre Herausforderung ist akzeptiert. Beginnen wir sofort; sind Sie bereit?»

«Stets zu Ihren Diensten.»

«Und du, Lucrezia, bist auch du bereit?»

«Ja.»

Das Los bestimmte, wer den Anfang machen sollte. Der Variago war es.

Er ging zu dem Mädchen und küßte sie erst zart

auf die Augenlider und liebkoste sanft ihr Haar. Danach wurden seine Küsse gezielter, feuriger, auf die Wangen und hinab zum Mund. Sodann vereinigten sich die Münder für lange Zeit, und der Variago umarmte das Mädchen fest. Langsam und mit fast fraulicher Zärtlichkeit glitten seine kräftigen Hände über ihre Schultern, das Rückgrat entlang, umfaßten die eleganten Linien ihres Körpers, suchten ihn an allen Stellen der Ruhe. Nun ging der Mund des Mannes hinab, entdeckte die Achselhöhlen, die Senke zwischen den Brüsten, die Brüste, die Taille; und seine Hände strichen über die schlanken Rundungen der Schenkel und Waden, verharrten mit Vorliebe über den Fußgelenken und Knöcheln, unter den Zehen ihres kleinen Fußes, dort, wo sie in die Sohle überleiten. Während dieser ganzen Zeit aber war Lucrezia regungslos und kalt; über dem Kopf des Mannes behielten ihre stets geöffneten Augen fast so etwas wie ein Lächeln, einen Glanz verächtlicher Ironie.

Schließlich umklammerten die beiden Körper einander, vielmehr der des Variago umklammerte den anderen mit Macht, bebte, erschauerte, schien sein Selbst zu verlieren und blieb am Ende schwer auf dem zarten, blassen Körper des Mädchens liegen. Aber auch jetzt noch war Lucrezia eiskalt, hatte offene, gar nicht aufgerissene Augen, Blick und Gesicht waren gleichgültig.

Diese Augen hatten sich nur für einen einzigen

Augenblick geschlossen, als der Variago die Fußgelenke streichelte, und gleich danach wieder siegessicher geöffnet.

Der Variago erhob sich in Erbärmlichkeit, strich sich zerfahren das Haar zurecht, hielt die Hand vor den Mund und murmelte irgend etwas Trübseliges, was kein Mensch verstand. «Du bist ein Eisblock», sagte er dann laut zu Lucrezia und trat zur Seite.

«Das glauben Sie, Signore?» ließ sich der Wurm vernehmen. «Jedenfalls mein Kompliment; jetzt bin ich an der Reihe.»

«Aber . . . aber . . .» sagte der Schiffskoch leise. «Nicht übel . . .»

Nun verdoppelte sich die allgemeine Spannung: das Schauspiel wurde erst richtig interessant.

Der Wurm kroch auf Lucrezia zu, die ihn sitzend, in Regungslosigkeit und tiefernst erwartete. Er stieg durch die Furche zwischen dem großen und dem nächsten Zeh fußaufwärts, verweilte ein wenig in der Nähe der Fessel, umging den Knöchel und begab sich das Bein hinan in Richtung Knie. Überwand entschlossen die kleine Senke zwischen Wade und Schienbein, kreiste um den Schaft des Beines, verschwand für einige Sekunden aus der Sicht der Zuschauer! Vermutlich hatte er sich in der Kniekehle neben dem Beinmuskel aufgehalten. Er kam wieder hervor, bestieg die Kniescheibe und war nun endlich auf ebener Fläche. Doch zog er es vor, rasch über den Schenkel zu laufen; überhaupt hatte man den Eindruck, er wolle möglichst ohne Pausen seinen Weg machen, wolle unverzüglich nach oben gelangen. Auch nach Erreichung des Hüftknochens setzte er gleich seinen Aufstieg fort. Das Mädchen hatte unterdessen die Arme neben den Körper gebreitet, den Kopf ein wenig zurückgelegt und die Lider halb geschlossen; sie keuchte leicht, und dann immer stärker, je näher der Wurm an ihr Gesicht herankam. Dieser mied mit Vorbedacht den Nabel, glitt zwischen den Brüsten hindurch, sagen wir, ohne auch nur einen Blick auf sie zu werfen, begab sich an den Hals, überwand in kurzer Hängelage den Kinnvorsprung, erschien schließlich auf der Wange und bewegte sich auf das Auge zu.

Lucrezia schloß ihre Lider noch mehr; man konnte sehen, wie sie darunter ihre Augen verdrehte: «nein . . . nein . . .» flüsterte sie. Der Wurm erreichte eine Augenhöhle, glitt in Langsamkeit darüber, hielt inne, drückte sich darauf; «oh, oh», seufzte Lucrezia. Der Wurm drehte und drehte sich ganz langsam in den Augenhöhlen, wobei er den Nasenrücken überstieg, um von der einen in die andere zu gelangen. Seine gleichmäßigen und sicheren Bewegungen faszinierten die Zuschauer; alle glaubten, so etwas wie ein deutliches Summen zu hören, wie wenn man mit einem Finger über den feuchten Rand eines Glases fährt, und das kam anscheinend von diesen Bewegungen. Lucrezia seufzte und wimmerte, zog die Augenbrauen ein wenig zusammen. Schließlich hielt der Wurm inne und schien ihren Lidern sanfte Gewalt anzutun; Lucrezia öffnete sie gerade ein wenig, und der Wurm strich über den Wimpernansatz, über den Lidspalt, erzwang ein Umstülpen und drängte, als wolle er zwischen Lid und Auge hinein. Die Ekstase des Mädchens dauerte an und steigerte sich; der Wurm verließ nun die Augen und kroch zum halboffenen Mund. Darin verschwand er; doch sah man hin und wieder das Oberteil seines Rückens, woran zu erkennen war, daß er innen die Lippen entlangglitt, daß er das Zahnfleisch küßte. Bisweilen verhielt er und schmiegte sich an die weichen Schleimhäute, und dann geriet Lucrezia in höchste Erregung und krallte ihre Finger zusammen, als wolle sie ihn auffordern, so weiterzumachen. Das Tier ging wieder hinab, diesmal hinter den Ohren herum, wo es ein wenig verweilte; am Hals glitt es die drei Venusbänder entlang, die ihn stolz schmückten, umging das Schulterblatt, begab sich in die Achselhöhle und dann zum Busen. Mit seinem Köpfchen schien er die Empfindsamkeit der Brustspitzen zu erproben; irgend etwas in Lucrezias Benehmen bestimmte es dazu, die linke Brust zu bevorzugen. Hier tat es nichts weiteres als dem roten Mal nachzugehen, das die saugende Schlange hinterlassen hatte; erst mit bedachter

Langsamkeit und dann schneller, immer schneller, wie ein Wirbel. In seinem hemmungslosen Lauf glich es jenen verrückten Kleinschlangen, die sich in den Schwanz beißen.

Lucrezia erschlaffte schließlich und holte tief Atem. Der Wurm aber begab sich auf den Rückweg nach unten . . .

«Nun?» sagte er, als alles vorbei war. «Roberto Coracaglina, ich glaube, Lucrezia braucht nicht erst um ihre Meinung gefragt zu werden. Bring uns nun als ritterlicher Widersacher mit diesem Schiff in Sicherheit und suche dir irgendwo auf der Welt ein anderes Paradies.»

Der Variago saß mißgestimmt da. War er doch schmählich besiegt worden. Was scherte ihn jetzt noch die Insel und alles andere, dieweil er Lucrezia verloren hatte? Er saß also da und hing den trübsten Gedanken nach und wußte nicht, was er erwidern sollte; doch plötzlich kam ihm ein gemeiner Gedanke in den Sinn, ein schändlicher, gegen den er sich nicht wehren konnte. Die Brise hatte sich gelegt, die Schwüle war unerträglich; bei den Männern machten sich nach der kurzen Ablenkung wieder Durst und Hitze bemerkbar, zudem waren sie schier schmerzlich erregt und halluziniert von der bizarren Szene, die sie mitangesehen hatten. «Es ist doch zum Lachen, daß ich mich so gräme», dachte der Variago, «wenn ich nur einen Fuß auszustrecken brauche und dieser winzige Wurm verschwindet aus der Welt, ohne auch nur eine Spur von sich zu hinterlassen.» Die Versuchung war gar zu groß, die Sonne brannte. Der Wurm, der auf eine Antwort harrte, befand sich da auf den Schiffsplanken vor ihm mit erhobenem Kopf, wehrlos, zart, durchsichtig; beim Variago gab es kein Denken mehr. Blitzschnell streckte er sein Bein und zertrat ihn, mit einem Rutscher, geradeso wie man ein Streichholz anstreicht; und in der Tat loderte der Wurm im Nu zu einer schwefligen und bläulichen Flamme auf; und nichts blieb von ihm übrig denn ein winziger verkohlter Kadaver.

Eine ganze Weile traute Lucrezia ihren Augen nicht: dann sank sie in die Knie, hob fassungslos den Leichnam auf, war unfähig, ein Wort zu sagen.

«Roberto», brach es schließlich aus ihr hervor, «das hätte ich mir denken sollen! Sie haben auf schändliche Weise mein Leben zerstört. Der Fluch des Himmels soll Sie treffen! Der Haß aller Lebewesen wird Sie verfolgen bis . . .»

Ein wilder Aufschrei hinter dem Rücken des Variago unterbrach sie. Der fand nicht einmal die Zeit, sich umzudrehen, und schon hatten ihn vier kräftige Arme gepackt, so daß er sich nicht rühren konnte; die ganze Bande hatte sich auf ihn gestürzt.

«Schluß jetzt!» schrien sie wie besessen. «Schluß damit! Du bist nicht der Hohe Variago, du bist nur Roberto, Roberto Coracaglina. Du bist ein gemeiner Kerl, du mordest heimtückisch den Gegner, der dich ehrlich besiegt hat. Du bist ein niedriger und schwacher Mensch und schlimmer, viel schlimmer noch als wir. Aus deiner Insel machen wir uns einen Dreck, wir wollen nur nach Hause.»

«Und das Mädchen wollen wir auch, und jetzt gleich», sagten andere. «Wir werden's ihr schon recht machen, darauf können Sie sich verlassen, auch ohne alle Ihre Gesichtsverrenkungen!»

«Und jetzt sieh her», rief Schnurende, «was ich mir aus deinen Schaben mache! . . .» und der Wahnsinnige stürzte sich auf eine Schabe, die seelenruhig über das Deck krabbelte; und bevor noch der augenblicklich herbeieilende Kapitän ihn daran hindern konnte, hatte er sie brutal zertreten und die kleine Leiche mit einem kräftigen Fußtritt ins Meer befördert; auf dem Deck war nur eine winzige Lache aus weißem dickem Blut zurückgeblieben.

«Was hast du da getan, Wahnsinniger!» rief der Kapitän. Aber die Männer hörten gar nicht auf ihn, sondern stürzten sich auf Lucrezia, und es entstand ein heftiger Kampf um ihren Besitz; ohnmächtig sah der Variago all dies mit an.

«Ihr Unseligen!» sagte er. «Was habt ihr nur getan! Jetzt werden die Schaben wütend, und das wird für alle das Ende sein!» Keiner hörte auf ihn.

Doch beim Schabenvolk hatte die Wasserung der gemordeten Gefährtin großen Aufruhr hervorgerufen; dieselben Tiere, die sich zuvor noch träge von den Wellen hatten wiegen lassen, bewegten sich nun ungestüm im Wasser, regten ihre langen Fühler, zuckten, stießen sich gegenseitig, kletterten übereinander. Einer merkte es schließlich; und da ließ man angesichts der drohenden Gefahr den Variago frei, und alle baten ihn, sie zu retten.

Doch zu spät: schon kam eine ganze lange Reihe von Schaben ein Tau heraufgekrochen, das bis ins Wasser hing, und überflutete das Deck. Andere Schaben kamen über die Reling und vereinigten sich mit denen. An eine Rettung war nicht zu denken: wie viele auch immer die von panischer Angst ergriffenen Männer erschlugen, stets erschien mindestens die doppelte Anzahl als Ersatz.

«Ihr verdammten Kerle, wir sind verloren!» schrie der Variago. «Die Schaben sind wild geworden. Rette sich, wer kann!»

In kurzer Zeit war das Deck von Schaben überschwemmt, und nach denen, die unter Deck ihre Zuflucht suchten, ergossen sich riesige Mengen durch die Luken; solcherart kamen viele im Innern des Schiffes um, weil sie wegen der Schaben nicht mehr herauskonnten, die jede Öffnung versperrten und langsam, eine über der anderen, eindrangen, bis die Männer begraben waren. Wer oben geblieben war, kämpfte verbissen, doch völlig erfolglos. Denn auch dessen Lage wurde immer kritischer; die Schaben gingen ihnen jetzt in mehreren Schichten bis an die Knie, um gar nicht erst von denen zu sprechen, die den Körper der Männer erklommen; nur mühsam und nur für kurze Zeit konnten sie ihr Gesicht schützen. Gegen dieses zahllose Geschlecht war nichts zu machen; für jede Tote rückten von überallher zehn, nein, tausend andere nach. Einer sprang ins Meer und kam unter den Gefährtinnen der Angreiferinnen ums Leben. Die Schaben drangen von allen Seiten herbei, kletterten wo auch immer hinauf, füllten jedweden Hohlraum, hingen von Tauen und Bespannungen, färbten die Segel schwarz.

Lucrezia stand auf dem Hinterdeck, schlug um sich, wehrte sich so gut sie konnte; aber schon ließen ihre Kräfte nach. Zudem versetzte sie der Widerwille in einen Zustand tiefen Elends und dumpfer Niedergeschlagenheit, so daß ihr alles Blut aus dem Gesicht wich und sie schon nahe daran war, sich verloren zu geben: reichten ihr doch die Schaben bis an die Hüften, erklommen ununterbrochen Brust und Rücken, nisteten sich in den Haaren ein, krabbelten über die Stirn. Sie waren zwischen ihren Beinen, füllten ihre Achselhöhlen, drückten auf ihre Lippen, würden bald schon in ihrem Mund sein . . .

«Schluß, um Himmels willen Schluß!» schrie Lucrezia auf einmal, schlug die Hände vors Gesicht, brach in Tränen aus, brach in lautes Weinen aus, bibberte wie vor Kälte.

«Wieso Schluß! . . .» meinte Roberto und wischte sich mit dem Taschentuch ein wenig Schweiß ab.

«Schluß, ich bitte dich um alles in der Welt! Nein, du hast ja recht, ich bin schlecht und gemein gewesen, sei du großmütig! Nein, ich liebe Bernardo nicht, ich liebe dich, nur dich, Hoher Variago, mein Variago, mein Herr und Meister . . .»

Und das Mädchen schmiegte ihren Kopf an Robertos Schulter und weinte inniglich.

«Vergib mir, nimm mich, ich bin deine Sklavin . . .»

«Zunächst einmal bin ich für Sie Roberto und nicht der Variago», scherzte der junge Mann überglücklich und umarmte sie.

«Nein, du bist mein Variago, mein Herr, mein Variago . . . Var, ich will dich Var nennen . . .»

In seinem Sessel tat der Anwalt einen tiefen Seufzer und trocknete sich eine Träne mit dem Handrücken.

«Roberto, ich hab's dir ja schon so lange sagen wollen . . . auch ich hab mich dir gegenüber falsch benommen . . . Mein lieber Junge, du hast ja recht, schau mal, ich hab dir schon so lange . . . schau, machen wir's doch so: du bekommst von mir jeden Monat, was . . . was ich dir geben kann, aber um gut zu leben, weißt du. Und du brauchst dir gar keine Gedanken zu machen, du mußt nichts tun . . . Was heißt schon eine gesicherte

Position oder nicht! Du kannst dich allein um deine Romane kümmern, also um deine Dinge, ganz wie du magst und nach deinem Belieben ... hm, hm ...» Der Anwalt drehte sich zur Seite, um nicht zu zeigen, daß er weinte. «Und für die Hochzeitsausgaben ... hm, auch dazu will ich dir helfen, so gut ich kann ... Nun, verzeih mir schon, ich konnte ja nicht wissen ... Bist du jetzt glücklich?»

Roberto warf sich in ihre Arme. Auch er war gerührt und sagte, um seine Haltung zu bewahren:

«Aber diese Geschichte paßt mir gar nicht. Zweifeln Sie nicht, irgendwie hätten die sich schon gerettet. Und gerade jetzt, da man zur Insel kommen würde ...»

«Was für eine Insel?» fragte Lucrezia.

«Eine Insel im blauen Meer, unter einem blauen Himmel. Man landet an einem friedlichen Küstenstreifen mit Palmen und Orangenbäumen, mit immergrünen Bäumen, immerblühenden Blumen ...»

«Kommt man denn nicht ohnehin auf diese Insel?» unterbrach ihn das Mädchen mit leichtem Erröten und senkte die Augen.

Kafkas Papa

Ich will dem Drängen vieler Freunde nachkommen und kurz von einer Episode berichten, die auf des Meisters (und auch mein eigenes) Leben einen solch großen Einfluß haben sollte.

«Und wenn sich nun dort zwischen Tür (die nur eben angelehnt war) und Türrahmen zwei, ja, sogar etliche ganz lange, behaarte, dünne Beine zwängen würden; und die Tür sich auf ein Drängen hin ganz allmählich öffnen und eine Riesenspinne erscheinen würde, groß wie ein Wäschekorb? . . .»

«Und was soll das?«

«Warte, ich bin noch nicht fertig. Und wenn diese Spinne statt eines Körpers einen Männerkopf hätte und dich vom Boden herauf anstarrte? Was würdest du dann machen? Dich umbringen, oder?»

«Ich? An so was würde ich überhaupt nicht denken. Warum in aller Welt sollte ich mich umbringen? Eher würde ich sie umbringen.»

«Ich mich schon. Ich würde mich umbringen. In einer Welt leben, verdammt, wo solche Dinge möglich sind!»

«Und ich sag dir, ich würde alles tun, aber mich umbringen: nein. Nicht einmal im Traum.»

Kafka hatte noch nicht zu Ende gesprochen und sah auch noch trotzig zu der angelehnten Tür, als sich diese langsam in ihren Angeln drehte und genau das eintrat, was ich geahnt hatte. In jenem abgelegenen Zimmer, wo wir gerade zu Abend aßen, sprangen wir voller Entsetzen auf. Die Spinne oder eigentlich der Männerkopf, der auf seinen langen Beinen federte, kam auf den Tisch zu und sah uns böse an.

«Also», rief ich fast weinend, wie ich gestehen muß, «also, warum tötest du sie denn nicht?»

Doch Kafka sah mit aufgerissenen Augen auf das Tier oder den Mann und rührte keinen Finger; im Gegenteil, er wich unmerklich in eine Ecke des Zimmers zurück. War doch (wie ich später erfuhr) dieser Kopf in der Tat der Kopf seines vor geraumer Zeit verstorbenen Vaters. Der blickte Kafka mit seinem bösesten Ausdruck an, mit blutunterlaufenen und schier verdrehten Augen, die Oberlippe auf der einen Seite grimmig hochgezogen; geradeso wie zu seiner Zeit, als er jene widerlichen Szenen gemacht, derer sich Kafka jetzt genau entsann, und auf unleidlichste Weise seine Stimme erhoben hatte. Nun sagte er nichts, vielleicht weil er nicht konnte, platzte aber schier vor offensichtlichem Verlangen zu schreien. Sein Kopf, Gesicht nach oben, war ein wenig geduckt wie bei einer Kröte.

«Was habe ich denn schon wieder angestellt?» fragte sich Kafka, vom gleichen kindlichen Angstgefühl gepackt wie damals, als ihm solche Szenen gemacht worden waren, ohne daß er genau gewußt hätte, warum. «Papa . . .» sagte er leise.

Ich klatschte in die Hände und schrie, wie ich gestehe, unbeherrscht: weg, weg mit dir, du Biest!, und hatte zu mehr nicht den Mut. Da schien Kafkas Vater, der mit Bedacht auf uns zukam, es sich anders zu überlegen und an sich zu halten (sich vor «fremden Leuten» zusammenzunehmen, war stets sein ganzer Stolz gewesen, obwohl ihm jedermann seine Stimmung am Gesicht ablesen konnte, selbst wenn er derartigenfalls nicht «Zum Kuckuck! Zum Kuckuck!» gebrummelt hätte); er verschob also die Szene oder Attacke auf ein andermal und begab sich schwankend, mühsam stelzend und stumm wieder dorthin, woher er gekommen war. Ich gebe zu, daß ich mir die Haare raufte, irgendwohin flüchtete und in Schluchzen ausbrach; einen Augenblick danach stürzte Kafka seinem Vater in den großen dunklen Salon nach.

Unnötig zu sagen, daß es ihm weder in dieser Nacht noch an den darauffolgenden Tagen gelang, ihn wiederzufinden, obwohl er in allen Zimmern und zu allen Stunden nach ihm suchte. «Sieh mal an», so sagte er sich, «da gibt es in meinem Haus ein solches Tier, und keiner hat es jemals gesehen! Wer mag wissen, wie viele andere es noch von der Art hier gibt. Wenn ich es nicht erwische, kann ich nicht länger hier leben.» Zunächst dachte er daran, es in einen Käfig oder auch in das Zimmer zu sperren, das einmal das seine gewesen war. Schließlich sah er eines Tages in der Dämmerung, wie es durch eine Rumpelkammer voller verstaubter Dinge hastete, und verstand, daß es ohne Schwierigkeiten durch verschlossene Türen und gar auch durch Wände gehen konnte. Von da an sagte er sich, daß er es unerbittlich töten würde, denn etwas anderes bliebe ihm nicht übrig; selbstverständlich war es ihm auch diesmal entflohen.

Eines schönen Tages, als er schon jede Hoffnung aufgegeben hatte, ihm wieder zu begegnen und er schon entschlossen war, fortzugehen und ihm die alte Ritterburg allein zu überlassen, erschien es ihm ganz plötzlich in vollem Licht. Der künftige große Schriftsteller hielt sich gerade in seinem Schlafzimmer auf, und durch das Fenster schien die volle Sonne herein. In der Sonne sah es noch grauer und verstaubter aus; das aschfahle Gesicht blickte diesmal mit müdem, fast flehendem und überaus liebevollem Ausdruck auf ihn und hatte (wie seinerzeit, wenn er sich nicht wohl fühlte) Tränen in den Augen. Nichtsdestotrotz ergriff Kafka einen Stuhl und betäubte es erst einmal richtig; lief dann in den Keller, holte sich einen Böttcherhammer und zerschlug es vollends. Aus dem geborstenen Kopf quoll verständlicherweise so etwas wie mehr oder weniger flüssiges Mark.

Kafka meinte, sich solcherart ein für allemal, wenn auch zu einem hohen Preis, von ihm befreit zu haben. Doch wie viele Spinnen, große und kleine, beherbergt nicht eine alte Ritterburg!

Ewige Provinz

I

Ich habe ein Holzbein (nun, nicht eben aus Holz: so ein amerikanisches Bein, auf das keiner kommen würde, ich hinke auch kaum, aber das spielt keine Rolle). Grund für mich, die Frauen zu hassen. Der Zusammenhang versteht sich von selbst, wie ich meine; allenfalls kann ich noch *ad abundantiam* hinzusetzen, denn die Frauen haben mir wahrhaftig Gelegenheit genug geboten, sie zu hassen. Und da ich heute in dieser Stimmung, nämlich dabei bin, alte Geschichten aufzuwärmen, fällt es mir auch nicht schwer, mich genauer zu erklären.

Jenes erste Mädchen zum Beispiel, die erste von allen. Eine volle pechrabenschwarze Mähne, ein schmales kleines Gesicht und große nachdenkliche Augen hatte sie; aber, sieh nur den Zufall, auch eine was weiß ich was für eine Behinderung an einem Bein (Genaues erfuhr ich nie: ein dickes, gewichtiges Bein, das sie sogar nachzog). Warum ich mich ausgerechnet in sie verliebt hatte, wäre schwierig oder auch allzu leicht zu erklären:

vielleicht gerade, weil sie behindert und ich damals ein zarter romantischer Jüngling war; vielleicht auch, weil ich mir unbewußt mehr Verständnis erhofft hatte. Statt dessen . . .

Ihr Vater war ein unfreundlicher Mensch. Doch es gelang mir, eine Bleibe gleich über ihrer Wohnung zu bekommen, so daß wir uns bequem durch Gesang (sie studierte Gesang) und Billets verständigen konnten, die wir uns auf der Treppe zusteckten. Oh, dies erste flüchtige Rendezvous in einer abgelegenen kleinen Kapelle der Stadt, ganz nach der Gepflogenheit vergangener Dichter und ihrer Schönen! Ich fand sie kniend und betend in der Haltung, die ihrer Schönheit am besten zukam und zugleich ihre Deformierung verbarg; übrigens spontan eingenommen, ohne jede Spur von Berechnung. Auf dies erste Rendezvous folgten nichtsdestoweniger noch andere, und sie wagte es sogar, mich in Abwesenheit des Vaters in ihrer Wohnung zu empfangen . . . Was für ein Leben in jenen Tagen für uns, für mich, berauschend und schwerelos in einem, wie gewisse Weine, wie Frühlingsluft! Wir waren neu und rein, unser Gepäck an Hoffnungen war unangeschlagen und desgleichen mehr . . . Wir oder nur ich? Oder nicht einmal ich? Ich weiß nicht. Zufälligerweise fand ich eine über alle Maßen poetische Niederschrift von mir aus jenen Tagen: eine Lobpreisung der nächtlichen Stille (in meinem Kämmerlein, ich war da als Kostgänger), der die Fähigkeit zuerkannt wird, über meinem Haupte eine düstere und sturmerfüllte, doch offensichtlich gutartige und schützende Kuppel zu «weben», die allerdings zu meinem undeutlichen Mißfallen beim Ertönen der «Stimme» (gewiß ihrer Stimme; sie erklärte mir vom anderen Stockwerk her ihre Liebe) zusammenfallen würde. Was war denn dies, etwa eine Warnung, die für mein ganzes Leben gelten sollte? Aber jetzt werde ich zu weitschweifig.

Nun, ja: sie hatte ein sogestaltes Bein, verlangte aber trotzdem, daß ihr Mann beide gesund haben solle. Vielleicht sogar mit Recht: sie suchte in mir einfach einen Mann ohne Hinzufügung, während ich vielleicht (wie ich schon sagte) in ihr eben ein hinkendes Mädchen suchte. Jedenfalls, Tüfteleien beiseite, schlug sie, sobald sie mit unserer zunehmenden Vertraulichkeit meines Gebrechens ansichtig geworden war, augenblicklich eine andere Tonart an. Es begann damit, daß sie mich in ihren Billets bezichtigte, wenig Feuer zu besitzen und, eigenartige Gefühlsverkehrung, es nicht fertigzubringen, auch ihr «krankes Beinchen» zu lieben; um mir dann eines schönen Tages plötzlich und unverblümt zu erklären, es tue ihr leid, aber sie müsse zugeben, daß sie sich getäuscht habe, und in Wirklichkeit fühle sie immer noch Jenen vor sich – und machte, wie ich mich genau erinnere, dazu eine weitausholende unanständige Bewegung, die an Scham und Lippen rührte. Besagter Jener war ebenfalls ein Student, ein Philosophiestudent, mit dem sie zuvor ein flüchtiges Verhältnis gehabt hatte.

Mein Aus-allen-Wolken-Fallen, meine Verzweiflungsanwandlungen, meine feste Absicht, sie, koste es was es wolle, wiederzuerobern: ich war so naiv. Und da sie sich unbeugsam zeigte, fiel mir schließlich nichts Besseres ein, als Jenen eines Nachts telefonisch zu wecken und zu nötigen, vom Hügel, wo er wohnte, in die Stadt herunterzukommen: ich müsse ihm etwas Vertrauliches und äußerst Wichtiges mitteilen, sagte ich. Wir kannten uns nur eben vom Sehen, und er schien mir keine Leuchte zu sein; jedenfalls war er nicht sonderlich überrascht, als er den Grund der erzwungenen Unterredung erfuhr, und begriff rasch, was ich mir unsinnigerweise von ihm erwartete. Eben Hilfe, verdammt, soweit man sie von einem entliebten (denn als solchen bekannte er sich augenblicklich) Rivalen verlangen kann, der doch wohl den Schlüssel zu dem von uns ersehnten Herzen besitzt: was ich seiner Meinung nach unternehmen solle, um diese Frau für mich zu gewinnen, und wie im allgemeinen seine Diagnose und Prognose laute? Und ähnliches mehr. Natürlich eine lächerliche Absurdität von mir, wie sie einem verflossenen Jahrhundert zugestanden wäre, gleich dem «Sich-ans-Feuer-des-Feindes-Setzen»; so zwischen verzweifelt und überheblich und sogar ritterlich, eben auf meine Art.

Wie viele schöne Worte er mir sagte. Vielleicht

machte es ihm Vergnügen, und ich will nicht ausschließen, daß es auch mir Vergnügen machte. Schöne Worte und weiter nichts, das braucht nicht erst betont zu werden: als könne einer, der ein Holzbein hat, es auf einmal nicht mehr haben! Das Mädchen blieb unerbittlich, und es war ihr auch ein leichtes, mir aus dem Weg zu gehen; was mich betrifft ... alles hat einmal ein Ende. Sie fand später einen wohlsituierten Mann, jetzt ist sie Großmutter.

«Wahr ist, daß dies gar nichts damit zu tun hat», stellte einmal ein Dichter fest, ich meine diese ganze kleine Geschichte. Bleibt noch hinzuzufügen, daß es dann noch viele andere Mädchen gegeben hat wie dieses, will sagen, die sich auf die gleiche Weise benahmen.

Mit einem Wort, nehmt es als Tatsache, ohne lange darüber nachzudenken: daß ich ein Holzbein habe und daß ich die Frauen hasse.

2

Durch wie viele Hotelzimmer ist mein Leben gegangen! Dorthin habe ich meine Einsamkeit, meinen Unmut, mein Unglück geschleppt. Arbeiten oder sich mit etwas befassen ist nicht meine Sache; glücklicherweise bin ich reich. Also, in so einem Zimmer kam mir die große Idee.

Das Hotel war in einer kleinen Provinzstadt, wo man vor Langeweile erstickte; die Hitze war kaum noch zu ertragen, und mein Zimmer auch noch von Flöhen heimgesucht. Weiß Gott, warum ich mich dort festsetzte, es sei denn aus dem gewohnten Grund, daß ich nicht wußte, wohin ich mich sonst begeben sollte und daß ich andernorts auch nur Hitze oder Flöhe oder derartiges vorfinden würde. Jedenfalls hatte ich mir angewöhnt, fast den ganzen Tag und insonderheit den unendlich langen Nachmittag ausgezogen auf dem Bett zu liegen, wo es mir mit einigen Vorkehrungen gelang, mich der wütenden Tierchen zu erwehren; ich sah mir Illustrierte an, zwang mich bisweilen, ein Buch zu lesen, starrte jedoch meistens an die weiße Zimmerdecke. Und so bemerkte ich schon bald ein Spinnennetz, das von dort herunterhing: dem ich, genaugenommen, die Idee verdankte.

Nicht eigentlich ein Spinnennetz, eher ein Rudiment; ein einfacher und hauchdünner, vielleicht zwei Spannen langer Faden, wie man ihn allenthalben sehen kann, nur daß eben recht wenige Menschen, und da würde ich jede Wette eingehen, die Muße aufbringen, dessen Verhalten zu beobachten. Den Ausdruck gebrauche ich absichtlich: denn zumindest der meine war ein lebendiges Ding. Es genügte ein Nichts von einem sonst überhaupt nicht wahrnehmbaren Luftzug, und er zitterte, krümmte und kräuselte sich; oder ich brauchte nur leicht in seiner Richtung zu blasen oder gerade nur schwach durch die Lippen zu pfeifen; jedenfalls genügte ein Nichts. Ich würde sogar sagen, daß er nie ruhig blieb. Verflixt, da gibt es doch Tage im Sommer, an denen sich die Luft im Zimmer wirklich nie bewegt, und dann machte ich ja auch noch verschiedene Versuche, dichtete Tür und Fenster ab, verschloß jeden Spalt mit Decken oder Kleidungsstücken; und er bebte und rührte sich immer noch, wenngleich nicht so panisch. Mitten in der Nacht knipste ich plötzlich das Licht an: er schauerte stets. Er war eine arme Seele, natürlich, oder, besser, eine Seele, die von irgend jemandem gefoltert wurde; und mir gefiel die Vorstellung, daß ich dieser Jemand sei. Kaum von Bedeutung, daß es nur um ein armes Spinnenfädchen ging: endlich fühlte ich mich als Bezwinger. Zwischen uns gab es so etwas wie eine Beziehung: mein Pusten war ein nicht zu mäßigendes grausames Verhör, seine Verdrehungen ohnmächtige Antworten und vergebliche Versuche, der Folter zu entgehen, waren sein Terror, sein nicht minder unnützes Flehen. Ja, ich hatte sozusagen ein Recht auf sein Leben und auf seinen Tod: konnte ihn mit einem brutalen Pusten an die Decke heften, ihn für immer tilgen. Wenn es weiterzitterte, auch ohne jeden Luftzug, war dann die Ursache nicht vielleicht mein Atem, zu sagen, daß es die Gegenwart seines Henkers fühlte?

Nun, von diesen Phantastereien bis zur eingangs erwähnten Idee war der Schritt nicht weit. Dies übrigens der Grundgedanke: ich mußte, und zwar mit dem Instrumentarium meiner eigenen Demütigung, eine Frau völlig verstören, verletzen, in ihren zartesten und empfindlichsten Gefühlen erniedrigen und mich solcherart an allen rächen; in ihrer Seele eine möglichst unheilbare Wunde aufreißen. Anders ausgedrückt, ich mußte sie sterblich in mich verliebt machen, und wenn sie dann wirklich soweit war, ihr meine Behinderung offenbaren oder sie von ihr selbst feststellen lassen; der schwere Schlag, den sie dadurch bekäme, ihr Außerstandesein, mit ihrer Liebe ein körperliches Gebrechen (obgleich ich heute sehr wohl weiß, daß es nicht nur ein solches ist) des Geliebten zu überwinden, dies alles würde dann meinen Sieg bedeuten.

Man mag mir entgegenhalten, daß die Dinge, Überraschungen ausgenommen, bis dahin auch nichts anders gelaufen waren und ich mich doch schon oft genug auf solche Weise gerächt hatte. Worauf ich ohne Schwierigkeiten erwidern kann, daß ich zunächst einmal keineswegs von Ehrlichkeit oder Tiefe der zuvor von mir hervorgerufenen Gefühle überzeugt gewesen war, ja, sogar allen Grund gehabt hatte, daran zu zweifeln; daß ich in den bisherigen Affären immerhin selber ernsthaft engagiert gewesen war, während ich doch jetzt freien Sinnes und Herzens in der richtigen Verfassung sein würde, mich an den Leiden anderer zu ergötzen, wie ebenso über hinreichend kalte Entschlossenheit verfügen würde, beides schließlich (wie mir schien) unabdingbare Voraussetzungen für die Durchführung meines Vorhabens; und endlich, daß die Dinge eben den Sinn haben, den man ihnen verleiht. Es gibt da nämlich einen ganz schönen, einen kapitalen Unterschied zwischen dem Erdulden und dem Auferzwingen einer Sache, geradeso wie zwischen Umstand und Recht. Eher schon könnte es andererseits als sonderbar erscheinen, daß ich mein Vorhaben auf etwas so Zweifelhaftem gründete: wer kann denn mit Sicherheit von sich behaupten, daß er eine Frau sterblich verliebt machen wird? Aber in Wirklichkeit bin ich eben oder war ich das, was man einen Frauenhelden nennt (daher auch mein jeweiliger Ärger, mehr noch als über die konkrete Tatsache, daß sie mich versetzt hatten: ich haßte sie, weil ich sie liebte, das ist ja nichts Neues); ich sah gut aus und hatte auch eine gute Figur, wenn man das unsichtbare Bein nicht in Rechnung stellt, war einigermaßen intelligent, hatte ein feines Gesicht und ein ebensolches Benehmen, war imstande, zarte Gefühle zu empfinden oder vorzutäuschen, war nachdenklich, melancholisch, und so fort; zudem hinreichend eingebildet; so einer, von dem die Freunde (soweit sie nicht die unteren Gliedmaßen überprüft haben), zu sagen pflegen: «ach, sähe ich so aus wie du, hätte ich kaum etwas zu tun und alle Frauen würden mir zu

Füßen kriechen.» Also gab's für mich nicht den geringsten Zweifel, daß ich die Gefühle eines armen Provinzmädchens auf mich lenken und allmählich steigern könne.

Und nachdem ich mit dieser hübschen Idee gespielt und mich für sie erwärmt und am Ende begeistert hatte, brauchte ich mir nur noch das Opfer auszusuchen.

3

Wenn ich nicht gerade im Hotelbett lag und auf den Spinnenfaden blies, saß ich meistens im zentralen, natürlich an der Hauptstraße gelegenen Café des Städtchens; gegen Abend flanierte da die ganze einheimische Jugend vorbei. Es gab schöne und häßliche, blonde und schwarze, bescheidene und stolze Frauen, also von jeder Art und für jeden Geschmack, und ich betrachtete sie eine nach der anderen fast mit geheimer Wollust, etwa in der Art, wie eine Katze auf dem Ofen eine ahnungslose Maus betrachten kann, die durch die Küche huscht.

Ursprünglich hatte ich mir ja vorgenommen, überhaupt keine Auswahl zu treffen und nur eine aufs Geratewohl zu nehmen, wodurch ihr Opfer ein lupenrein symbolisches gewesen wäre; dann wollte ich als besseres Exempel und zu meiner größeren Genugtuung das ganze Geschlecht in der Stolzesten demütigen; nun aber ließ ich mich mehr von meiner kontemplativen Disposition oder der natürlichen Tendenz eines jeden leiten, seine Freuden hinauszuschieben, und entschied mich, wie in Erwartung einer besonderen Eingebung, zu gar nichts. Dieser Schwebezustand bedeutete freilich eine Gefahr, die mir auch bewußt war, riskierte ich doch solcherart, mich für eine dieser Frauen (die mir zum guten Teil schon bekannt waren) irgendwie zu erwärmen und damit meinen kühlen Kopf zu verlieren; wenn schon.

Im übrigen weckte bald eines unter all den Mädchen meine besondere Aufmerksamkeit. Schön und wohlgeformt, dunkelblond, nicht ohne eine gewisse natürliche Eleganz und sogar, gemessen an ihrem Stand (der bescheiden sein mußte) gut gekleidet; trotzdem hatte sie etwas Unbeholfenes oder Unsicheres an sich, das ich aber aus dem Gesamteindruck nicht isolieren konnte und das meine Beobachtungsgabe einigermaßen irritierte. Vielleicht lag es an ihrer Art, abwechselnd und gleichsam erschauernd mit einer Schulter zu zucken, was für einen Augenblick so aussah, als würde sie von einem Windstoß getroffen; oder an der Überlänge ihrer Beine; oder an jenem leichten Nachziehen der Füße, wenn sie müde war; oder an dem kaum wahrnehmbaren

Hervortreten des Bauchs, gleichsames Vortäuschen einer beginnenden Schwangerschaft, die doch allenfalls ein Zartgefühl hätte hervorrufen müssen und statt dessen aus irgendeinem Grund grausame Instinkte weckte; oder an dem zeitweiligen Sichverlieren ihres sonst so beweglichen Blicks, der plötzlich ermatten und erlöschen konnte; oder an alldem zusammen – ich hätte es nicht erklären können. Doch war es wahrscheinlicher, daß dieser Eindruck, den sie vermittelte, von ihrer inneren Verfassung rührte, von einem unbekannten sich äußernden Schmerz. Eines schien jedenfalls sicher zu sein: sie war das ausgesuchte Opfer. Also war sie meine Erwählte, was auch immer dies meinen Stolz kosten mochte, der sich ein wenig ob der (wie ich meinte) Leichtigkeit einer solchen Eroberung schämte.

Doch entscheidend war, ehrlich gesagt, etwas anderes. Der vermutete innere Schmerz des Mädchens hatte natürlich bei mir die dümmsten und finstersten Vorstellungen entfacht, was darauf hinauslief, daß ich mir eine noch raffiniertere Wollust versprach: ein leidendes Herz der Hoffnung zu erschließen, so sagte ich mir, und es dann wieder in die Verzweiflung zu stoßen bedeutet eine größere Schmach, als eines zu verwunden, das noch nicht weiß, was Hoffnung ist, weil es noch nicht weiß, was Leiden ist; auch kann niemand den ganzen Abgrund ermessen, in den er gestürzt ist, wenn er Ähnliches nicht schon vorher erfahren hat. Und vielleicht war ihr Schmerz eben ein Liebesschmerz oder ein solcher gewesen ... und was sonst noch alles an Spintisierereien.

Rechnungen ohne den Wirt, wie man leicht erkennen kann, und dazu noch was weiß ich welch konventionelles Bild eines Provinzmädchens. Was ja nur zeigt, in welch eitle Ideen ich mich bei aller augenscheinlichen Entschlossenheit versponnen hatte und wie groß wenngleich grotesk mein Gelüst war, Schaden anzurichten.

4

Beim Flanieren war das Mädchen fast immer allein; nur wenige Male hatte ich sie in Gesellschaft anderer Frauen, wohl einfach Freundinnen, oder eines hageren Jungen gesehen, der vielleicht ihr Bruder war. Begleitumstände, die zusammen mit winzigen anderen meine Pläne zweifellos begünstigten; sich jedoch, um es gleich zu sagen, recht bald als unzureichend herausstellen sollten. Auch die kleinen Komplizenschaften, die ich mir für bare Münze (bei den Cafékellnern, um genau zu sein) erkauft hatte, schienen nicht zur Verbesserung der Lage beizutragen; kurz und gut, das Unterfangen war viel schwieriger, als meine Überheblichkeit es mir vorgegaukelt hatte. Und schließlich schien das Haupthindernis gar nicht in den Bräuchen oder Konventionen dieser engstirnigen Gesellschaft zu liegen: sie selbst war es, die mir irgendwie durch die Finger glitt. Zwar akzeptierte und erwiderte sie jetzt sogar meine beharrlichen Blicke, die ich ihr vom Cafétischchen zuwarf, zeigte aber eigentlich keine Bereitschaft, mir recht viel mehr zu gewähren; während mir, der ich wohl von meinen Komplizen Name, Kondition und anderes erfahren hatte, noch keine Annäherungsmöglichkeit einfallen wollte, mit der ich ihren Willen in aller Deutlichkeit trotz der freundlichen Ablehnung hätte beugen können. Beispielsweise war ich ihr einmal in der Hoffnung gefolgt, sie könnte an irgendeinen Ort oder in irgendeine Straße gehen, die einsam genug wären, um mit ihr zu sprechen, ohne Aufsehen zu erregen und ohne daß ihr dies unangenehm sei: da war sie hastig umgekehrt und hatte von dem Tag an ihren Spaziergang auf die stark belebten Straßen beschränkt, wie ich dies von meinem Beobachtungsplatz (der den Corso und die wichtigsten Straßeneinmündungen überblickte) genau feststellen konnte.

Tatsache ist, daß Cafékellner in gewissen Fällen nicht ausreichen; und daß ich meinerseits, auch wenn ich die Absicht gehabt hätte, in der Stadt feste Bindungen einzugehen und dem Mädchen auf übliche Weise den Hof zu machen, durch die augenfällige Notwendigkeit daran gehindert worden wäre, keine Fremden und schon gar nicht Vater oder Mutter in die Sache mit hineinzuziehen. Trotz alledem hätte ich sehr wohl in jeder Schwierigkeit eher meine eigene Unzulänglichkeit oder Schwäche erkennen können; womit nicht gesagt sein soll, daß ich dies nicht auch getan hätte, aber mein vorherrschendes Gefühl blieb doch stets der Verdruß aus verletzter Eitelkeit, als ob der Widerstand des Mädchens im Grunde nicht etwas ganz Natürliches gewesen wäre. Letztendlich ist auch nicht völlig auszuschließen, daß ich mir einbildete, sie werde auf mich zulaufen und mir zu Füßen fallen, überwältigt von was weiß ich welch magnetischer oder sonstwie besonderen Kraft meines Blickes, woran ich seinerzeit glaubte. Kurz und schlüssig, ich war innerhalb weniger Tage in eine Art Rage gegen mich selber geraten, die sich aber eigentlich auf sie bezog; worüber ich hinwiederum frohlockte, war dies doch eine Stimmung, die meinen Absichten ganz besonders entgegenkam. War mein Vorhaben schwierig oder erschien es mir schwierig, nun, um so besser; aber aufgeben: niemals.

Da sah ich eines Tages das Mädchen, nachdem sie an mir vorübergegangen war und die üblichen Blicke getauscht hatte, am Ende des Corso in Richtung Land beziehungsweise öffentliche Anlagen verschwinden, die noch davor lagen, eine recht vernachlässigte und für gewöhnlich auch menschenleere Örtlichkeit: da ich ihr kein weiteres Mal gefolgt war, hatte sie jetzt bestimmt keine Angst mehr. Ohne auch nur einen Augenblick zu verlieren, stand ich auf und folgte ihr.

Ich fand sie neben einem Baum, ein wenig zur Seite geneigt, sie schien die hohen Berge zu betrachten, die sich dort in der Ferne hinter dem Tal erhoben, vergoldet von der letzten Sonne; ringsum war niemand zu sehen; Mauerschwalben zwitscherten in der Luft. Als sie mich kommen hörte, fuhr sie zusammen, wandte sich rasch um und wollte zurück in die Stadt, ich aber ging entschlossen auf sie zu. Es gab keine Möglichkeit, mir auszuweichen, denn sie hatte sich bis auf einen letzten Erdwall gewagt, der wie ein Schiffskiel herausragte: die Begegnung mit mir war so unvermeidlich, und schon jubilierte ich und bildete mir ein, sie in der Hand zu haben . . . Doch als wir auf einer Höhe waren, blickte sie nicht etwa anderswohin oder senkte die Augen, sondern sah mich geradewegs an, wandte sich mir fast ganz zu, verlangsamte ihren Schritt oder blieb gar für einen Augenblick stehen, benahm sich also ganz wie jemand, der gleich etwas sagen wird. Aber das ist noch nicht das Schönste, nein, das Schönste ist, daß ich sie vorbeigehen ließ, ohne auch nur irgend etwas zu tun. Und gleich war sie schon weit weg mit ihrem raschen Gang und ihrem eigentümlichen Erschauern von Zeit zu Zeit; ich, der ich in der Stimmung des brutalen Eroberers gekommen war, stand nun da und konnte ihr nur nachsehen.

Warum hatte ich sie denn nicht angesprochen? Etwa weil sie mir, wenn auch nicht zur Gänze, gezeigt hatte, daß sie meinen Absichten zuvorkommen, mir also recht eigentlich das Wort aus dem Munde nehmen wollte? Oder aus reiner Verblüffung? Natürlich ließ ich mir an diesem Abend zahlreiche Deutungen einfallen, kam aber (was ebenso natürlich ist) nicht auf die einfachsten. Im übrigen gab es da auch keine Verbindung zwischen meiner Neugierde und einer Erforschung meiner selbst; und in der Tat wirkte sich diese Begebenheit vor allem so aus, daß sich mein Ärger steigerte. Ob aus dem einen oder anderen Grund, ob ich mich nun wie ein Trottel benommen hatte oder nicht, sie hatte es fertiggebracht, hatte die Stirn gehabt, diesen Stadtgecken, diesen Bezwinger der Frauenseelen zu verwirren: um so nachhaltiger mußte demzufolge die Strafe sein, will sagen, ich mußte sie nicht minder persönlich denn als Frau treffen. Wie wenig diese personalistische Komplikation meinen Plänen dienlich war, merkte ich gar nicht. Wie ich auch beim Brüten über die wirksamste Art und Weise, die Widerspenstige zu zähmen, nicht merkte, daß ich im Begriff stand, eine Tür einzurennen, die vielleicht von Anfang an offen gewesen war; doch litt ich, wie mir dies häufig bei Tatenlosigkeit im Leben und Denken widerfährt, an einer Art Übertraining (falls man dies so nennt).

Hinsichtlich besagter Art und Weise erübrigt es

sich, dem verworrenen und teilweise auch widersprüchlichen Verlauf meiner Überlegungen nachzugehen; es genüge also deren Ergebnis.

Falls ihre Absicht, mich anzusprechen, wie ebenso der Umstand, daß sie sich mir zugewandt hatte, nicht meiner eigenen Phantasie entsprungen waren, würde sie unweigerlich tags darauf wieder an derselben Stelle und genau zur selben Zeit erscheinen: das beruhigte mich für den Augenblick. Anschließend tröstete ich mich ein wenig mit dem baumelnden Fädchen, dessen spastisches Beben meine Selbstachtung spürbar hob.

5

Sie kam; unsicheren Schrittes und gesenkten Kopfes, hob auch nicht die Augen, bevor sie an meiner Seite stand; Augen von einem dunklen Azur, dessen ganze Tiefe ich jetzt nur erahnen konnte; sah mich schüchtern und wortlos an. Ich deutete stumm auf eine Bank; sie folgte mir bereitwillig. Sie wartete: worauf zum Teufel wartete sie nur? Natürlich daß ich sprechen würde. Aber ich wußte nicht, was ich sagen sollte, beziehungsweise mein Stolz erlaubte mir keine der üblichen Gelegenheitsfloskeln. Wieso eigentlich, oder vielmehr, was hatte mein Stolz mit diesem dummen

Gänschen zu tun? Das war eine andere Sache. Oder fand ich gerade daran Gefallen, an dieser langen absurden Pause, an ihrer bangen Verlegenheit und zugleich auch daran, daß ich mir lächerlich vorkam? Jedenfalls blieb ich ihr gegenüber schon wieder stumm, was meine zweifache Gehässigkeit nur verstärkte.

Schließlich mußte sie als erste etwas sagen. «Es ist schön hier», meinte sie zweifelnd und sah mit einem kurzen Seufzer um sich.

«Schön! Was finden Sie denn hier Schönes?» brach meine ganze Wut aus mir heraus. Wirklich konnte man da, wo wir waren, von der ganzen Gartenanlage nur ein paar kümmerliche Bäume und eine nackte Fläche sehen, die vor den sonntäglichen Heimsuchungen durch Hunde und Kinder vielleicht einmal ein grasbewachsener Hang gewesen war.

«Aber hier ist es doch offen ... und frei», erwiderte sie und wurde verlegen und warf mir einen unruhigen Blick zu.

Oh, endlich (wie mir schien) etwas Konkretes, auf dem man aufbauen konnte: sie fühlte sich unterdrückt in ihrer Kleinstadt, ihre Seele sehnte sich nach ... und so fort; hier konnte man doch ansetzen.

«Nun, arme Seele», deklamierte ich und stimmte mein Verführungsinstrument ein, «ist das Ihre ganze Freiheit oder sind Ihre Herzschläge so unterdrückt, daß Ihnen ein derart begrenzter

Raum schon als weit erscheint? Begrenzt allemal, auch wenn man da vorne ein großes Tal, einen Fluß und ein entferntes Gebirge erkennen kann. Und doch gibt es grenzenlose Horizonte für unser aller Sinne, Gedanken und Empfindungen; und doch gibt es eine Freiheit, die keine simple Ausflucht aus Überdruß, Erschrecken, Unterdrückung durch Personen oder Dinge darstellt, eine Freiheit, die uns tötet und alles, was uns lieb und verhaßt ist, mit sich reißt, bevor sie uns in einem anderen Land und unter einem anderen Himmel geläutert zu neuem Leben erweckt, bevor sie sich mit unserem Herzblut verwirklicht, bevor sie uns entrückt . . .»

Teufel, wohin sollte sie uns eigentlich entrücken? In den Himmel konnte ich nicht sagen, den Begriff hatte ich eben erst benutzt . . . Ja, ich kam mir lächerlicher denn je vor; und zudem war ich mir auch gar nicht sicher, ob sie überhaupt imstande sei, meine schönen Phrasen zu verstehen. Ich deklamierte und haspelte. Aber vielleicht wollte ich sie einfach betäuben oder, was weiß ich, ihre Bewunderung erwecken. So fuhr ich fort: «Aber es gibt Weiten . . .»

«Darin sich eine Seele verlieren kann.»

Dieser überraschende und ruhige, keineswegs seltsame, obwohl doppelsinnige Einwurf brachte es freilich zuwege, meine gemeine Verärgerung und meine Art von gegenstandsloser Erregtheit aufs äußerste zu entfachen, sei es weil ich das

Mädchen eben höher bewertete als die Vorstellung, vielmehr die vorgefaßte Meinung, die ich von ihr gehabt hatte, sei es weil ich wirklich glaubte, sie wolle mir eine unwiderrufliche Abweisung andeuten. Heiliger Himmel, wie soll ich denn noch erklären, daß ich mit all meiner Blasiertheit nichts von Frauen verstand?

«Weil sie oder man feige ist!» rief ich fast kreischend. «Eine hehre Seele bebt nicht und stellt sich auch der eigenen Vernichtung, falls dies erforderlich ist, um sich von den Ketten zu befreien; sie weist zurück, was sie in Sicherheit wiegt und schwach macht, und versteht sich zu keinem Kompromiß mit Unterdrückung, Niedrigkeit des Alltags, überalterten Vorurteilen, moralischen Verknöcherungen! Und warum Vernichtung? Natürlich Todesgefahr, doch die Errettung steht ganz außer Zweifel. Wer leben will, der lebt und siegt über alles, wer untergehen will, der geht eben unter; oder wer muß, und dann ist es gut, daß er untergeht, wer keinen Mut zur Leidenschaft hat ... Aber ist das denn ein Leben, Ihres und meines, bitte sehr, wenn man darauf verzichtet, was einem zulächelt, wenn man davor zittert, was nur für denjenigen zum Fürchten ist, der eben zittert, wenn man seine Seele dauernd verschließt, die Stirn an die Gitterstäbe seines Gefängnisses preßt, ist denn der Verdruß, der Ärger, die Kränkung der Mitmenschen, die hingenommene Schande einer verschuldeten Niedergeschlagenheit, das innere Dunkel, ist das ein Leben? Ach, wo oder was sind denn die eingebildeten Hindernisse, Schranken, Berge, die uns angeblich überall den Horizont versperren und die wir mit einem Kraftakt ausräumen müßten, und all die anderen Dinge, wenn nicht Dunst und Schatten unserer Feigheit, ja, unsere Feigheit selbst? . . .»

Ich hätte noch wer weiß wie lange so weiterreden können. Und währenddessen dachte ich: irgend etwas Wahres und Ehrliches ist schon an diesem meinem vagen und ungereimten Gerede, aber das einfältige Ding wird ja doch nichts begreifen. Sie aber saß neben mir, hörte zu, hatte den Kopf noch gesenkt, blickte auf meine Knie. Unterbrach mich unvermittelt.

«Was wollen Sie von mir?»

Ich hielt dies für eine dummspießige Frage; jedenfalls kam sie für mich völlig überraschend. «Ich? . . . Sagen wir doch eher, was wollen Sie von mir: denn Sie . . . Ihr Haar, Ihre Augen, Ihre Schwermut und überhaupt Ihre Gegenwart in dieser Stadt . . .»

«Lassen Sie's gut sein», sagte sie und hatte augenblicklich begriffen, daß mein trübsinniges Gestottere im Grunde eine galante Absicht verbarg. «Und schließlich frage ich das gar nicht Sie, sondern mich selbst, wie ja vielleicht Ihre Worte auch nicht nur an mich gerichtet waren . . . Da sprechen Sie von Feigheit. Aber ist es denn Feigheit, wenn man dafür zittert, was sie leben läßt, ich meine die Seele, wenn man versucht, sein eigenes Inneres, seine Illusionen und was weiß ich zu retten? Wenn man sich fragt, ob das, was man ersehnt, was dann nachher käme, wirklich besser sein wird als das Vorherige, also das Beste, Edelste, Richtigste sein wird? Wenn man zaudert, den Teil seiner selbst, den man am eifersüchtigsten hütet, gegen einen unbekannten oder gar keinen Lohn herzugeben, ihn vielleicht der Zerreißung, der Verspottung auszuliefern? Es geht nicht darum, sich der Vernichtung der eigenen Seele zu stellen, ich meine, das ist nur eine Redensart. Als ob eine Seele sterben könne! In Wahrheit stirbt sie ja nie und zieht nur immer den Ballast unserer eingestürzten Kartenhäuser, die schon ermatteten Reste unserer Träume und Hoffnungen, die Auflösung und die Verderbnis unserer verletzten, verachteten Gefühle hinter sich her. In Wahrheit kann nichts sie töten, gar nichts: sie neuen Enttäuschungen, neuen Schlägen aussetzen heißt doch nur, falls diese sie treffen, sie mit einer neuen und unnötigen, manchmal fast unerträglichen Bürde belasten, sie noch um ein Stück mehr erniedrigen. Wie also jemanden schelten, der zittert, der klarsehen möchte für den Teil seines Schicksals, dessen Schmied er ist oder zu sein glaubt, und der versucht, sich eine unrühmliche Niederlage zu ersparen? Es ist dies kein freies Feld, keine ritterliche Mutprobe, wo der Tod ein verdienter Lohn für den Besiegten ist; hier ist es nicht der Tod, der sich dem Leben entgegenstellt, übrigens einem gerade erst erhofften und erträumten Leben, das nach dem Sieg noch zu verdienen und auszulösen ist, sondern eine lange währende Schäbigkeit, eine grenzenlose Schande. Wie also, um es noch einmal zu sagen, den verurteilen, der mit so ungleichen Waffen nicht kämpfen möchte? Ob unerschrocken oder feige, er hätte allemal guten Grund zu zaudern: sind doch diese Dinge zwar weniger als der Tod, dafür aber desto schlimmer. Und auch darum ... könnte man letzten Endes in allem, was uns in Sicherheit wiegt und von einem Kampf fernhält, der nicht einmal den Tod verspricht, einen guten Sinn zur Erhaltung des besseren und eben wertvolleren Teils unseres Selbst erkennen ... Sie aber sagen, der Sieg stehe außer Zweifel und ... das Glück stehe außer Zweifel. Oh, um das zu glauben, hätte man nie leichtfertig ...»

Sie verstummte ganz plötzlich, wie erschrocken, daß sie so lange und so pathetisch gesprochen hatte (wozu ich ja den Anstoß gegeben haben konnte). Am Rande war mir hierbei ihr ausgeprägter örtlicher Akzent aufgefallen.

Es wurde Nacht, ihre Augen hatten sich gleichzeitig verdunkelt und leuchteten trotzdem, starr in die Schwärze gerichtet; sie atmete etwas schwer, aber eher wie ein Kind, das nach einem Lauf zurückkehrt, und kaum wie jemand, der wirklich leidet.

6

Doch was in mir an Niedrigem war und ist, wollte noch seinen Teil. Worunter hätte denn dieses Gänschen leiden sollen, und wenn überhaupt, warum sagte sie es dann nicht klar und deutlich? Worauf bezogen sich eigentlich ihre vielsinnigen Spitzfindigkeiten? Ihre Rede war ja nicht minder vage und wohlfeil gewesen als die meine (wie mir scheinen wollte). Oder hatte sie gar vorgehabt, mir eine Lektion zu erteilen? Meine Erwiderung (abgesehen von der größten Absurdität, nämlich der Tatsache selbst, daß ich es für nötig hielt, etwas zu erwidern) konnte nur schwach und aufs Geratewohl kommen, wie von einem erregten Weib, das bei einem Wortgefecht verbohrt nur auf ein einziges, noch dazu das unwichtigste der entgegengeschleuderten Worte herausgibt.

«Sehen Sie», sagte ich belehrend, «Sie sprechen von einem unbekannten oder gar keinem Lohn: aber ist es nicht vielleicht das hehrste Schicksal einer Seele, sich für keinen oder für den einzigen und höchsten Lohn der Selbstaufgabe darzubieten? Die Forderung eines anderen Lohnes, ja, auch nur die Hoffnung darauf, ist nicht Sache der Seele.»

Ich hielt mich für einen recht geschickten Verführer. Und sie schüttelte den Kopf und hatte ein erzwungenes Lächeln.

«Aber nicht doch, wie können Sie das sagen!» murmelte sie tonlos. «Allein ist die Seele nichts, ich meine, wenn sie allein und einsam ist: wie könnte ihr die Selbstaufgabe ein hinreichender Lohn sein? Ebensogut könnte man behaupten, daß allein das Bewußtsein, etwas Gutes getan zu haben, eine hinreichende Belohnung für das Gute sei. Ein solcher Lohn ist nur eine Schutzbehauptung, ein Notbehelf, obwohl er feierlich von unserer Moral sanktioniert wird. Nein, die Seele braucht eine Nahrung, und ihre Selbstaufgabe, die von nichts oder niemandem angenommen wird, nährt sie nicht: sie verschlingt sie. Die Seele allein übt nicht einmal Liebe aus, wahre Liebe; und schmachtet oder verzehrt sich nicht aus Liebe, sondern aus Mangel an Liebe. Sagen Sie doch besser, daß die Selbstaufgabe ihre unglückselige Leidenschaft ist, ihr geheimes Laster, auf das sie trotz alledem nicht verzichten kann.»

Oh, jetzt reichte es aber: auch noch mit der Moral und gar mit dem Ausdruck ‹sanktionieren› kam sie mir daher, diese dämliche Provinzlerin! Sie wollte mich kleinkriegen, das war offensichtlich, und hatte keine Ahnung, daß wir städtischen Intellektuellen die Moral und alles andere in der Westentasche mit uns herumtragen; gleich würde sie etwas zu hören bekommen. Doch nach einer knappen Handbewegung fuhr sie fort:

«Wie Sie sehen, versuche ich mich manchmal in vernünftigen Überlegungen. Das alles ist nicht so wichtig: eigentlich wollte ich Ihnen sagen ... Was tun Sie eigentlich in dieser Stadt hier? Sehe ich Sie doch täglich im Café. Und was haben Ihre Blicke zu bedeuten? Von Ihren Reden heute abend habe ich nicht viel begriffen, außer nur, daß Sie mich irgendwie quälen, bedrängen.» Und fügte dann noch mit Entschiedenheit, fast mit Härte hinzu: «Aber ich weiß, daß Sie sich auf Ihre Abreise vorbereiten und daß diese bald, sehr bald sein wird. Vielleicht schon morgen?»

Das nahm mir nun in der Tat allen Wind aus den Segeln, diese unvermutete Gesprächswendung, auf die ich in meiner geschmacklosen Arroganz völlig unvorbereitet war. Nicht ein galantes Wort fiel mir als Antwort ein; freilich hätte sie mir auch gar nicht zugehört.

«Ich fürchte», sprach sie weiter, «daß ich mich an Sie gewöhne ... mich schon an Sie gewöhnt habe. Nun, was tun Sie hier, studienhalber oder sonstwie? Und gehört es sich überhaupt, einfach so und ohne Einladung in einen ruhigen Ort zu kommen und nach Gutdünken zu bleiben und wieder zu gehen? Jedenfalls ist die Stadt nicht mehr dieselbe, seitdem Sie hier sind. Ob sie besser oder schlechter ist als zuvor, weiß ich nicht und will es auch gar nicht wissen; aber diese alten Häuser sind hell geworden und strahlen, und da ist so eine leichte, beschwingte Atmosphäre ... wie im Traum. Ich gehe nicht, ich schwebe dahin und atme den ganzen Himmel in einem einzigen

Atemzug. Und ich zittere auch, ja, ich zittere, mag das nun hochherzig oder feige sein, verschließe mich wie ein Buch, sehe eine Drohung in jedem Gegenstand, und die Häuserfassaden erscheinen mir, obwohl die Sonne darauf scheint, fahl wie vor einem Sturm. Ich weiß nicht, ob ich das Schicksal segnen oder verfluchen soll, und so segne ich es am Ende.»

Dieser Schwall von erregten Worten sowie das, was ich mit so großer Verspätung begriff, machten mein Trachten endgültig zunichte, verschoben es zumindest fürs erste. Auf einmal kamen mir Tränen.

«Mein Leben», stotterte ich völlig unangebracht, «mein Leben ist so schwierig, und ich . . .» Schluchzen erstickte mir die Stimme.

Sie wandte sich mir zu, näherte ihr Gesicht dem meinen, als wolle sie mich genau betrachten; in ihrem Blick lag weder Hilfsbereitschaft noch Mitleid, aber so etwas wie ein unversehenes Glück. Und ich saß da stocksteif und schluckte die Tränen herunter. Schließlich bot sie mir freimütig ihre Lippen.

«Ach, du verstehst überhaupt nichts!» sagte sie dann.

7

So endete in Ruhm und Ehre dieses erste lächerliche Zwiegespräch aus Abstraktionen und schwülstigen Deklamationen, Entgleisungen und Verhaspelungen. Vor allem aus Unerheblichkeiten. Und abgesehen von mir, der ich ja eigentlich der unbewegte Lenker aller Dinge hätte sein sollen: welches Bild hatte sie mir von sich selbst vermittelt? Aus dem ganzen überheblichen Sammelsurium hatte sie sich gewiß am Ende etwas zusammenreimen können; doch nochmals: wer war dieses Mädchen und was suchte sie in Wirklichkeit? Mein Gott, warum auch wissen, wer sie war: sie war keine, sie war alle und doch gleichzeitig sie selber; war eine Frau. Ja, aber es ging doch gerade um dieses Sie-selber: wer war sie denn selber?

Oder, deutlicher gesagt, warum hatte ich mich in sie verliebt? An und für sich schon eine Frage ohne Antwort: und andererseits hatte sich dies gewiß nicht im Verlauf unseres Zwiegesprächs begeben. Wie dem auch gewesen sein mochte, diese Tatsache, die ich nicht mehr leugnen konnte, hatte weniger als gar kein Gewicht (dahin hatte ich kommen wollen). Ich war in sie verliebt; nichtsdestoweniger ließ ich nicht davon ab, sie zu hassen, ja, ich haßte sie sogar noch um ein weniges mehr: weil sie letztendlich eine Frau war, weil sie diese besondere Frau war und weil ich mich in sie verliebt hatte, weil ich mich trotz aller meiner Vorsätze in sie verliebt hatte. Aber nein, an der Rechnung fehlt noch etwas: ich haßte sie besonders und unmittelbar, weil ich in ihrer Gegenwart das Opfer meiner eigenen Schwäche geworden war. Ach, wofür hatte sie denn mein Weinen gehalten, da sie so überaus davon angetan gewesen war, oder bildete sie sich vielleicht ein, es genüge, mir mit keinem ordinären Mitleid gekommen zu sein? Brachte sie denn nicht mein perverses Wollen von seinen Vorsätzen ab, an denen es sich doch entzündete? Liebte ich sie? Aber das war ein unverhofftes Geschenk des Schicksals, die nicht einmal erträumte letzte Krönung meines Vorhabens und gewissermaßen meines ganzen Lebens! Mit einem einzigen Streich würde ich mich an ihnen, an ihr und an mir selbst rächen.

Den Rest kann man sich denken. Es fiel mir also leicht, unser Verhältnis nach und nach intimer, sinnlicher werden zu lassen; freilich ohne eine gewisse Grenze zu überschreiten, wobei übrigens meine Absicht und ihr Widerstand konform gingen. Sah doch mein Plan vor, daß die fatale Aufzeigung meines Gebrechens (der, wie gewiß erinnerlich, die Aufgabe zukam, dem Opfer einen tödlichen Schlag zu versetzen) in feierlicher Form und während eines echten Rendezvous in wohlverschlossenem Raum zu erfolgen habe: so etwas wie der «Knalleffekt» seligen

Angedenkens also. Das Mädchen zu einem solchen Rendezvous zu bewegen, fiel mir natürlich bedeutend schwerer.

Mit der Zeit gelang es mir trotzdem. Da ich jedoch aus verständlichen Gründen nicht damit rechnen konnte, daß sie in mein Hotel kommen würde, mußte ich eigens eine Wohnung mieten und diese recht und schlecht als Liebesnest einrichten, aber auch meinen langen Aufenthalt in der Stadt mit irgendeiner Ausrede rechtfertigen. In der öffentlichen Bibliothek befanden sich Manuskripte eines bekannten verstorbenen örtlichen Poeten; und die sah ich mir während meiner Wartezeit tatsächlich an.

Schließlich war alles soweit, und der große Tag wurde anberaumt. Als ich mein Hotel verließ, klebte ich mit kräftigem Pusten das baumelnde Spinnenfädchen an die Zimmerdecke, nachdem ich es noch ein letztes Mal in einen frenetischen Wirbel versetzt hatte.

8

Sie erschien pünktlich. Sie war ängstlich und auch ein wenig bedrückt, aber schon zu allem entschlossen und im Grunde eigentlich glücklich (wie es sein sollte); ihre Unruhe offenbar eine bedingte Reaktion. Mir ist nie klargeworden, ob sie schon eine solche Erfahrung hatte.

Es regnete und wurde Nacht. Wir schwiegen, hielten uns umarmt, sahen auf das durchnäßte Land hinaus; dann schlossen wir die Vorhänge aus falschem Damast und machten das Licht an, das ich sehr hell gewollt hatte. Es folgten die üblichen Vorspiele, in deren Verlauf ich sehr wohl darauf achtete, nicht den Kopf zu verlieren: in feierlicher Form, wie ich schon sagte, und durchaus demonstrativ sollte die berühmte Aufzeigung oder der Knalleffekt erfolgen und nicht in der Verworrenheit einer Liebesverquickung. Also entkleideten wir uns jeder für sich, mit drei Schritt Abstand voneinander; immer noch schweigend. Ich war von sonderbaren, schlecht definierbaren und wegen ihrer Unvermitteltheit und Gegensätzlichkeit fast schmerzenden Gefühlen ergriffen, die schließlich irgendwie zu einem einzigen kategorischen und zugleich verzweifelten wurden. Natürlich kam noch die fiebrige Erregtheit desjenigen hinzu, der zum entscheidenden Moment, zum lange vorbereiteten Ereignis gelangt war, von dem er sich ja die tiefste, grausamste Befriedigung seines Lebens erwartete; dann noch eine Scham, eine zunächst physische ob meines Körpers, denn ich liebte sie ja; hinzu kam die Scham darüber, was ich mich zu tun anschickte, und zwar aus demselben Grund und nicht nur aus diesem; und schließlich, als ob dies noch nicht genügte, so etwas wie eine unvermutete Müdigkeit und Verzweiflung, die mir jeden Überraschungscoup und überhaupt auch jedes Bangen, mein Drama, meine Komödie bei diesem Regen und in dieser Abenddämmerung als sinnlos oder, besser, beklagenswert erscheinen ließen . . . Doch mein Entschluß blieb ungebrochen; weil ich sie auch haßte. Und nun betrachtete ich sie mit Grausamkeit, während sie sich verschämt ihr Kleid über den Kopf zog.

«Mach das Licht aus», meinte sie, ohne mich anzusehen.

Oh, das nun keinesfalls: wohin dann mit der Wirkung, mit meiner wahren Lust? Ich schüttelte entschieden den Kopf und bemühte mich um einen glühenden Ausdruck, meine Ablehnung sollte ihr als fordernde Leidenschaft erscheinen. Sie sah mir nicht eigentlich ins Gesicht, verstand dennoch; machte eine kleine bedauernde Geste, vielleicht eine scherzhafte Drohung und fuhr fort, sich stumm zu entkleiden, drehte sich nur zur Seite; vielleicht fühlte sie sich auch geschmeichelt durch meine unkeusche Liebesglut. Im nächsten Augenblick schon erschien ihr langer blendendweißer Rücken aus der lockeren Unterwäsche: nun war sie nackt. Auch ich hatte mich weiter ausgezogen, wenngleich langsamer; schließlich war auch ich nackt, mitsamt meinem glänzenden Bein.

Der Augenblick war da; aber sie schien noch mit irgend etwas beschäftigt zu sein und hatte bestimmt vor, unter die Decke zu schlüpfen, ohne sich umzudrehen. Aber das mußte sie doch, sie mußte mich vor sich haben. Ich rief zärtlich ihren Namen; sie drehte nur Kopf und Oberkörper, bedeckte sich die Brust mit dem Arm, sah mich schüchtern und ein wenig fragend an; und da ich nichts sagte, wandte sie sich wieder ab und beugte den Kopf.

Wie denn! Einfach so und nichts mehr? Ich war verblüfft, erschüttert: konnte sie denn, obwohl sie die Augen nicht gesenkt hatte, bei dem hellen Licht mein Bein übersehen haben, das mit seinem Glänzen jeden Blick auf sich zog? Sicher war jedenfalls gar nichts, und sie durfte mir, konnte mir keineswegs entkommen, konnte mich doch nicht um . . . um alles bringen. Ich rief sie noch mal.

«Und?» erwiderte sie leise und drehte sich gar nicht erst um.

«Begreifst du denn nicht?» rief ich und verbarg nur schlecht meine Ungeduld und Erregung, «dreh dich um, so dreh dich doch um: ich will dich sehen, dich bewundern, ich will . . .»

Ihre eine Schulter hatte eine kleine nervöse Bewegung, ein Zucken. Aber sie drehte sich ganz um, sah mir diesmal ernst und geradewegs in die Augen und dachte nicht daran, sich zu bedecken. Sie war wirklich sehr schön, nur ein wenig schmächtig um die Schultern. Sie schien zu warten; und schien alles andere als eine Frau, die sich den Blicken des Geliebten darbietet.

«Du verdammt dummes Ding!» schrie ich und

scherte mich nicht mehr darum, meinen Ärger zurückzuhalten, «siehst du denn nicht, siehst du nicht?» Und fuhr törichterweise fort: «Ach, warum benimmst du dich so, weil du mich demütigen willst, mir noch das wenige wegnehmen willst, das mir geblieben ist, meinen letzten Besitz, auch wenn er schändlich, grausam ist?»

»Was sagst du denn da!» erwiderte sie unbeirrt und senkte immer noch nicht ihren Blick (der jetzt sogar leuchtete, wie durch unterdrückten Ärger oder Trotz), hielt, ohne auch nur mit einer Wimper zu zucken, meinem wütenden stand.

«Was ich sage? . . . Siehst du denn nicht, siehst du nicht?»

«Was?»

«Aber das da, das da!» Ich schlug wie wahnsinnig an das Bein, das dumpf tönte; und ich war überaus lächerlich in meiner Nacktheit, in meinem Elend.

Gott gefiel es, daß sie flüchtig ihren Blick auf das Bein senkte, aber dann sah sie mir wieder ins Gesicht, wortlos, ohne auch nur irgendeine Gemütsbewegung erkennen zu lassen. Ich starrte sie atemlos an; es vergingen lange Augenblicke in fast unerträglichem Schweigen. Was hat das zu bedeuten, fragte ich mich, und in meinem Kopf drehte sich alles; ist sie eine perfekte Heuchlerin oder was zum Teufel sonst? Und warum überhaupt heucheln oder vertuschen: vielleicht tatsächlich aus Bosheit, oder weil sie meinen Plan durchschaut hat und jetzt durchkreuzen will? Aber wie hätte sie ihn denn durchschauen können, da sie doch nichts von mir beziehungsweise von dem da wußte? Immerhin verschwand allmählich jede Härte aus ihrem Blick. Und am Ende sagte sie leise:

«Und?»

«Und, du fragst noch und! So was kannst du fragen! Kannst mich ansehen, das da ansehen, ohne dich gebrochen, dich innerlich zerbrochen zu fühlen, ohne es in der Tat zu sein, und, bei Gott, ohne daß ein Todesseufzer aus deinem Innern aufsteigt! Du machst den Eindruck, als hättest du nichts gesehen: ist das da nichts? Wie kann es für dich oder sonst jemanden nichts sein? Bist du denn ohne jedes Gefühl, oder verbirgt sich irgendeine teuflische Absicht hinter deiner Gleichgültigkeit? Haßt du mich oder . . . was denn? Es gibt ja sonst keine Erklärung. Aber vielleicht hast du noch nicht richtig gesehen, noch nicht richtig begriffen, bist dir noch nicht klar geworden . . . Sieh doch her! Siehst du's denn nicht? Sieh's dir doch an! Weißt du, was das, was dieses Ding da für mich, für dich, für unsere Liebe, wenn sie eine ist, überhaupt für alles bedeutet? Warum brichst du nicht zusammen, ins Herz, in die Seele, in deiner Hoffnung getroffen, warum brichst du nicht ein für allemal zusammen, leugnest jetzt nicht sogar das Leben und die Vorsehung und den Himmel? . . .»

«Sei still: warum willst du dir weh tun?» unterbrach sie mich ganz ruhig. Und ergriff meine Hand und zog mich, nackt wie wir waren, zum Bett; ich mußte mich neben sie setzen.

«Nein, nein», fuhr ich trotzdem fort, wenn auch fast unversehens weicher geworden. «Und ich . . . Dieses letzte Recht kannst du mir nicht nehmen: daß ich dich leiden lasse, daß ich selbst leide, mehr noch als du, mehr noch als jeder andere auf der Welt . . .»

«Willst du denn gar nicht damit aufhören?» fragte sie. Und zog mich an sich und meinen Kopf an ihre Schulter, strich mir sanft übers Haar, sagte ganz leise: «Es gibt sonst keine Erklärung, meine ich eben gehört zu haben! Und doch gibt es da eine so einfache: ich liebe dich. Ist das so neu?»

Ich sah sie an: sie lächelte unter Zähren. Und noch einmal brach ich in ihrer Gegenwart in Weinen aus, so an ihre Schulter gelehnt. Aber diesmal gab ich mir keine Mühe mehr, die Tränen herunterzuschlucken oder das Schluchzen zu unterdrücken, und schämte mich auch nicht mehr. Trotzdem stotterte ich hervor:

«Aber nein, so kann es nicht ausgehen: du mußt . . . du sollst mir wenigstens sagen . . .»

«Was soll ich dir sagen?» fragte sie amüsiert, zwischen Weinen und Lachen. «Ich kann's mir ja denken. Also, ich wußte es.»

«Was . . . was wußtest du?»

«Na, von dem da, verflixt.»

«Du ... du ...»

»Wir Frauen, mein Herr, sehen alles; und im übrigen kann nicht einmal einer wie du alles unter Kontrolle haben oder voraussehen. Manchmal genügt ein Nichts: sagen wir einmal, man sitzt im Café und schaut auf die Frauen, die vorüberkommen, und wenn man dann ein Bein übers andere schlägt, kann es leicht passieren, daß ein Hosenbein etwas hochrutscht. Und, weißt du, da gibt's keine Täuschung: es glänzt ja so; sieh doch hin, welch glänzende Anmaßung! Außerdem hinkst du ein ganz kleines bißchen, da brauchst du dir nichts vorzumachen. Und wenn man nun das eine zum andern fügt, ist es ganz leicht. Was hast du denn, warum siehst du mich so an? So schlimm ist das doch nicht; nein, nein, nein, bleib friedlich: ich sag's ja nur, damit du's weißt.»

9

Damit wäre diese kurze Geschichte zu Ende ... Wieso denn zu Ende, werdet ihr protestieren. Das Beste fehlt ja noch: wenn auch keine Moral, dann doch eine Auflösung; und wenn auch keine Auflösung, dann doch ein formaler Abschluß. Verdammt, du fängst mit einer Erklärung an, daß du die Frauen nicht ausstehen kannst, weil du ein Bein aus Holz oder sonst was hast, und dann stellt sich ganz allmählich nicht nur heraus, daß du sie überhaupt nicht haßt, sondern auch gar keinen Grund besitzt, sie zu hassen, aber jeden Grund, sie zu lieben: was ist das für ein Spiel? Hast du nur einen simplen Erzählertrick angewandt oder hast du am Anfang vergessen, die Verben in die Vergangenheit zu setzen? Das kommt uns zu einfach vor. Oder wolltest du mit dem Bericht dieser deiner kleinen Privatgeschichte nur zeigen, daß dich die Liebe dieser Frau von deiner schändlichen Verblendung, von der Mißachtung deiner selbst ob deiner Behinderung sowie auch davon kuriert hat, diese als Anklage gegen die anderen zu verwenden, und des weiteren mehr? Dann sag es doch in aller Offenheit, guter Mann, und mach uns nicht wirr; obwohl uns auch dies, wenn wir ehrlich sein wollen, allzu einfach erscheint. Oder verbirgt sich da noch etwas anderes in den Falten deiner nicht immer deutlichen Überlegungen? Kurz und gut, irgendeine Erklärung mußt du uns allemal noch geben. Als erstes schuldest du uns eine konkrete Auskunft, irgendeinen Fortgang: du wirst dir doch nicht einbilden, daß du uns im besten Augenblick, der ganz nach Liebesszene aussieht, einfach sitzenlassen kannst . . .

Hört schon auf. Ich habe das Mädchen geheiratet, falls es das ist, was euch interessiert. Und was den Rest betrifft, so braucht ihr gar nicht erst zu fragen, ich wüßte doch nicht, was ich euch darauf antworten soll. Tatsächlich habe ich mir das alles schon durch den Kopf gehen lassen, ich meine die Sache an und für sich und nicht meine Erzählung, und keinen präzisen Sinn herausfinden können. Alles ist nämlich so unsicher und widersprüchlich, wie's auch vom Leben behauptet wird (das ich so wenig kenne): wo liegt hier eigentlich die Betonung oder was gibt den plausibelsten Rahmen für die Angelegenheit? Dies ist wirklich eine Geschichte, ich wiederhole es, die hierhin und dorthin abgleitet, ungeachtet der besonderen Richtung, die sie anscheinend genommen hat; schon wieder einmal wie das Leben, darin es nichts gibt, das man halten kann, und alles Zufall ist und jedes Ding am Rande seiner selbst oder weiß der Kuckuck wessen sonst zu stehen scheint, womit alle Deutungen schon zwangsläufig provisorisch und vage, beziehungsweise eher negativ als positiv und nicht minder zufallsbedingt sein müßten.

Ich will damit keineswegs sagen, daß nichts hinzuzufügen wäre; gibt es doch immer etwas hinzuzufügen, wenn man schon einmal am Reden ist. Also, worin sie sich letztlich getäuscht hatte: nicht nur die Niederlage, sondern ebenso den Sieg (je nach Ziel und Zweck) muß man mit einer langen Schäbigkeit bezahlen: nicht nur das Unglück, auch das Glück. Ich zum Beispiel fragte mich gleich, nachdem ich sie geheiratet hatte, ob der Umstand, daß sie schon vorher von meinem Bein gewußt hatte, nicht etwa die Reinheit ihrer Hingabe und überhaupt unsere Liebe beeinträchtigte; und dann wäre es doch, wie ich mir dachte, wahrhaftig schön und sublim gewesen, sie hätte zu dem Augenblick keine Ahnung und zum Überlegen auch keine Zeit gehabt, und allein mit der Kraft ihrer Liebe . . . (während man doch gerade in der Zeit, die sie zum Überlegen gehabt hatte, das Schöne erkennen kann, zugegebenermaßen). So dachte ich, und die Auswirkungen einer solchen Denkart sind bekannt; was freilich sie dachte, weiß ich nicht, kann es mir aber vorstellen. Im übrigen ist dies, wohlgemerkt, nur gerade ein Beispiel, herausgegriffen aus den minder entehrenden.

Aber vielleicht habe ich mich nicht deutlich genug ausgedrückt. Also fragt mich nicht, wie es ausgegangen ist: alles geht übel aus. Auch wenn ein menschliches Geschöpf sich über seine hinfällige Natur erhebt und seine Instinkte, Unsinnigkeiten, Gebrechen überwindet, sich sublimiert und sich ein Reich brüderlicher Freude, Liebe und Freiheit errichtet, zu seinen Ursprüngen zurückzukehren scheint, ein fremdes Schicksal zu seinem eigenen macht und zusammen mit dem auserwählten Erlösten sich selbst erlöst, zu seiner wahren Heimat emporsteigt, die eine Seelenheimat ist (und zu dieser Gelegenheit, was ja nie schaden kann, den jeweiligen Pegasos oder lahmen Klepper seiner Beredsamkeit besteigt), und so weiter und so fort – selbst dann, und sei's nur, weil jedes Feuer doch nur ein Strohfeuer ist, selbst dann geht alles übel aus.

Eine Frauenbrust

Ich blickte einem Mädchen nach, das unschlüssig am Rand des Gehsteigs entlangging und offenbar die Straße überqueren wollte. Ein prächtiges Mädchen und eine elegante Erscheinung, nicht so sehr ihre Kleidung, als vielmehr ihre Figur: lange, ranke, doch feste und wohlgeformte Beine, schmales Becken, zarte Schultern und darüber ein Kopf mit mächtigem schwarzem Haar, wohl passend zu dem schmächtigen, zarten, amberfarbenen kleinen Gesicht. Ich folgte ihr (mit dem Blick) vor allem wegen ihrer Brüste; die schienen nicht in das übliche Marterzeug gezwängt, sondern schwangen ungehindert bei jedem Schritt. Gezwitscher, Tirilieren, Frühlingsdüfte ringsum. Ich sah sie an, dieses Mädchen, und dachte nur: «Was für Brüste!» und wußte und wagte nicht, meinen Gedanken anderes hinzuzufügen. Jedenfalls setzte ich meinen Weg fort, der mich an ihr vorbeiführen würde.

Jetzt hatte sie sich entschlossen den Fuß auf die

Fahrbahn gesetzt. Ein Auto kam in voller Geschwindigkeit daher und drohte, sie zu überfahren; da ich schon neben ihr war, brauchte ich wenig mehr als eine Handbewegung, um sie hinten am Kleid zu fassen, zurückzureißen und so vielleicht zu retten. Halb erschrocken, halb verblüfft wandte sie sich mir zu, war sich der entgangenen Gefahr noch gar nicht bewußt, während ich vergebens die Tiefe ihrer Augen zu ergründen suchte.

«Mein Gott», sagte sie jetzt mit einer erstaunlich kräftigen Stimme, «was . . . was ist denn passiert?»

«Nichts Besonderes: da war nur dies Auto, und . . .»

«Sie haben mich gerettet!»

«Übertreiben wir nicht: vielleicht hätte man Sie überfahren, vielleicht auch nicht; aber vorsichtshalber . . .»

«Natürlich hätte man mich überfahren!»

«Wenn Sie meinen; jedenfalls ist nichts passiert.»

«Aber nicht doch, Sie haben mich tatsächlich gerettet, das ist mir jetzt klar.»

«Schon gut. Dann soll es mich freuen.»

«So bleiben Sie! Ich muß mich doch bedanken.»

«Das haben Sie mir schon zu verstehen gegeben.»

«Nein, nein, aber das genügt nicht.»

«Lassen Sie nur! Angenommen, ich hätte Ihnen

wirklich das Leben gerettet, sind Sie dann auch sicher, daß dies von Vorteil für Sie war? ... Sind Sie denn glücklich?»

«Ja, nein. Aber das hat nichts damit zu tun.»

«Wieso hat das nichts damit zu tun? Ich denke, das ist doch gerade das Wesentliche.»

«Nein, das tilgt, das enthebt mich nicht der Schuld, die ich Ihnen, zumindest Ihrem Vorsatz gegenüber habe.»

«Was meinen Vorsatz anbelangt, wie Sie das nennen, bitte sehr; allenfalls um so schlimmer für diesen. Aber schließlich würde ich es bedauern, ein unglückliches Leben gerettet zu haben.»

«Ach, wer kann schon den Tod einem Leben vorziehen, auch wenn es unglücklich ist!»

«Viele tun das.»

«Meinethalben, aber zu denen gehöre ich nicht; und wirklich unglücklich ist mein Leben ja auch nicht.»

«Um so besser.»

«Oh, für Sie ist das einfach. Verstehen Sie denn nicht? Meine Schuld bleibt eine Schuld, auch wenn Sie gute Absichten hatten.»

«Beruhigen Sie sich, machen Sie sich darüber keine Gedanken; allenfalls entschuldigen Sie mich.»

«Sie begreifen immer noch nicht! Ich kann Schulden nicht ausstehen, ich bekomme da ein Gefühl von Unrecht und jede Art von Beklemmung.»

«Kleinlich.»

«Kann sein; jedenfalls muß ich mich schnellstens erkenntlich zeigen und kann dann vergessen . . .»

Wenn auch etwas ungewöhnlich, so glich unser Gespräch doch irgendwie der üblichen, mehr oder minder erfreulichen Rede und Gegenrede, wenn sich Mann und Frau einander nähern. Ich hatte mir dabei nichts vorgenommen; nur eines, im Grunde genommen nur ein einziges interessierte mich freilich bei diesem Mädchen.

«Ach», kam sie wieder darauf zurück, «wenn ich nur für Sie auch etwas tun könnte!»

Und nun, da sie mir schon so direkt kam, entfuhr es mir:

«Wenn Sie unbedingt wollen, dann können Sie schon.»

«Ja, wirklich? Was denn?»

«Ich traue mich nicht, es zu sagen.»

«Wieso, ist es denn etwas so Häßliches?»

«Im Gegenteil, etwas Wunderschönes.»

«Dann sagen Sie's auch, nur Mut!»

«Hm, nein, das geht nicht.»

«Aber ich bitte Sie darum! Überlegen Sie doch, damit würden Sie alle Last von mir nehmen . . . Übrigens wecken Sie meine Neugierde, und das ist nun Ihrerseits kleinlich: ich bin eine Frau.»

«Wollen Sie mir wirklich einen Blankoscheck geben?»

«Genau das will ich.»

«Und ganz egal, wofür?»

«Nun ... wenn es nichts Unanständiges und Unsinniges ist.»

«Unanständig, wissen Sie, es kommt immer darauf an, wie man's nimmt.»

«Jetzt spannen Sie mich wirklich auf die Folter! Also, schön: was es auch sein mag.»

«Aber wenn ...?»

«O Gott! Quälen Sie mich doch nicht zu Tode! Sagen Sie schon!»

«Jedenfalls haben Sie es gewollt, nur damit alles klar sei.»

«Ja, gewiß, ich akzeptiere alles, ich verspreche alles; zufrieden jetzt? Sagen Sie schon!»

«Alles?»

«Ja, ja, ja!»

«Nun, als Gegenleistung dafür, daß ich Ihnen angeblich das Leben gerettet habe, sollten Sie ...»

«Sollte ich?»

«Mir erlauben ...»

«Ihnen erlauben ...? Ich halte das nicht mehr aus!»

«Ihre Brustwarze zu küssen.»

Sie war blaß geworden; sah mich bedrückt an; fragte:

«Welche?»

«Wie, bitte?» rief ich verwirrt.

«Ich sagte: welche?» wiederholte sie. «Die rechte oder die linke?»

«Aber . . . aber mir ist das schließlich . . .»

«Es ist nicht das gleiche.»

«Nein? Wieso nicht?»

«Sie haben eine unterschiedliche Sensibilität», erklärte sie bestimmt.

«Dann . . . sagen wir die linke, die überm Herzen.»

Sie sah mich an; litt sichtlich und, wie ich meinte, übertrieben. Jedenfalls kein Leiden, das für mich angenehm war, keines, wie ich es mir hätte vorstellen können (was damit schon indirekt seine Tiefe verriet); unsere gleichsam im Spiel entstandene Beziehung sollte mir kein Vergnügen bescheren. Und schon gar nicht rührte dies Leiden aus einer Verlegenheit oder verletzten Scham, war vielmehr etwas unfaßbar Bitteres.

Schließlich sagte sie mit harter Stimme:

«Einverstanden.»

«Wirklich einverstanden?»

«Aber ja. Sie werden schon gemerkt haben, daß es nicht meine Art ist zu kneifen. Schließlich bin ich ja auch als Schuldnerin dazu gehalten . . . Also, wo?»

«Wirklich, Sie . . .?»

«Was denken Sie sich eigentlich! Ja, wirklich! Seid ihr denn alle so? Wenn man euch etwas zugesteht, was ihr euch selber gewünscht habt, daß euch dann euer Mut verläßt?»

«Mut? Dazu gehört nicht viel Mut!»

«Sind Sie so sicher?»

«Ich weiß nicht, was Sie meinen», erwiderte ich und war unwillkürlich ernster geworden. «Ich dachte nur, falls es Sie zuviel kosten sollte ... Schließlich ist das Ganze nur ein Scherz.»

«Ja? Denken Sie? ... Also, wo?»

«Sie meinen, wo wir es ... vollbringen könnten?»

«Eben.»

«Ja, wenn Sie wirklich wollen ...»

«Jetzt bin ich es, die will! Sie haben ganz recht, ich will: es gibt kein Zurück mehr, mein Gläubiger wartet.»

«Aber ich bin ein gutartiger Gläubiger.»

«Und ein redseliger! ... Wo?»

«Zu Hause ist meine Frau.»

«Das dachte ich. Also kommen Sie zu mir.»

«Zu Ihnen ... leben Sie denn allein?»

«Ja, natürlich: keine Gefahr für anständige Männer. Es ist nur ein Katzensprung von hier.»

«Gut, dann wollen wir.»

«Gewiß.»

Wortlos ging sie eine steil ansteigende Straße der Altstadt hinauf, unter drei Mauerbögen hindurch, blieb vor einem mehr als bescheidenen Haus stehen.

«Da sind wir. Kommen Sie.»

Steile Stufen aus grauem, porösem Stein; der gewohnte Geruch nach Abwasch oder aufgewärmten Fleischresten vom Vortag; Schnulzenmusik aus dem Radio. Immerhin machte die kleine Behausung einen nicht ganz so bedrückenden Eindruck; die Diele war zwar fensterlos, aber durch eine offene Tür sah man den Wohn- und Eßraum voller Sonnenschein. Jedes Ding (Sofas mit Troddeln und so fort) hatte eine seltsame, altertümliche Prägung und auch irgendwie einen besonderen, eigenen Geruch; die ganze Wohnung war so, als hätte man sie angehalten.

«Wie sie meine Mutter bei ihrem Tod hinterlassen hat.»

Nicht jedes Ding und auch nicht die ganze Wohnung, um genau zu sein: im Wohn- und Eßzimmer spiegelte ein großer Tisch aus Furnierholz, anonymes Massenfabrikat, den gleißenden Sonnenball. Auf dem Tisch eine viereckige spitz zulaufende Glasvase, darin Staudenzweige mit gefleckten Blättern (der Tradescantia, hier «Armseligkeit» genannt).

«Setzen Sie sich . . . nein, dorthin. Möchten Sie etwas trinken?»

«Das ist nicht nötig.»

«Gewiß, wozu auch? . . . Also, vollbringen wir es?»

«Wenn Sie meinen.»

Sie stand am Fenster, in der Sonne; zauderte . . . Ach, tat sie das jetzt endlich? Aber in Wahrheit zauderte sie nicht aus dem Grund, den ich mir gewünscht hätte, sondern aus irgendeinem anderen, der mir entging und mir keine Ruhe ließ.

«Wollen Sie mich entkleiden oder soll ich es selbst machen?»

«Wissen Sie . . . Ich will ja nicht Hand an Sie legen, das ist es nicht, was ich mir gewünscht habe.»

«Aber küssen wollten Sie mich doch, beziehungsweise . . .»

«Nur mit dem Mund.»

«Ja, ich verstehe, das alles gibt keinen Sinn, wenn ich mich nicht selber entkleide; nichts wäre vollbracht, würde ich mich nicht selber entkleiden.»

«Ein gewichtiges Wort, dieses ‹vollbracht›. Sie sind intelligent: Sie werden es doch nicht auf unbillige oder leichtfertige Weise sein?»

«Schon möglich, schon möglich; doch bin ich intelligent genug, um täglich hundertmal zu sterben . . . Dann ziehe ich mich jetzt aus: sehen Sie zu, daß Sie auf Ihre Rechnung kommen. Ich werde nachher befreit . . . und verzweifelt sein.»

«Was sagen Sie da!»

«Einen Augenblick Geduld: Sie werden schon sehen.»

Sie entkleidete sich gewollt langsam. Zuerst warf sie den Umhang ab und zog sich dann nach unten das (schwarze) Kleid aus; und stand, schlank und lieblich anzusehen, in billigen Spitzen da, mit nackten Armen und der ersehnten Fülle ihrer Brust. Aus den Achselhöhlen sprossen glänzende Haare, nicht minder fordernd als die verborgenen. Haben doch die Frauen nicht nur eine, sondern drei, vier, vielleicht fünf betörende und behütete Stellen, die Schamlippen mit ihrer unwiderstehlichen Behaarung inbegriffen.

«Nun, vollbringen wir noch weiter?»

«Aber ja doch, verdammt!» rief ich, schon ganz benommen.

Immer langsamer werdend, streifte sie den linken Träger ihres Unterrocks ab, hielt ihn aber (wie ich wußte, das einzige, das mich von meinem größten Wunsch trennte) noch mit der einen Hand fest. Und sah mich wieder an, trübselig und fast fragend, als erwarte sie eine ungeduldige Geste von mir; nahm dann ihre Hand weg und ließ den leichten Stoff fallen; so bekam endlich die linke, die Brust des Herzens, neues Leben und Freiheit.

«Hier», sagte sie trostlos und einfach.

Eine Brust: aber war dieses Etwas eine Frauenbrust, was sich da nackt und verkommen, in verkommener Nacktheit, in nackter Verkommenheit und im goldenen Schein vor mir befand? Das Gegenteil: abscheuliche Runzeln zeichneten zur Spitze dies bleiche, wenn auch pralle, doch wie krankhaft pralle Fleisch; und verblichen und krank zeigte sich der Warzenhof, der auf einem wirklichen Busen doch wie lebendiges Zahnfleisch ist und hier sogar von langen schwarzen Haaren umstanden war; und, letztes Grauen, letzte Schande, an Stelle der Brustwarze (größter Stolz) so etwas wie ein dunkler schlaffer Schlitz, ähnlich dem Munde eines zahnlosen Alten.

«Das ist die überm Herzen.»

«Das ist die überm Herzen», sagte auch sie, mit hysterischer Heiterkeit, doch beinahe weinend. «Aber es ist nur recht und billig, daß ich Ihnen auch die andere zeige: sehen Sie.»

Wirklich entblößte sie auch die andere: Schwester der ersten.

Und fuhr fort: «Haben Sie jetzt immer noch Verlangen, mich auf diese, sehen Sie hier, auf diese Stelle zu küssen? Nur Mut: ich bin da, und ich ziehe mich nicht zurück, habe ich gesagt, und bin bereit, meine Schuld zu bezahlen!»

Ich hatte mich schon entschieden. Natürlich wußte ich nicht, aus welchem Zufall sie so verunstaltet war, und daher auch nicht, wie eigentlich oder in welcher Form ich sie trösten könne; doch über die Notwendigkeit, die Dringlichkeit, dies zu tun, hatte ich nicht den geringsten Zweifel. War es ein Unfall gewesen, der sie an einer der Stellen, wo ihr weiblicher Stolz mit am meisten hätte triumphieren sollen, so mißgestaltet hatte? Oder ein nicht zu verantwortender sinnlos böser Schicksalsspruch? Das war jetzt gleichgültig. Jedenfalls ließ ich mich ganz von meinen inzwischen völlig veränderten Gefühlen leiten.

«Natürlich habe ich Verlangen, Sie zu küssen, und genau dort, wo Sie sagen. Kommen Sie.»

«Teufel noch mal!» rief sie rauh und rührte sich nicht von der Stelle. «Verdiene ich denn die Schmach Ihres Mitleids, ich, die ich mich Ihnen doch gezeigt, und ich kann wohl sagen auch gegeben habe, wie's vielleicht keine andere fertiggebracht hätte? Jetzt sehen Sie», fuhr sie in fiebriger Erregtheit fort, «jetzt sehen Sie, daß ich eine Frau bin, die alles bis zum letzten Centesimo bezahlt; geben Sie sich damit zufrieden und schmeißen Sie mir nicht noch Ihr Mitleid ins Gesicht! Keiner zwingt Sie, eine Brustwarze zu küssen . . . die gar nicht vorhanden ist; und keiner zwingt mich, durch einen mit Widerwillen gegebenen Kuß meine Erniedrigung noch grausamer zu spüren . . . Nun, sind wir jetzt nicht quitt?»

«Von was für einem Mitleid reden Sie eigentlich?» widersprach ich ein wenig schwach. «Sie täuschen sich: es ist kein Mitleid.»

«Was denn?»

«Wissen Sie . . . Können Sie sich denn gar nicht vorstellen, daß bei einem Wunsch von uns ein Bild auch an die Stelle eines anderen treten oder, besser, das ursprüngliche Bild seine eigene Zerstörung überleben kann? ‹Suchbild› nennen es einige auf wenig freundliche Art. Von Ihrem wogenden Busen war ich schon auf der Straße fasziniert, und der könnte für mich gar nicht anders sein, als ich ihn mir erträumt hatte, könnte allem zum Trotz und im Gegensatz zu jedem späteren Aussehen auch nie so werden ... Erkläre ich mich richtig? Haben Sie etwas von meiner wirren Rede verstanden?»

«Ja, das habe ich; ich habe verstanden, daß nie ein Mitleid besser, klüger und hilfreicher motiviert wurde als das Ihre. Ich danke Ihnen; ach ja, ich muß Ihnen schon wieder dankbar sein.»

«Nicht doch, so ist das nicht!»

«Und doch ist es so, wenn Sie darüber nachdenken und vorausgesetzt, Sie sind ehrlich; oder Sie sind irgendwie pervers.»

Pervers? Womöglich irgendwie; denn in der Tat verwandelte sich mein anfänglicher Widerwille in eine ich weiß nicht ob üble oder legitime Begierde; ich wünschte mir jetzt mit aller Macht, diese arme Brust in den Mund zu nehmen: vielleicht, wenn ich daran saugte, würde ich es gar zuwege bringen, deren versteckte Warze zu überzeugen und mit ihrem Hervortreten der gedemütigten Frau wenigstens etwas Frieden zu geben. Freilich konnte da auch anderes in mir gewesen sein.

«Und wenn ich's wäre?» erwiderte ich schließlich. «Und wenn ich irgendwie pervers wäre?»

Sie stand vor mir mit dem umgeschlagenen Unterrock; ein von irgendwem schuldlos geschundenes Geschöpf; so gekränkt, verbittert und erbost, daß es sie dazu getrieben hatte, ihre Schmach einem Unbekannten vorzuweisen. Doch bei meinen Worten (und gewiß nicht derentwegen) kam plötzlich . . .

Ich werde nie das Leuchten vergessen, das in ihre Augen trat; ein plötzlich sanftes, gläubiges Leuchten.

«Sie . . .?» murmelte sie und wurde blaß. Schrie dann: «Nein, das wäre zu schön! Daran bin ich nicht gewöhnt, an so etwas bin ich nicht gewöhnt. So ein Glücksfall: ausgeschlossen!»

Es war einfach, aber ich verstand nicht gleich; sie bemerkte das und fuhr fort:

«In so einem Fall könnte ich ja hoffen! Für einen wenigstens wäre ich eine Frau! Müßte nicht mehr das Mitleid dieses einen entsetzt abweisen oder herunterschlucken; er würde mich so haben wollen, wie ich bin, gerade bei mir seine Lust finden; er hätte keine Abscheu zu überwinden; und würde mich begehren, o Gott, be-geh-ren!»

Ich hätte jetzt, da ich endlich verstanden hatte, nur zu sagen brauchen: «Ja, und ich bin dieser eine.» Aber das einigermaßen verderbte Gefühl, das mich eben schon ihrem garstigen Fleisch entgegengetrieben hatte, drängte mich jetzt zu einer grausamen, zweideutigen Erforschung: deren äußerlicher Grund sowohl sein konnte, mein Begehren zu befriedigen wie ebenso, ihrer Verbitterung nachzugehen (und sie abreagieren zu lassen). Um einen Anfang zu machen, sagte ich scheinbar töricht:

«Aber alle begehren Sie doch.»

«Angezogen!» kam die selbstverständliche und schluchzende Erwiderung.

«Warum, ist es Ihnen denn passiert . . .?»

«Und ob's mir passiert ist! Man hat mich um Liebe gebeten, mit glänzenden Augen, wie sich das gehört; inständig . . .»

«Also schon viele?»

«Aber nein, natürlich nicht; einer, nur ein einziger, und das hat mir gereicht.»

«Wer?»

«Wer? Wollen Sie vielleicht Name und Adresse?»

«Nicht doch, verzeihen Sie mir: aber was für eine Art Mann?»

«Schön, jung, geliebt . . . Das war noch in der Schule; damals trug ich noch Packen unnützer Bücher über der Hüfte, aber schon hatte ich diese langen Schenkel, die biegsame Taille, hatte schon eine volle Brust. Das da als Brust: sehen Sie . . . Und ihn liebte ich wegen seiner Schönheit, wegen seines trotzigen Herrscherwillens, den er an sich hatte, aber auch wegen seines schüchternen Verlangens, das heißt nach mir; ich liebte ihn, kannte mich aber selber nicht, hatte keine Vorstellung von dem unüberwindbaren Mißklang, den es zwischen uns und den andern geben kann, fast als müsse die Tatsache, daß ich auf eine bestimmte Art beschaffen bin, mir schon mein Recht auf das Leben, auf das Glück voll garantieren . . . An dem

Abend regnete es; auch er hatte seine Bücher mitgeschleppt und legte sie auf den Ladentisch eines geschlossenen Kiosks, unter dessen kleinem Vordach wir Schutz gesucht hatten. Und sah mich an; und ich Ahnungslose, Ahnungslose . . . Nicht weit weg, zwischen den Platanen der öffentlichen Anlagen, war ein Musikpavillon; wir gingen hin; es dämmerte; und wurde Nacht während unseres Liebesgeplänkels. Und er entblößte mir die Brust, diese hier.»

«Und was hat er gesagt?»

«Nichts, gar nichts! Was hätte er auch sagen sollen? Er hat mich sogar geküßt; solange ich's ihm erlaubte.»

«Und? . . .»

«Du lieber Gott, Ihre Fragen sind doch sinnlos! Nichts. Nur daß mir seine Küsse ein für allemal gereicht haben.»

«Warum? Erzählen Sie nur alles.»

«Wie nett Sie sind: bestimmt wollen Sie mich von mir selber befreien . . . Seine Küsse waren voller Ekel, das ist alles; und genauso habe ich sie gespürt. Weiter nichts, gar nichts!» lachte sie jetzt wie eine Verrückte. «Also ist er verschwunden; oder vielmehr, ich bin verschwunden.»

Mehr gab es in der Tat nicht zu sagen: ich hatte die letzte Demütigung von ihr bekommen und hoffte, sie werde sich heilsam auswirken; nun mußte ich weitermachen, bis auf den Grund.

«Kommen Sie schon.»

Sie stand immer noch mit nacktem Oberkörper da, ähnlich einer großen Jagdgöttin Diana, auf die ihr unzufriedener Bildhauer seinen Hammer geschleudert hatte, um sie zu zerstören; da der Unterrock teilweise im Gürtel steckte, war der Saum ein wenig hochgerutscht und entblößte einiges der von ihr selbst gepriesenen Schenkel. Noch sah sie mich unsicher an, hatte aber nichts mehr von ihrem schmerzlichen Trotz (was schon ein guter Erfolg war).

«Meinen Sie das im Ernst?»

«Kommen Sie.»

Sie trat zögernd einen Schritt vor: den entscheidenden übrigens, denn es war der erste. Aber das Problem war nun, ob es mir gelingen würde, sie mit meinem Kuß nicht schon wieder zu erschrecken und in ihre Hölle zurückzustoßen. Woraus bestand denn in Wahrheit mein drängendes Begehren, ihr Schandmal zu küssen? Immerhin aus Widerwillen, wenngleich dieser entstellt, exaltiert und sublimiert und beinahe Unterpfand für Hilfe war; also, noch einmal, würde ich es fertigbringen, ihr gegenüber dessen eigentliche, verunglimpfende Natur zu verbergen? . . . Andererseits schien doch dieser Widerwille, und gerade er, als integrierender Bestandteil meiner Perversion nötig zu sein; die ihrerseits für diese Frau sozusagen die einzige Garantie, die einzig mögliche Gemütsverfassung darstellte, ein Mitleid auszuschließen und eine ungeheuchelte Beziehung herzustellen . . . Nun, ich kam zu keinem Schluß; und gab mich dem Zufall anheim.

Sie trat noch einen Schritt vor, befand sich jetzt in Reichweite; ich faßte sie an der Taille oder, richtiger, an den Hüftknochen.

«Was für lange und weiße Beine!»

«Ja, ja: sie sind schön, nicht wahr?» Obwohl nicht ganz ohne Bitterkeit, klang ihre Stimme jetzt doch schon weiblich.

«Und was für eine Fülle von Haar!»

«Ja, ja: lebendig, seidig, glänzend, nicht wahr?»

«Was für ein Mund!»

«Ein Korallenmund, möcht ich wetten!» scherzte sie, ein wenig müde doch sanft, «und freigebig, versprechend? Ach, es ist ja alles, wie es sein soll; alles andere.»

«Schweigen Sie und kommen Sie noch näher.»

«Noch näher als jetzt, wie könnte ich?»

«Das werden Sie gleich sehen.»

Ich drehte sie ein wenig, so daß sie mir jene linke und üble Brust bot: die sich (ich saß und sie stand) nun vor meinen Lippen und in gleicher Höhe mit ihnen befand, nur noch eine halbe Spanne weit weg . . . Was zögerte ich denn jetzt noch? Nichts als kopfüber in den Abgrund gestürzt, keine Zeit lassen, auch für sie zu fürchten . . . Die abscheuliche, zurückgezogene oder auch nie hervorgekommene Warze, die mir meine Phantasie als obszönes, im Spalt einer rissigen Mauer nistendes Tier vorgaukelte, schien mich hämisch aus seiner Höhle zu fixieren, während mir die absurde Figur des halbnackten Mädchens wie ein Blendwerk vor den Augen flimmerte ... Desungeachtet verharrte ich regungslos, aber ich hatte doch alles gewollt: warum spürte ich dann, wie ein mysteriöser Teil meiner selbst diesen Kuß unbedingt in Frage stellen wollte, während er doch von Augenblick zu Augenblick immer fragloser wurde? War ich nicht eben drauf und dran, mit dem Schwulst des vollbrachten guten Werks das herbe Gefühl einer Selbstblessur und gar auch ungekannte köstliche Wollüste zu erfahren?

Ich küßte sie; nicht einmal sie: ich küßte; und dorthin, ja, dorthin. Ich weiß auch gar nicht recht, was in mir vorging; bestimmt zuviel, etwas an Übermäßigem, ein Michhinwegstürzen über schreiende Aspekte oder Empfindungen. Ich weiß noch, wie sie murmelte:

«Oh, ist es denn wahr, ist es wirklich wahr?»

Und ich fühlte, wie sie meinen Kuß mit allen ihren Sinnen erwiderte.

Nun wäre der Rest eigentlich belanglos; wenn ich ihn erwähne, dann einfach nur so oder um müßigerweise darauf zu verweilen, wie sehr das Nachhinein bei den Kartenhäusern unserer Gefühle das Vorhinein kompromittieren kann.

Sie war wieder von Hoffnung ergriffen: doch soll auch gleich gesagt sein, daß mir mein schäbiger Erfolg bereits zu diesem Zeitpunkt Scham und Gewissensbisse verursachte. Überlegen wir ein wenig: Hoffnung ist ein von Natur aus trügerisches Gefühl. Doch nicht genug damit: sie beging den großen Fehler, sich an mich zu klammern, obwohl ja offenkundig ist, daß derlei Minimalepisoden in unserem Leben keine Geschichte haben und auch gar keine haben können; was hätte ich mit ihr und vor allem, was hätte sie mit mir auf die Dauer tun sollen? Alles nimmt ein übles Ende, wie schon einmal gesagt wurde; und so zerfiel auch alles wie ihre eigene «hinfällige Brustwehr».

Es scheint, daß wir uns wirklich mit zweifelhaften, trüben und zudem noch vergänglichen Freuden zufriedengeben müssen.

Bibliographische Notiz

Die Erzählungen dieses Bandes sind eine Auswahl aus folgenden Werken Tommaso Landolfis:

Dialogo dei massimi sistemi, 1937: *Maria Giuseppa – Der Tod des Königs von Frankreich – Hände*

Il Mar delle Blatte, 1939: *Die Erzählung vom Werwolf – Das Meer der Schaben*

La spada, 1942: *Die Klinge – Die Nacht in der Provinz – Der Einbrecher – Kafkas Papa*

Ombre, 1954: *Gogols Frau – Nachtschatten – Briefe aus der Provinz*

In società, 1962: *Zwei Nachtwachen – Der Vormittag des Schriftstellers – Ewige Provinz*

Racconti impossibili, 1966: *Abwärts*

Un paniere di chiocciole, 1968: *Der Kuß*

Le labrene, 1974: *Die Labrenas*

A caso, 1975: *Eine Frauenbrust*

Del meno, 1978: *Ein Mord – Gute Hoffnungen*

Inhalt

II. Beklemmende Erzählungen

III. Erzählungen des Grauens

Aus dem Italienischen übersetzt nach der 1982
bei Rizzoli Editore, Mailand, erschienenen Ausgabe
«Le più belle pagine di Tommaso Landolfi.
Scelte da Italo Calvino».
Der vorliegende erste Teilband umfaßt den Text bis
einschließlich Seite 208 der Originalausgabe.

Schutzumschlag- und Einbandgestaltung: Klaus Detjen
Satz aus der Garamond (Monotype-Lasercomb)
bei LibroSatz, Kriftel